論創ミステリ叢書

72

新羽精之探偵小説選Ⅱ

論創社

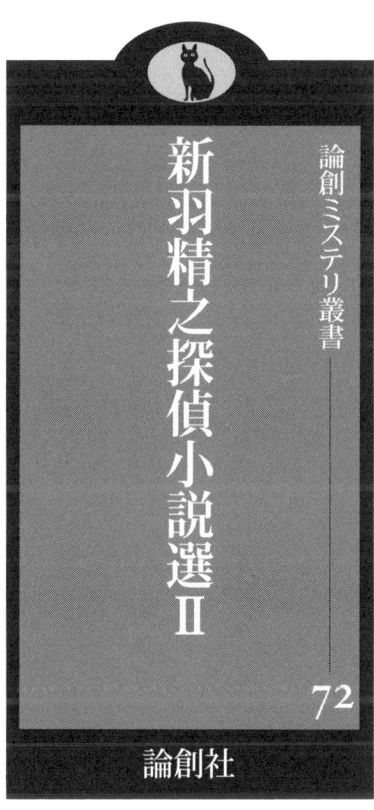

新羽精之探偵小説選Ⅱ

目次

凡　例

一、「仮名づかい」は、「現代仮名遣い」（昭和六一年七月一日内閣告示第一号）にあらためた。
一、漢字の表記については、原則として「常用漢字表」に従って底本の表記をあらため、表外漢字は、底本の表記を尊重した。ただし人名漢字については適宜慣例に従った。
一、難読漢字については、現代仮名遣いでルビを付した。
一、極端な当て字と思われるもの及び指示語、副詞、接続詞等は適宜仮名に改めた。
一、あきらかな誤植は訂正した。
一、今日の人権意識に照らして不当・不適切と思われる語句や表現がみられる箇所もあるが、時代的背景と作品の価値に鑑み、修正・削除はおこなわなかった。
一、作品標題は、底本の仮名づかいを尊重した。漢字については、常用漢字表にある漢字は同表に従って字体をあらためたが、それ以外の漢字は底本の字体のままとした。

河豚《ふぐ》の恋

1

河豚の季節も末ちかい春の夜、河豚の中毒事故があった。

「長崎」十四日午後六時ごろ、長崎市伊良林町、三菱電機勤務、尾形時雄《おがたときお》さん（28）と長崎市大井手町、同社勤務香川郁子《かがわいくこ》さん（26）は、長崎市鍛冶屋町、割烹〝唐舟〟で夕食に河豚チリを食べた。四十分後、店を出たところ、香川さんは口がしびれ、腹が痛くなり、同市十善会病院に入院したが、十五日午前二時死んだ。尾形さんも帰宅後気分が悪くなり、同四時すぎ、長崎署のパトカーで同病院に運び、手当を加え命は取りとめた。

この河豚は、長崎市茂木町沖でとれた〝マフグ〟で、同市本籠町、鮮魚商、田川栄治《たがわえいじ》方で仕入れ、肝臓と皮をとって一尾だけ〝唐舟〟に卸《おろ》したという。〝唐舟〟には経営者で調理師、夏村宗衛《なつむらむねえ》さん（60）と調理見習いの夏《なつ》村真人《むらまさと》さん（25）がおり、同夜は真人さんが調理した。田川鮮魚店は、料理屋に卸す河豚は荒ら仕上げしかしていないので、〝唐舟〟でさらに入念な水洗いをするはずだといっており、調理に手落ちがあったのではないかと長崎署はみている。

長崎大学医学部で解剖の結果、香川さんの河豚中毒死はほとんど確実となり、引きつづき胃の内容物から河豚毒検出を急いでいる。

また長崎署は、調理見習いの夏村真人さんと調理師の夏村宗衛さんの二人を業務上過失致死、同過失傷害の疑いで取調べをはじめた。なお、長崎市中央保健所は、十六日から〝唐舟〟を食品衛生法違反で営業停止処分にした。

記事の言葉が、一語ずつ非情な矢となって夏村真人を突立てていった。

しかし、真人自身には、この夜の事故は、信じられない悪夢のようなものであった。

唐舟のある寺町通りは、「幾ヶ所とも知れぬ長々の古い寺には蔦まつはる其土塀と磨滅った石段と傾いた楼門の形とに云ひ知れぬ懐しさを示すばかりで……」と荷風が愛し、世界でもっとも好きな通りだと言ったほど、人生の郷愁に通う懐しさに満ちた通りである。

真人は、こうした静けさの中にある唐舟が好きで、また店の名物である河豚料理をマスターすることに、一種名人好みの誇りさえ感じていた。

「あら何ともな　きのふは過て　ふぐと汁」と芭蕉の俳句を飾っているほど、河豚は人間味に満ちたユーモラスなものである。また、痛烈な毒性も、味覚に風味を加える趣向とはなれ、決して悲劇の種となってはならぬものだ。

父親の宗衛も、この点を常々強く戒《いまし》めていた。

「河豚の毒は、肝と卵巣《マコ》にあるけん、これさえ取れば大丈夫。ばってん、〝通〟ぶるものほどこの肝を食べたがる。口の周りがな、少しぐらいピリッとシビレんと、河豚を食った気がせんと言うのだ。それでスイチ（酢じょう）に肝をとかして刺身を食いたいと言う。これは、たしかに格別の味がする。現に、別府や徳山付近では、料理屋でこれをやっている。

河豚舟の中でも肝を味噌汁にして食っているようだ。ばってん、これが間違いのもと。安心した気持がゆるんでつい欲張り、河豚と心中することになる。

それでも、まだ肝を食べたいという客には、医者よりもまず坊主に注文してくれ、ここは寺町通りじゃけんな、坊主にはことかかんと断わるんだ」

それだけに真人は、宗衛の代理で調理場に立った時、河豚料理には慎重だった。

だから真人は、その夜の料理の手順を、フィルムの一駒一駒のように正確に思い返えすことが出来た。

「河豚のチリに内蔵物は入れなかったでしょうね」

「はい、これは絶対に禁じられているものですから、どんなお客にも出しません」

「この他に、血液、皮、ヒレなどに、かなりの毒素を含む河豚のいることは、知っていますね……」

「はい、主に河豚料理に使うとらふぐをはじめ、しまふぐ、ひがんふぐなど毒性の強弱、四季による変化、毒を含む個所など厳しく教えられています。そんな知識なしに、河豚の調理はやれないものですから……」

「そうでしたら、少し詳しく話してくれませんか」

事故の直後、調査官は、真人を試すように訊ねたものである。

「河豚は、一般に知られているよう卵巣と肝臓《キモ》に毒性が激しいものです。次いで、腸と皮、シラコや肉にも種類によって少し毒が認められますが、唐舟だけでなく下関あたりでも、肉で中毒した例は一つもありません。

また、よく血が猛毒といわれますが、とらふぐ、ひがんふぐ、あかめふぐの血液に毒は全く含まれていません。こうなると、血を洗い落とすために〝河豚一尾に水一石〟という調理法もどうやら眉唾ものに思われますが、やっかいなことに、河豚毒は個々の河豚に大きな違いがあるうえ、季節によっても差異が生まれるのです。同じとらふぐの肝臓でも、百四十八尾中十五尾は強毒、三十九尾は弱毒、九十四匹は無毒という調査結果がでています。

つまり、とらふぐの六十四パーセントは、肝臓でも無毒というわけです」

「そこですよ」

この時、調査官は、真人の言葉を端折って眼を光らせた。

「今おっしゃるように、河豚の肝も半数以上が無毒という気持が、肝の調理を安易なものにした。つまり、肝は危険だと思ってはいても、無意識のうちに隙を生じたのではありませんか」

「いや、それは違うのです」

この時、真人は、強い調子で首を振った。

「こんなことから、今御指摘になったように〝肝となら心中しても〟と力み、〝自分の料理した肝で中毒したためしはない〟と言う包丁自慢の河豚通もいます。しかし、これは運よく無毒の肝臓にめぐりあってきただけの話です。その証拠に、二十年、二十年という肝通がぽっくりやられる例も少なくはありません。父は、この点を強く戒め、〝毒のない肝〟があるからこそ危い。いつかは毒に当る。肝から完全に毒を抜く方法はないのだから、肝を食い続けるのは自殺行為だ、と厳しく禁じています。それに季節的な差異も、例えばとらふぐの卵巣にはっきり見られます。十月、十一月までは有毒率は低いのですが、十二月に入ると急に高くなり、五月ごろからまた下ります。これは、春の産卵と関係のあることかもしれませんが、それにしても、シュンになると危険が跳ね上がることですから、わたしたちは必要以上に気を使うのです」

常に心掛けていることだから、真人は、澱みなくきっぱり答えた。

「それだけ心得ていれば間違いなかったことと思いますが、念のため、あなたの調理をみせてくれませんか」

調査官は一つ頷《うなず》いて、慎重に駄目を押した。

「見て下さい」

真人は、料理を心意気とばかり、見事な包丁さばきを示した。

まず、胸鰭、背鰭を切取り、頭をすっぽり落とす。つづいて、背と腹の境に包丁を入れて皮をはぎ、皮はさらに内皮と外皮とにきれいに分ける。皮は湯に通したうえで、小さく刻んで刺身のそえ物にするのだ。

次に、問題の肝のある内蔵を取除く番になると、まず鰓《エラ》の下側に包丁を入れ、左手で引っ張ると、内蔵も一緒にくっついて簡単に出てくる。

残った肉は、きれいに水洗いしたあと、サラシでギュッと巻いて水気をとり、刺身にすればそれで終りだ。別に複雑なものでも、難しいことでもない。

「よく解りました。魔がさしたとでも思わなければ、毒の入る余地はないわけですね」

調査官は、真人に好意をよせて快く了解してくれたが、解剖の結果、胃の内容物から河豚毒が検出された。

これは、真人がいかに弁明しても、否定できぬ事実であった。記事は、更に追討ちをかけた。

「長崎」ちゃんとした割烹料理店で河豚ちりを食べたアベックの二人が中毒、うち一人が死亡したという事件は、長崎市民をぎょっとさせた。問題の〝唐舟〟でも開店以来の事故という。

経営者の夏村宗衛さんは、四十年の板前経験をもつ調理士だが、当夜は手に怪我をし、河豚の調理を長男の見習い真人さんにさせたのが誤りだった。

事故を起こしたマフグを卸した田川鮮魚店では、素人さんの家庭なら完全に毒を除いて調理して売るが、料理店さんには荒ら仕上げしかせず、最後の調理は板前さんにまかしていると語っている。

長崎県環境衛生課長は「本県には東京都などのように河豚調理は調理士の免許を持たなければならないという条例がない」というから、河豚調理はまったく野放しのありさまで、店の良心と技術を信用する以外に客は手も足も出ない。もちろん〝唐舟〟は、食品衛生取締法第四条の毒物を提供してはならないという規定に違反したということにもなるが、人命にかかわる河豚調理は、他県のように県条例で特別の試験で規定すべきだという声があがっている。

これで、真人の落度は決定的なものになった。弁解は許されないのだ。

この事故で、長崎県衛生部は、県下各保健所に対し、管内の魚屋、河豚料理屋に対し河豚調理の取扱いを厳重にするよう通達した。

長崎県中央保健所では、二十日午後二時から管内の料理店、魚屋（特に河豚を販売しているもの）の調理人約五十人を同保健所二階に集め、浜浦環境衛生課長、同池田係長が講師となって、河豚講習会を開いた。

こうして、唐舟の波紋が全県に波及し、真人は、河豚のように叩かれどおしであった。

おととい河豚は叩かれたが
こらえていたという
きのうも河豚は叩かれたが
こらえていたという
それなのに笑っていたと
鍋を煮ながら女はいうのだ

まったく、友人の一平の歌った河豚の詩のように、どんなに叩かれようと、こらえる他はなかった。真人にとって、鍋とは、小さな個人の存在など問題にしない、社会の歯車のようなものであった。

しかし、自分に笑える時がくるのだろうか。そう考えた時、真人は、凋《しほ》みきった河豚のように悄然となった。

2

香川郁子の葬礼の翌日、真人は、中島河畔をのぼった。浜人町の賑やかな界隈を東に抜けると、すぐ河畔の静かな通りになり、俗に「一目七橋」といわれる石橋風景がつづく。

古くは、寛永十二年、唐僧黙了如定の架した日本最古の石橋である眼鏡橋から、浜口橋、編笠橋、鍛冶橋、桃渓橋、大井手橋、屠鹿《とろく》橋、竿橋など、相重する石橋群が梧桐の河畔をつないでいる。

「長崎の橋の絵を描き憲吉が愛すといへる街の静けさ」

と、吉井勇が歌ったように、この石橋界隈は、町なかに在るというのに、ひっそりと長い歴程を秘めた静けさをただよわせているのだ。

昔、桃花が咲き乱れたという桃渓橋付近の川原には、家鴨《あひる》が群をなして遊び、蔦紅葉のからむ川辺の石垣では、傘屋のほす油ひきの傘が、うららかな春の陽を浴びてつらなっていた。

真人は、こんな長崎のハイカラめいた古さびさが好きだったが、周囲が春めいて和やかであれば、それだけ痛めつけられた苦しさが深まる思いだった。

大井手橋を渡って、ひっそりした石畳の露地に入り、その奥の香川家を訪ねた。

玄関を開けると、鈴が鳴って、黒いツーピースの娘が奥から出てきた。

真人が来意を告げると、沙恵子《さえこ》は、妹ですと黒い瞳を伏せた。

「昨日は遠慮しなければいけないと思って、今日にしたのです」

真人の沈みがちな言葉に、沙恵子はちいさく頷いて奥へ招じた。

真人は、仏壇の前に膝行《しっこう》して焼香の火を移し、笑いかけた故人の写真の下に頭を垂れたまま、暫く身動きもしなかった。

ひそやかな香烟の匂いが、父娘だけになった家庭の哀しみを深めるように、淡くゆらいで消えていった。

「お父さまは……」

真人は、ながい黙禱を終えると、沙恵子のほうへ膝をまわした。

「親戚の者を送って、さっき駅へ出ました」

「この度のこと、何とお詫びしていいものか……」

真人が頭を下げると、

「これが姉の天命でしたら、幸せな心を抱いて亡くなったことが、せめてもの救いだと思っています」

沙恵子は、しおのある美しい眼で、中指に塡《は》まった大粒のダイヤを見詰めた。

「すばらしいダイヤですね」

真人は、素直に驚いた顔になった。実際、小市民の簡素な部屋では、それだけが不似合いなまでに華麗な光芒を放っていたのである。

「姉のものでしたが、イミテーションですわ」

沙恵子は、ふっと淋しそうに笑った。

「これが……」

「おかしいからよしてよって言っても、姉は、結婚したら本物のダイヤを買ってもらうんだって、デイトのたびにはめてでていたんです」

「結婚というと、あの尾形さんと……」

「ええ、はっきりは申しませんでしたが、尾形さんだったと思います」

「だったとは……」

「あの時も、姉がいそいそと出掛けるものですから、いつもの方？　と訊ねるとうんって、うれしそうに言ったんです」

そう言って沙恵子は、また、うるんだ眼眸《がんぼう》をダイヤに落とした。

その言葉で、真人は、尾形時雄に対し、俺は彼の恋人を奪ったのだという、新たな負担を加えた。

真人は、香川家を辞した足で、中島河畔を上り、寛永年間、切支舟退治のため創立されたという光源寺を抜けて、伊良林の広馬場にでた。

あれた馬場では、子供たちが遊んでいた。

赤い三角旗を先頭にした子供につづき、めいめいが、野花や箱を手にして馬場を練り歩いているのだ。

「ちゃんこん、ちゃんこんドォーイドーイ」

「ドォーイ、ドーイなあまいだ」

竜の尾のような三角旗があがる度に、子供たちは斉唱した。孟蘭盆祭の夜、長崎で聞かれる精霊囃しであった。

真人は、この時ふっと、「孟母三遷」の故事を想った。有名な幽霊の像があるという光源寺界隈だからそうなのか。それにしても、精霊流しとは、季節はずれの奇妙な遊びではないか。

故なく、真人は、不条理な予感にかられるまま先頭の少年に訊ねた。

「坊主たちは、何しとるんだ」

「猫の葬式さ」

「猫……」

「うん、ぼくんとこのミーヤに、よっちゃんとこも、けんちゃんの猫も死んだけんね」

とその少年は、無邪気に、真人のまわりに集った少年たちに同意を求めた。

「どうして……」

「ミーヤがおらんけん探しとったら、この馬場で死んどった」

「その、よっちゃんとけんちゃんの猫もかい」

訊ねると、二人の少年も、うんと真人を見上げた眼で頷いてみせた。

「三匹一度にね……」

真人は首をかしげたが、少年たちに、猫の死という事実以上のことを訊ねるのは無理なもののようであった。

しかし、猫は神秘な動物で、一定の時期になると猫山へ行って、不思議な霊能をさずかって戻ってくると、幼い頃、祖母からよく聞かされていた。

たとえ、それが話だけのものにしても、猫は死期を悟ると、どことなく姿を消し、死体を人目に晒さないものである。

それが、三匹一度とは異常なことではないか。なぜ……と真人は考え込んだとき、こんな情景に捉われるのも、自分が得体の知れぬ魔魅に憑《と》りつかれているからではないのかと、事故以来、納得しきれぬ影をふり払うように、首をふって空を見上げた。

南国の空は、どこまでも青く、明るい陽光が白昼の幻夢をふきけして燦々《さんさん》と降りそそいでいた。

何をこだわっているのだ。真人は、強く指を鳴らして、少年たちの指さす、馬場はずれの瀟洒《しょうしゃ》なアパートへ大股に歩きだした。

小態なサボテンを並べた受付の窓を覗くと、初老の管理人が詰将棋をやっていた。

「尾形さんは、何号でしょうか」

真人が出窓を開けると、

「一時間ほど前に、出ていかっしゃったが」

老人は、射しこんだ西陽にまぶしそうに目を細めた。

「そうでしたか……」

彼が肩を落とすと、

「まだ、銀嶺じゃなかですかな。ここに電話があったとき、そこで待合わすごと銀座町の道順を教えとりなさったけん、電話ばかけんさったら……」

老人は親切に言ったが、用件が用件だけに、他出中の尾形を呼出すのもはばかられた。

それで、菓子箱を老人にことずけて帰りかけたとき、馬場を横ぎってくる尾形を認めた。

真人は声を掛けようとしたが、春めいた雰囲気を拒否する相手の厳しい表情に気押され、ふっと口籠《くちご》もった。

しかし、尾形は、彼を認めると「やあ」と気さくに声を掛けてきた。努めているとわかっても、相手の気をほぐそうとする尾形の心使いが、真人にはうれしかった。

「僕のことまで気になさることはありませんよ。別条なかったことだし、やろうたって出来ないスリルを味わったんですからね、こちらから礼をいいたいほどですよ」

と尾形は、菓子箱に恐縮して頭を下げた。

真人は、相手の好意は有りがたかったが、その言葉の軽さに素直には受取れなかった。

　事が生命に関るものだけに、かえって真人は、理不尽な戸惑いさえ感じた。

「そうおっしゃって下さるお気持はうれしいのですが、あなたのフィアンセを奪ったことは取返しのつかないことで、どうお詫びしていいものか……」

　神妙に頭を下げると、

「弱りましたね、誰に聞かれたのですか」

　尾形は、いかにも弱ったといった様子で、軽く肩をあげた。

「妹の沙恵子さんから、そんな風にうかがったものですから……」

「実をいうと、それで弱ってるんですよ。アベックで河豚ちりを食べにいくほどだから、ただならぬ仲じゃあなかったのかと、そう一般には誤解されがちなんですが、もし、縁談でもあった時なら、笑い話ではすみませんからね」

「香川さんとは、何でもなかったと言うとですか」

　妙なものである。逆に、真人自身裏切られでもしたかのように、強い口調になった。

「香川さんのことは、会社の者がよく知っています。単に同社員というだけで、個人的な関係はないんですよ」

　尾形は、やりきれなさそうに首を振った。

「ばってん……」

「河豚ちりのことでしょう。あれは単なる座興で、昼休み偶然香川さんたちと一緒になったとき、彼女が持っていた知恵の輪をはずせないなら河豚をおごろうとつい口を滑らせたのです。結果は僕も負けで、皆から聞かれた手前、男の意地を立てたわけです。長崎の看々踊《かんかんおど》りみたいにね、僕もユーモアと思って約束を守ったのですが……」

　看々兮《カンカンイ》　賜奴的九連環《スステキュウレンカン》……土《ぬし》に貰った知恵の輪を、双手に抱いてきは来たが……云々と、唐人が故郷を偲び、胡弓《こきゅう》を弾き、長い弁髪を振って踊ったものである。今は酒間のユーモラスな座興になっているが、河豚とて、ユーモラスな風味に満ちた魚ではないか。

　尾形も、風流な故事にならってやりきれないことになったのかと、裏切られた者同士のほろ苦い気持で頷いたとき、ふっと真人の脳裡に、沙恵子の指に燦《きら》めいたイミテーションのダイヤが、一つの影を落とした。

3

長崎は鎖国時代、日本唯一の貿易港だったという潤沢な伝統から祭が多い。

春のハタ合戦から、千日祭、祇園祭、ペーロン、孟蘭盆精霊流し、支那盆、諏訪祭《おくんち》等に、四季の行事がつづく。

なかでも、春のハタ合戦は、この別名を「つぶらかし」即ち、倉の財産をつぶしてしまうといわれるほど夢中になる。

ハタ合戦は、定められた日、唐八景や風頭山《かざがしら》などで行なわれるが、山形、横べっそ、タンゴ縞、尻鯨ん皮など、春浅い山道を長蛇する凧《ハタ》の行列は美しいものだ。

こうして、ハタ好きな長崎っ子は、山腹に緋毛氈を敷き、重箱の御馳走を並べ、早速ハタを揚げながら相手を物色するのである。

四月五日、唐八景でのハタ日の翌日、山腹の草叢の中で男の死体が発見された。

唐八景は、頼山陽《らいさんよう》が支那の瀟湘八景に擬したという景勝の地で、普段も遊山の客の絶えないものだが、アベックの知らせで、客を乗せてきたタクシーの運転手が長崎署へ急報した。

死人は、前日のハタ合戦を見物にきたものらしく、一見酔った姿勢で倒れ、河豚の鰭酒《ひれさけ》の入った水筒と折詰が側に残っていた。

所持品は、四千円ほど入った財布、国産の腕時計、銀嶺のマッチ、住民票、タバコなどそのまま残り、物色された様子はなかった。

解剖の結果、河豚の中毒死と発表され、水筒の鰭酒から、微量の河豚の毒素が検出された。

ここで、連れの人物があったものと推測されたが、当局の呼び掛けにもかかわらず、出頭者はなかった。

当人が独りで来たものか、或いは掛り合いになるのを恐れて連れが韜晦《とうかい》したものか、警察は当日の目撃者を求めたが、これも呼び掛けに応ずる者はなかった。

これは、ハタ合戦に気を奪われて、周りの人物にまで気がまわらなかったとも、不確かな記憶で証言するのは気が進まないのだとも考えられた。

次に、自動車《くるま》が検討されたが、これも臨時バスが出たほどの混雑だったので、当人を憶えている者はなかった。

死人の身元は、住民票から、長崎県西彼杵郡茂木町貝原、鴨井田繁《かもいだしげる》と判り、調査の結果、鰭酒の好きな漁師で、その日もハタ合戦見物にゆくと鰭酒を用意して出たことが、妻、浜江《はまえ》の証言から明らかとなり、警察は、河豚の鰭酒による中毒事故と結論した。

しかし、夏村真人には、漁師の死が単なる中毒事故とは思えなかった。いや、思いたくなかったといったほうが正しいかも知れないが、ともかく、真人は、銀嶺のマッチにこだわって、長崎時事の友人に頼み、求められる限りの情報を集めていた。

それというのも、伊良林アパートを訪ねたとき、何気なく洩らした管理人の言葉が気になったからである。

あの時、突然、呼び出しの電話をかけた相手が、尾形と同会社の人間か、長崎の者なら、銀嶺と著名な喫茶店を指定しただけで、何もそこまでの道順を説明する必要はなかったはずである。

ところが、相手はそうした人物ではなかった。だから、銀嶺ととっさの場所を指定したあとで、詳しい道順を説明しなければならなかったのであろう。

この推測を、茂木の漁師にあてはめると、いかにもぴったりするのである。

唐舟も、唐八景の場合も、同じ中毒事故である。河豚ちりや鰭酒は、当事者の真人や漁師にとって事故の因《もと》となるとは考えられないほど安全なものだが、一般には、いかにも起こりそうな危険な因子を含むものと思い込まれている。

現に、そうした中毒事故は起こっていることだし、「河豚食うや　神に預けし　命とし」など、何気なく口ずさまれている俳句自体に、この可能性を肯定する社会心理が作用しているのではないか。

真人は、こうして、河豚、銀嶺、猫の葬式、漁師と共通の因子を尾形に結びつけた時、それまで男らしくもない未練だと押さえていた疑惑を、躊躇なく引き出していた。

「いつ知らぬ恋風おそろし」と、井原西鶴《いはらさいかく》を嘆かせた丸山の思案橋から、羊腸たる小島町の山坂をのぼると田上峠にでる。

ここから、右折する山道が唐八景へつづき、そのまま山間のなだらかな道をくだると茂木の港へ至り、春には、名物の茂木枇杷の小さな実が、青い群列となって眺められる。

　思案橋からバスで十五分足らず、昔から長崎の裏玄関といわれた港で、幕末はこの港から薩摩あたりの志士が長崎に入り、田上には、長崎奉公所のいかめしい関所があった。

　現在も、昔とかわらぬ小さな漁師の港で、訊ねるほどもなく、波に吹き寄せられた貝殻のように、山際にかたまった聚落に、まだ忌中の札をはった鴨井田の家があった。

　潮風にさらされた貧しい家並だが、清澄な海と磯の香りが、いっそ爽やかな感じを与えた。

　真人は、土間をのぞいて、「長崎時事の者ですが、御主人のことで参りました」と故人への礼を失さぬ程度にさばけた口調で言った。

　むしろの上で天草をわけていた妻女は、菓子箱にひどく恐縮して赤茶けた円座をすすめた。

「このことだったら、もう警察の人に話してしまいましたが……」

「訊ねるのは同じことかもしれませんが、別に疑問の点もでてきましたので……」

「ああ、事件記者さんですか」

　潮焼けた妻女が、いかにも解ったという顔になったので、

「どうも……」

と、今度は、真人のほうが恐縮してしまった。見ると、ここにも、テレビだけは不調和な感じでかしこまっていた。

「さっそくですが、御主人はいつも鰭酒を飲まれるんですか」

「はい、河豚酒が自慢で人にもすすむるほどでした」

「といって、毒の心配はなさらなかったのですか」

「いいえ、河豚の鰭に人の死ぬほどの毒はありませんけん」

漁師の妻らしく、きっぱりした口調で首を振った。

「そのことですが、御主人は、この前長崎で起こった河豚中毒の話はなさりませんでしたか」

「はい、お客さんのことじゃと言うとりました。テレビだけではよう判らんと、新聞まで買《こ》うてきて話したとです」

「お客というと……」

「長崎から、釣に来んさる人です」

「なるほど……」

この地方で、本格的に釣を楽しむとなるとほとんど、夜釣で漁師に頼んで沖へ舟を出してもらうことになる。尾形も、鴨井田の釣舟に通う常連の一人だったのであろう。

「それで、この事故について、どうおっしゃっていましたか」

「どげんして毒がまぎれこんだもんか、運《ふ》の悪かお人じゃと言うとりました」

「それだけですか」

「はい」

といって、これだけ身辺な事件を、通りいっぺんの噂として打切るのも不自然である。やはり、思うところあって、話を伏せていたのではないか。

「この事件のあと、それから四日目の日曜になりますが、御主人は長崎へ行かれませんでしたか」

「あの日は、組合の用とかで家にはおりまっせんでした。男衆のことですけん、長崎へ行ったかも知れまっせん」

「それで、亡くなられた唐八景のハタ日は、その次の日曜になりますが、はっきり見物に行くといって出られたのですか」

「はい、そういうて鰭酒ば作って出かけたとです」

妻女は、頷いて膝に視線を落とした。

「別に、連れとかお客のことは……」

「聞きまっせんでした」

「さっきの尾形さんのことですが、時々ここへ見えましたか」

「釣の打合せは、組合の電話ば使うもんですけん、家へはあまり見えんとです」

釣の客は、鴨井田が餌を用意している小舟へ乗込めばよいのだから、ここへ来ることもないわけであろう。

「それでは、なじみになってるお得意さんがあったわけですね」

「はい、釣のお客は、だいたい定《き》まっとりました」

「海の模様次第で、予定を変える時もあると思いますが、その時には、こちらから連絡するのでしょうね」

「急な場合には、電話か電報で打ち合わせていました」

「で、定連の連絡先を書いたメモでもあったら、見せてくれませんか」

真人は、ずいと一歩突込んで言った。そして、妻女が、奥から引き出してきた水色のメモ帳に、定連らしい十二人の名前があり、その中に、尾形時雄の会社とアパートの電話番号が書入れてあった。

4

茂木行の結果、漁火《いさりび》のように暗夜に揺らぐ疑惑が、明瞭な確信に変った時、真人は、直接長崎医大の谷博士を訪ねた。

谷博士は、河豚の研究家として知られ、長崎県警本部犯罪科学研究所化学科の顧問なので、真人は、ためらわず自分の見解を述べた。

話が終ってからも、谷博士はしばらく瞑目して言葉の重さを計っている様子だったが、やがて椅子に深くもたせていた背を起こして、静かに顎を引いた。

「河豚毒テトロドトキシンは、毒素としては超A級、青酸カリも問題にならぬほど強烈なものですから、手段の可能性は大いに考えられますね」

「はい」

真人は、頷いた目に力をこめて、次の言葉を待った。

「これは、〇・五ミリグラムの極微量で、体重五十キロの人間が死ぬほど毒性が強く、六時間くらいぐつぐつ煮ても分解しないし、真夏の直射日光に毎日八時間ずつ二十日間さらし続けても平気、零下二十度に十二時間置いても、一向に参らないという頑固さです。煮ようと干そうと凍らそうとこわれない毒素だから始末におえない。おまけに、酸にも滅法強く、ただアルカリにはちょっと弱味を見せますが、毒素を破壊するほど強いアルカリで処理した日には、河豚の味もあったものではないでしょう。それに解毒剤もないとあっては、結局河豚毒にはお手あげなんですよ。

ところで、このテトロドトキシンは抽出してみると、無色、無味、無臭の粉末でしてね、あなたたち板前さんがどんな腕前を誇っても、毒があるかどうかは、動物実験をやらぬ限り見分けようがないわけですよ」

「そのテトロドトキシンを、私たちが簡単に抽出するというわけにはいきませんが、毒性を利用するだけでしたら、肝の粉末でもかまわないわけですか」

「むろん、それでいいわけで、その男も、肝の効果を確かめるために、動物実験をやったものでしょう。この一事を考えても、相当慎重な性格のようですから、あなたも慎重に行動なさることですね」

「ありがとうございます」

真人が丁寧に頭を下げると、谷博士は、くつろいだ表情になって話しかけた。

「蛇足かもしれませんが、毒の有無を舌の先でたしかめようたって無理なんですよ。酒のアルコール、茶のカフェインなどとは趣きが全く違い、毒があるから河豚はうまいということにはならない。〝くちびるに毒がピリピリとくるくらいでないと〟と通人はおっしゃるが、これが全くのナンセンス。ピリリときたらそれは薬味のトウガラシで、毒素自体に味がないのだし、いくら猛毒といっても、口に放り込んだとたんに中毒症状が現われるはずはないのです。あなたも板前としてこれをよく心え、ピリピリを要求する客には、うんと薬味をきかせてあげるんですね」

谷博士の言葉で、真人は、最後の攻城にとりかかった。しかし、狙いはつけたといっても、尾形と香川郁子の関係を確認するのは容易ではなかった。

数日間、真人は、三菱電機界隈をぶらつき、資材課の社員をとらえ、興信所の調査員とみせてさり気なく訊ねたものである。

「縁談があって、先方の御両親が、河豚の事故で一緒だった娘さんのことを気にしてるんですが、実際、尾形さんがおっしゃるように、特別な関係はなかったのでしょうか」

「尾形君も、知恵の輪をなめるけん、あげなことになったとですよ。あの時は、僕も一緒でしたが、行きがかりの座興から、おごらねばならぬ羽目になったとです。尾形君にすれば、約束通りおごった本人に死なれ、痛くもない腹をさぐられ、おまけに縁談にさしさわりができたというんじゃあ、泣き面に蜂どころじゃなかですね」

外連味《けれん》のない男らしく、その口調には、尾形への同情がこめられていた。とても、出まかせのものとは思えないのだ。

「やはりそうでしたか」

真人ががっかりすると、相手はどうとったのか、きっぱりと駄目を押した。

「こう言っては何ですが、尾形君はあの通りの好青年ですが、香川君はとても彼の気をひくだけの女性ではなかった。何でもなかったからこそ、みんなの前であげな賭もやれたとでしょうし、もし何かあればですね、同じ社内のことですけん隠せません。ところが、二人の噂は、河豚騒ぎ以外何も聞いとらんとですよ」

他に、二、三の社員にあたってみたが、大体同じような答であった。

真人は、周囲の証言が無意味だと知ると、次に、尾形自身の行動を追った。

しかし、これとて、別にあげつらうほどのものはなかった。平凡なサラリーマンらしく、会社とアパートの往復だけで、たまに同僚と小さなバーへ行くことはあっても、キャバレーなどで不当な散財をすることもなかった。

南風は、行きつけのバーらしく、

「時々独りでおみえになります。ハイボールかモカフィズ一、二杯程度で野球の好きな人でね、わたしとは、セとパにわかれてやりあうんですよ」

バーテンの言葉も、聞いて癪になるほどあっさりしたものであった。

どこにも取付く島はない。俺も、詩の河豚のように、しまいまで叩かれどおしなのか――

真人は、行為の空しさにがっくりなった時、沈みきった失意の底から谷博士の言葉がゆらっと浮かび上った。

慎重な男――というが、たしかにそうであれば、このような事件前後の行動は、慎重をきわめるのが当然の話である。

アイロニカルな解釈としても、尾形の行為が単調であればそれだけ、隠された影が深まるものではないだろうか。

こう思った時、真人は、沙恵子の会社に電話して近くの茶房で待ちあわせ、二人の関係を告げ、

「お姉さんと尾形との間は、別に何でもなかったようですよ」

真人は、実際そう思っているわけではなかったが、さり気ない視線の端に沙恵子の表情を捉えながら、賭の一件から同僚の話を伝えた。

「いいえ、あの夕方、出かける時の姉の表情は何かしら楽しそうで、通りいっぺんのものではありませんでした。男の方には説明できませんけど、女同士の勘みたいなもので、いつもの方だなと思ったのです」

沙恵子は、信じられない顔で首を振った。

「そのお気持は判りますが……」

真人は、なお曖昧に首をかしげた。

「わたしも同じB・Gですからよくわかるんですが、社内の口って想像以上うるさいものです。だから、姉たちは、お互いの関係を隠してたのではないでしょうか。といって、いつも人目を避けてばかしいてもつまらない

ので、賭の芝居で賑やかな通りをおおっぴらにデイトしたのではないかと思うんです」

「なるほど、そんな見方もあるわけですね」

「それに、結婚したら本物のダイヤを買ってもらうといえるほどの恋人が他にいたら、一度は焼香にみえるはずでしょうが、そんな人はみえません。姉の言葉の対象になる人は、尾形さん以外に考えられないのです」

尾形の影の深さをのぞけば、彼の言葉通り、二人の間が単に同会社というだけの淡白なものだったとは信じられない。

そう思えば、二人の関係を強調する尾形の態度には、一種構えた姿勢《ポーズ》が感じられた。

以前、友人のプロデューサーを放送局に訪ねた時、演技過剰の俳優に、芝居のしすぎだと注意していたが、尾形も、その効果を強めたいばかりに、無関係な真人にまで首を振ったのではないか。

しかし、尾形はなぜ、そうまでした二人の関係を隠さねばならなかったのか。

もし、有力な筋から縁談の話でもあって、郁子との関係が差支えるというのなら話は判るが、それはなかった。といって、別に女関係があるのでもなく、いわば尾形は、どんな女性とでも交際できる自由な環境にあったのではないか。

その他に、二人の関係も隠さねばならぬ事情があったとなれば……と真人が、考えあぐねて転じた視線に、ギヤマン細工の窓ガラスが華やかに光った。

そして、その光が、あの夕方、沙恵子の指にあったイミテイション・ダイヤの華麗なさらめきを蘇えらせた時、彼は、

「あっ!」と叫んだ。

ダイヤは、愛ではなく、富の象徴ではないか。

「沙恵子さん、あのダイヤですよ、ひょっとしたら……」

「ダイヤ……」

「まだ、あのニセダイヤはあるんでしょうね」

「ええ、姉の小匣《こばこ》にしまっていますが」

「すぐ、とってきて下さい」

真人は、雲を呑まされたように茫然となった沙恵子をせきたてて、通りのハイヤーを呼んだ。

そして、大井手町の沙恵子の家から車を戻し、浜人町の「宝石店」へ入った。

訳を話すまでもなく、知り合いの主人にダイヤを渡す

と、形どおり鑑定をすませてから、

「いいダイヤですね。三十万でひきとらせていただきますが」

と愛想のよい顔になった。

瓢箪から駒、という言葉はあっても、真人は、このダイヤがそれほど高価なものとは思わなかった。

「このダイヤが本物だと、判っていたのですか」

放心したまま静かな銅座河畔に入ると、沙恵子のほうから、まだ驚きの醒めない顔で口をきった。

「もし、本物だったら、尾形との関係がはっきりすると思ったのですが……」

真人も、頷きながら、まだ茫然とした顔で応えた。

こうなれば、尾形時雄が会計課の郁子の立場を利用して、架空の伝票をきったことは明らかである。

このために尾形は、郁子をまず自分の女にしてから承知させたものであろう。

関係を秘密にしていたのは、社内の口はうるさいものだとか、二人の立場から、結婚するまでは伏せておいたほうがいいことなど、何とでも説明はつく。

そして、贋伝票を通させたことも、取引の都合だとか、他の名義で穴を埋めるとか、会社間の複雑な関係を楯に、郁子を納得させるのは容易だったに違いない。

郁子にすれば、最終的には言葉通り、尾形が責任をもってくれるものと信じて、恋人にまかせきっていたものであろう。

しかし、尾形は、その全責任を郁子に負わせる計画で、最初から殺意を固めていたのではないか。帳簿の面では、すべて郁子の仕事として決済されていたのだから、彼女さえ口を閉じれば事はすむ。それには、偶然的な事故で消えるのが、最も自然な方法である。

ところが、このダイヤだ。贈物《プレゼント》にしては、あまりに高価なものだが、女の歓心を得るためには、やはりこれだけのものが必要だったのだろうか。

真人は、その上、沙恵子にまで贋ダイヤだと偽った郁子の態度に釈然としないものを覚えたが、こうなれば隠す必要もないことだと、伏せていた事実を言葉を選んで話した。

「でも、このダイヤに憶えがないと言われればそれまででしょう」

沙恵子は、高ぶってくる気持を鎮めるように瞳を伏せた。

「困ったことに、尾形の殺意を説明できても、犯行を証明する証拠は何もないんです……」

　真人も、物的証拠を重視する現行法の壁に悄然として応えた
「この段階では、まだ不味《まず》い。今、尾形に感づかれることは、絶対に避けねばなりませんからね」

「でも……」

　と沙恵子は、真人を見詰めたまま首を振った。訴えるように妖しく光ってくる黒曜石の瞳、薔薇の花びらのように柔らかそうな唇、青春を惜しみなく象徴した豊かな胸の線など、沙恵子のすべてが男の情感を目覚めさせる冴え冴えした美しさに揺らいでいる。

「明後日は、お姉さんの忌明けになりますが、尾形も来るのでしょう?」

　真人は、まぶしい思いで目を瞬《しばた》かせた。

「ええ、昨日、忌明けのことで会社に電話がありました……」

「そうでしたか……」

　この時、彼は、尾形も、沙恵子の美しさに無関心でないのだと知り、一つの計画を思いきって沙恵子に告げた。

5

　長崎のハタ揚げで、金毘羅山のハタ揚げは最も盛んなものとされた。

　長崎古今集覧付録名勝図絵に、金毘羅山のハタ揚げを描き、

「市中より子供を引つれ、懇意の人々誘い合、弁当敷もの等を担せ、広野に出、銘々に座を選み、唐人伝来の紙鳶(大中小有俗に旗と云)阿蘭陀伝来の硝子与麻(細苧糸に硝子の粉を粘り製す)を結び、雲井遥に引上げ、双方より互に繋け合、勝負争で、手練の達人は一旗にて旗切放す」と言い、「野辺の森の中、道の傍、茶店喰物酒肴夥し」と説明してあるほど賑かなものであった。

　この時、沙恵子は、尾形に誘われるまま、手作りの弁当をさげ、春の若草を踏んだ。

　すでに山頂ではハタ合戦が始り、華やかな紋章が大空に舞い乱れ、勝って「ヨイヤー」、負けて「エークソ」と地だんだを踏む声が聞かれた。

「沙恵子さんは、長崎の四季の唄を知っていますか」

尾形は、ハタ合戦を眺めながら、さりげなく肩をよせてきた。

「いいえ」

沙恵子は、首を振った。

「春の遊びは金毘羅で、向うに見ゆる風頭、勝負争う、ビードロで、ハタ屋がとりもつ縁かいな、って言うんですよ。僕らがこの山に来たのも、そうだといいんですがね……」

尾形の息が、間近に頰にふれた。姉は、こんな甘さに溶かされたのだろうかと、沙恵子は恥ずかしそうな身振りで顔をそむけながら、まとわりつく相手の視線に躰をかたくして耐えていた。

ところが、正午ちかくなった時、今度は沙恵子のほうから、

「ねえ、静かなとこでお昼にしません……」

と、甘い声で誘ったのである。

「行きましょう。八郎岩のほうに、いい場所がありますよ」

尾形が、沙恵子の言葉に乗って、はずんだ声をあげた。

金毘羅山の西斜面は岩が多く、人の立ち入らないせいか、伸びきった枯すすきを倒すとそこだけが一種の密室状態になり、草の合間からは、長崎の港が細い帯のように青く光って見えた。

「ハタ合戦っていいものですね。そうでもなきゃあ、沙恵子さんの手料理にありつけませんからね」

尾形は、もう沙恵子が意中の人になったかのような自信に満ちた微笑をむけた。

沙恵子は、お重の弁当をときながら、駈けだしたい衝動を懸命に押さえていた。

すんなりと投げだされた形のよい脚が、時折、何かを期待させるように小刻みにふるえた。

尾形は、初心《うぶ》な相手を楽しむように、熱っぽい微笑をたやさなかった。

「やあ、海苔巻、玉子、甘栗、何でもあるんですね」

沙恵子がみせた精一ぱいの微笑に、尾形は躊躇なく手を伸ばした。

そして、ほどなく、尾形の顔に微妙な影が走った。

「沙恵子さん」

と胸を押えた言葉が奇妙にかすれていた。

沙恵子は、その声に弾じかれてさっと立上った。もう、これ以上、じっとしていられない気持だった。

「おれに、毒を……」

はっきり拒絶する相手の瞳に、尾形は激しく胸をあえがせた。

そして、激しい形相で立上り、沙恵子につかみかかろうとしたとき、草陰から飛出した男が、彼女の前に走って、のしかかった肩を押倒した。

「きさまは……」

尾形は、倒れた姿勢のまま声を呑み、もっとも恐れていたものを見たかのように、見開いた瞳は動かなかった。

「よく、毒だとわかったもんだな。普段の人間なら、食あたりか何かと言うもんだが」

真人は、相手が動けば、何時でも攻撃できるような、隙のない姿勢で言った。

「お、おれを、どうしようというんだ……」

「俺には、河豚の仇、沙恵子さんには、姉さんの仇、おまけに漁師の仇を加えて、河豚の毒をたっぷり食ってもらったのさ。どんな味か、お前が散々研究した河豚毒だからよく判るだろう。今、とちったようにまず、くちびる、舌先がしびれる。それから指先がしびれ、吐き気がして運動麻痺が起こり、呼吸困難となって死ぬんだ」

真人は、相手を見くだし、ずけりと非情な口調でいった。

「そ、そんなこと、おれは知らん」

慄える指先で、尾形は咽を押えた。

「判らんなら言ってやろう。お前はまず、結婚を条件に郁子さんに近づき、会計の立場を利用して贋伝票を通させた。要心深いお前だからな、二人の間を公開せず、本当に得た金も秘かにたくわえ月給以上の金は使わなかった。怪しまれる隙を作らなかったわけだ。そして、目標にしていた金もたまり、これ以上郁子さんと関係をつづけるのは危険だと見切って、予定どおり河豚の事故にみせかけて消したんだ。デイトの楽しさに酔った郁子さんの皿に、微量の河豚毒を入れるくらい何でもなかったはずだ。そこまではよかったが、合憎と茂木の漁師に怪しまれた。お前は、その漁師の舟で沖釣に行ったが、相手は河豚好きな漁師だ、河豚の話には事欠かなかったろうし、また、必要な河豚はその漁師から買ったものだ。それだけに漁師は、唐舟のニュースに、ピンとくるものがあった。それで、長崎へでて、伊良林のアパートへ電話し、銅座町の銀嶺で落合ったものだ」

「そ、それをどうして……」

尾形は、目をむいて苦しそうにあえいだ。

「どうしても糞もあるもんか。お前が河豚毒の効力を近所の猫でためしたこともな、何でもお天道さまは見通しってことさ。漁師の場合もうまいこと言ってハタ日の唐八景にさそい、お得意の手で鰭酒に毒を入れ、河豚好きな者にありがちな事故死にみせかけたんだ。この時、まさか銀嶺で足がつくとは思わんから、漁師の持物はそのままにしてたんだろうが、鴨井田のポケットに銀嶺のマッチがあった」

「おれは、そ、そんなことは、し、しらんぞ」

「だったら、さっき銀嶺ときいてなぜ目をむいた……銀嶺のウエイトレスも、そのお二人さんには、見憶えがあると証言したからな、お望みなら面通ししようか」

「畜生、おれをはめたお前も、殺人では同罪だぞ」

「ふん、声がでるかい。だせるものなら大声で人をよんでもいいぞ。お前はな、自分の発明した河豚の事故死で消えていくんだ。そらそら、もう声も出ないだろう。すぐに指も動かせなくなり、薬も飲めず、もうろうとなって息の根がとまる。釈迦に説法だろうが、これはな、呼吸中枢をやられ、抹しょう血管がふくれて血圧がひどく下ってやられる。ご承知のよう解毒剤はないから、治療には吐かせたり、人工呼吸をやる他はない。どうだ、河豚の毒を自分の躰で実験するのも乙なものだろう」

「た、たのむ。助けてくれ……」

尾形は苦しそうに躰をよじり、あえぐ声も、ハタ合戦の歓声で聞きとれないほどかすれていた。

「往生際の悪い奴だ。自分の罪を精算するためにもな、思う存分苦しむがいいんだ」

真人が、よりすがる相手の肩を冷酷に押し倒した時、草陰から第二の男が出てきて彼の肩を叩いた。

「夏村さん、それくらいでいいでしょう」

警部の制服の男は、連れの刑事をうながして、尾形の手にガチリと手錠をはめた。

「さあ、立つんだ」

刑事が言った。

「河豚の毒が……」

尾形は、警官も手錠も目に入らないように、苦しそうにあえいだ。

「尾形、お前は立てるんだ。今飲んだのは、谷博士からもらった、何でもないシビレ薬さ。自分の犯した罪の意識で俺の暗示にかかったんだが、もう薬の効力は消えているはずだ。ただ、俺は、お前の罪を証明するだけでなく、亡くなった人のためにもな、この苦しさを知ってもらいたかったんだ」

真人は、額の汗を拭きながら、警部に頭を下げた。

「では、本署のほうで……」

警部たちが尾形をひきたてて草叢をでた時、山は二人だけのものになっていた。

もう、ハタ合戦のどよめきも、遠い潮騒のようにはるかなものに感じられた。

沙恵子は、現実のドラマの強烈な余韻の中で、まだ茫然としていた。

そして、真人が、

「沙恵子さん」

と呼びかけた時、風に散る木の葉のように、ふらっと彼の胸に倒れ込んだ。


尾形時雄の供述は、真人の推定と大差なかったが、ダイヤの件だけは違っていた。

ダイヤは、尾形が贈ったものではなく、郁子が彼の伝票に便乗して自分で買ったものだと言う。

尾形は、ダイヤを見せられた時、危険なことだと注意したが、郁子は贋ダイヤにしておくから大丈夫と笑い、早く結婚してくれと迫った。

彼は、そんな女心に不安を感じて予定を早め、ダイヤは、発覚した時、郁子の横領の証拠に逆用できると思い、ほうっておいたと言うのだ。

真人は、今更郁子の幻影をゆがめる必要はないことと、そこだけは伏せて事件の結末を告げた。

この時、沙恵子は、悪戯っぽい顔で笑った。

「ほんとに、河豚に恋していらっしゃるのね」

真人は、「に」でなく、「河豚の恋」だと言いかけた声を、ふっと咽の奥に落とした。

沙恵子の薔薇のような微笑が、そんな言葉を必要としない幸せな未来を匂わせていたからである。

幻の蝶

一

金魚が消えていた。五匹の美事な蘭鋳《らんちゅう》のうち、一匹が足りないのだ。

左衛子夫人は、最初、猫にでもとられたのかと簡単に考えていたが、宇宮原《うみやばら》教授の奇妙な行動に、ふっと身を竦《すく》ませた。

それは、ただの金魚ではなく、はじめて明かした夜の記念に、池谷啓作から贈られたものである。夫人は、蘭鋳の美しさというより、情事に賭ける池谷の意気がうれしくて大事にしていたものだけに、妻の不貞を知った夫が、嫌がらせの警告として、金魚を殺していくのではないかと青くなった。

このとき、宇宮原教授は、左衛子夫人が外出中だと思っていたせいか、応接間の水鉢から、さり気なく一匹の蘭鋳を掬《すく》い、水を入れた小さな容器に移して書斎へ戻ったのである。書斎には、厖大《ほうだい》な蝶の専門書が並び、中側は蝶の標本棚となって、必要な実験用具も備えた書斎兼備の研究室になっている。

宇宮原教授は、容器を机の上に置くと、本棚からジョニイ・ブラックの瓶をとり出し、琥珀色《こはくいろ》の液体をグラスに満たしてうまそうに喉をならした。

まさか、金魚に酒を飲ませるつもりではないだろうがと、夫人は、名残り惜しそうにウイスキーと蘭鋳を見較べている教授の表情にしばられて、ドアの影から動けなかった。

それから教授は、薬品棚の小瓶から少量の白粉をすくい、ウイスキーに移し、つぎに瓶を二、三度振って陽に透かし、粉を溶かしたウイスキーを、一滴二滴と注意深く容器へおとした。

金魚を見つめる教授の表情は、石のように硬かった。金魚は、すぐに腹を返して水の底に沈んだ。

教授は、実験の結果に満足したものらしく、ニタリと唇を曲げて死んだ金魚を窓の外へ抛《ほう》った。

左衛子夫人は、一瞬の間に、ジーキル博士からハイド氏に変貌した夫を垣間見たもののように、肌寒い戦慄を感じた。

それはまた、ただの怖れというより、夫人の身に迫った危機感のようなものでもあった。このため夫人は、その夜、毒入りの瓶を、同じジョニイ・ブラックの瓶とこっそりすり替えたのである。

翌月曜の夜、左衛子夫人は、池谷啓作の腕の中から囁くような口を寄せた。

「ねえ、主人がうすうす感づいたらしいのよ」

その声は、満ちたりた充足感で小娘のように甘かったが、意味の鋭さに池谷は弾かれたように濡れた腕を起こした。

「先生が、何かおっしゃったのですか」

「そうじゃあないけど、ちょっと、様子が変なのよ」

夫人は、消えた金魚の謎から、奇怪な教授の行動を告げた。

「すると、僕にたいする厭味から、金魚を二匹ずつ殺していくと……」

「でも、それだけだったら、何もウイスキーに薬を溶かす必要はないでしょう。金魚は、殺人の予備行動で、毒の効果をためすための実験だとしたらどうなるの……」

夫人は、バッグから、ジョニイ・ブラックの瓶を取出した。

「たしかに、このウイスキーに、毒が入っているのですね」

「そうよ」

「じゃあ、これで誰れを……」

「狙ってるかって、いうの？　……」

「そうです。左衛子さんは、ウイスキーは飲まない。いや、飲めないんだから、狙われているのは僕なんだ」

池谷は、キッとなって、テーブルの茶菓子に小量のウイスキーをしませ、ホテルの裏庭で遊んでいるスピッツに投げた。尾をふって菓子にとびついた犬は、すぐに舌をだして四肢を痙攣《けいれん》させたきり動かなくなった。

「すごい毒だ」

池谷は、視線を凍らせて青くなった。その毒性の強烈さが、それだけ教授の強烈な殺意を示していた。

このとき、夫人は、ふっと冴えた眼眸《ひとみ》を向けた。

「このお酒、機《とき》がくるまで預かってちょうだい。主人がその気なら、わたしにだって覚悟があるわ」

「覚悟？……」

「いい考えがあるのよ」

そう言って左衛子夫人は、池谷が当惑するほど婉然《えんぜん》と笑った。


同じ月曜の夜、宇宮原教授は、香川紀子と明治神宮外苑を歩きながら、恋の余情を静かに反芻していた。

教授には、腕の中で花びらのように変化し、単なる愉悦というより、痛みににた恋の戦慄を走らせる若さが、何にもかえがたく貴重なものに思えた。

教授が静かに髪をなでると、紀子はせつなげな顔を上げた。

「先生こうしているのが夢みたい。でも、奥さまはこわいわ。あのしんとした眼で見つめられると、何もかもご承知のような気がして……」

「知りはしないさ。いや、たとえ知っててもいいじゃないか。左衛子はね、月曜は教授会でおそくなると計算して、今頃はどこかのホテルで羽を伸ばしているはずだよ」

「奥さまも？……」

紀子は、小さく叫んだ。

「といって、左衛子を責めてもどうにもならない。はじめから、縁のない夫婦だったんだね」

教授の視線をそらした横顔には、満たされぬ中年男の淋しさが濃く沈んでいる。紀子は、男の淋しさに慕情をかきたてられる思いで、にぎった指先に力をこめた。

「でも、先生の場合わかれるのも簡単には……」

「だからといって、別れなくっちゃあ、お互いが不幸になるだけだよ」

教授は、紀子の肩を抱いた。

哀しいことに、自分の学界での地位は、左衛子の父、大隅博士に支えられた砂の城のようなものだ。今、もし、離婚すれば学界での栄達は望めず、大学部内での地位も危い。

だが、離婚がさけられないものならば、大隅博士の不興を買う形でなく、同情を買う方法でこの難事を完成しなければならぬが、たしかに、昨日の金魚の実験は成功した。

まだ、この娘に告げる段階ではないが、第一段階は成功したはずなのだ。

そして教授は、ひとつ頷いて謎めいた微笑をうかべた。

「よけいな心配はしないことだよ。台湾から帰ってきたら、またゆっくり相談しよう」

二

三月十日、宇宮原教授を団長とする日本鱗翅《りんし》学界の調査団は、羽田空港から台北へ向かった。蝶に関する限り、台湾は面積が日本の約十分の一、九州と同程度の広さでありながら、日本産総種数の倍に近い三百六十種以上を産し、それも特に熱帯性のきらびやかな色彩を持った大型の蝶が多い。

いわば蝶の宝庫として、宇宮原教授等の渇望する島なのだ。

中でも、中央山地にある南投県の埔里は、蝶の採集地、輸出産地として知られている、世界でも珍らしい蝶で生活する町である。

ちなみに、この田舎町に、蝶売買の専門店は五軒、中でも、本生昆虫採集所のアメリカ商社との加工蝶輸出契約高は、一九六二年度に一、六〇〇万匹。加工蝶を一匹十円と計算しても、年間には一億六千万円の契約になる。この店の契約数一、六〇〇万匹だけを考え、一年中常時採集可能だと仮定しても、一日五万匹以上集めないと契約はできない。

それも輸出加工の場合、羽や色彩、斑紋に破損のない個体だけ選ばれるから、選別されるロスも考えれば、その数は、日本では想像もできない厖大なものになる。

数百人の採集者が、毎日蝶を採りあさり、一日一人平均一〇〇〇匹。今年の最高記録は、八九〇〇匹と言う。当然、生物関係の学者としては、これだけの蝶を毎日埔里付近で乱獲をつづけたら、遂には蝶が絶滅するおそれはないのかと考え得るのである。

しかし、現実の現象として、蝶発生数の減少がないならば、発生数が採集数に較べてよほど厖大なものか、あるいは採集される蝶が、産卵に無関係な雄が多い故かとも考え得るのだ。

もし、そうだと仮定すれば、どうして雄だけを採集するのか。宇宮原教授は、とくにこの点に関心を寄せているものらしく、専門の採集家の中でも、常に最高の採集高を誇り、特に稀蝶の採集家として知られている趙明臣の研究所をまっ先に訪ねた。

趙は、採集法は一切秘密にし、いったん狙った蝶の研究に完成すると独りで山林に入り、かなり大量の珍種を集め、その謎めいた技倆の冴えは、一種神秘的な伝説にまでなっていた。

宇宮原教授は、この時、かなり多額の紙幣を用意し、趙明臣も、すでに了承した眼眸で金を受けた。

趙にとって、研究の秘密を打明けるといっても、それが台湾で利用されぬ限りは差支えないことだし、たとえ外地で発表されても、相当高度な専門知識を要することで、素人の採集家に真似される恐れはなかったからである。

このあと、宇宮原教授は、調査団の一行と蝶の採集をつづけたが、帰国まぎわに小さな事故に遇った。

その夕刻、失神した教授を運んできた二人の現地人は、阿翠山の原生林から、ブユに襲われた教授がとびだしてきて、援けを求めるなり倒れてしまったと言った。

ブユといっても、胡麻粒大の吸血ブユで、雲舞するブユ群の中では、もがいているというより、狂舞している凄まじさだったと、派手な身振りで恐しそうに話した。

まさしく教授の顔や手足には、無数の赤い斑紋がうきだし、四十度ちかい熱がつづいた。台湾人の医者は、この土地ではよくあることで、悪性のブユに襲われた発熱だから次第に治まると言ったが、間歇的な熱は消えず、その度に教授は、「まぼろしの……まぼろしの蝶」とうめいた。

この言葉に、越智教授たちは、おやっ、と頷《うなず》きあった顔で、病人の焦点のない眼のうちを覗き込んだ。

知らぬ言葉ではなかった。阿翠山に『幻の蝶』と呼ばれる伝説的な緑の巨大な蝶がいるが、呪いがかかっているので近づかぬがいいと聞いていたからである。

現に、お化け蝶の採集に夢中になっていた三人の採集家が死んでいる。こうした一連の事故が、迷信深い現地人の恐怖心を煽《あお》りたててはいたが、教授たちには説明のつかぬことでもなかった。

「死んだのは事実としても、完全な事故ではないか。一人は、幻の蝶を追うのに夢中になり、崖を踏みこえて墜落死。一人も、夢中に追って、沼にはまり溺死。もう一人は、幻の蝶を追いまわすうちにマラリヤ蚊に刺され、幻の蝶とうわごとをいったのも、マラリヤ熱による幻覚作用だと思う。ともかく、呪いなんてあるはずはない」

宇宮原教授は、首を振った。

「といって、この事実が、幻の蝶を追う危険性を暗示していることには変りないでしょう。たとえば、幻の蝶の生棲地が地域的に危険な場所であり、また熱帯性の病気に冒される確率が高いということなど……このような土地では、呪いと現実的な危険率が一致しているものでしょうから」

池谷は、教授の身を案じる態度で反駁して、教授の一種天邪鬼《あまのじゃく》な反撥性を煽った。池谷は内心、教授がいっそう幻の蝶の採集に夢中になり、事故にでも遇ってくれればよいと願っていたのだ。

はたして教授は、助手の反論を軽く一笑した。

「忠告はありがたいがね、これらの事故の事実が、幻の蝶の現実性を証明しているんじゃないかね。わたしは、モクセイアゲハの変型かと思っているが、チャンスは、今、ここでしかないんだから止めるわけにはいかん。まあ、生物の採集には、たえずこうした危険がつきまとっているもんで、それを恐れちゃあ、しっかりした研究はやれんよ」

それで、教授の事故も、幻の蝶を追って阿翠山の原生林に入り、ブユの大群に襲われたものと推定された。

しかし、事故といっても、夜中、幻夢の中で蝶の影を追い、ふらふらと迷い歩く教授の姿には、一種の鬼気感がただよい、越智教授たちも信じまいと思いながら、幻の蝶の呪いという肌寒い噂をふりきることはできなかった。

三

四月十日、左衛子夫人は、調査団を羽田に迎えたとき、心配そうに夫の容態を訊ねた。すでに、池谷からの便りで、幻の蝶の異変は分っていた。

「もう心配はいりません。幻の蝶の印象がよほど強かったんでしょうね。まだ大型の蝶を見かけると、幻の蝶ではないかと深追いされる傾向は残っているようですが、これも蝶学者の探究心の深さによるものでしょうし、ともかく、ここは東京ですからね」

越智教授は、もう安心だと笑ったが、夫人は、一瞬きらめいた眼眸を池谷に投げていた。

たしかに、幻の蝶を追うといっても、これがアスファルト・ジャングルの東京では考えられないことだが、一歩外へ出て、森の深い中部や東北の山地ではどうか。

こうした傾向から考えれば、宇宮原教授が週末を利用して蝶採集に出掛け、深山に迷って戻らないことも起こり得ることではないか。

もし、そうなっても、越智教授たちに、蝶の幻影を追ってのことと思わせるだけの素地は出来ているわけだ。

左衛子夫人は、越智教授の言葉のうちに、またとない機会を読んで、それからも夫の病状を憂えて美しい妻の姿勢を崩さず、何かと周囲の同情を買うように努めた。

宇宮原教授は、そんな憂慮を証左するように、週末には行先も告げずにふらりと蝶採集に出掛け、日曜の夜には多数の蝶を採って戻った。

そのせいか、集めた蝶の研究に没頭する教授の態度は、専門家の熱意というより、幻の蝶に魅せられた偏執《へんしつ》にちかいものがあった。

こうした狂おしさは、季節も春から夏と、繁殖期に入った蝶の数がますほどに、高まるもののようで、留守がちな土曜から日曜にかけては、助手の紀子が、飼育している蝶の観察に教授の書斎へ通った。

そのために左衛子夫人は、紀子の前でも憂慮の姿勢は崩せなかったが、日がたつにつれて、芝居をつづけるわずらわしさより、無口な助手の妙にきらめいた視線が気になって仕様がなかった。

そして、紀子の光った目が、二人の情事を見抜いていると悟った時、夫人は、池谷に告げる機《とき》が来たことを知った。すでに素地は出来ている。そして、機会《チャンス》は、蝶の活動期をはずしてはないのだと思った。

左衛子夫人は、教授が例によって行先も告げず蝶採集に出掛けた日、池谷を芦の湖畔に誘った。

教授の帰国後、二人の情事も放恣《ほうし》なものになっていたが、夫人はめずらしく、まだ燃えたっている豊満な乳房の上に池谷の手を押えた。

「ねえ、今夜は大事な話があるのよ」

「実は、僕もさし迫ったことになっているんですよ。昨日教授から、次の採集旅行に来ないかって誘われたんですが、何かあるとは思いませんか」

池谷も、待っていたように切れ味のよい反応を示して躰をよせた。

「やっぱりね、予感がしてたわ」

「予感！ ……」

「きまってるじゃないの。採集にかこつけて山奥に誘い、例の毒入りのウイスキーで消そうって寸法よ。誰も立ち入らない山奥の森だったら、死体を発見される恐れはないわ。たとえ発見されても、白骨となっては身元もわからないだろうと、独りぎめの完全犯罪を狙ってるのよ」

　左衛子夫人は、池谷の決意をうながすように、濡れた唇を池谷の胸に押しあてた。

「僕にたいする作戦は分ったけど、左衛子さんのほうはどうなのです。ほうっておいてもいいのですか」

　池谷も、青年らしく一途な目を光らせてきた。

「わたしだって安心できないわ。結局、わたしがいては、二人は一緒になれないから、どうしても消す必要があるでしょう。あの人が何を考えているか判らないけど、こと殺人に関することだから、慎重にプランを練ってるはずだわね」

「こうなると、猶予はできませんね」

「そうよ」

「といって、どうすればいいんです……」

「相手の計画を頂戴すればいいじゃない」

「計画って、山ですか」

「そうよ、いいチャンスじゃないの。わたしも同じようなことを考えていたんだけど、主人の誘いにのればいいのよ。主人が毒を飲ませようと思っても、あれはすりかえたものだから心配は要らないし、はじめから一緒になるのがまずいなら、あとで落合う場所を打合せておいてもいいじゃないの。それからは、誘われるまま山奥の森に入り、さり気なくあのウィスキーを出すのよ。同じ瓶で怪しまれるといけないから、他の小瓶にでも移しかえたものをすすめればいいわ」

「うまく、飲んでくれればいいんですがね」

「酒には目がないほうだから、その心配は要らないわ」

　左衛子夫人は婉然と笑い、池谷は、夫人の揺らめく眼眸に魅入られて大きく頷いてみせた。

　もう、何も躊躇することはなかったのだ。

四

　陸中、北上山脈東部は、俗に日本のチベットといわれる未開の地帯だけに、珍蝶も多くみられる。東北本線尻内で乗換え、八戸線の終点久慈から更に国鉄バスで野田に行く。

　上野から二十余時間を要するが、七月上旬から、クジャク蝶、ヒョウモン蝶、オオヒカゲ等が飛び回り、専門家には見逃せない場所になっている。

　池谷啓作は、宇宮原教授が野田の田舎宿で一夜を明かし、翌朝、奥地の黒森山域に入ったとき、いかにも急いで追っかけてきたといった様子で、教授を呼び止めた。もう、このあたりになると、ぶなや櫟《くぬぎ》の原生林が、いかにも珍蝶の出没しそうな神秘さを深めてくる。

「先生、助手なんて大学の高等小使なんですからね、今度も、データの整理に手間どり、やっと、久慈からの一番バスに間にあったんですよ」

池谷は、ギャアギャアと鳴きしきるコエンゼミに肩をすくめ、首筋の油汗を拭った。

「やあ、よく来てくれたね。辺鄙《へんぴ》な山だが面白い林相でね、こんな場所にこそ思いがけぬ蝶がいるもんだよ。まあ、それだけ人跡未踏の難所だから、覚悟してもらうよ」

教授は、屈託なく笑った。

「ええ、せっかくここまで来て、ありきたりの山では面白くありません」

それこそ、こっちの望むところだと、池谷も頷いて捕虫網をひろげた。

草深い山路を進むにつれて、アゲハやミドリシジミなど多様な蝶が飛んでいたが、教授が群小の蝶には目もくれず、ただ一匹の幻の蝶を追う遥かな眼眸で、ぐいぐい森の奥へ進んだ。

池谷も、計画が計画だけに、薄暗い森の妖しさに薄寒い戦慄を禁じえなかったが、一刻も早く計画を終えたい思いで教授の後を追った。

羊歯《しだ》や落枝を踏みしだいて四十分余り進むと、森がきれて明かるい渓谷にでた。山間の細い緑瀬に飛沫を上げる水が身にしみこむように冷い。

宇宮原教授は、渓谷の岩場で、スプリング式のネットを拡げた。

「どうだ、浮世ばなれしたところだろう。こんな谷間がよく蝶道になるんでね。獲物を待って一眠りするか」

教授は、いかにもくつろいだといった様子で、楽しげに雑のうからウイスキーを取出した。見憶えのある黒ラベルの角瓶は、左衛子夫人がすりかえたものに違いなかった。

チャンスは、今だ。この決闘は、実弾を抜いたピストルを相手にしているようなもので、すでに勝負はついている。

池谷も、笑いをしぼり出した顔でバッグを開いた。

「やはり、酒だけはお忘れにならないのですね。今日は、先生とご一緒なので、僕もとっておきのホワイト・

ホースを持ってきました」

池谷は、別の瓶に移した、例のジョニイ・ブラックを教授にすすめた。

相手が飲んでから、ジョニイ・ブラックと判っても、あとは死を待つばかりだから、差しつかえはなかったのだ。

「それはありがたい。じゃあ、君はこっちの奴でやってくれ。お互い、ウイスキーの交換で乾杯といこうか」

教授も笑いながら、さり気なく自分の角瓶を渡した。

こうして、奇妙な酒宴が始まり、二人は水筒のカップに交換したウイスキーをつぎわけて、カチリと死の盃を打合わせた。

教授は、頭をあげてちょっと舌先で酒を味わってから、グッと一息に喉の奥へ落とした。

「どうだい、味は……」

教授は、乾いた眼眸で相手を見詰めた。

「さすがは、ジョニイ・ブラックですね」

池谷も同じように酒を乾《ほ》し、ニヤリと舌なめずって言った。生憎と、毒なんか入っちゃいない、高級なウイスキーの刺激だけが、快く胃の腑にしんでくるのだ。

すると教授は、池谷の瓶を嗅いで奇妙な表情になった。

「どうも変だな、こりゃあジョニイ・ブラックじゃないか？」

「そうですよ。ご存知のジョニイ・ブラック。先生が毒を入れて、金魚を殺したあのウイスキーです」

池谷は、教授の苦しそうな表情を見守って、ズバリと言った。

「すると、君が飲んだのは……」

かすれた声がいった。

「奥さんがすりかえておいた、まざりっ気のないジョニイ・ブラックですよ」

「え!? 君は、わたしを殺すためにこの山へ来たのか」

「五分五分でしょう。先生も、僕を消すためにこの山奥へ誘い、自分から仕掛けた罠にハマったんだから、文句はないでしょう」

池谷は、勝ちほこったシャモのように昂然と頭をあげた。

「す、すると、このウイスキーは、わたしを殺すために左衛子が渡したのか」

教授は、胸を押えて身を折り、かすんだ目で彼を見上げた。

「あたりまえです。今さら先生がどう思われようと、僕たちは別れるわけにはいかない」

「し、しかし、わたしは……わたしは」

教授は、ぜいぜい喉を鳴らし、ウウッと顔をのけぞらせて草中に倒れた。

池谷は、断末魔の壮絶さに鳥肌立つ戦慄を感じた。この上は、一刻でも早く、現場から遠のきたい思いに駆られ、ぐったり伸びきった躰を藪の中へひきずりこむと、教授のスプリング・ネットと採集用具をもって、逃げるように山を下った。

五

宇宮原教授と池谷啓作のおかしな死の酒宴がはじまった頃、多摩の宇宮原家では不可解な現象が起こった。

左衛子夫人が、東北での成否を案じていた正午、突然、居間に無数の揚羽蝶が舞い込んできて、教授の買ってきた仙台コケシに群らがったのである。

妖しげな蝶の群れがきらびやかな羽をはためかせ鱗粉を散らし、まるで教授の死を悼むように舞い狂っているのだ。

「蝶が……」

夫人は、幻の蝶に憑かれた夫の怨霊が、蝶となって飛んできたのかと絶句して身をすくめた。

これまで信じもしなかった幻の蝶の呪いということが、恐しい現実となって夫人に迫った。たしかに、そうとしか思えないほど、乱舞する蝶は異常なものだったのである。

その蝶のショックと、時を同じくして、池谷からの成功の知らせをうけて、左衛子夫人は青くなってその場に崩れた。

「もう、僕たちは自由なんだ。恋も助教授の椅子も夢ではないんですよ」

池谷は、どうしてよろこんでくれないのかと、おびえきった夫人をじれったそうにゆすった。

「そりゃあ判ってるけど、主人が死んだ時と、蝶が飛んできた時刻が同じなのよ」

これまでは、妖麗な女王のように頼もしかった夫人が、まるで小娘のように頼りなげな口調になるのだ。

話しを聞いて大形《おおぎょう》に肩をすくめた。

「馬鹿馬鹿しい。何かの偶然でしょう。この宇宙時代に、呪いだの怨霊だのって笑い話にもなりませんよ」

「啓作さんは、蝶を見なかったから、平気なのよ。偶然だといっても、時が時だから何だか恐ろしくって……」

「もう止しましょう。これ以上、馬鹿なことは思わんで下さい。いいですか、事は終ったんですよ。教授の行方は判りっこないし、死体も、辺地の山奥の藪の中だから、発見される心配もない。万事は計画通りうまくいったんですからね。あとは左衛子さんが予定通り、捜索願を出されればそれでいいのです。何も、気にするものはありません」

池谷は、頼もしくきっぱり言い切り、その後の処理についてくどいほど念を押した。

そして、二日後の水曜に、左衛子夫人は計画通り捜索願を出した。

といって、警察は、蝶に熱中した気まぐれな学者の行方を追うほど暇ではないし、まして、行方の見当もつかないとなれば、お手あげも同然であった。

「ええ、学者なんて気ままなものですし、夫の研究には立ち入らないことにしているものですから……」

左衛子夫人は、行先を聞いておけばよかったといった様子で、軽く唇をかんだ。

「それで、いつもは……」

刑事は訊ねた。

「早ければ、日曜の夜家へ戻り、おそくとも、火曜のひる頃までには、大学の研究室に着いているはずなんですが……」

「もちろん、普通の状態でおそくなられたのなら、電話か何かで連絡されるはずでしょうね」

「ええ、それもないんですから……」

不安なのだといいたげに、夫人は、苦しそうに眉をよせた。そのしおれきった憂わしげな様子は、女の天性的な演技力を感じさせるほど、堂に入ったものであった。

「それは、先生が連絡できない状態にあるからじゃないでしょうか」

黙っていた紀子が、たまりかねたように口をだした。

「といえば……」

刑事は煙草をだした。

「たとえば、先生が蝶を追って山奥の谷間などに落ち、人事不省になって猟師といった人に救われ、山小屋でまだお気付きになっていられないとしたら……」

紀子は、教授の死を想像するのが耐えられないもののように、おもい詰めた表情になっていた。

「そのお気持はよく判りますよ。もちろん、遺体が見つかったわけではないのですから、われわれも、そのつもりで手配しましょう」

この時、刑事は力強く頷いてみせたが、一週間たっても、宇宮原教授の行方はその手掛りさえもつかめなかった。

一部の関係者には、教授の失踪が幻の蝶の伝承にからまるだけに、謎めいて神秘的なものにみえた。そう思えば、台湾以来、教授の蝶にたいする執着は異常だった。

幻の蝶にとり憑かれた狂気が、教授をひょいと別の次元へ連れ去ったものと思わせるほど、教授の消失ぶりはきわだっていたのだ。

この点、左衛子夫人の計画は成功だったといえるが、またそれだけに、夫人の脳裡から舞い狂う蝶の幻影は消えなかった。

そして、八日目の夜、庭縁《えん》から女中の里子と二人で夏の月を眺めていた時、幻想的な月光の中に、ぱあっと黄色っぽい蝶が舞い上がって、群れをなして夫人の許へ殺到した。

たしかに、ゆらゆらと舞いよったというものではなく、殺到ともいえるほどの狂おしさで夫人の躰に群らがったのである。

里子は、ヒャア！　と動物的な奇声をあげて部屋の隅に立ち竦《すく》んだまま、躰を慄《ふる》わせて異常な光景に目を凍らせていた。

蛾なのだ。黄色の無数の蛾が、夫人のまわりを、羽をはためかせ鱗粉を散らして舞い狂っているのだ。

左衛子夫人は、恐ろしさの余り夢中で蛾を払い落していたが、はたかれてもつぶされても、蛾は執拗に夫人から離れずに雲のように舞い乱れていた。

夕涼中の夫人が、浴衣の裾を乱し白い肌もあらわに蛾の中で狂舞する姿は、凄艶な妖しさを月光に映した。

蛾群との凄絶な闘いで気力の尽きた夫人が倒れると、里子も、ひきこまれて砂のように躰を崩した。

里子が気を取戻した時、すでに夏の朝のきらめいた太陽が、夫人の裸身をつつんでいた。昨夜、襲いかかった蛾群は嘘のように消え、二十匹余りの叩きつぶされた死骸だけが、悪夢のすさまじさを告げるもののようであった。

左衛子夫人は、蛾に襲われた恐怖がよほど強かったためか、浴衣をふりきった全裸に近い姿で倒れ、ゆがんだ顔から白い肌全体に赤い斑紋が無気味な呪文のように連らなっていた。

駈けつけた信原医師は、診るまでもなく、泣きはらした里子の表情から、夫人の終焉を知った。

「手おくれだね。湿疹もひどいが、死因は心臓麻痺だ。もともと、心臓の強いほうではなかったから、急なショックに耐えきれなかったのだろうが……」

医師は、恐怖に凍りついた夫人の目蓋を閉じながら、まだ里子の話を信じかねるもののように首をひねった。

「それにしても、奥さんだけ襲われたというのも変じゃないか」

「ほんとうなんです。だから、わたしは何ともなかったんです」

「しかしね……」

信原医師は、小麦色の健康な里子の肌を眺め、

「郊外にちかいといっても、この東京都内で毒蛾が発生したことも襲われたということも聞かないことだ。第一、蛾は人を襲わないし、それも奥さんにだけというのはね……」

「だから、私は怖いんです。先生は、幻の蝶の呪いで行方不明になられたといいます。奥さまにも、蝶の呪いがかかったのではないでしょうか」

里子はまた、おびえた眼で医師を見詰めた。

「莫迦をいっちゃいかんよ。生物の世界には、判らないことも多いが今回のははっきりした物理的現象だ。これは、キドクガといい、東海地方によく発生する奴なんだ。七、八年ごとに大発生して、毒トゲの猛威をふるうんで、『毒蛾生態研究グループ』が生まれ、毒蛾発生の謎を追求しているというくらいなんだよ。この毒蛾の躰全体には、長さ〇コンマ一ミリくらいの毒毛針が数千本のトゲとなって、皮膚に刺さったのをこすると、いよいよ深くはいってかゆみをますんだ。といって、生命をおびやかすほどではないんだが、奥さんの場合は、よほど精神的なショックが強かったんだろうな」

しかし、結局、信原医師も、厳然な事実を前にしては、不可解な死を肯定せざるを得なかった。

六

左衛子夫人の死は、厳父の大隅博士たちにも、不条理な呪いの噂を否定できぬ異常さをきわだたせていた。

「幻の蝶につかれた宇宮原教授の失踪が、夫人に強い影響を与えていたことは判りますが、キドクガとはどうしたものでしょうか。これは、どうにでも解釈できる精神的な現象ではなく、明確な物理上の事実なんですからね……」

越智教授は、沈痛な顔つきをして腕を組んだ。

「わたしもね、それが気になっていた。呪いなんて莫迦げた伝説を恐れていたとしても、たかが蛾に襲われたくらいで、こんなに強いショックを受けるものだろうか」

さすがに、大隅博士が首をひねった時には、池谷もギョッとして、わずかに膝を進めた。これ以上、夫人の心理、というより恐怖の実体を追求されたくなかった。

もともと夫人は、呪いの伝承なんて問題にもしなかった。むしろ一笑して、それを利用したのではないか。夫人に、これだけの衝撃を与えたのは、毒蛾というより殺人の罪にたいする畏れだと知っていたからである。

「これは、蛾というより、蛾の象徴する宇宮原先生の不吉な連想が、夫人に強いショックを与えたのではないでしょうか」

「突発的な現象から夫の、死を悟ったと解釈するのか」

「はい、先生が消息をたたれてから、蝶を魔の表象のように恐れていらっしゃったそうですから……」

「そうだな、あれ以来一週間もたてば死んだとしか思えんが、蛾の出現が左衛子に、恐れていた事実を確認させたのかもしれんな」

大隅博士が声を落とすと、通夜の学者たちも、たしかに幻の蝶の奇怪な幻想が、この悲劇をもたらしたのではないかと思った。

学者たちさえ非科学的な連想を強いるほど、台湾以来の宇宮原教授の言動は、不条理な影に満ちていた。

荼毘《だび》に付してから二日目の午後、宇宮原教授が病み上がりの蒼白い顔でふらりと家へ戻ってきた。教授は留守居の婦人から妻の死を聞くや、激しい口調で「そんな莫迦な‼」と、現実を拒んだが、やがて動かせない事実だと分ったとき、真新しい位牌の前に崩れた。

婦人の知らせで駆けつけた大隅博士と越智教授も、慟哭する悲痛な姿には、黙って頷きあうばかりだった。

このあと宇宮原教授は、東北、黒森山中で遇った事故を告げた。

東北といえば、辺鄙な所だが、蝶の採集地としてかんがえられない場所ではない。大隅博士たちも、頷いた顔で、教授の話を聞いた。

　宇宮原教授が黒森山中で、緑の巨大蝶を発見したとき、まだ幻の蝶の影響がのこっていたものか、ムラサキアゲハをそうだと幻覚したようであった。それで夢中になって、どれほど山の奥へ入りこんだものか、やっと蝶を捕えたと網をふりあげたとき、ふわりと体が宙に浮いた。

　蝶に気をとられてわからなかったが、崖ぎわだったらしい。目覚めたとき、教授は、山小屋の質素な床に寝かされていた。

　腰や手足には、薬草をすりつぶした湿布が貼ってある。起き上がると、髭面の山男が戻ってきて、谷に墜ちていたので連れてきたが、打ちどころが悪かったらしく、一週間ほど昏睡のままだったと話した。

　宇宮原教授は、それほど寝ていたのかと驚き、歩けるほどではなかったので、杉山という親切な男に野田まで送ってもらい、旅費の残金を礼だからと無理に渡して別れた。

　野田からは、左衛子夫人をよろこばせようと、急いで帰宅したところがこの次第だと、教授は男泣きに肩をふるわせるのだった。


　大隅博士たちは、夫人の死という不幸の中で、この遭難事故をどう受けとめてよいものか迷ったが、ともかく教授が無事に戻ったのは不幸中の幸いであろう。

　宇宮原教授は、大隅博士等の行届いた配慮で、忌《いみ》明け頃には幻の蝶の憑物《つきもの》が落ちたもののように、台湾行以前の平静の姿に戻っていた。

　しかし、当の池谷だけは、教授の生還がどのようにも納得できなかった。

　宇宮原教授は、ひとことも、黒森山中の出来事を洩らさないが、いったいどうした訳か。

　それよりも、教授はどうして生き返ったのか。教授の飲んだウイスキーは、一滴で犬を殺した毒入りのジョニイ・ブラックにちがいないのだ。

　あれは、夫人と実験をすませたすぐあと、厳封して部屋に隠していたものである。それを別の瓶に移してすめたもので、あの毒酒が、自分の留守中にすりかえられたとは考えられないのだ。

　しかも、教授は、毒を飲んでから苦しそうにもがき倒れたのではないか。

　池谷は、考えるほどに、不可解な謎を背負い、復活の一事に一言もふれようとしない教授の存在が恐ろしく、学界での将来をあきらめかけていたとき、ドイツの、マックス・プランク生化学研究所から帰った富田助教授の記事を見て、あっと叫んだ。

そこには、「解明された性の誘い」の題と、「ガの性誘引物質、超微量で〝神通力〟害虫の全滅も可能に」のサブ・タイトル付で、次のように述べられていた。

「春は若い女性が一段と美しく見える。重苦しいオーバーをぬぎすてて軽快な服装になるのもその理由の一つだろうが、春の訪れとともにこれまで眠っていた性ホルモンが活発な活動を始めるためとも考えられる。ともあれ、世の男性族にとっては春は誘惑を感ずる季節である。

性の誘引――といえばコン虫の世界にはまことにすさまじいものがある。メスが大へんな〝神通力〟を持っているのである。例えば、クジャク・チョウのメスを網カゴに入れて中都市の住宅の窓辺においたところ、六時間のうちに農村でもないのに一三〇匹のオスが集ってきたという報告がある。あるいは欧米の森林の大敵といわれる『マイマイガ』のメスは、一・五キロ離れた風下のオスたちを、あたかも磁石のように誘引するほどの威力をもっていることなどにも確かめられている。

このようにチョウ類、ことにガのメスはすばらしい〝性誘引作用〟をもっているのである。

一体この不思議なカラクリはどこにあるのだろうか。

ガには雌雄ともに芳香器官というのが備わっているが、生物学的意義はメスとオスとでは全く違う。メスは胴体の末端に特殊な芳香器官（臭線《しゅうせん》）を持っており、ここでオスが鋭敏にキャッチする芳香リポイド性の物質が作られ、蓄えられている。

これに対し、オスの触覚はメスに比べて異常に発達しており、あたかもクシの目のように分岐していることがわかる。そして、最近のミクロ電気生理学的実験によると、この触覚が誘引物質の極微な電磁波振動をも鋭敏に感受して収縮を起こすことが知られており、大気中にばらまかれたメスの誘引物質の探知は、このオスの触覚そのものによって行なわれることがわかってきたのである。

性誘引物質の本体も最近になって、その一端がわかってきた。ごく最近、西ドイツのミュンヘンにあるマックス・プランク生化学研究所（所長ブテナント博士）のグループによって『カイコガ』の性誘引物質の本体が判明し、ついにその物質『ボンビコール』合成にも成功した。一九三九年十一月にブテナント博士の第一報が学界に発表されて以来、実に二十数年を費やしてやっとゴール・

インしたわけだ。

　この誘引物質の本体は一立方センチ当たり百億分の一グラムという、途方もない超微量で、十一キロを離れたところにいるオスを発情させる〝神通力〟をもっている。

　アメリカではこれと相前後して『マイマイガ』の誘引体である『ギプトール』の合成体に成功している。これを使えば、一定の場所に目的の昆虫も大量に集めることができる」

七

　秋に入って、蝶の季節も終ろうとする頃、池谷は宇宮原教授の家を訪ねて、富田助教授の記事をつきつけたが、教授は、予期していたもののように軽く首を振って、気負い立った彼に椅子をすすめた。

「わたしの専門だから、その記事は読んでいる。一体、どうしたというのかね」

「先生の計画は、みんな判ったというんですよ。先生は、この誘引物質を利用して奥さんの抹殺計画を練られた。幻の蝶の妖しげな噂だけではなく、まず金魚の実験をやって僕たちの殺意を誘い、殺人という罪の意識、恐れといった恐怖感を利用して、蝶の効果を絶対的なものにされたのではないですか」

　池谷は、目をむいて言った。

「わからんね……」

　教授は、視線をそらした。

「とぼけないで下さい。先生は、はじめに一匹の金魚を消して、左衛子さんの注意をひいた上で、さらに一匹の金魚を取って毒薬の実験をされた。もちろん、左衛子さんが覗き見しているのは承知のうえ。そうじゃなくっちゃ、実験の意味はなかったんですからね」

「どうして……」

「僕らに、殺意を感づかせるためです。うかうかしてたら、こっちが殺《や》られるという危機感を植えつけた上で、殺人の先制攻撃に踏みきらせた。それが黒森山中でのジョニイ・ブラックですよ」

「しかし、殺意を感づかせて、先に殺られるなんて、あまりに莫迦げた作戦じゃないかね」

「それが、先生のずるいところですよ。亡霊の恐怖感をもりあげるための前提なのだから。お先に殺られる必要があった。それに、あのウイスキーの毒性は消えているのだから、先生の生命に危険はない。金魚の実験も、そのジョニィ・ブラックを使用させるのが大事な狙いなんだから、台湾行の前にそれがすりかわっているのを知って、いい調子だと思ったことでしょうね」

「まるでわたしが、魔法使いみたいな話だね。毒薬を飲まされて生返ったり、蝶のお化けを使ったりとはね……」

まったく、呆れた話だといわんばかりに、教授は大きく肩をあげた。

「もう、お芝居は止しましょう。先生は実際に、毒と蝶の科学的な魔法を使ったんじゃないですか。僕は、研究外のことで気づかなかったけど、先生は、農薬の研究に関係があるから、薬の残効性には習熟していた。僕は、これを知ったとき、あっと思いましたよ。それで、青酸類から農薬類を調べると、あおつらえむきのニッカリン・テップがあるじゃないですか。青酸加里に数倍する強烈な毒物でありながら、二、三日の残効性しかないとは、とんだお笑いでしたよ。これを知らずに僕たちは、一滴で犬まで殺す強烈な毒性に慄えたんですからね。これで、狙われる恐しさを読んだ。いや、読まされたわけです。酒は、僕たちが後生大事に封印までして隠している間に、どんどん毒性は失なわれ、台湾から戻られた時には、まったく無毒の酒になっていた……」

池谷は、自嘲するように燻《くす》んだ笑いをみせた。

「まだ、黙ってらっしゃるんですか。先生の台湾行には、調査以外に個人的な二つの目的があった。一つは、趙明臣から誘引物質の研究をひきだすためと、幻の蝶の呪いなどという不可思議な雰囲気を身につけて帰るためです。つぎに帰京後の数週間、蝶の採集に熱中されたのは、幻の蝶の噂を周囲に信じこませて僕たちの実行をうながすためと、もう一つは、実際に多数の蝶を採集して、アゲハ蝶とキドクガの誘引物質を抽出さなければならなかったからです。そして、この抽出に成功したとき、僕を山へ誘った。まさに、おあつらえむきの舞台でしたね。先生があのとき、例のジョニイ・ブラックをちょっと口に含んで味見されたのも、トリックの酒かどうかを確かめるためだった。多分あれには、ちょっと舌にのせればわかるように、特殊な味がついていたのでしょう。だから、ためらわずに飲んでぶっ倒れた。まったく、お見事な演技でしたよ」

池谷は、唇をかんで口惜しそうに教授を睨みつけ、

「さて、これからが最後の仕上げで、相手は香川助手。

香川は大体の打合せ時刻に、居間のコケシに、アゲハ蝶の誘引物質をつけ、書斎の研究室で飼育していたアゲハの雄を飛ばした。左衛子さんは、コケシに群がる蝶を見てドキンとなった。ただでさえ、幻の蝶の呪いが気になるのに、夫を殺したという暗い意識があるんでね、文字通りキモを冷やしたわけです。そして、第二発のキドクガ。これも、蝶の飼育の名目で出入りしていた香川が、機をみて左衛子さんの浴衣にその誘引物質をつけた。これは、人間の感覚では識別できない無色無臭の微量のものだから、悟られるおそれはない。こうして、左衛子さんと里子が夕涼みで月を眺めているとき、無数のキドクガを放った。キドクガは、性の匂いに誘われて左衛子さんの浴衣に殺到した。こうまでやられちゃあたまりませんね。狙いどおり左衛子さんは、舞い狂うキドクガの中で倒れ、先生は、山男云々のオトギバナシをでっちあげて、幻の帰還となった。あとは、奥さんの死に空涙、ほんとうは誓願成就のうれし涙……」

自嘲する池谷の顔がゆがんで、泣きだしそうな表情になった。

宇宮原教授は、気を鎮めるように椅子から体を起こし、ゆっくり煙草に火を移した。

「ばかげた話だが、そこまで君が思い込んでいるのなら、何もいうまい。たとえだね、そう信じても、公表するわけにはいかんだろう。そうなれば、左衛子との情事や殺人未遂の件も打明けざるを得んし、君の未来を抹殺する自殺行為だからね……」

「残念ながら、その通りです。口惜しいけど、これ以上悲劇を繰返したくはない」

「それが、大人の分別だろうね。人間、利口に立回らなきゃ損だよ」

「だから僕は、先生の研究を頂戴してきたんです」

「わたしの……」

「ええ、大学の研究室から、蝶と蛾の性誘引物質の抽出法とその化学方程式を書いた書類をもらってきました。これを僕の研究として発表すれば、万年助手の場から脱け出せるし、富田助教授の言ってるように、他の害虫の性誘引物質の生産に成功すれば、この功績は偉大なものでしょうから、遠慮なく頂戴することにしたんですよ」

「そんな無茶なことを、わたしが許すとでも思っているのかね」

呆然となった教授に、池谷は、暗い笑いをむけた。

「といって、研究が盗まれたと発表するわけにはいかないでしょう。そうなれば、幻の蝶やキドクガの細工も暴《ば》れることだし、先生の未来を抹殺する自殺行為ですからね」

（本文中、性誘引物質は、武庫川女子大助教授富田恒夫氏の記事に拠ります）

ボンベイ土産

1

　インドは世界に残された、唯一つの幻想国であろう。世界の神秘や謎めいた生気は、文明というお節介なものに容赦なく奪われているが、こうした一連の現象が、幹雄のように夢みがちな航海者には砂をかむように佗しいものであった。

　彼にとって、七つの海は冒険のゆたかなイマジネーションに満ち、未知の港は妖しげなロマンと期待で見果てぬ夢をそそったものである。だが、現実の港は、未知の期待どころか港々の酒場の女の黒子まで明らかなくらいで、影のない現代のキャンバスにシンドバットの夢を描くのは笑止なことでも、わかりすぎているというのは、物語の結末を知らされたように味気ないものなのだ。

　それだけに幹雄は、幻想の可能性を一種真剣な祈りをこめて求めていた。

　昔、南海の島に、タヒチとよばれる美しいロマンの島があったが、ゴーギャン以来文明人を随喜させた幻想的な素朴さは急速に失われている。素晴しいからと、雑多な観光客に押掛けられてはおしまいなのだ。

　かといって、それらの俗性を本来の幻影の中に溶かしこんでしまうほど、タヒチは大きな島ではない。

　しかし、世界のすべてが古来の幻影を失くしたわけではない。インド、そうだインドだけは自惚屋の文明人を幻惑させるほど混沌とした不可解さに満ちているではないか。

　黒光りする三つ目の顔から真赤な舌を出し、髑髏の首かざりをつけたカーリー。象の顔をもつガネーシャ。愛と破壊のシヴァの神々が今なお生々し支配するこの幻想の国ほど、人々を驚かせ夢中にさせる力を秘めた国はない。

　実際、西欧化された繁華街を聖なる牝牛は悠然と歩きまわり、聖なる河ガンジスにはあらゆるインド人が沐浴に訪れ、厳然たるカースト制が不可解な体制を作っているのではないか。

侵入したいかなる征服者も、インド人が神殿を作ることを拒み得なかったし、神々は石に刻まれて踊りつづけ、神話は今もなほ華麗な光彩を放って生きているのだ。

幹雄は、そうしたインドのあまりにも魅惑的な連想により憑かれていたので、ボンベイ航路に配置変えになった時は、かえって欣んだほどであった。

それだけに最初、あまりにも西欧化されたボンベイに失望した。たしかにボンベイは、ヨーロッパと直結するインドの表玄関だけあって、港のインド門からタージ・マハル・ホテルの景観は、ヨーロッパをしのぐほど壮麗なものである。

市の中心にあるフローラ・ファウンテン広場は、ロンドンのピカデリーサーカスを偲ばせ、大建築のつづく緑濃い街路樹の広道を赤く塗ったロンドンと同じ型の二階建バスが走っている。

しかし、最も西欧化したボンベイでさえ、まぎれもなくインドであった。

こうした壮大なビルの前でも、蛇使いがものうげに単調な笛でコブラを踊らせ、ターバンのインド人でもみあう活気にあふれた通りにも、聖なる牝牛が傍若無人に寝そべっている。しかも、ボンベイ自慢の近代的なマリーン・ドライブ、その夜景を「女王のダイヤモンド・ネックレース」と讃われるほどの素晴しい丘の上にさえ、パールシーの葬場があるのだ。

その沈黙の塔の内部で禿鷹が死体をつつく異様な風習こそ、他国人を幻惑する神々の乱舞ではないか。

幹雄は、表通りから一歩入った裏町の驚異的な貧困の中に、いやインドの貧困が見事であればそれだけ、神々の豊かな息吹を感じて満足した。

ともかく、インドの神秘さに溶け込むためには、ヒンドウーの門を叩かねばならない。幸い、ボンベイ港外にはエレファンタの洞窟があるので、彼は上陸の翌朝、インド門の波止場からランチに乗って、名高い遺跡の小島へ出掛けた。

海中から樹木の突立っている奇妙な船着から急な坂道を登ると、横列した五つの石窟が巨大な口を開けて小暗い内部をのぞかせていた。彼が無造作に入りかねる思いでふっと立止まったとき、石段の横合から甲高い声がかかった。

眼を落すと、石段の上に土産ものらしい土人形が二、三十個並んでいる。婆羅門の神々を表わしているのか、奇妙な形と極彩色の生々しさが幼稚なだけにいっそ強烈な印象を与えていた。

薄汚れたインド人の少年が、指を立てて「ワン・アンナ、ワン・アンナ」と繰返す。どうやら一個四、五円といったところらしい。安いものだ。珍らしいから全部買ってもよい気持で人形をとり上げたとき、何時の間によってきたのか、ぽってりと肥った男が彼の肩を叩いた。

「それを、ボンベイ土産にするのですか……」

バタ臭い日本語で、やけに馴々しい口をきいた。栄養のゆきわたった白い皮膚と特別誂の麻服が、チップねだりのガイドではないことを誇示している。

幹雄が曖昧な笑顔で肩をすくめると、

「こんなものは、あなたのお国でいうガラクタ。何の役にも立ちませんね。ボンベイ土産にはもっといいものがあります。あなたに繁栄をもたらす素晴しいボンベイ土産、ね……」

肥った男は、彼の眼の底をのぞきこむように顔をよせた。

「ボンベイに、そんな素晴しい土産があるのですか……」

彼は確信ありげな男の態度にひきこまれて訊ねた。

「ええ、インドにシヴァの神があるようにね」

「それは……」

「もちろん、シヴァの神につながるものです」

男は謎めいた微笑を燻ゆらして石窟へ入った。彼も魅せられたようにその後につづいた。

2

洞窟の中では、果知らぬ神々の饗宴がつづいていた。周囲の石壁をめぐる神々の彫像は、一つ一つが神秘な迫力をもって人間に迫り、マッシヴな群像の展開するものは神々と石によって奏でられる交響詩に他ならなかった。シヴァ神の踊りも豊満な乳房の女の愛に応える蠱惑的な腰のうねりなどが、彼を悩ましい陶酔境へ牽きこんでいった。

幹雄は、あこがれの華麗な幻想の中でうっとりとなった。男は、そんな彼を満足そうに眺めて煙草をすすめた。

「お気に召しましたか」

「まったく、素晴しいものです」

幹雄はため息まじりに応えた。

「シヴァの神は、破壊と愛の神として知られていますが、おわかりになれますか」

「ええ、わかるような気がします」

実際、ここで神々の奏でるものは豊かな愛の思想であり、あまりにも人間的な愛の表現に圧倒される思いだった。

「ここで大事なのは、シヴァ神の破壊力が、人間の魂を拘束する牢獄にむけられていることですよ」

「といいますと……」

「シヴァはね、せせっこましい戒律から人間を開放して、自由な愛の息吹を与えているのです。シヴァが真の恋愛と創造の鼓舞者であるためには、その破壊力が前提とされなければならないわけです。すなわちシヴァの破壊は、単なる破壊でなくて人間の至福を生みだすための破壊なのです」

男は、相手の反応を確かめながら歌うように言った。二人きりの洞窟である。一種、神秘の響で石壁にエコーする男の言葉が、彼には不可思議なシヴァの声のようにも聞えた。

この男は、一体何を意図して見知らぬ旅人に話しかけるのだろうか。彼にはその陽気な説明が、単なる好意や物好きな性格から出たものとは思えなかった。

幹雄は、シヴァの破壊が愛の前提となるように、男の行為の裏にも、鬼火のようにゆらぐ得体の知れぬ前提があるのを感じていた。

「インドの方ではないようですが、あなたもシヴァの信者ですか」

今度は彼が探るような眼眸を向けた。

「本質的にはね、シヴァの信者といえるでしょう」

男はまた、謎めいた微笑で応えた。

「それでチャチな土人形でなく、シヴァの思想を日本への土産にせよというのですか」

「思想は、あなたを開眼させる栄光の信仰です。でも、これだけでは土産にならない。土産とは人に与えるものですからね……」

「でも、ボンベイ土産とおっしゃったではないですが」

「もちろん、ボンベイ土産はシヴァの信仰が前提となり、この思想が身についたときにこそ、わたしのいうボンベイ土産があなたに現実の栄光をもたらしてくれましょう」

「そんなものですかね……」

幹雄は夢のような話に失笑した。シヴァの洞窟内だといっても、今は現代なのだ。いかにシヴァを信仰したからって、アラジンの魔法のランプが授けられるわけでもあるまい。

　彼が小さく肩をすくめると、男は女教師のような優しさで石壁の神々を指した。

「誤解してはいけませんよ。シヴァの思想は単なる象徴でなく、しっかりと現実に根をおろしたものですよ。御覧なさい、この神々の踊りが示すものは、行いすましたわけのわからぬ信仰ではなく、われわれの感覚にじかに訴えてくる生の享受じゃないですか。ここにインドの、シヴァの素晴しさがあるのです」

「わかってますよ。わたしも、それを知りたくてここへ来たのですから」

　幹雄はじれったそうに眉をあげた。

「Brabo《ブラボウ》 ma《マア》 camarade《カマラード》!」

　男は陽気な声をあげた。

「何です……」

「天晴れ、わが友よです。それでこそ、わたしたちも仲良くできるんですからね」

「仲よく……」

　彼はふっと視線を散らした。一体、この男は何を言っているのか。肝心のところで視点をはぐらかされるようで、雲を呑まされたもののように口籠った。

「そうです、これからうんと仲良くなって、ほんとうのシヴァの信者になったとき、あなたはシヴァの絢爛たる人生を享受できるのです」

「シヴァの信者になれば……」

「ええ、その時には素敵なボンベイ土産が手に入るんですからね」

　男は彼の気をそそるように、悪戯っぽい眼眸で顎をまわした。

　このとき幹雄は、漠と不可解なものながら、いやそれだけに暗示されたボンベイ土産の魔力により憑かれたもののように、あわてて男の後を追った。

「三洋丸は、何日碇泊しますか」

　彼が肩をならべた時、男はさりげなく訊ねた。

「どうして、わたしの船を……」

　彼は、急に現実へ引戻されて興醒めた顔になった。

「あなたが日本の船員だとなれば、今ボンベイ港に碇泊中の日本船は三洋丸だけですからね、制服を見ただけでわかります」

「それにしても、船にお詳しいようですね」

「もちろん、貿易をやっていれば、船の動きはよく判ります」

「では、同業者みたいなものですね」

「まあ、そんなとこでしょう」

「四日後に、横浜へ戻ります」

「それだけいれば、ボンベイを案内できますね。いや、インドのよさを御理解ねがえるかもしれません」

同じランチでインド門に戻ると、男はもう定まったもののように彼の肩を叩き、ピカピカのリンカーンに乗った。

車は、大建築の羅列するホンビー通りから、西岬のマラバールへ向った。

「美事なものでしょう。御本家のヨーロッパさえ顔負けするくらい近代的なものですが、もっとも尖端のボンベイでさえ、まぎれもなくインドなんですよ。というのは、今もなお数千年来の慣習が生きていることで、インド文明の深さははかりしれないものがありますね」

華やいだターバンのインド人で雑踏する通りを抜けながら、男はお国自慢でもするように話しかけた。

たしかに自動車《くるま》を避けようともしないインド牛やインド人の態度には、現代文化のテンポと同化しない悠久たる異質な調子が感じられた。

「インドのヒンドゥー教と貧困は、世界的な二大事実ですが、そういわれるのも、この国の特質がインド哲学に源をおく精神に在るからです。またこれは、まず人生の意義と究極目的を理解しようとして、数十世紀にわたってくりかえしてきた努力だともいえます。わかりますか、近代の物質文明にもっとも欠けているのは哲学です。われわれは単に、物質的な形而下の動機でなく、形而上の純粋理念によって行為を決定すべきものです。それでこそわれわれの行為がこの社会に生かされ、人生を最高に享受できる源となるのです」

幹雄には、それがシヴァの思想につらなるものだとは朧げにわかったが、それ以上男が何を言おうとしているかわからぬまま、ぼんやりと頷いてみせた。

「このヒンドゥー教というのが、キリスト紀元前四千年にさかのぼるインド文明の黎明期にまで跡づけうるのですよ。この信仰は、モーゼが十戒を携えてシナイ山に降臨したときもすでに行われていました。ヨーロッパで暗黒の混迷から抜けだそうとしていた時よりはるか以前に、インドではこの信仰がインドの生活のあらゆる段階をしっかりと指導していたのです。そして、現代もヒンドゥー教はインドを支配し、外来のあらゆるものを同化してしまう強力な消化力に少しのおとろえもみせないのです。ヒンドゥイズムには、自分に都合のいいものを取りこむ異常な才能がありますが、宗教的にいっても、ここには再生の理念があって、重要な時期には神がいろんな形に化身して教えを説くものだと考えられています。したがってキリストも、ヨーロッパ地方に神の教えを示すために現われたヒンドゥ神の化身に他ならず、インド内部でヒンドゥ教に対立して起ったジャイナ教や仏教でさえ、この観念のもとに受止められ、二つの異端はヒンドゥイズムに衰退をもたらすどころか、これを改革し、明確化し、強化するという驚くべき結果をもたらしたのです。

善が弱まるとき
悪がはびこるとき
われは肉身となる
いつの時代にもわれは帰り来る
聖なるものを援け
罪人の罪を滅ぼし
正しき人を現わすために……」

男は風羽のように身軽な手さばきでハンドルをまわしながら、ラーマーヤナの一節を口遊んだ。

「このインド的な消化力をね、われわれは持つべきだと思うんですよ。わかりますか」

男は秘伝を授ける法術者のように眼に力をこめていったが、幹雄はまだ雲につつまれた思いで首をひねるばかりだった。

「まあ、そのうちにわかってくるでしょう」

男はかまわずに話つづけた。

「こうした具合にヒンドゥイズムは、数千年前から人種や年齢や地位といったものに対し、それぞれの方法を編みだしてきました。で、信者は各目の立場から自分にもっともぴったりした信条をひきだせばいいわけです。今でも変りなく、インドのあらゆる階層の人たちは、気に入った神話の中に自分の生涯の在り方を見出し、それを生活の信条としているんですよ」

「だからあなたも、シヴァの思想にあったものを御自分の生活にとり入れていらっしゃるのですか」

「思ったとおり、あなたは察しのよい方ですね」

男は満足そうに頷いてみせた。

「でも、どうしてそれとボンベイ土産が……」

「密接な関係があるんですが、急ぐ必要はないでしょう。あなたにはインド式考察力がおありのようだから、あとはそれを実行できるかどうかという体質的な問題だけです」

「体質的な……」

「シヴァの思想を理解できたとしても、スープだけですませるような体ではいけません。この思想を人生に活かして現世の栄光を招くためには、羊……わかりますね、いわゆる祭壇の羊の肉と血を消化する肉体が必要なわけですよ」

「言葉の意味はわかりますが……」

彼は自信なさそうに首をかしげた。一体何を言おうとしているのか、男の意図がさっぱりつかめないのだ。

男は彼の反応に満足したものか、厄介な仕事を終えた職人のように楽しげに口笛を吹いて、ハンギング・ガーデンからネール公園に自動車をまわした。

3

それから、バック湾よりの舗道にターンさせると、「あれ」と男は、扇状の葉をたらした棕櫚に顎をまわした。

その樹影にすんなりと立った女が、二人に軽い会釈を送った。

微風にそよぐサリーを透して、女体の美しい線が浮きたち、褐色の肌がそれだけ蠱惑的な光をたたえていたが、何よりも気に入ったのは、美しい黒曜石の瞳がいかにも東洋の神秘的な魅力に揺らいでいることであった。

「どうです、いい女でしょう、アンナです」

幹雄は、黒い瞳にほほ笑みかけられて少年のように赤くなった。

「お気に召しましたか……」

男の囁きに、彼はこっくりと頷いた。

「わたしは、ビジネスでまわる各地、このボンベイや香港、東京、ニューヨークなどにその国の女をおいています。わたしみたいなシヴァの信徒にはね、これが人間の、いや男としての一番素敵な形だと思えるんですよ」

出来るものならね……彼も、軽くものわかりのよいウインクを返した。

「たとい、いかにうまい料理でも、そればかり食べる人はいない。料理のひとつひとつにそれなりの佳さがあるように、各地の女にもそれぞれのよさがあるものですが、中でもインドの女が素晴しい。この生々とした褐色の肌の内に、シヴァの生命が躍動しているんですからね、わたしのボンベイ滞在もつい長びいてしまうんですよ」

アンナは、言葉がわからないまま話合う二人に優雅な微笑をむけていたが、幹雄は、歩くたびに海風にひるがえったサリーがぴったりと肌について、たまらない線を浮きだす肉体にぞくぞくなった。

案内されたアパートのデラックスな近代施設には失望したが、アンナの居間へ通されたとき、ほうと思わず嘆讃のつぶやきを洩らした。

サラセン風の華麗な模様に彩どられた部屋は他ならぬインドそのものだったし、飾棚の踊るシヴァ神の像が、幻想の世界へ誘いこむように一種幻妙な雰囲気を醸成していたからである。

アンナは香高い紅茶や果物を出し、珍陀酒や杜松酒を侑《すす》めてつつましく窓辺の椅子に坐った。

幹雄は洋風のエチケットで席をあけたが、ホイストはほうっておくようにと首を振った。たしかにアンナは、そうするのが気に入った作法であるかのように、一歩身をひいた態度で楽しげに二人を眺めていた。

「これがね、インド女のいいとこなんですよ」

ホイストは酒を侑めて勝手に喋りだした。

「インドでは数千年来、宗教的な戒律から、女は男に奉仕するものとして躾けられてきました。その余り、女は粗末にあつかわれて死亡率が高く、現代でも男に較べて女の人口が著しく少いといった皮肉な現象さえ生じているのです。これは、男に献身する美徳の神話が現代もこのインドに生きているということですが、こんな貞淑さの点では世界的な日本女性も問題にはなりません。いや、それだけじゃあない」

とシヴァの像へ視線を移し、

「世に、昼の貞女と、夜の娼婦性をかねそなえた女性を理想としますが、インド女の真価もまたここにあるのです。あなたにはおわかりでしょうが、長いインドの歴史、すなわちインドを支配したヒンドウ教が女の貞淑さを育ててきたと同時に、性愛の奔放さも教えてきたのです。この点、インドの人生享楽の生々しさというものは、わびやさびといって枯葉みたいなものを尊重する日本人はもちろん、われわれ西欧人さえ圧倒するほど強烈なものので、この徹底した人生享楽の態度には羨望さえ感じるほどなんですよ。これには、インドの環境が苛烈であり、ヒンドウイズムの戒律がきびしいから享楽もまた強烈なのだという逆説的な解釈も成り立ちますが、ともかくこうした歴史がなければ、ガジュラーホやエレファンタの傑作な神々の石像は生れなかったでしょうね」

「なるほどね……」

幹雄は巧妙なホイストの話術と酒の酔に誘われて、肉感をくすぐるような悩ましさでシヴァの石像を思い出していた。

そこでは、妖麗な幻夢の中へでもひきこんでいくように、万花の華やかな色彩をまき散らしてシヴァの神々が踊っているのだ。

この王朝の官女のように典雅なアンナも、夜には豊潤な肉体をあえがせて男の腕の中で歌うというのが、思っただけでぞくぞくなるような情景であった。

「いいですか、インド女の貞淑さは何とか理解できても、夜の素晴しさは、実際インド女を抱いてみるまでは絶対にわからないものですよ」

ホイストは、彼の耳元へ口を寄せて、燻ぶりはじめた情念をあおった。

「その通りでしょうよ。まったくお羨やましいお人だ」

彼はすねた視線を、アンナからホイストへ戻した。

「しっかりして下さいよ。あなたは現にこのインドにいらっしゃる。というのは、インドの女を、いやシヴァの実体を獲得できるということなんですよ」

「わたしが……」

「ええ、キューピッドの役ならよろこんでやりましょう」

「でも……」

「わけはありません。ほら、キューピッドには矢がある。それを射つだけで簡単にオーケイですからね」

「まさか、おとぎの国にいるわけではあるまいし……」

幹雄は大きく肩をすくめた。夢と現実を混同させるほど酔ってはいないつもりだった。

4

「もちろん、まぎれもなく現実の話です。今、シヴァについて夢のような話をしてきましたが、シヴァの実質が夢ではなく現実であり、このインド自体がきわめて現実的な国であることを忘れてはなりません。宗教と現実、一見相矛盾するものが混然と融けあっているところに、インドの面白さと魅力があるわけです。それでインド人は、非常に宗教的な民族であると同時に、古来天成の商業民族でもあるのです。現にあなたは、貿易のためボンベイに来ているのでしょう。それにアフリカ一帯の経済機構もインド人によって独占され、東南アジアを経済力で征服した華僑も、インドにだけは進出できないのです。こうしてインドでは、宗教と矛盾することなく経済、すなわち金が重視されています。もっとも、インドに三日もいれば、いやというほど体験なさるでしょうが……」

たしかに、チップを強要するインド人。法外な料金を吹きかけるガイドなど、宗教的な民族だからというので無償の行為を期待しようものなら、ひどい目にあわされることくらい彼にもよくわかっていた。

それだけにホイストが何を言おうとするのか、彼はすっかり幻惑されて期待のこもった眼眸をあてた。

「だからインドでは、宝石が非常に尊重されます。宝石は富の象徴なんですから当然のことでしょうがね」

「ええ、宝石の話はわかりますが、キューピッドの矢はどうしたのですか。実際、そんな重宝なものがあるのですか」

幹雄は、おあずけを食った犬のように乾いた声になった。

「その矢というのが、他ならぬ宝石なんですよ」

ホイストは大きな緑のエメラルドを指の先にきらめかせた。

「宝石とはね……」

「これがインドに限らず、世界中で重宝されていることはよく承知しています。だから魔力の価値も高まろうってもんじゃないですか。この恋の矢さえあれば、どの国の女だって射落せましょうからね」

「まったく、あたりまえすぎておかしくもないですよ」

散々気をもたせられた果の無粋な落に、彼は憮然とした顔で応えた。

「どうして……」

「一体、このエメラルドはいくらになるのです」

「二千ドルくらいのものでしょう」

「だからね、わたしにはお手あげだっていうんですよ」

ぶっすりした声になった。

「どうして……」

「からかわないで下さい」

「とんでもない、わたしは真面目に訊ねているんですよ」

「わたしはね、このエメラルド一個を購うのに一年分のサラリイをはたいても間にあわない、しがない船員なんですよ」

もう、本気で怒った顔になった。

「だからわたしは、ボンベイ土産をおすすめする気になったんですよ。そうなれば、こんな宝石の二個や三個、おのぞみのまま手に入ることですからね」

「ボ、ボンベイ土産……」

彼はあわてて、宝石の幻影を咽の奥へ落した。エレファンタの洞窟でホイストと会ったのも、ボンベイ土産がきっかけになったのではないのか。

「ええ、それさえもってかえればね」

「嘘じゃあないでしょうね」

「もちろん、単なるもの好きで、こんな話をしているのじゃありません」

「言って下さい。ボンベイ土産って、一体何なのです」

彼はすがりつかんばかりに訊ねた。

「急に迫られてもね。知りあったばかりのあなたにはいいにくいんです。といって、何も意地悪でこう言うんじゃありませんよ。わたしが何のためにシヴァの信仰を、それにもとづくインドの歴史を話したか、おわかりですか」

ホイストは眼に力をこめて言った。

「シヴァの同好者として、話されたのではないですか」

「だからあなたが、シヴァの信徒として相応しいお方かどうか確かめた上で、ボンベイ土産の秘密を打あけようと思っています」

「秘密……」

「別に、気にされることはないですよ。出航まで間があるんですから、この三日間親しくお付合して、シヴァの神にふさわしい方とわかれば、その時にはきっと……」

「付合うって、わたしはどうすればいいんですか……」

思わせぶりなホイストの言葉に、彼は首を伸ばした。

「ただ、わたしの招待をうければいいのです。ボンベイの素敵な世界へ案内しますからね、思いっきり楽しんで下さい」

ホイストの言葉に嘘はなかった。ボンベイのナイト・クラブでは、さまざまな肌合の女たちが美しい脚躰をくねらせて男たちを妖麗な幻夢の中へ誘い込んだ。

幹雄も、はじめは妖花の濃密な雰囲気に圧倒されたが、インド女と歓楽の一夜を過してからは、サイレンの魔女の歌声に魅せられた船人のように、インドの女やそうした悦楽の世界にはなれがたい愛着を感じるようになった。

ギラギラと熱帯の太陽が照りつける昼間、乾いたハイウェイを突走って訪ねた神殿も素晴しかった。そこが公開されないものだけに、踊る神々や豊麗な女たちが腰をくねらせて歓喜の諸相にあえいでいる彫像などは、見るだけで男の神経が奮い立つような興奮を覚えた。

5

その三日間で、幹雄の精神も肉体もすっかり誘惑の世界の虜になり、出航前夜、ホイストを見る彼の眼眸は期待と興奮でカラカラに乾いていた。

「どうでした、インドの感想は……」

ホイストは優しい眼眸で訊ねた。

「まったく、素晴しいものでした」

彼は力をこめて応えた。

「満足されれば、もうあなたは立派なシヴァの信徒ですよ」

「では、ボンベイ土産を打明けて下さるんですか」

「インドが夢と現実を融和させているようにね、わたしたちも現実の問題に移りましょう」

「それは……」

「麻薬です」

「ボンベイ土産が、麻薬だとおっしゃるのですか」

あっさりしたホイストの言葉に、彼は信じられない表情で訊きかえした。

「ええ、はっきりいえば、麻薬をあなたのボンベイ土産として、日本へ運んでもらいたいのですよ」

ホイストは、彼の驚きにかまわず事務的な口調で言った。

「それは……」

「いやいや、気になさるほどのことではない。これまで、麻薬を真の意味で享受する一部社会《ハイ・ソサエティ》のために、スマートなルートを捜していたのです。一般に麻薬といえば、暴力組織を通じて流されていますが、これはいけない。麻薬を誤用する貧しい中毒患者にばらまかれるのですから、罪悪以外の何物でもありません。しかし、わたしのボンベイ土産は、そんな危険に関係ないのです。わたしたちシヴァの信徒にふさわしい高級社会で、生命を楽しむために良識をもって使われるのですから、人間の幸福に貢献しているのだともいえます。それで暴力組織とは全然関係のない、スッキリしたルートが必要なわけですよ。それがあなたには出来る。ボンベイ航路の船員で、シヴァの信徒にふさわしく生命への傾斜も強いし、また賢明な方ですからね、わたしはあなたを見込んで三日間のお付合を願ったわけなんです」

ホイストは、隔意のない微笑をたたえて彼の眼の内を覗き込んだ。

「麻薬とはね、思ってもいませんでした」

幹雄は曖昧に首を振った。といって、麻薬も及ばぬ魔味の世界を知った後だけに、ホイストの提案をはねつける勇気はなかった。

「すぐに返事できない。もっともなことです。そんな慎重な態度こそ、われわれにとって望ましいことです。別に急ぎませんから、横浜への航海中よく考えていて下さい。なあに、簡単なことですよ。あなたさえうんとおっしゃれば、ボンベイの係りがあなたに小さな包を渡す。それをあなたが東京の係りに渡す。あなたは、ボンベイ土産の代金をたんまり頂戴する。それでみんなオーケイね。で、やるきになれたら、名刺のところに連絡して下さい」

「やあ、東京に事務所があるんですか」

「表向きのビジネスは宝石商ですからね、形だけのオフィスは置いているんです」

「それで、事務所には誰が……」

「わたしがいます。あなたより出発はおくれても、飛行機を利用しますから早く東京に着いて、あなたを待っていましょう。その時、よい返事がきければ、仲間入りのしるしにこのエメラルドを差上げます」

この時、ホイストの指先に煌めいたエメラルドが、航海中も夢魔のように幹雄の脳裡から離れなかった。

うまく塡《は》められたものだと思う。あのボンベイの夜の招待も、シヴァの彫像にうっとりなる彼の性格を見越して仕掛けられた罠だと悟っても、ホイストの提案を無視することはできなかった。

見せつけられ、味わわされたシヴァの世界を我ものにするためには、莫大な金が要る。そのためには、ホイストの提案を呑むいがいに道はなさそうであったが、できることなら麻薬にだけは手を付けたくなかった。

一旦その仲間に入れば、あとにどのような難問が待ちかまえていることか。ホイストの言葉通り、たとえ危険はないものとしても、監視の目を意識して毎日を過すことは好ましいものとは思えないのだ。

俺はより憑いた魔味を貪ぼるつもりはない。時たま、ほんのちょっぴり味わえばいいんだと悟った時、彼は一つの賽を投げ、その賭がもたらす成果にぞくぞくするような興奮を覚えた。

素敵なボンベイ土産、そうだ、こんな素敵なボンベイ土産ってないもんだと、勝ときまった作戦を点検する将軍のように、慎重に組み立てた完全計画《パーフェクト・ゲーム》を検討するのが毎日の楽しい日課になった。

6

横浜では、家族に迎えられた同僚たちと別れて独りになった。普段なら幹雄も、電報を打って家族をよぶのだが、ボンベイ土産を受取るためには独りになる必要があったのである。横浜港から早速電話すると、聞き覚えのあるバタ臭い声がかえってきた。

「ボンベイから船で、今着きました」

「ああ、三洋丸の……」

「そうです。ボンベイ土産の件でおうかがいしたいのですが、今夜の御都合は……」

「決心、ついたのですね……」

「ええ、でなくっちゃあ、連絡しませんよ」

「ブラヴォ！　そうなりゃあ早いはうがいい」

「じゃあ、二時間以内に参ります」

「歓迎しますよ」

してやったりとでもいうような声が、受話器の奥で跳んだ。

ビルの事務所の位置やホイストが事務所にいる時間、また内密の用件は人目をさけて裏の非常階段を使うことなど、ボンベイで打合せずみのものだった。

ホイストは、罠にかかった獲物が必ず来るものと信じて段取りをつけていたのだろうが、俺にとってはパーフェクト・ゲームの膳立をしてくれているようなものだと、幹雄は御機嫌な調子で指を鳴らした。

八重州口で荷物をあずけ、日比谷公園からビルまではぶらぶら歩いた。何度も検討したことなので、通い馴れたビルのように付近の構図は諳《そら》じていた。

人目のないのを確かめて、裏口から素早く非常階段を登り、ドアを指で押して猫のように室内に滑り込んだ。

「いい調子ですね、エメラルドは用意していますよ。

仲間入りの祝に乾杯といきましょうか」

ホイストは、彼の俊敏な動作に満足して大きな手を差出した。

酒好きのホイストらしく、すでにテーブルの上にはジョニー・ウォーカとチーズ類が用意されていた。思っていた通りだ。予定通り第一手段でいこうと、彼は内心にんまりとして大振りなグラスを執った。

酒を酌みかわしてボンベイの夜の愉快な話に移ったとき、彼は立上ってとろんと霞んだホイストの顔を見下した。

「わたしは、ボンベイ土産に麻薬を東京へ運ぶためではなく、宝石を家へ持ってかえるためにお訪ねしたのですよ」

「何ですって……」

ホイストは驚いて腰を浮かせかけたが、酔がまわったものらしくそのまま腰を落して光った眼で彼を見上げた。

「あなたは、わたしを誘導して禁断の実を与え、シヴァの呪文で操つる気かもしれないけど、シヴァはそんな一方的な神じゃない」

「シヴァが……」

「そうですよ。ヒンドウイズムの特質は、あらゆる階層にわたって各自の手法を編みだし、自分に都合のいいものを取り込む才能にあるとおっしゃいましたね。あなたもその教理に従って人生を享受していらっしゃるわけでしょうが、わたしもシヴァの作法に従うことにしたのですよ」

「それで……」

「わたしも、一旦味わわされた禁断の実を忘れることは出来ません。それに、中東の民族が苛烈な戒律のために徹底した享楽を求めるように、わたしも船員だから、禁欲的な航海後の享楽がより効果的だということを知っています。といって、それを享受する資本はあなたが暗示するような莫大なものでなくても、こんな宝石が二、三十個もあれば一生充分に楽しむことができます。素晴しい考えだとは思いませんか。こうなれば、麻薬などという危険なボンベイ土産をびくびくもので運ぶより、誰にも大歓迎のボンベイ土産の宝石がどんなに割のよいことか、お訊ねするまでもないでしょう。あなたは表向きのビジネス用に、宝石の二、三十個は何時でも手元においていらっしゃる。わたしはね、それを頂戴することにしたのですよ」

「君は……」

ホイストは掠れた声をあげたが、もう眼にも光はなく、濃霧に閉ざされてどんよりとなった。

「どうです、動けないでしょう。さっきのグラスにボンベイ土産の秘薬を入れておきましたから、そのまま気持よく永眠なさっていいんですよ。あなたは自分の力だけ過信して、相手を甘くみるからこんなことになるんです。シヴァの精神を利用することだけ考えて、その反骨精神を忘れたのじゃないですか。先にあなたは、傲慢なイギリス人が、その好みや考え方、行状、また知性はイギリス人であるようなインド人の群を作りだすための教育手段として英語を奨励した結果、インド固有の文化と歴史に開眼したインド人は、イギリス人が望むような忠実な従僕とはならず、反対にインド独立の先駆者となったのだと嗤っていましたが、あなたもまた同じ誤を繰返したわけですよ。わたしだって、シヴァの精神に目覚めれば、自分に都合のよい法則を編み出さずにはおれないでしょう。麻薬のボスを消滅させ、その代償として宝石を得る。

　聖なるものを援け
　罪人の罪を滅ぼし
　正しき人を現わすために……

と全く、ラーマーヤナのとおりですよね」

7

幹雄がいい気持で話しこむうちに、ホイストの体は沈んだ。ゆすっても、ぴくりともしない。

彼は一つ頷いて飲みかけのグラスを洗い、指紋を残さぬようにホイストの皮バックから、ダイヤ、ルビー、エメラルドなどの宝石を奪って部屋を出た。ビルの外も、夜中なので人に見付かる惧れはなかった。

完全試合《パーフェクト・ゲーム》は完全に終った。うまくいけば心臓麻痺とみなされるだろうし、たとい殺人と見破られても証拠はないし、ホイストと俺との関係は解るはずもないと、その夜彼は、西銀座に泊り、煌く宝石に見果てぬ夢を描いてぐっすり眠った。

翌朝、彼は爽やかな気持で信州へ向った。電報を打たなかったのは、急に喜ばせるためだとも何とでも説明はつく。ともかく、素敵なボンベイ土産を持ってるんだからたまらない話だと、歌いたいような気持で郷里の懐かしい露地を曲った時、家の前に集った人々の間から「あっ！」と鋭い叫びが上った。

帰るのを待ちかねて表に立っているんだろうかと、彼は声をあげて駈けだしそうになったが、一団の人たちの異常な視線におやっと足を止めた。

父も母も弟も妹も、恋人の京子までが困惑しきった眼眸を向けているのだ。

それればかりではない。家族をさえぎって前に立塞がった警官と白衣の男たちが、彼に緊張した視線を集中してた。

「沼田幹雄さんですね」と言った。

彼は「はい」と答えたまま絶句してその場に立竦んだ。警官がいる。もう、ホイストの事件が発覚したのだろうか。彼は、そんなはずはないのだと懸命に打消そうとしたが、思いがけない事態に音たてて崩壊する恐怖を押えることはできなかった。

そんな彼へとどめを刺すように、警官と白衣の男がよってきて厳しい声で肩を押えた。

「とんだ、ボンベイ土産をもってきたものですね」

「ボ、ボンベイ土産……」

「そうですよ。ともかく、あなたの身柄はあずかりますが、一体昨夜はどこにいたのです？　重大な問題だからはっきり答えて下さい」

「さ、さく夜は……」

彼は男たちにとり囲まれたままその場にへたりこみ、もう駄目なのだと、シヴァやホイストや宝石のことなどを泣かんばかりにわめきつづけた。


——。——


その翌日、白衣の男が刑事に小さく肩をすくめて話した。

「わたしたち防疫班にとって、中近東とくにインドは鬼門なんですよ。貧困と非衛生が看板みたいなところへ、このインドときたら、宗教上のタブー、すなわちこの社会に根強く滲透している輪廻の思想から、動物を殺すのを非常に嫌います。インドの動物尊重の念といえば想像を絶するもので、昆虫退治やペストなどの疫病対策を困難にするどころか、これを不可能にすることだって珍しくないんで、わたしたちはインドに伝染病が発生するととくに緊張します。交通が発達した時代ですから、空路、海路、どこから侵入してくるか油断はできません。この三洋丸の場合がまさにタイムリーなもので、船が港に入ってからボンベイにコレラ発生のニュースが入ったのです。とくに三洋丸はボンベイ航路の船で、碇泊中船員たちがコレラの発生地帯へ自由に出入りした形跡があるし、インド人の船客もいたことです。わたしたちは水ぎわ防衛のため、直ちに三洋丸全員の上陸を禁止し、保菌の有無を明らかにする必要があったわけですが、急報した時に上陸は終っていました。やむなく船員名簿によって行先に手配し、帰宅したところをとらえ、一応隔離した上で検査したわけです。ところがこの男一人当日内に戻らなかったので、もしか下痢でも起してどこかの旅館でへたっているんじゃないかと考えましてね、気が気じゃありませんでした。そんな事情から、立寄った先を消毒する必要もあるので下船してからの経過を訊ね、コレラの意味合で、とんだボンベイ土産といったわけですが、この一言で顔色が変りましてね、わたしは、発病したことを隠してるのじゃないかとハッとしたものですよ」

ロマンス航路

1

「オー・ワンダフル」

はじめに、歓声がある。

「オーオー・ワンダフル」

船上の客となっても、歓声の連続である。

ダイヤモンド・スワン号は、まさしく夢の船なのだ。

鋭角のクリッパー型の船首は、朝顔状に開いたファッションプレー式となり、鳥の翼のように両船側に張りだしているブリッジウィングは、浮かぶ白鳥のような優雅さで、船客を失われた心のふる里へ誘っていく。

船内もまさに素敵な夢の国だ。上部の遊歩甲板だけをみても、ビスタビジョン・シネマスコープつきの劇場バルコニー、アンバサダー・ルーム、図書室、カード・ルーム、喫煙室、オーケストラにダンス・フロアつきのトロピック・バーやリッツ・カールトン・ルームの社交場などで、船客はロマンチックな洗礼をうけ、喜々としてワンダー・ランドの住人となるのだ。

だから、ダイヤモンド・スワン号のすばらしき航海に感動した船客は、「海洋の宝石」「おお太平洋の女王よ」と、まるでクレオパトラの寵愛をうけたローマ人のように熱烈な賛辞をささげ、新たな客は、見果てぬ夢を追って、華やいだ期待に胸をときめかせるのである。

かくて、スワン号が幻滅の陸地に訣別して外洋に出るとき、デュポン船長の恒例の挨拶が始まる。

「みなさま、ようこそ、ようこそいらっしゃいました。このスワン号が、乾ききった物質文明の大洪水より、みなさまを救い出すノアの方舟であることは、すでにご承知のことと存じます。

皮肉なことに、われわれは物を克服するにつれて、心を失ってしまいました。

むかし、われわれの人生に輝ける色彩を与えたものは、今すべて機械にとってかわられ、同時に現代の人間は、何ものにもかえがたい人間性を喪失し、機械の奴隷となる恐るべき道を進みはじめたのであります。旅においても、現代は超音ジェット機により、夢みる間もなく運ばれ、ここには点と点のみ存在してプロローグからフィナーレへの長い線、人間が人間らしい心にかえる旅というものはありえないのであります。

航海の歴史をかえりみますに、新大陸アメリカの発展につれて、北大西洋ルートが花形航路となり、英米の各船会社は、急げや急げと、大西洋のグレイハウンドと呼ばれたアリゾナ号をはじめ自慢の快速船を配して血みどろの競走をはじめたのであります。

しかるに、十九世紀末には、大西洋の船客がへり、船会社の経営が悪化したのにもかかわらず、わがオレンジ・スター・ラインは好調をつづけました。なぜか、スピードよりも〈乗り心地のよさ〉をモットーにするわが社が、他社のように肝心の快適さを犠牲にしてまで、高速船によるブルー・リボン競走に身をやつさなかったからであります。

この頃、大西洋上で、わが社の船をおいこした快速船の友人から、『ノロマのカルビンよ、お先に失敬するから、言づけがあれば伝えてやろうか』という電報がとどくと、本船のすばらしい特別料理を食っていた友人は即座に次の如き電文を打ち返したのであります。

『デカにおわれる盗人じゃあるまいし、何をそうあわくってるんだ。人生はそうあくせくしたもんじゃない。どうだい、こちらに移ってステキな淑女と食事でもせんかね』」

どっと笑った船客へ、デュポン船長は、大げさに肩をすくめた。

「いやいや、笑いごとではありませんぞ。現代人は、スピードというものにたぶらかされております。人間はスピードを高めたことにより、交通事故をもまたスピード・アップして、確実に死者をふやしているのですぞ。すなわち、スピードこそ、死を先導として人間を機械化する魔術師に他ならないのであります」

「おお……」

今度は、船客が不安げに肩をすくめると、船長はニッコリ笑った。

「ご安心下さい。かくしていちはやく人間性の大危機を悟ったわがオレンジ・スターラインは、このころすでに〈快適な船旅〉という新しい造船方針を決定したのであります。つまり、広びろとした快適なアコモデーションに重点をおき、スピードは二の次として、かの世紀の豪華船オセアニックを建造し、〈大西洋の貴族〉と呼ばれて、多くの船客を感動させたのであります。

すなわち、林立する巨大な煙突から黒煙を吐いて走った、モレタニア時代のスピード競走の夢は、いまや遠い過去の物語となったのであります。

すばらしき船内で、解放された自由な気分を満喫しながら、はるかなる国々への楽しい旅をするというレジャー、いや人生の充足そのものを、私は、今日の客船の使命と信じておるのであります。

この点、〈ブルー・リボン〉と呼ばれる大西洋航路に比し、夢の島ハワイをもつ太平洋航路こそ、〈ゴールド・リボン〉と呼ぶべきすばらしき海路であり、このために造られたスワン号も、こうしたオレンジ・スターラインの結晶なのであります。

かくて、海上にこそ、まことの自由は存在し、この主旨のもとに、本船には一等二等の区別はもうけず、エデンの楽園の如く、みなさまが平等かつ自由に本船のすべてを利用されるよう配慮されております。

これより太平洋にでます。どうぞみなさま、心を海の如く広くして、よりよき海上の人生をお楽しみ下さい」

スマートなデュポン船長の挨拶が終わると、はるかなロマンの旅路へ少女のように胸をはずませた船客は、「ブラヴォー」と掌をうち鳴らし、やがて「海こそわが心」という、ダイヤモンド・スワン号のテーマ・ソングに、サイレンの歌声に魅入られた船人のようにうっとりと聞き惚れていった。

「素敵だわ、まるで夢みたい……」

「はあ……」

花井紀彦は、隣席の美人にささやかれて、初心な少年のようにぱあっと頬を染めた。

北欧系女性特有の金髪に淡く青い眸と、胸もとから流れる溶けるような白い肌には、女に心を許すまじという不退転の決意も、他愛なくとろかされるようであった。

金色の夜叉と化した不運な男と同じく、紀彦自身、恋とか愛などというまやかしの華一切を呪って海へ逃がれたものだけに、どうしてこうもゆらめいた気分になるのかと信じられないほど、神秘な女性美に圧倒されていた。

船客が音楽にのってダンス・フロアに流されたとき、紀彦は、悲劇の信念に背をむけていた。どんなに深刻ぶったところで、誰しも、同じ光るものなら貫一より源氏の君にあやかりたいものだ。紀彦とて、その例外ではなかった。

「お相手ねがえますか」

紀彦は、立ち上がった。

「ええ、よろこんで……」

若い美人は、溜息のでそうな微笑で応えた。

ホールでは、紀彦たちだけでなく、自然に結ばれた花のカップルが生まれ、ロマンチックなリズムに身をゆだねていた。

ダイヤモンド・スワン号の公室設計の特徴として、ほとんどのサロンの天井はドーム状につくられているため、船室特有の圧迫感はなく、さらに青いライトの効果で、月夜の花園ででも恋をしているような玄妙な解放感がある。

「どちらへいらっしゃるのですか」

紀彦は、美しいパートナーにうっとりと口を寄せた。

「ボストンの伯母のとこですわ。こんな旅行の機会って少ないものですから、船にしましたのよ、あなたは……」

だから、紀彦のような男性に遇えてよかったとでもいたげに、優しくほほえんでみせるのだ。紀彦は、もうぼうっとなって骨の髄までいかれてしまった。

「ワシントンの大使館書記として赴任するのです。いつもなら空路ですが、その前にゆっくり休暇がとれたものですから……花井紀彦です」

恋人にそむかれ、現実から逃避してきたといえるものではない。紀彦は、あわてて心の傷跡をかくした。

「あたし、ナターシャ」

美女は、頷いて無邪気に応えた。

「何ですって！」

「あたしの名前がどうかしたのですか」

「ロシアの方だとなると、本名は、アナスタシアとおっしゃるのではないでしょうね」

「あら、あの有名な幻の王女だとおっしゃるのですか。お気の毒ですけど、あたしは平凡な一市民の娘ですわ」

ナターシャは、おかしそうにクスリと笑い、紀彦も間が悪そうに肩をすくめた。

夢だとしても、話がうますぎる。いや、もし王女だったら、手のとどかぬ人となる。ただの市民の娘でよかったと、燃えたつ情熱の中でほっと安堵する思いだった。

といって、とっぴなようでも根も葉もない妄想ではない。出航時、ロマノフ家の末裔である王女アナスタシアが、スワン号の客になったというニュースが流れていたのである。

噂はそれだけでなく、王女につたえられた伝説的な宝石、時価数億といわれる太陽のエメラルドを狙う怪盗ルボンや国際犯罪組織マフィアのギャングが乗り込んだという情報が、船客のロマンチックな期待の中に、スリリングな昂奮を生じていたのも事実だった。

2

大倉晶子は、恵まれすぎたゆえに不幸だった。知に働いても情に竿さしても、とかく浮世はままならぬものとなっているが、晶子の場合も、何事も思いのままの生活が、娘時代に至って満たされぬ思いを深めていた。

年頃になり、恋にあこがれ、燃ゆる思いをかきたてようにも、男という男が気の抜けた薄馬鹿に見えた。天上のヴィーナスとあがめられようと、滝のように甘い言葉をあびせられようと、すべては大倉財閥の威光に骨無しになった男のたわごととしか思えなかったのである。

恋に見離されたわがままな娘は孤独だった。老女のように、人生というものに退屈しきっていた。だが、歳月は非情なものだ、退屈だ、つまらないなどぼやいている間も、顔の皺を確実にふやしていくのだと悟ったとき、晶子は、青い鳥をさがすチルチル・ミチルのように、幻のメルヘンにあこがれて世界の独り旅に出たものだ。

「自由の人よ、君は常に海を愛せん」

外洋の果てしない広がりに、晶子は快い感傷にひたってボードレールの詩を口ずさみ、自由をとりもどした花鳥のように、浮き立つ気分でカード・ルームへ行った。

酒落のめしたプレイ・ボーイとの遊歴で、ギャンブルに自信がないでもない。仲間はずしにされた子供のようにポーカーのテーブルを眺めていると、ボーイが空いた椅子をすすめた。

紳士の賭けで、勝負は和やかに進んだが、女王あつかいにされていい気になっているうちに、晶子は、二百ドルちかく負けてしまった。普通の娘ならばおろおろするところだろうが、金高には不感症の娘だ、何食わぬ顔で次のカードを求めたとき、ロイヤル・フラッシュのみごとな札をさらした正面の男が声をかけた。

「お嬢さん、今夜はついてませんね」

「あら……」

晶子は、ふっと顔をあげた。それまでは勝負に夢中だったが、よくよく見ると、深い眼眸の好男子だ。いい感じじゃないの、退屈しのぎにからかってみようかしら、と悪戯っぽい気持も動いた。

「いいかげんに、降りろとおっしゃるの」

「まあね、こんな場合は出なおすのが賢明ですよ。バーでジュースでも飲みませんか」

ジュースだなど、軽く小娘あつかいにされたのが癪で、いいわと肩をあげた。

パリでは、シャンソンの一目惚れ。同じく、スワン号の隅の暗いバーでも、初対面のダンスですっかり意気投合した男女が、長い春を待ちわびた恋人同志のように、うっとりとグラスをくみかわしていた。

晶子も、ふっと恋人とでも連れ立ったような妖しい気分になった。

「いけませんね。大洋航路のカード室には、カモを狙う賭博師が目を光らせているのですよ。あなたは、金ピカのネギカモ、暇つぶしもほどほどにしないと、身ぐるみはいでストリップにされかねませんよ」

「余計なお世話よ。あれしきのお金、あたしには口紅代ぐらいのものだわ」

「おやおや、お気の強いお嬢さまだが、得手勝手な考えはいけませんな。そう奴らをつけ上がらせるから、高い船賃を払っても、カード室から離れられないことになるんですよ。イカサマ師は相手にせず、割が合わないことを悟らせないと、ほかの船客が迷惑しますからね」

男は、にべもなく応えたが、お世辞になれた晶子には、ひと思いにやりこめられたのがいっそ楽しい思いで、馴らされたジャジャ馬のように、相手に対する新たな興味を湧き立たせた。

「お船には詳しいようだけど、あなたのお仕事は……」

「新聞記者ですよ。ニューヨーク文社へ転勤になりましてね、取材かたがた太平洋航路をえらんだわけです」

「まあすてき、事件記者なのね。アナスタシアの宝石を狙う怪盗が乗り込んでるって噂があるから、きっと、その取材で特派されたんでしょう」

「と、とんでもない。そんな噂なんて、デタラメにきまってますよ」

男は、高杉俊作という名刺をだしてあわてて手を振ったが、鳩に豆鉄砲といったぎこちない素振りに、晶子は、おやっとかわいい首をかしげた。

この人、記者だというけど、ひょっとしたら、あの幻の怪盗じゃないかしら？

晶子が琥珀色のワインごしに、貴公子然とした端麗な眉目を眺めて、ひそかなアバンチュールにわくわくなっていたとき、プロムナード・デッキでは、若い画家が船客の視線を集めていた。

海を描く天才画家だというささやきに、船客はいっそう興味をそそられた様子であったが、気合いよく青い線を走らせたカンバスに向かい、はったと海を見詰める憑かれた眼眸が、いかにも天才だという卓抜な印象を深めていた。

「芸術は、いいものですね」

船客は、海と画家という点景に満足して頷き合った。文明の乾いたアスファルト・ジャングルから逃がれてきた人たちには、芸術と自然の渾然たる風情こそ、人間復帰に等しいオアシスであった。

南側の暖い陽差しの伸びたサロン・テラスでは、男性の渇望の的だったという美しい老プリマドンナを中心に、老人たちが若やいだ声をはずませていた。

むかし、七つの海を渡って世界各地で歌ったという話から、老人たちもアルト・ハイデルベルグの感傷的な若い時代にかえって、苔むした年を忘れてしまったのだ。

この世に、不老長寿の薬を求めたそのかみの始皇帝より、功なり名とげて金と暇をもて余している老人にとって、ロマンスへの期待ほどせつなきものはない。

それだけに、老いたるプリマドンナも、まだまだ春めいた気持をそそるほど女の魅力をとどめていたし、解放されたスワン号の航海自体が回春の希望に満ちて、老人たちをわくわくさせていたのである。

こうして、大洋の自由な海へ乗りだした船中ではいろんな挿話が生まれたが、二日目の夜、一つの事件が起こった。

いってみれば、ちょっとしたトラブルにすぎなかったが、伝説の宝石とギャング、ロマンとスリルの情報を裏づけるものとして、船客を一種の冒険的昂奮に巻き込んだ事件でもあった。

花井紀彦が航海の一日ですっかりナターシャに熱くなった夜、二人ずれのいかれた野郎どもが彼女にダンスを申し込んだ。

酒臭い感じに眉をひそませて、ナターシャはいやいやしたが、なおも赤い顔をよせ、ネックレスをとらんばかりにしつこく誘うので、紀彦は騎士の名誉にかけて毅然と立ち上がった。

「おい、君たち無礼ではないか。いやだとおっしゃるんだから、遠慮するのがエチケットだぞ」

「なにい、エチケットもくそもねえ、べっぴんさんと踊りたいから、こうして頭を下げてるんじゃねえかよ」

「といって、いやだとおっしゃるものを強制する権利はない」

「おい、おとなしく出ればなめた口をききやがって、二枚目ぶってこのべっぴんを独り占めする気かよ」

兄貴株の男が胸ぐらを摑んできたので、紀彦は思いっきり突き放した。恋すれば、腕力だって倍増する。

「野郎！」

無様に尻餅ついた男が、ゴリラのように歯をむいて鋭いナイフを構えたとき、たくましい船員がクレーンのような腕を伸ばし、

「暴力は禁じられております」

と、二人の襟首をムンズと摑んで軽々と引き立てていった。

広大な船中の一隅に起こった束の間の出来事だったが、柄の悪いこの二人組が、宝石を狙って乗り込んだギャングだというショッキングな事件として、あれよの間もなく船中を席捲した。

だが、紀彦は最高に幸せだった。この勇気ある行為こそ、愛の告白に他ならないのだ。

幸運な椿事に上気した二人は、どちらから誘い合わせるでもなく、月夜のプープ・デッキにでて唇を合わせた。

もう、外人だというのは問題ではなかった。ナターシャの事情さえ許せば結婚するのだと決意したが、これに刺激されたかのように、事件はすぐ後に起こった。

3

朝、花模様のネグリジェをうどん華のようにヒラヒラさせて、メイン・ロッジに駈け込んできた老女が、晴れがましい興奮にぽおっと頰を紅潮させて言った。

「わたし、宝石を盗られましたのよ」

昨夜、ベッドに入ろうとしたとき、仮面の紳士が現われ、「姫よ、お静かに」と、うやうやしく一礼するやいなや、高貴な香りのするハンカチーフで口をふさいだ。

老女は、そのまま眠り込んでしまったが、朝目覚めてから、エメラルドのネックレスがないことに気づいたと言うのだ。

「あのスマートなスタイルや紳士的な作法からして、きっと怪盗ルボンが、わたしをアナスタシアと間違えた

んですわ」

老女は、恋を知った娘のように恍惚となった。実際、豚に食わすほど金にうまっている老女にとって、宝石の十や二十など問題ではなかったのだ。

それより、幻の王女、アナスタシアに間違われたというのが、宝石に勝る女の勲章、身に余る光栄だと、むしろルボンに感謝したい思いだったが、柳の下に泥鰌は二匹いるものらしく、不可思議なことに同じような事件が続発したのである。

いずれも同じく、年輪と脂肪を積み重ねても、あの若く美わしき時代にあこがれがちな婦人たちが、これも同じような手口で宝石を奪われたと、危機をのがれた姫君のような思い入れで誇らしげに報告するのだった。

「ルボンはきっと、わたしこそアナスタシアだと思って押し入ったのですわ」

かくて宝石事件は、老いたる麗婦人たちにはロマンチックな衝撃を与え、紀彦には凛々たる勇気を湧き立たせた。

「ナターシャ、ぼくがついている限り、けしからぬ盗賊ずれに指一本ふれさせません」

お望みなら、一夜中おそばで警護していましょうと、紀彦は、薔薇の騎士のように忠誠を誓い、

「うれしいわ。でも、あたしはアナスタシアでもないし、狙われるような素敵な宝石は持ってはいませんのよ」

好意はありがたいが、その心配はいらないでしょうと、ナターシャは優しく首を振ったものだ。

また事件は、大倉晶子にも、ミステリックな興味をそそった。

「ねーえ、幻の怪盗ルボンって誰でしょう……」

晶子は、バーの薄暗いテーブル越しに、高杉俊作の眼をのぞいた。

「誰といったって、二千人の船客の中にうまくまぎれ込んでるのだから、分かりっこないよ。怪しいといえば、バーで暴れた二人組でもなさそうだし……」

俊作は、とぼけた顔で応えた。

「まさか、ギャングの下っ端みたいな人に、あんなスマートなことはできっこないわ」

「いかれたご婦人がたの証言を信ずればの話でしょうがね」

「それ、どういうこと……」

「おれは、ルボンに襲われたという婦人が、その前夜、

デッキから海へ宝石をほうりこんでいるところを見たんだ」

「まさか……」

「女心って、年はとっても案外いじらしいものなんだよ」

「女を馬鹿にしないでよ」

「おれは、事実をいってるんだよ」

「そんなことより、あたしはスマートな画家が怪しいと思うわ。天才ぶって海ばかり睨んでいるけど、人の見てる前ではちっとも絵を描かないじゃないの。いや、描けないのだと思うわ」

「どうして……」

「カンバスの絵はね、少しずつ進んではいるけど、どう考えても見られているところで筆をとらないのが怪しいじゃないの。室に何段階かの絵を用意してれば、デッキにでてくるたびに進んでるように見えるし、そんなお芝居で画家と思わせておいて、夜になって仮面をつけたルボンに早替りするとなればどうなのよ」

「さすがに、お暇なお嬢さまだけあって、恐れ入谷の妄想ですな」

俊作があきれたように肩をすくめ、

「あら、おっしゃいましたわね。もっとも、あなたがルボンだったら、それこそピッタリなんでしょうけど……」

そこは、売り言葉に買い言葉。晶子が話のはずみでつんと顔をそらしたとき、俊作は、あっと、絶句して言葉もなかったが、やがて「アハハ……」と、気の抜けた笑い声をもらした。

とかく、船客は、事件を好きなように料理もできる。だが、船主側とすればとぼけてばかりもおれないとみえ、たてつづけの被害に頭にきたデュポン船長は、大ホールで一つの提案を出した。

「まことに遺憾なことながら、宝石盗難事件が相次いでおります。私どもとしても、この上、被害を見過ごしにはできないので、お客さまの宝石を夜だけでも私どもにおまかせ願えないでしょうか。責任をもって、特別室に保管したいと思いますが……」

「賛成、賛成……」

男性側は、無条件で諸手をあげたが、女性側のそれも初老の婦人たちは、やるせない表情でしわしわとささやきあった。

女にとって、宝石は女の命だから、夜だけとはいえ、肌から離すのは辛いというのである。

それも、晩年を飾るロマンチックな冒険のチャンスを失うことを惜しんだのかもしれぬが、いじらしき願いもうたかたの青春と同じように、呼べど返らぬ夢となってしまった。というのは、三日目に事件は解決したからである。

その朝、デュポン船長は、マイクから昂奮した口調で、船客全員の集合を要請した。

「みなさま、昨夜、ルボンは、けしからぬことに特殊なネムリガスで夜警の船員を昏睡させてから、宝石の保管室に侵入しました」

船長は、大ホールの壇上から頭を下げた。

「何という失態だ。われわれの宝石は盗まれたのか」

船客は、まんまとペテンにかけられたように騒ぎだした。

「お静かに願います。さすがのルボンも、わが船の大金庫には歯が立たなかったものとみえ、宝石は無事、異常はございません。もっとも世紀の怪盗だけあって、指紋など一切の証拠も残しておりません」

「すると、ルボンはまだ捕まってはいないのですね」

船客は、声をひそめ、興味深そうに船長の言葉を待った。

「はい、まだ捕えてはいませんが、世紀の宝石盗人は、今ここに、みなさまの中にまぎれこんでおるのです」

ショッキングな声明に、おうとざわめきたった船客を、デュポン船長は両手で制した。

「まあまあ、ご安心下さい。敵が現在の新手を使えば、われわれにも現代の戦法があります。実を申せば、保管室の宝石はルボンを誘う罠で、室内には、気づかぬまま人体にしむ特殊な香料が仕掛けてあります。今、ここに、国際捜査局派遣の警察犬スカンク号が、犯人を指名しましょう」

デュポン船長の言葉と同時に、屈強な船員たちが大ホールのドアを固め、船客は、まぎれこんだ狼をおそれる羊群のように、おっかなびっくり周りの客を見渡した。

ほどなく、船客の間をクンクン嗅ぎまわっていた忠犬スカンク号が、ドア近くにいた肥った小男に、「ウーッ・ワンワン」と、おどりかかった。

「しまった……」

男は素早くドアへ走ったが、船客に足をすくわれ、駈け寄った刑事に手錠をかけられ、あっけなくも第一巻の終わりとなった。

「みなさん、まことにお騒がせしました。わたしは、国際捜査局のマキシム刑事であります。ルボン潜入の情報で乗り込んでいましたが、みなさんの協力により犯人を逮捕できましたことを深く感謝する次第であります。明日、ホノルルで下船しますが、それまでの同乗をお許し下さい」

国際警察官らしいキビキビした挨拶に、万雷の拍手が湧いた。

船客は、遊歩甲板の安楽椅子からぼんやり海を眺めていた平凡な男が、鬼の目を抜くという辣腕の刑事だったのかという意外な驚きに打たれたが、もっと意外だったのは、被害者の婦人たちだった。

「ルボンは、決して、決して、そんなこそ泥ではありません。貴公子のようなスマートな紳士でしたわ」

見映えのしない盗賊に幻滅した婦人たちは、貴婦人の尊厳を傷つけられたかのように、躍起となって抗議した。

「お気持ちは、ようくわかります。だが、被害者の証言ほど、あやふやなものはありません。赤服の犯人を青服だなんて、トンチンカンな証言を大真面目で述べたてることもままあることで、この場合は、特にかよわきご婦人がたではあり、ルボンの怪しげな風説にまどわされて、美化されたのでしょう」

マキシム刑事の言葉通り、犯人のカバンの中から、盗まれた七個の宝石のうち四個まで出てきた。おかしなことに犯人は、身に覚えのない宝石だと言い張ったが、論より証拠と否定しようはなく、これにはロマン派の老婦人たちも、ふくれかえったフグのようにぶすりと黙り込んでしまった。

「がっかりだわね。あんな男がルボンだなんて……犬に嗅ぎつけられるなんて、幻滅もいいとこだわ」

興醒めた晶了に、

「不風流な幕切れにご不満でしょうが、現実とはそんなものですよ」

と、高杉俊作は皮肉な薄笑いをみせたが、現実がいかなものか、一夜明けるとまた新たな解答がでた。

翌朝、デュポン船長は、ルボン逃亡を告げてから、申しわけなさそうに深々と頭を下げた。

早朝、ルボンを閉じ込めた室のドアが開いていた。船客の中に共犯者がいたらしく、ドアの錠は外部から開けられ、救命ボートでホノルルに逃がれたらしく、マキシム刑事も、直ちにその跡を追ったというのだ。

かくて、船客を点検した結果、ギャングらしい二人組がその共犯者だと断定された。

「なるほど、さすがはルボンだ。自分とは無関係な立場で、いかにもギャング臭い二人組に衆目をひきつけておいて、おとりの影で着々と宝石を狙い、また万一の場合に備え、まんまと危地を脱したわけだ」

と、感心する俊作に、晶子は首をかしげた。

「でも、美術マニヤのルボンが狙うのは、アナスタシアのエメラルドじゃないの。それなのに誇り高き怪盗が、犬も歩けば式におばあちゃんたちの宝石を狙っていくのも芸がないわ。あの連中は、ルボンの噂に便乗したケチなコソ泥なのよ」

「想像するのは自由だけど、ルボンだって同じ人間さ、アナスタシアが誰だかわからなければ、それらしい婦人たちに当たってみるより手がないだろうし、まあ、味気なくても、現実とはこんなものだよ」

俊作はまた、フフンと癪な笑いを浮かべたが、船客は、その現実に酔って、ルボンの印象を語り明かした。

とかく、退屈しがちな人生で、願ってもない事件に遭遇したことで、世紀のドラマのヒーローにでもなったかのように興奮してしまったのだ。

たしかに、ルボン事件をはじめ、船中での様々の現象は、船客各自の人生模様にロマン的な綾糸を織り込んだが、それといえば、ゴールド・リボンのハワイこそ、ロマンス航路のピークとなる華やかな夢の島であった。

4

ダイヤモンド・スワン号がホノルルへ着くと、船客は素敵なレイをかけ、チャーミングなハワイ娘たちと、椰子の浜辺でオー、パラダイスを歌った。

まさしく、オー、パラダイスである。

南国の海と花の香気にうっとりなった船客は、月夜の浜辺やかわいいホテルなど、思い思いの場所へ散っていったが、それがどんなに素晴らしき夜であったか、ホノルルのイエロー・サンシャインという現象が如実に物語るものであろう。

ロマンス航路中、意気投合した新鮮なカップルや新婚の夫婦など、熱帯の濃密なムードに情熱を燃やすあまり、翌朝帰船してタラップを上がることができず、まぶしげに空を見上げて、おう、ホノルルの太陽は黄色い、と感動するほどであった。

そして、端倪すべからざる事件は、ホノルルぼけした船客の隙を衝いて起こったのである。

ホノルル出航の翌朝、花井紀彦がナターシャの船室をノックすると、ドアは音もなく開き、もしやと不安に駈られた紀彦の勢いに目覚めた彼女は、

「ルボン……」

と、小さく叫んで彼の胸に倒れた。

ナターシャは、老婦人の場合とまったく同じく、仮面の紳士が、「姫よ、お静かに」と、におい絹で眠らせてから、母の形見にもらったエメラルドを奪った、と告げた。

事件は、またまたスワン号を興奮の坩堝に巻き込み、老婦人たちは、得意げに言ったものである。

「それごらんなさい。わたしたちを襲ったルボンは、うすぎたないこそ泥ではなく、スマートな殿方ざあますのよ」

他の船客は、不死鳥のようなルボンの出現に内心野次馬の面白半分の喝采を送ったが、カンカンになったデュポン船長は、再び船客を大ホールに集めた。

「重ね重ねの不手際でまことに申しわけございませんが、先に逃亡した盗賊がまことのルボンであったかどうかの詮索は別として、今わたしどもに課せられた早急の使命は、盗まれた宝石を取り戻し、不届きなルボンを捕えることであります。幸い、航行中の宝石盗難事件に備え、かねて注文しておいた宝石探知機がホノルルに着いておりましたので、早速、この新兵器ザガーゼによりエメラルドの所在をつきとめ、みなさまに改めてルボンを紹介いたしたいと存じております。ご退屈でございましょうが、どうか捜査終了まで、しばらく当ホールにおとどまり下さい」

宝石探知機は、特殊な電波により、十メートル四方の宝石に鋭く反応し、いかに広い船中といえ、三台の新兵機で捜査すれば、たいして時間はかからぬというのだ。

こうなれば、退屈どころではない。

再度の変転に、おう、とどよめいた船客は、一体誰がルボンなのか、また周りを見まわしスリルと興奮でわくわくなったが、結果は意外な失敗に終わった。

再度にわたる捜査にかかわらず、肝心のエメラルドは、呼べど探せど出てこなかったのである。

もし、誰かの室で盗まれた宝石が発見されれば、その主がルボンとなるわけだが、これで犯人指名の手掛りは消滅したことになる。

「宝石探知機とやらが、いかれてるんじゃないでしょうね」

「いいえ、この機械は完璧です」

「だったら、どうして宝石を発見できないのですか」

「不可解なことながら、今の段階では、盗まれたエメラルドは、本船に存在しないとしかいいようはありません」

デュポン船長は、首をかしげた。

「そんな馬鹿な！」

船客は、またまたペテンにかけられたように憤然となった。実際、そんな不条理なことは考えられなかったのである。

ナターシャの証言によると、ルボンに襲われたのは、前夜の午後十一時だ。

事件発見が、今朝の午前九時。

すでに、ダイヤモンド・スワン号は、ハワイより遠く太平洋のただ中にあったが、仮に、ルボンが手下に宝石を運び去らせたとしても、この間スワン号に近づいた小舟も、またスワン号より出た救命ボートもなく、事実、スワン号の優秀なレーダーに、そのような影は何一つキャッチされてはいない。

そうなれば、盗まれたエメラルドはまだ船中に実在しなければならないが、無いとなれば、事件発見後、身に危険を感じたルボンが、宝石を海中に投じたことも考え得る。

だが、ルボンほどの怪盗が、せっかくの獲物をふいにするほどの間抜けだとは思えないし、また大ホールに集まってからは、ドアというドアは屈強な船員に固められているので、誰一人外へ出た客はないのだ。

では、一体、盗まれたエメラルドは何処へ消えたのか。

次第に落ち着きを取り戻した船客は、お互いにミステリアスな不可解さに首をかしげたが、その翌日、名探偵高杉俊作の明察によって、あっけなく幕となった。

その日の午後、何時ものようにプロムナード・デッキで完成間近の画と海を見詰めていた天才画家の肩を、俊作はポンと叩いた。

「化けておかしき玉手箱だね、ルボン君。やっと、宝石消失の謎が解けたよ」

画家がギョッと振り返ったとき、大男の船員が、観念しろとばかり画家の肩をガッチリと押さえつけた。

「カラクリの種は、肩についたハトの糞だ。順を追うと、ルボン君はアナスタシアの宝石を狙い画家に化けて船客となり、ナターシャさんがその後裔であると察したが、本番は計画通りホノルル出航後とした。そうでなくっちゃぁ、運び屋のハトは使えないからね。ところが蛇の道は何とかで、同じ宝石を狙うギャング団が乗り込んだことを知って、老婦人たちをよろこばせて、まんまと間抜けな同業者を追っ払い、もうルボンはいないと思わせたのは、さすがルボン、スマートなお手際だ。ホノルルからはカゴにかくしたハトを船に持ち込み、すんなりと伝統の宝石を奪い、翌早朝ハトに宝石をつけてホノルルに戻らせたまではよかったが、ハトが飛び立つ間際に落としたフフンに気づかなかったとは、河童も川に流るる千慮の一矢、残念なことでした」

俊作の皮肉な口調を、ルボンは、フフンと鼻の先で笑った。

「天下の名探偵と気取ってはみても、肝心の宝石はホノルルの部下がいただいてるんだから、そう威張れたもんじゃないよ」

「ところが、お気の毒や蝿の頭さ、ハトが運んだのは、まっかな贋物。わたしも、ナターシャさんがアナスタシアだと気づいていたんでね、わけを話して本物は船長室に保管してもらったんだよ。それで、さすがのルボンさんも、急ぐネズミは雨に逢うってんでね。気のせくあまり、贋物とは気づかなかったわけさ」

「畜生め、味な真似をやりやがる。だったら、勝負はやりなおしだ」

「のんきなお人だ。勝負と力んでも、これからは監獄のスペッシャル・ルームに長期滞在していただくんですよ」

「そんなことは朝めし前、いつでも脱け出してみせらあ」

「いいでしょう、引かれ者の小唄とでも、うけたまわっておきましょうか」

船客は、名探偵と怪盗との舌戦を世紀のドラマにでも立ち合うような思い入れで、固唾を呑んで見守り、意外な結果に、現実は小説より奇なるものかと、終点のサンフランシスコまで飽きもせず語り合った。

なかでも、大倉晶子の感激は最たるものであった。ただの記者ではないと思っていたが、あろうことに世紀の名探偵だったとは……。

大倉財閥の威光に目のくらんだ男たちにくらべ、何と胸のすく男振りかと、悪戯っぽい好奇心が、いっぺんに灼熱の恋心に変わった。

こうして、ルボン逮捕後、休暇がとれるものなら、俊作にアメリカを案内して欲しいと、晶子は、もてすぎた過去の栄光も打ちすてて、思いのたけを明らかにしたものだが、その直後、つつましき願いも破られる運命にあった。

ダイヤモンド・スワン号が、サンフランシスコ港外に至ったとき、水上警察のランチで乗りつけた二人の刑事が、埠頭ではルボンの配下が待ちうけて一騒動起こりそうな情報が入ったから、一足先に本署へ連行するというのでルボンを引き渡したところ、港に着いてから上船した本物の刑事により、ルボン配下のニセ刑事だと判明した。

ルボンはニセ宝石を摑まされ、俊作はニセ刑事の手で、まんまと逃げだされて勝負は五分。小癪なルボンめと、俊作も地だんだ踏んで後を追ってしまったのだ。

かくて船客は、航海終了間際まで、三転四転する事件の目まぐるしさに唯々呆然となり、晶子は、千載一遇の恋に破れ泣く泣く船を降りたが、紀彦も、万感迫る思いでナターシャを見送らねばならなかった。

ナターシャがロマノフ王家の末裔とあれば、異国の一事務員には、高嶺もはるか雲の彼方の花となってしまったのだ。

「あたしも、この航海中だけは、一市民の平凡な娘ですごしたかったのに……」

ナターシャも思いを込めてかりそめの恋人を見詰め、名残り惜しげに迎えの豪華な車の中に消え去った。

かくて、紀彦も晶子も、ほかの船客と同じく、かえらぬ思いを秘めて愛惜の別れを告げた。

「おお、わがいとしのダイヤモンド・スワンよ、また逢う日まで、さようなら」

下船終了二時間後、ダイヤモンド・スワン号の乗組員は、全員ホールに集合した。

その中には、船客に夢と恋、スリルと興奮、青春と思い出を与えた、ルボンや高杉俊作、ナターシャや老プリマ・ドンナ、マキシム刑事などのくつろいだ顔も見えた。

壇上に立ったデュポン船長は、一同の労をねぎらって、快心の笑みを浮かべた。

「今回の航海も、よくやってくれた。船客は私に、これまでの味けない人生にくらべると、航海中の日々こそ、まこと生きた人生であり、おかげで人間らしい喜びをとり戻すことができたと感謝し、アメリカの富豪の未亡人からは、死後遺産の大部分を、スワン号全乗組員に寄贈する旨の証書が届けられた。これこそ、ロマンス航路の神髄なのである。次の航路では、また新しい演出を考えよう。それまでは、よろしくプライベートの人生を楽しんでくれ。では、出航日までごきげんよう」

華やかなる開館

「すばらしいものだ」

新緑を背にしたきらめく新館に、道介は会心のえみを浮かべた。

華麗な山荘は、いかにも「虹の館」と呼ぶにふさわしい夢を描き、ビィーナスの白い塑像は、花園から優しい微笑をたたえて新来の客を迎えるのだ。さらに、プロムナード・ガーデンの彼方には、山の湖が青々と夢幻の蠱惑をたたえ、眺望も素敵なものだ。

道介は、人生のすべてを賭けた成果に酔って、ゆったりとフロントへ向かった。

この日のため、あらゆるものを犠牲にして借りられるだけの金は借りた。銀行筋からは短期の決済を迫られているが、もう賭けには勝ったようなものではないか。

ほら、ごらん。玄関には、ピカピカの外車が横づけになった。山荘のきれいな並木道を、若いアベックが楽しげに歩いてくる。みな、金には頓着ない飛び切りの客たちだ。

それだけじゃない。明日からは、大会社のスペシャル・パーティや団体客の予約がつづいている。

そのために、行楽の季節に合わせ完成も急がせたことだ。借金も期限内に返済できよう。すでに、洋々たる前途が開けているのだ。

人々も、素敵な虹の館のオーナーとして尊敬するだろうし、冷たい妻も両腕の中で甘ったれる可愛い女になるにちがいない。

思っても、たまらない話ではないか。道介は、こみあがる得意さを押えて玄関に入った。ここでは、よく訓練されたボーイが、にこやかな誠実さを湛えて客を迎える。ユニホームの娘たちは、石のような朴念仁でも優しい言葉をかけたくなるほど可愛いものだ。

案内される部屋々々は、逸楽のムードに満ちて、サルタンのような豪奢な気分に浸ることだろう。

生涯を賭けた設計だけに、何一つ狂いはない。

この上は、天翔ける馬のように、栄光の軌道を進むだけなのだ。

道介が、晴れ晴れと燃えたつ緋の絨毯を踏んでホテルを見回っていたとき、妻が優しい微笑を投げてきた。

「何をしていらっしゃるの、明日のパーティの準備で大変なのよ」

ほんのり上気した頰が桜貝のように美しく色づいている。冷ややかな青磁のような妻が、こんな生き生きとした表情をみせるなんて、何事も、この新館のおかげなのだ。

「明日は、真理の名ホステス振りを見るのが楽しみだな。よろしく頼むよ」

道介は、ご機嫌に頷きかえして、ゆったりと足を伸ばした。

晴れやかな活気に満ちた館内。さわやかな高地の緑と大気。これこそ現代のレジャー天国なのだと、窓外の風景に無言の会釈を送って廊下を曲がったとき、今度は十号室の客と危うく衝突しそうになった。

「これは、うっかりしました」

お客は、王様だ。道介は、素早く頭を下げた。

「いや、わたしこそ、あわてていたもので……」

客も紳士らしく、鷹揚に会釈を返した。

たしか、名簿には京阪病院長と記入してあったが、いかにも名医らしい落ち着いた風格をただよわせている。服装の趣味もよい。

といって、手元の黒カバンはどうしたわけだ。まさか、ホテル代を踏み倒そうというのではないだろうが……。

「ああ、これは診察器ですよ」

医師は、道介の視線を掬い上げて、かすかに眉をよせた。

「誰か、病人でも……」

「ええ、隣の客の様子がおかしいのです。さっき、屋上の展望台でハワイの話を聞いていたとき、胸を押えて食物を吐瀉しましてね、ともかく九号室へ運びましたが、詳しく診察する必要があるようですから」

「胃でも、こわされたんでしょうか」

九号室といえば、香港から直行してきたというジェリー・谷沢。派手なアロハシャツを背広の下に着たチューインガムくさい男だ。

「私は、食中毒じゃないかと思います。急激な燐化物の中毒とちがい、この症状は、リルセネラ菌やブドウ球菌によって、早くて食後三十分から数時間中に嘔吐、下痢等の変化が起こるものです。その他の中毒は、体内で増殖する潜伏期があるので、食後十二—二十四時間くらいで症状がでるものですが……」

「そんな馬鹿な！」

道介は、強く首を振った。医学上のややこしい説明なんぞどうでもよい。食中毒なんてとんでもない話だ。コックは選り抜きの腕自慢。吟味ずみの新鮮な材料で、調理場は保健所から表彰されるほど清潔なものだ。それに、他の客の異常はないではないか。

「ともかく、よく診てみましょう」

医師は、軽く頷いて九号室のドアを押した。

ベランダつづきの室内に人影はない。朝、ボーイがきれいにととのえたはずのベッドのシーツが、くしゃくしゃによじれている。

すると、トイレットの中から、ゲエーッと苦しそうな呻き声が起こった。医師につづいて、道介もトイレへ飛び込んだ。

ジェリー・谷沢は、油汗をにじませた青い顔で洗面台へもたれていた。はだけた胸元をよごした黄色っぽい吐瀉物から何とも嫌な臭いがむせてくる。

「さあ、病人を……」

と、医師にうながされて、道介は汚物を水で洗い、汚れたシャツを脱がせてベッドに移した。

「どうしたのでしょうか」

万一にも、開館早々ポックリ逝かれたんじゃあお手あげだ。縁起でもない。

「枕元に洗面器をおいて下さい」

医師は、道介の質問にとりあわず、職業的な気むずかしい表情で聴診器をあてている。突き放すような医師の態度に、何となく不安になる。嫌な予感も顔を出してくるのだ。

医師は、丁寧に診察をすませて体温計を抜くと、眉を寄せて道介に渡した。三十八度九分。ひどい熱だ。この分では、すぐに四十度を越すにちがいない。

「おかしいですな」

医師は、首をひねると、病人の口元に耳を寄せた。

「谷沢さん、いつ日本に着きました……」

「一昨日の午後です」

「何処から……」

病人は、苦しそうにかすれた声で応えた。

「カルカッタから香港経由で羽田に……」

「えっ、インドの……」

「そうです」

「で、便は、下痢便はどんな色でしたか」

医師は、泡を食って訊き返した。

「ミルクのように白っぽい……」

言って、病人は苦しそうにゲエゲエやりだした。胃は空っぽらしく、黄色っぽい胆汁のようなものが、ちょっぴり吐き出される。

「ご主人……」

医師は、絶句した顔をぎこちなく横へ向けた。蛙でも飲み込んだような顔がただ事ではない。何かと、不安な瞳を返した道介の腕を摑み、疫病神のもとから逃げだすように、医師は十号室へ走り込んだ。

「大変なことになりましたぞ」

医師は、気を呑まれた道介にアルコールの消毒液を渡すと、浴室へ駆け込みシャワーを浴びて手足をこすりはじめた。

「いったい、どうしたというんです」

道介も、手を洗いながら尋ねた。

「コレラなんですよ」

医師は、一息に言った。

「何ですって！」

道介は叫んだ。

「症状からみても間違いありませんし、いわばコレラの発生地みたいなインドから来ているんですからね」

「コレラとは、先生、どうすればいいんです」

こんな不吉な言葉はない。まるで、必殺のパンチを食らったようなものだ。道介は喘いだ。

「すぐ、町の保健所へ連絡することですね。あとは係り員の処置にまかせることです。もう、われわれがとやかく口を出す段階ではない」

「ま、まって下さい」

道介は飛び上がった。とんでもない話だ。これだけは絶対に避けねばならない。もし、保健所員に乗り込まれれば、全館封鎖の上、一か月以上の営業停止を食らうのではないか。

たとえ、この期限を最小限に食い止めても、コレラ発生のホテルとして客足は途絶える。団体の予約も次々に取り消されていくことだろう。営業どころの騒ぎではない。スタートのロスを解消するには、どれだけの日数を要することか、いや、その前に俺は破滅だ。さしせまった大口の決済も、この一か月内の収入に賭けているのではないか。

今度は、道介が油汗を流す番になった。どう考えても、恐ろしい破滅の幻影は濃くなるばかりだ。道介は唸った。

「先生、谷沢さんを何とか出来ないものでしょうか。これは、私にとっては死活の問題なんです」

道介は、必死の思いで、開館の事情を話した。医師は、同情はするが、これだけはどうしようもないといった困惑の表情を浮かべて腕を組んだままだ。

「先生、お願いします。何とか、私のホテルとコレラを切り離していただけないでしょうか。例えば、先生と谷沢さんが旅のよしみで山下の湯田町で一緒にいたとき、急に腹痛を訴えたとか……。先生にかかったご迷惑の分は、私のほうで何とかします」

道介は、頭を下げた。金庫には五十万、最後の資金を残している。万一の場合に備えたものだが、コレラを回避するためには止むをえない出費だ。だが医師は、ぶすりとした表情を柔らげようともしないのだ。

「ここに、五十万だけ残っています。これで何とか出来ませんか。足りない分は、何とでもいたしますから」

「困りましたな。何よりコレラの伝染を防ぐことが私らの義務なんですから」

「いや、ホテルのほうは心配ありません。九号室は完全消毒して、今後二か月間は使用しません。その点、湯田町で発病したことにしても変わりはないじゃありませんか」

「しかし……」

「お願いします。ここでつまずくと、私は死ななければなりません」

「弱りましたな。それまでにおっしゃるあなたを見殺しには出来ませんが……」

「ありがとうございます。町へは、私の車でお送りしますから」

道介は、ちらっと動いた医師の表情に、すばやくとりすがった。

「そうおっしゃられても……」

「いいんです。あとは何とかしますから」

断わりかねた医師をやっとの思いで黙らせて金庫を開けたとき、張りきった真理が勢いよくドアを押した。

「いま、バンドのマネージャーから、明日の午前中に着くと電話があったわ。この予算は、別にしててね」

そうだ、明日からの三日間、ガーデン・パーティにつづいて開館のPRをかねたダンス・パーティを開く予定なのだ。

まさか、遠来の楽団に謝礼の後払いも出来まい。また他に、どんな臨時の出費がもちあがるかもしれない。といって、今更、医師に提示した金額を減らすわけにもいかないのだ。いったん、承知した医師に臍を曲げられてはパッタリではないか。

さっきは動転の余り、火の粉を払うのに精一っぱいだったが、果たしてそれだけでいいものだろうか。

うまく湯田町で発病したことにしても、羽田からの道程を探られたらどうなるのだ。そうなれば、一日余の滞在だから、このホテルも必ず槍玉にあがる。悲しいことに、これだけの犠牲を払って医師を操っても、万全とはいえないのではないか。

「あなた、どうなすったの、変ね……」

考え込んでしまった道介の顔を、真理は覗くように言った。

「九号室の客が盲腸炎になったらしい。ちょうど居合わせた十号室の医者が早急に手術する必要があるというんで、湯田町の病院まで俺の車で送ろうと思うんだ」

道介は、燃えさかった黒い炎の中で、危うくコレラという言葉を呑み込んだ。

「そりゃあ、早いほうがいいわ。わたしも手伝おうかしら」

真理は、真に受けて眉をよせた。

「いや、病人は医者と俺だけで十分だよ」

道介は、あわてて真理をホールへ押しやると、金とウイスキーを持って十号室へ戻った。こうなれば、さすがに職業柄、医師はテキパキと事を運んでいった。

まず、谷沢と医師の荷物を車へ移してから、すっかり弱った病人を二人でかかえた。

「そう気にしなくてもいいんですよ。コレラは接触伝染ですから、帰って消毒なされば大丈夫ですよ」

伝染《うつ》りはせぬかと尻込みがちな彼に、医師は、科学者らしい冷静さで言った。

そう言われても、やはり気味は悪い。道介は、谷沢を運び入れてから助手席へ滑り込んだ医師に、ウイスキーを渡した。

「とっておきのジョニイの黒です。これからは何かと大変でしょうから、疲れやすめにでも飲んで下さい」

「こいつは、凄い」

医師は、目を細めてラベルを跳めると、よほどの酒好きらしく、せんをとってたまらなそうに匂いをかいだ。

道介は、カットグラスに琥珀色の液体が満たされたのを見て、渇きを訴えていた病人に小瓶の水を与えた。

さあ、出発だ。

道介は、真昼の野狐のように油断ない目を光らせて、裏門から滑り出した。幸い、車の往来はない。この上は、人目に立たぬよう、山道の脇道に入ればよい。こうして、車が舗道に出てほどなく、医師と病人が仲良く稔り出した。

「こ、これは、どうしたんだ」

言葉が苦しそうによじれた。

「先生、お二人とも、青酸加里を飲まされたんですよ」

道介は、視線を前方に据えたまま振り向こうともせずニタリと笑った。

「きさま、謀ったな」

「やむを得ない処置でしょう。私のホテルとコレラの縁を完全に断つためには、先生たちに消えてもらう外はないんですからね」

道介が最後の判決を告げると、呪いをこめた二人の手が伸びてきたが、道介の容赦ない一撃で砂のように崩れた。

「そ、それは……」

歪んだ言葉も、苦悶にかき消されて、力なくしぼんでいく。それっきりだ。もう、呼吸するのを諦めたものらしい。

「案ずるより産むが易し、とはこのことじゃないか」

青酸加里は、事業に失敗した時の総決算として隠していたものだが、いわば、捨て石の布石が起死回生の妙手になるなんて……道介は、してやったりと口笛を吹いてスピードをあげた。

山道の曲がり道で、鋭く前後を見通す。誰もいない。さあ、今だ。道介は、野ネズミよりも素早くほの暗い山林の脇道に折れて、車の入れるギリギリの地点でブレーキを踏んだ。

こんな奥まで、滅多に人は来ないことを承知の上で、道介は、なお油断なく耳を澄ました。野鳥と虫の声が、それだけ人の気配を断っている。思った通りだ。

道介は、医師のカバンから五十万を抜きとり、二人の死体を藪の中へひきずりこんだ。密生した藪が視界を完全に遮断して、死体が潜んでいようなど思いようはない。

今は時間がないが、これでも不安心ならば、夜中に来て土の中に埋めてもよい。こうなれば、まさしくパーフェクト・ゲームは完了したようなものだから、今はホテルに戻って知らぬ顔の半兵衛をきめこむことだ。道介は、落葉を払って山道を出ると、前のようにドライブ・ウェイの前後を見通してからホテルに戻り、浴室へ走り込んだ。

不精な道介が珍しくシャンプの泡に埋まり、やっとさっぱりした気分でフロントへ出たとき、真理が「あなた」と声をひそめて駆け寄ってきた。

「どうしたんだ」

「刑事さんよ」

「えっ！」

驚いた道介の声に、カウンターで名簿を調べていた刑事が振り返った。

「ご主人ですね。さっき奥様から、この二人を送っていかれたとききましたが」

刑事は、ぴたりと視線をあて、メモにはさんだ二人の写真を示した。

たしかに、あの二人だ。しかし、コレラの件も、山中の殺人も、当事者以外に知るはずはないのだが……。

道介は、気をとりなおしてぎこちない微笑を浮かべた。

「このお客がどうかしたんですか」

「お客どころか、大した詐欺師なんですよ。紳士然とした奴が伯爵の鉄、チューインガム臭い奴がハワイのジョーといって、とくに新装開館のホテルなんかをカモにして二人組の芝居をやり、全国を股にかけて荒らしまわっとるんですよ。で、この二人をどこで降ろしました」

「盲腸炎らしいというので、下の湯田町まで送って行きました」

「そりゃあおかしい、今朝、二人がこの湖畔のホテルの何処かにもぐりこんでいるという情報が入ったんで、主要な道路口は封鎖して、私どもで聞き込みにまわっとるんです。まだ、何も連絡がないとこを見ると、山中にひそんでいるはずです。何しろ、足の早い奴らですからね、身辺に迫った危険を感じ、仮病を使って急に山を降りる気になり、さらに用心して途中で車を降りたんじゃないですか。ともかく、こうなれば袋のネズミで、山中捜査の準備もできているのですよ」

刑事は目を細めて、茫然となった道介を問いつめ、真理も、彼の肩についた蜘蛛の糸をつまみとりながら、じれったそうに言った。

「あなたは騙されたのよ。何も、ペテン師に義理立てする必要はないでしょう。いったい、何処に二人を降ろしたのよ」

動物四重奏《アニマル・クァルテット》

海の蜂

(一)

九州が百年ぶりの大旱魃で、水をもとめてあえいでいるときも、海は青々とゆたかに波うっていた。

「この海が水だったらなあ」

人々は、大旱魃にもめげぬ海の偉大さに溜息をもらしたが、海だとて同じ大自然の影響から逃れることはできなかった。

このように雨が少なく水温が高いと、黒潮の勢力が強くなって、熱帯の魚でも南海からやってくる。

しかも、この年の夏は、海の蜂《シー・ウォスプ》とよばれる猛毒性のクラゲが、南からの潮流にのって、ぷかぷかと北上してきたのだ。

この漂着点にあたる九州西岸の漁師たちは、毒クラゲには嫌というほど痛めつけられていた。

漁師たちは、子供のころから、大きな毒イラに刺されたら、死ぬかビッコになると聞かされていた。実際に、毒クラゲに足を刺され、ほっておいたら骨までくさって足が不自由になった。

また、もぐり漁のベテラン漁師が浮き上ったとたん、左胸を刺されて躰がしびれて酸素吸入の厄介になったというような事件は身近に起っていた。

西海一帯の毒クラゲは、アンドンクラゲ、アカクラゲ、ハナガサクラゲ、ポルトガルの軍艦とよばれるカツオノエボシなどの美麗なものだ。たとえば、アカクラゲは、直径十二、三センチのおわん状の傘に、糸のように美しい触角が長々と無数にさがっている。

おもしろいことに、刺細胞のフクロを干して鼻に入れるとクシャミがでるので、またの名を「ハクションクラゲ」、知将真田幸村がこの手を使って敵を防いだというので、「サナダクラゲ」ともいうが、これが出ると漁師は仕事にならんとすっこんでしまう。

こうした近海の毒クラゲさえ、漁師泣かせの猛毒を発揮するが、これとて熱帯性の海の蜂にくらべたら可愛いものである。

海の蜂は横綱格で、刺されるとひどいときには、二、三分で麻痺を起して死んでしまう凄いものなのだ。

しかも、大旱魃で雨が降らず海水の塩分が濃くなると、南のクラゲほど、発生にはもってこいの条件になる。

こうして、卵から幼虫になりクラゲの形に変わると、二週間以内で親クラゲに成長するのだから、時ならぬ海のギャングに襲われた西海一帯に大恐慌を巻起したのは当然のことであった。

さらに、この夏の大旱魃は、海の峰を招いただけでなく、その時期を早めた。

いつもならば「海の通り魔」毒クラゲは、土用波にのってやってくるのだが、この夏は例年より一ヵ月も早く九州の西海岸に現われ、被害は続出した。

先ず西海沿岸では、佐世保市浅子小学校の三年生が毒クラゲに刺されて死に、松浦市志佐海水浴場では、突発的に十二、三人一時に刺され大騒ぎになった。

刺された人のほとんどが、足や肩や腰などにススキの葉で切ったような傷がつき、全身がしびれ、激しい痛みと呼吸困難をともなうひどい症状を示した。

こうして、西海沿岸の総合病院や各医院には、入院や治療の患者が跡をたたず、驚いた保健所はじめ県教委、学校では異例の警告をだす一方、実態究明に大わらわとなり、異常な毒性からみて、南の海の蜂が黒潮に乗って浮遊してきたことが解明されたのである。

（二）

倉内弘明も、葉子の手前、いいとこをみせようと沖へでた途端、ビリッと強力な電気にうたれたようなショックをうけた。意識をとりもどしたときには、杉森医院のベッドに寝かされていた。

「ひどい目にあいましたね」

杉森医師は、目覚めた倉内に笑いかけた。

「どうしたのですか」

「海の蜂にやられたのですよ」

「海の峰！」

ハッとなった倉内に、医師はおだやかに首をふってみせた。

「いや、心配はいりません。幸い、すぐ強心剤、食塩注射をうったのが利いて熱もあがらないようですから、夕方にはお帰りになってもかまいませんよ」

「海の蜂にも、この程度の治療でいいのですか」

倉内は、念のために駄目を押した。

「この程度といいましてもね、クラゲの毒には、ハブにかまれた場合のように血清などの特効薬はないんですよ。アメリカでは専門にクラゲ対策の研究がすすめられているようですが、宇宙時代だというのに、まだ毒の正体さえわかっていません。テトラメチルアンモニウムという物質が、タンパク質と結びついたものだという人もいます。タラシン、コンゲスチンなどという毒のあることは、フランスの学者が犬に注射して確かめたことですが、治療面はよく知られず、今のところ、あなたにやったような対症治療法以外に手はありません。一般には酸性毒だから、アンモニア水で洗えばよいといわれます。漁師は、小便をかけて中和させます。ところが、アンモニアをつけるのは無意味などころか、よくないという人もあります。それは、ヒフにまだ発射されていない刺胞が残っていて、それがアンモニアの刺激でパッと刺糸をつきだして、いっそうひどい目にあうからです。ともかくこんな次第だから、刺されて麻痺をおこして泳げなくなったとき、すぐ救けだされることが大事で、この点あなたは幸運だというのですよ」

「なるほど、幸運か……」

倉内は彼なりに、単に発見が早かったのではなく、毒性に強い自分の体質が幸運をもたらしたのだと、こっくりうなずいてみせた。

常々、免疫性体質だと自慢していることであった。

免疫といえば、まず「自然免疫」がある。人間や動物が、生まれながらに、ある病気から免除されていることを指す。たとえば、牛疫という牛の重い伝染病に、人間は決してかからない。

反対に、赤痢菌やリン菌の感染に、人間以外の動物は決してかからない。すなわち、自然免疫があるわけだが、われわれに関係が深いのは獲得免疫とよばれるものだ。

一度、ある病気にかかった人が、二度と同じ病気にかからない。あるいは、かかりにくいという現象も、古くから知られている。

ここから、ジェンナーの種痘にはじまる免疫学が発達したが、一般には毒にも何回もやられているうちに免疫性になるといわれる。

実際に、こうした例は多い。先年、ルバング島へ渡った日本の調査団は、ジャングルでハチの大群に襲われ、重傷者はタンカで運ばれるほどの被害をうけた。

このとき、案内役の土人が大した傷もうけなかったのは、小さいころからハチに刺されつけていて、虫の毒性にたいしては免疫になっていたのだろうといわれた。

倉内も幼時からこれには自信があった。もともと頑健な体質であったが、一度かかった病気には二度とかからない。

ハチでもムカデでも、一度刺されたら、二度目にはそれほど痛い目にはあわない。いや、それどころか、彼の免疫的な自信は、一度失敗したら二度と失敗はしないという、人生上の自信にまで高められていたのである。

「ともかく、これにやられたらお手あげですよ。シー・ウォスプがどんなに凄いクラゲか参考までにとってきたんですがね」

倉内の微笑をどう解釈したものか、医師はごらんなさいと、水槽を指した。

そこには、カサの直径が七センチほどのクラゲがゆらりと浮かんでいた。

その青いたて縞模様のカサからは、紅と黄の三十センチほどの長い無数の足が放射状にひろがり、海のパラソルとでもいった華麗さをきわだたせていた。

医師がそばの水槽からゴンズイを移すと、あわれな魚はたちまち刺されてケイレンを起し、茶褐色の体は白っぽく変色して見るまに仮死状態になった。

「小さいやつでもこんな調子だから、大きいやつにかかれば、人間だってたまったものじゃないでしょう。それに、海があれたあとなどは、ちぎれた触手だけでも生きて浮いているので、これにさわるやつはやはり同じ症状を起します。しかも、この触手は肉眼では絶対に見えないのだから処置なしですよ。保健所あたりでは、網を引いて海中のクラゲを取りのぞく案もでましたが、よほど網の目がつまっていなければ駄目だろうというのでお流れ。結局、海水浴場にはアンモニア水、レスタミン軟こうなどを用意している程度で、頼りになりません」

医師は、肩をすくめた。

「まったく、科学時代というのにね……」

「そうですよ。海の峰に関するかぎり科学は頼れませんから、原始的方法に頼らざるをえなくなります」

「原始的……」

「ええ、一番いい方法は海へ入らないこと。でなければ、刺されないように厚い海水着をきること。次に、刺された場合、すぐ抜け出されるよう同伴者と泳ぎ、沖など へ独りで出ないことですよ」

「なるほど……」

うなずいてクラゲを眺める倉内の眼に、華やかな模様が妖しげな殺意の意匠に変っていった。

（三）

「ひどい目にあったわね」

葉子は、医者と同じことをいって、甘い肌をすりよせてきた。

「そうでもないさ」

倉内が腕を伸ばすと、葉子は、ふふっといたずらっぽい笑みをもらして、やわらかな肢体をからませた。

「どうして、あやうく溺れ死ぬとこだったんじゃないの」

「うまいこと助かった上にね、免疫をえて二度とはやられない海の許可証もらったようなものだからさ」

倉内は、たっぷりと蜜をふくんだ女体の深みの中で、それは完全殺人の許可証なのだと打明けたい誘惑にかられた。

そうなれば、昼下りのホテルでなく、月の夜を心ゆくまで葉子とすごせる。今では、くらげのようにやわらかな触角をもった恋人を手ばなせなくなっていた。

葉子を味覚の食用くらげだとしたら、妻の礼子は、そのかわりに猛毒の刺細胞をもったいまいましい海の蜂だ。

まさしく、礼子の言葉は、クラゲの毒のように、いったん刺されると、心臓にひびく痛みをのこした。

結婚当初は、そのうちに馴れてくるさと楽観もできたが、刺されるたびに痛みはますばかりで、礼子に関するかぎり彼の免疫性体質も効力はなく、クラゲの毒にきく薬がないように、礼子の言葉を和らげる対策もなかった。

それどころか、逆作用していく皮肉な現象を解消するには、妻の言葉を封じる他に手はなくなっていたのである。

それも、夫婦の愛などという心理的な手段が不可能になれば、のこるのは物理的な手段だけになる。

最初は、こんなはずではなかった。社内では、シンデレラ王子と羨ましがられ、倉内自身も、バラ色の夢につつまれた社長令嬢との緑談を、とびたつ思いで受けたものだ。

「倉内さん、どうしてあたしを求めたの」

新婚旅行の初夜、礼子は倉内の眼にバラの棘のような妙にいらだたしい視線をむけた。

「礼子さんを好きだったからじゃありませんか」

倉内は、眼に力をこめていった。真実、男の意地にかけても、重役の椅子を約束する後光にたぶらかされたのだとは思いたくなかった。それでは自分がみじめすぎた。

倉内とて、世の常の男と同じく、愛情から出発したかったのだ。

「うそ、あたしが社長の娘だからでしょう」

礼子は、にべもなく彼の願いを砕いた。どこにも、今宵新妻となる初々しい情緒はなかった。

「馬鹿をいわないで下さい。礼子さんが立派な娘だからですよ」

「立派ですって、それが本心なのね」

「本心……」

「女の立派さなんてナンセンスよ。女に大切なのは美しさよ。それなのに、あたしのような美しくもないハイ・ミスを妻にのぞむ男は、酔狂なものずきか、パパのひきたてを願う男としか思えないじゃないの」

「そんな……」

倉内は、仮借ない礼子の舌刀にたじたじとなりながら、それまで数々の良縁が成立せずハイ・ミスの季節をむかえたのも、容姿の貧しさにあると言い切る勝気な気位のうちにひそむ女心の哀しさを垣間見る思いだった。

今にして思えば、単に女の魅力のなさというより、男の気持を逆撫でる言葉の棘によるものだとわかる。だから、社長の威圧で恰好な社員に白羽の矢を立てたのだろうが、そのときは、辛辣な言葉も、裏目にでた女心の哀しさによるものと思っていた。

「あたったでしょう」

「じゃあ、礼子さんは、どうしてぼくを夫にえらんだのです……」

愛のためではないのかと、祈るような思いをこめていった。

「ふふ……」

礼子は、小鼻の先で笑った。

「大事なことです、いって下さい」

「あなたがチャンスさえあれば、重役になれる優秀な社員だからよ」

「それだけですか」

「これだけじゃいけないの」

「愛情のひとかけらもなかったのですか」

「あなたが社長の娘だから結婚したのでしょうから、あたしも重役になれる社員と結婚したんだわ。それだけで十分じゃないの」

「ちがいます。それだけじゃない」

「ごまかさないで！」

新婚早々から、こんな調子だった。それでも倉内は、かたくなな女心を溶かす努力はやめなかった。だが、かえってくるのは、いっそう痛烈な言葉の棘であった。

こうして、事務的な夫婦の谷間に現われたのが葉子だ。そして、棘めいたものに一切無縁で、春めいた和やかさにつつまれた葉子に倉内がかたむいたのは、自然の理のようなものであった。

それだけに、毒クラゲが異常発生したことも、彼には単なる偶然とは思えなかったのである。

(四)

毒クラゲが発生したら、海に入らなければよい。だが、海があるかぎり海と無縁ではいられぬ漁民のように、礼子が存在するかぎり礼子との縁はきれない。

きるというのは、これまでの努力も社内の地位も、約束された椅子も否定する自殺行為に他ならないことになる。

そこで……と、倉内は考える。礼子の死は、交通事故であれ何であれ、おれは悲劇の夫を熱演するのだ。

妻のなきがらを抱いて、男泣きにふるえる倉内の肩に、父親の社長はそっと手をかけることだろう。

「さあ、元気をだすんだ。この上は仕事の鬼となり、会社の立派な幹部になることが、礼子へのせめてもの供養だよ」

そこで倉内は涙の中から立ち上がり、仕事に猛進する。社内では、妻の死に耐えぬく男らしさに同情が集まることだろう。

ある期間もすぎ、社内の地位も確乎たるものになったとき、人にすすめられた形で葉子との結婚を発表すればよい。

だが、その夢も、クラゲが発生するまでは、幻想でしかなかった。

事故は簡単に仕組めるものではなく、交通事故といっても、日常のものだけに故意に細工すれば発覚する危険も多い。

それもクラゲならば、刺されたか刺されなかったかという単純すぎる事故だけに、細工の余地は考えられないだろう。

もともと海の好きな礼子だ。海水浴へ誘い、こっちの海は危険だからとそれとなくしぶれば、礼子の勝気さがいやでもおれをその海へひきこむに違いない。

そこでクラゲに刺されても、洗礼をうけたおれは、特異な免疫性体質から、二度目の衝撃は軽くてすむ。だが、礼子はそうはいかない。はじめての衝撃でガクンとなるだろう。

たとい、少々の意識は残っていても、助けるふりをして強引に溺れさせればよい。

新聞は、またまた不幸な犠牲者がでたことを報じ、礼子の性格を知る社長は、人の意にさからう強引さのせいだと、かえっておれを慰めてくれるに違いない。

そこでおれは、悲劇の夫を演じ、仕事の鬼となって栄光の階段をのぼればよいのだ。

こうして倉内が、妻の機嫌をうかがう態で海へ誘うと、

「どこへいくつもりなの」

海水浴はいいけど、行先をきめるのは自分だといった顔で、礼子はたずねた。

「白浜が海も眺めもいいけど、クラゲがでるっていうから、弁天島にしよう」

「なにいってるのよ。クラゲがでるのは、どの海だって同じようなものじゃないの」

「でもね、よく出るところと出ないところはあるはずだよ」

「幽霊の影におびえるようで男らしくもないわ、白浜にしましょう。あそこなら車でもいけるし、このあたりではいちばん美しい海なのよ。いいわね」

案の定、否応なく自分の意志を押しつけてきた。結婚以来、礼子は、夫を飼育することにリディスティックな興味を感じているもののようであった。

そして、土曜の午後海へでた。大都市とちがって、佐世保市中から四十分ほど車を走らせれば美しい白砂の浜

に着く。

　クラゲの異常発生のせいか、七月下旬だというのに海水浴の客は少なかった。砂浜からほどちかい海上に赤い旗をたてたブイが浮かんで、これより沖は毒クラゲの危険地帯だと警告していた。

「沖はあぶないからね。浜辺で泳いだほうがいいじゃないか」

　倉内がおっかなそうに肩をすくめると、

「クラゲが何だっていうのよ。泳ぎのできない子供じゃあるまいし、浅い浜辺でぱしゃぱしゃやるつもりなの？　さあ、ボートで沖へでましょうよ」

　礼子は、いつもの調子で鼻の先で笑い、先にボートへ乗った。

　海へでると、水をえた魚のように礼子は生々となる。陽を浴びてまぶしい妻の裸像に倉内は目を細めたが、今更と一瞬ゆらめいた未練をふりきって、海中へとびこんだ礼子のあとにつづいた。

　事故はほどなく起った。シー・ウォスプの浮遊群にぶつかったのか、最初に礼子が悲鳴をあげ、その直後、前回とはくらべものにならぬ高圧線にふれたショックで、「礼子」と叫んだきり意識がとんだ。


　幸い、危険海域にでた二人に注意していた監視員の発見が早かったから、救命ボートが直行したが、すでに倉内の息はたえていた。

「奥さん、どうしてこんな無茶をしたのですか」

　意識をもどした礼子に、杉森医師はなじるような口調になった。

「まさか、こんなひどいものとは思わなかったものですから」

　礼子は、自分の我《が》から起ったことかと、顔を伏せた。

「ひどいもなにも、こんなひどいことはありません。御主人は、先日、この白浜で毒クラゲに刺されたばかりなんですよ。その折、クラゲの危険性は十分に説明しました。その上、この毒性は他の有毒体とちがって、二度目にはもっとひどい衝撃をあたえるすさまじい逆作用があります。ですから、これでは、いくら頑健な御主人でも、助かりようはないんですよ」

　医師は、自殺行為に等しいものだとさえいうのだ。

「すると、主人は……」

　礼子は、身も世もあらず遺体にとりすがった。

　夫は野心のためではなく、命を賭けて妻との愛を貫ぬこうとしたのではないか。

「あなた……」

礼子は、棘ひとつない優しさにあふれた言葉をかけたが、物体となった倉内に聞えるはずはなかった。

類人猿

（一）

「明治百年の意義を、われわれ動物学者も考えるべきじゃないかな」

熊谷博士はいった。

「歴史と動物とどんな関係があるのですか」

「とぼけちゃいかんよ。人間だって動物なんだからね、歴史も動物学の中で考えてみるべきもんだよ」

「お言葉はわかりますが……」

「幕末は、ペルリの来航で日本中がひっくりかえり、風雲怒濤の時期をへて文明開化の世を迎えたのだが、その実体は何だと思う」

「西欧文明の導入でしょう」

「科学者らしく、その基を考えるんだよ」

「もとい……」

「エネルギー革命だ。人間は原始的な動力から石炭を使うことによって産業は一変し、航海は自在となり、それが資本主義攻勢となって明治維新の導火線となった。さらに文化は、石炭から石油にかわることによって発展し、さらに原子力にかわることによって一段と飛躍しよう。人間の進化とはそうしたものだし、この意味から、明治初年に重大な革命が起った」

「はあ……」

「食物だよ。西洋文明の導入によって、それまで四足だといみきらっていた動物の肉を食べるようになったことだ。これは、日常生活に直結する重大な問題なんだよ。幕末の日本文化と西洋文明の隔絶した差は、菜食民族と肉食民族のバイタリティの差だ。明治天皇もこの重大さに気づかれて、明治五年自ら牛肉を召して国民の範とされたのだよ」

「なるほど、動物学と動物食の関係になってきますね」

生江助手は、しだいに博士の熱気にひきこまれていった。

「といって、日本人がこの価値を知らなかったわけじゃない。卓見の士は、ちゃっかり肉を摂っていた」

熊谷博士は、滔々とつづけた。

「戦国時代の大名は、家臣に獣肉をあたえて英気を養い、決戦にそなえた。

それがどうして、日本人が獣肉をいみきらうようになったのか。一般には、仏教思想によるものと、もっともらしいことがいわれるが、内実は、徳川幕府の人民矮小化政策によるものだ。

すなわち、人民が獣肉を食って万夫不当の活力がつけば、その底力で幕府を倒しかねないことをおそれて、肉食を禁じた。

幕末、水戸の徳川斉昭と大老の井伊直弼の仲の悪さは有名なことだが、その原因は、牛肉好きの斉昭に、年々彦根から献ずるのが慣わしであった名物の牛を、直弼が彦根城主になってからとりやめにしたことにあるという。

直弼は、学んだ禅学によって、国中の牛を殺すのを禁じたわけだが、ともかく、お偉方はちゃっかりと獣肉を食っていたということだ。

三菱の創始者岩崎弥太郎も、土佐藩のしがない下役人にすぎなかったが、豚肉だけはバリバリ食っていたんだよ。不浄だ、けしからんと非難されても、〝ふん馬鹿者になにがわかる。徳川の矮小化策にひっかかって菜っぱばかり食っているから、いつもひょろひょろして、幕府にへいへいしていかねばならんのだ。今にみていろ〟とうそぶいていたが、はたしてその通り、明治になると海運界にのりだして大三菱を磐石のものとしたが、これも肉食のバイタリティがあったからこそなしえたことだ」

「その通りかもしれませんね」

「かも、じゃなくてその通りなんだ。わたしは、明治百年をふりかえっているうちにこれに気付いて、動物実験にとりかかったんだよ」

博士は、目を細めて助手に応えた。

（二）

熊谷博士の研究といえば、すべてこれに連なるものだ。各種の動物に各種の物質を与え、よってきたる現象を分析して動物の生態を究明することである。

「君はわかったような顔をしているが、この研究のポイントがわかっているのかね」

生江助手がうなずくと、博士は笑った顔でたずねた。

「さあ……」

助手は首をひねった。実験飼育舎には、いろんな動物がいる。大は、馬や牛から、小は、モルモットやネズミなど種類も多いものだけに速答はできない。

「類人猿だよ。オランウータンさ」

博士は、悪戯っぽい眼差で宙に浮いた助手の視線をとらえた。

「なるほど」

生江の専門は、同じ、脊椎部門の哺乳綱でも、ウサギやモモンガなどの齧歯目だが、博士の意図は察しられた。

類人猿は、猿と同じ霊長類に属するゴリラ、チンパンジー、オランウータンなどの一群だ。

けしからぬことに、人間も猿と同じ霊長類だということはさておくとして、もっとも人間に近い動物が類人猿なのである。

類人猿は、一般に猿に近いと思われているが、動物学上では人間との共通点は多く、反対に人間と類人猿とどこがちがうかとなると、これは仲々むつかしい問題となる。

ことに化石人間をふくめた場合はいっそう困難になり、人間と類人猿の境界線はぼやりてしまう。

しかるに、類人猿と猿との共通点は少なく、そのちがいを指摘することは容易なことである。

たとえば、猿には必ず尾があるが、人間や類人猿に尾はない。猿に、盲腸炎を起す虫様突起はないが、人や類人猿にはある。

猿は胴長で、胸椎と腰椎の数は十九個以上だが、人や類人猿は胴短で、その数も少ない。

猿の尻は主に赤くて、けばけばしい色をしているが、人や類人猿にこうした色はない。

猿にある頬ぶくろも、こちらにはない。

また、類人猿の体毛も人間と同じように少なく、実際に一センチ平方の毛の数を調べてみると、背ではアカゲザルが八百八十六本なのに、ゴリラは百二十七本、チンパンジーは、わずか四十八本しかないといった具合で、猿とのちがいを数えたてればきりがないほどだ。

もちろん、脳の重量も知能指数も、動物の中では一番人間に近い。

「ところで、チンパンジーとオランウータンの場合、知能表現のちがいは知っているだろう」

博士は、うまそうに葉巻をすった。

「試行錯誤と直観型のちがいですか」

これは、簡単な実験でわかることだ。一例をあげれば、檻の中にバナナをつるし、二本の棒をおいておく。チンパンジーは、手を伸ばしたり、飛び上がったりしても取れないとわかると、棒をつかんでたたき落そうとするがそれでもとれない。

さらに、チンパンジーは、二本の棒をあれこれいじくったり、ためしたりするうちに、棒をつなぎあわせる方法を発見して、めでたくバナナにありつける次第で、試行錯誤型の解決といえる。

オランウータンは、檻のすみからバナナや棒を眺めてじっとすわっているばかりで、なにもしない。

まるでうすのろみたいで、出来ないのかと思っていると、さっと立ち上がって二本の棒をつなぎあわせ、すんなりバナナをせしめる。

これを直観型とでもいうのだろうが、さて、どちらが賢いかとなると、簡単には断定できない。

これらの実験によって、熊谷博士は、頭脳だけで解決するオランウータンが、人間の思考法により近いものとみた。

つまり、人間にもっともちかい高等動物として類人猿をえらび、類人狼の中で人間にもっともちかいものとして、オランウータンを用いたものだ。

「ここでわたしは、オランウータン自体に、優劣の差のあることを発見した。つまり、野生のオランウータンをわたしの理論で飼育することにより、より高度な動物に進化させることに成功したのだよ」

「先生の論理……」

「今話した、食物論だよ」

熊谷博士が秘密を打ち明けるように口をよせたとき、生江助手は、「あっ!」と胸の中で叫んだ。

(三)

珍らしく熱っぽい口調で話しだした博士の意図が、閉ざされた霧が一気に晴れるように、「進化」の一言で明らかになった。

それは、何気ない風景より始まる。ある午後、生江は大学ちかくの魚屋で買物をしている博士を見かけた。

奥さまが病気でも……と、ほほえましい気持で眺めていると、博士は、自宅ではなく大学へ引き返した。

はて……と思っていると、そのあとも二度魚屋で見かけたので、博士がでてから店へ入った。

「先生は、よくみえるのですか」

「へいっ、この二ヵ月あまり、二、三日おきにいらっしゃいますが、大学の先生は変ってますね、はじめはイカや貝などでしたが、次第に上魚になって、ちかごろはブリやカツオなんですよ」

このときは、生江も変った先生だなとうなずくだけで、なぜ……という考えは起らなかった。

ほどなく、生江は、研究室のモルモットや白ネズミがへっていくのに気付いた。

数多い小動物なのではっきりとはしないが、正確に数えておいたところ、たしかに一匹二匹とへっていくのがわかった。

研究室への出入りはそうむつかしくはなかったが、誰が何のため盗みに等しいことをするのかと、生江は首をひねった。

熊谷博士だとは思わなかった。必要なら、堂々と何匹でも求められたからである。

「健康なウサギを三匹まわしてくれないか」

そのうちに、博士は、生江助手に了解を求めてきた。

「どうされるのですか」

「たいしたことではない」

余計なお世話だといわんばかりの目の色であった。

普段は開放的な博士だけに、生江は、釈然としなかった。

おかしい、と首をひねったのは、それからほどなく、博士を肉屋で見かけたときだ。

こんどは、躊躇なく店に入った。

「先生は、どんな肉を買われるんですか」

「変ってましてね、はじめはブタで次はマトン、ちかごろはウシですよ。馬肉はないかともおっしゃいますが、ともかくよいお得意ですよ」

生江は、肉屋の言葉に大きくうなずいた。あるいは……と思わぬでもなかったのだ。

熊谷博士は、実験室の類人猿にいろんな餌を内密にあたえて研究しているが、それが何を意味するものか、同じ動物学者としても探りたい誘惑にかられた。

そんな気持でいるところに、おそくまで研究室にこもっていた博士が、解剖室へいくのに気付いたのである。

生江は、庭へまわって窓の相間から室内をのぞいた。

金属のブツブツ穴のあいた解剖台に、日本ザルがねかされていた。

麻酔薬でもうってあるのかピクリともしないが、生きているということは、胸の動悸からわかった。

すぐ博士は解剖にとりかかり、馴れた手つきでメスをふるったが、各部門の肉や内臓をていねいに切り離し、脳髄を容器に移す姿は、もはや科学者ではなく料理人のそれであった。

生江助手は、ハイド氏に変貌した博士を垣間見たもののように、ぞおっと全身が凍りつく戦慄に襲われた。

生江も動物学者として、サルがオランウータンの餌にされるものとは、その場でわかった。だが、あとで考えてみると、サルの実験くらいで、なぜ鬼気迫る戦慄を感じたのかわからなくなってしまっていたのである。

そして今、高度な食物をあたえることにより、動物は進化するという博士の説で一連の疑惑はとけたが、単に動物の知能指数が増すくらいで、何も熊谷博士のような大学者が雀躍するほどのことはないではないかと、霧が晴れたあとに、あのときの恐怖の実感が溶けきれぬ芯となって残った。

(四)

「生江君、わたしの研究がわかったのかね」

熊谷博士は、宙に浮いた助手の視線を捉えた。

「類人猿の知能を人間にちかいところまで高めようと研究されているんじゃないですか」

生江は応えた。

「よいところに気付いたが、それだけなら大した研究じゃない。これがいかにすばらしい大研究かというのは、人間の本質に関するからだよ。端的にいえば、わたしは人間と類人猿の接点を探っているんだ。現代の学説では、人間と類人猿は区分されているが、もし人間が類人猿から進化したものであれば、その接点がどこなのか。また猿同然の原生人類からホモサピエンス（知恵ある人）に転化させた起爆点が何なのかを研究したいんだ。今の動物実験で、類人猿の知能を人間にちかづけて接点を探られもするが、理論的には人間を退化させること、すなわち人間の祖先をさかのぼることによって、類人猿とのあるかなきかの境界線にまでたっすることができるんだ。

そこで、化石人間の秘密が重大な研究課題となる」

博士は、いかにも秘密を打明けているのだといった調子で声を落した。

「なるほど……」

生江助手も、大変な研究だと大きくうなずいた。

「たとえば、一八九一年から翌年にかけて、トリニルで化石人間の第三大臼歯と頭骨頂蓋破片と大腿骨が発見された。当初は、同一個体に属するものと考えられたが、後年大臼歯はオランウータンに属し、小臼歯と大腿骨はおそらくネアンデルタール人に属するものと考えられた。このことは、化石人間と類人猿の区別がつかなかったことを実証するものだ。これよりもっと前期の化石人間ピテカントロップスは、当初は猿か人間かと疑問視されたが、一八九九年シュヴァルベは、その頭骨セッコウ模型を精密に検討し、人類に近似することを明らかにした。ここで注意しなくてはならんことは、人類と同一でなく近似ということだ。このあたりに、類人猿から原生人間に転化したポイントがあると気付いたんだよ」

「先生、卓見です」

生江は、興奮して叫んだ。

「ところで、化石人間の歴史は、数千年に満たぬ現代人の歴史にくらべて、天文学的に長いものだが、大きく二つに分けることができる。原生人類（旧人）とよぶネアンデルタール人と、現生人類（新人）とよぶホモ・サピエンスだ。これは、知恵ある人の意味で、火はもちろん、石で作った道具や骨の槍や針なども使い、われわれ現代人の直接の先祖にあたる人類だ。よって、わたしの研究の対象となるのは原生人類だが、これとて前期と後期とでは大きなちがいがある。この時代、外見上類人猿とちがいなかった原生人類を猿と区別したのは何だと思う」

熊谷博士は、葉巻をすすめた。

「それは、原生人が火を使ったからじゃありませんか」

生江は、小学生のように張切って答えた。

「よいところに目をつけたな。でも、火を道具に使ったのは、後期の原生人だ。二十世紀に入って、中国人の科学者斐文中の発見した中国猿人の化石は世界中をわかした。人骨の多さと保存の完全性だけでなく、中国猿人が石を打ちかいて作った道具を使ったことが証明されたからだ。そして、さらに大発見となったのが、中国猿人が火を使ったことがわかったことだ。洞穴の中から、さらにうず高く層になった灰と炭のかけらが発見された。

これは、長い人類史上最大の出来事で、中国猿人は火によって寒さや野獣を防いだり、生肉を焼いたりにたりするなどで生活は大飛躍したが、なぜ原生人類が石器や火を使うようになったのだと思うかい。ここがわたしの研究のポイントなんだよ」

博士は、目を細めた。

「さあ……」

生江は、首をかしげた。わかるはずはないではないか。

「では、話してあげよう。この中国猿人の発見で、さらに世界中を驚かせたのは〈中国猿人は人食い人である〉というアメリカの学者ワイデンライヒ博士の発表なのだ。その論拠は、〈中国猿人の頭骨のこわれかたが、みんな、なにかでたたきわられている。これは頭をわって中の脳みそを食べたことをあらわしている。次に、足の骨は石器で切られたあとがあり、火で焼かれている。これは、おそらく火にあぶって、骨の中の髄をとりだして食べたものだ〉といったことだ」

「おそろしいことですね」

「これは中国猿人だけじゃないんだよ。その数年あと、ドイツのケーニヒスクルト教授によって発見されたジャワ島のソロ原生人も人食いであることがわかった。ここで発見された化石は、七個の頭の骨で、いっしょにかたまっていたことから〈首狩りのあと〉ではないかと思われ、それらの頭の骨は全部下あごがなく、しかも頭の底の部分がくだかれていたことから、教授は、〈このあたりに住んでいたネアンデルタール人が戦争をして、敵をとらえ、勝利のしるしとして首をきり、脳みそをとりだして食べたのであろう〉と、発掘の報告書にかきそえたのだよ。といって、最近まではアフリカや南アジアの未開人たちは首狩りをやっていたし、いまでもニューギニアの奥地には、まだ首狩り族がいるというくらいだから、人食いだといっても、べつに不思議なものでもないがね……」

博士が言葉をきると、

「あっ！」

と、生江は叫んだ。

「わかったかい」

博士の目がスフィンクスのように光った。

「それでは、中国猿人は、人食いによって火と石器を使うようになった。すなわち、類人猿に等しい原生人類が、人間らしい原生人に飛躍した起爆力は、実はこの人食いだった……」

「そうだよ。ここにわたしの進化食物理論が証明されている。類人猿と人間を結ぶ接点の秘密は、実に人間そのものの中にあったわけだ」

「すると、最終的には、実験中のオランウータンに人間を食べさせて、先生の理論を実証なさるおつもりですか」

「偉大な真理のためだ、わるいかね」

「それは……」

生江は絶句した。

「まあ、みててごらん」

博士は、いとしげな微笑を残して部屋をでた。そして、ふたたびドアが開かれたとき、博士ではなくあのオランウータンが入ってきた。

もはやその目は、類人猿のそれではなかった。なにものからか脱出したそうに狂おしい光をおびている。

「待ってくれ……」

生江は、目をひきつらせて窓ぎわにさがったが、オランウータンは、たまらなそうな目つきで、クレーンのように強力な毛むくじゃらの腕を、かれの首に伸ばしてきた。

駝鳥

（一）

むかし、トルコに、ナスレッディン・ホジャという偉大な人物がいた。

今でも、トルコ人の前でホジャの名をだすと、大笑いして親愛の情を示すという。

間抜けで頓馬で、大食いで、いたずら好きでかみさんの尻にしかれっぱなしで、そうかと思えば、難問難事件もまばたきする間に解決する輝ける才能の持主で、奇蹟をあらわす大学者であったが故に、征服王ちんばのティムールもこの賢者に敬意を払って、アクシュヒルを掠奪しなかったほどの傑作な大人物であった。

大賢は大愚に似たり、というがまさしくそれだ。ホジャの逸話は、夜空の星ほどに多いが、もっとも短いものを拾うと――

アクシュヒルに、厚かましい居候男がいた。

ある日、またまたホジャの家の戸をたたくので、

「誰じゃな」

と問うと、

「神さまの御客で」

と応える。

そこでホジャは、すかさず男を寺院の入口まで連れていって言った。

「それ、神さまの家はここじゃ。思う存分、御客になっとれい」

ホジャは名うての食いしんぼうだ。

ある日、なつめ椰子の実を食べてて、種子をださないので、かみさんが、あれまあとおかしそうに笑うと、ホジャは答えた。

「当たり前じゃい。買うたとき、果物屋の親方あ、種子も込みで計りよったので」

とかく、このような大人物は、合理主義を重んじる西欧にも、聖人君子の道を尊ぶ東洋にも生れがたい大傑作だろう。

かかるが故に、大事件ともなると、痛快な名探偵ともなる。

そのアクシュヒルの宮殿に「女王のハート」とよばれる素晴しいトルコ玉があった。

新しい王妃をむかえるときにはかかせないもので、王妃は一キロの宝石を冠にのせて、己れの首筋の強靭さを誇ったものだという。

アクシュヒルのサルタンは、長年ののぞみかなって、美貌のトプカピ姫との婚儀もととのい、式日を待ちかね、はやる心を押えかねて女王のハートをなでさすっていたところに、なんともけしからぬ通知がきた。

「わが秘密警察は、サルマカンドの大怪盗なるアジャババ、貴国の女王のハートを盗まんとする計画をキャッチせり。万一にも宝石を盗まるれば、トプカピ姫との婚儀もかなわぬ大事に至るは必定、先ずは安全第一、すみやかに宝石を宮殿から地下の石倉に移されんことを忠告するものなり」

と、隣国シシカバブのサルタンから知らせてきたのである。

かのサルタンこそ、トプカピ姫をあらそった恋仇だか

ら、アクシュヒルのサルタンはカンカンに怒った。

「小癪なシシカバブめ、手の内みえたぞ、アジャババに宝珠を盗ませ、婚儀をぶちこわして、トプカピ姫を横取る魂胆だろう」

「とんでもございません。そうなってはと心配すればこそ、親切に知らせてきたのではありませんか」

「ばかもん、大臣のくせに、おためごかしの謀略がわからんのか。おせっかいはやかずとも、アジャババは怪盗の名誉にかけても、二日前に予告の挑戦状をだすんじゃ」

「なるほど、左様でございましたな」

「そこで宝石を石倉に移されては、盗みもかなわぬ故、そうはさせじと先手を打ってきたのじゃ」

「はて、わかりませぬが……」

「それで大臣がつとまるものだな。いいか、王位は尊厳によって保たれる。そして、〈女王のハート〉は、尊厳の象徴でもある。その宝珠をだな、他国ものにそそのかされて石倉に移すことは、わし自身が盗賊をおそれて石倉へ逃げかくれすることと同じで、世の笑いものになるだけじゃ。だんじて、おかしな真似はできん」

結局、シシカバブ王の計略にはまってしまったが、ここが王の王たるゆえんであろう。

かくて、親衛隊長に厳命して宮殿をかためたとき、アジャババの白矢がモスクの丸屋根に突きささったのである。

「宝石頂戴、用心無用」

（二）

「女王のハート」をおさめた宮殿の塔は、まさに鉄壁の構えであった。

たとい、警戒網をくぐって宮殿へ忍び入ったとしても、塔へいたるまでには、いくつかの廊下と鉄の扉をとおらねばならず、各要所は昼をあざむくかがり火がたかれ、鉄冑の兵士に固められて微塵の隙もない。

さらに、塔のながい石段をのぼりつめた高殿の間は、重々しい青銅の大扉に閉ざされ、開けば獅子吼の大音を発する。

それに予告の当夜とあって、高殿の間や石殿にも兵士がひしめき、ネズミどころかアリのはいりこむ隙もなかった。

「備えあれば憂いなしというが、こう憂いがのうては張合いもない」

「さよう、これではアジャババも入れんだろうし、怪盗を捕えるせっかくのチャンスもなくなってござる」

と、兵士たちがあくびをこらえてぼやいているうちに、アジャババが変装して兵士の中にまぎれこんでいるのでは……という声がどこからともなく起った。

兵士たちは、お互に顔を見合せ、おっかなそうに肩をすくめた。大いにありうることなのだ。

これまでも、警備の兵士に化けて、まんまと宝石を盗みとった例は二、三にとどまらない。変装術は神業で、顔かたちばかりか、声までそっくりとくるから、見分けようはないのだ。

こうして、怪しげな囁きが隊長の耳にとどいたとき、隊長は高殿の間の兵士を外にだし、最後に宝石が無事なのを見届けてから、自らも外にでた。

青銅の扉は轟然と獅子吼してピタリと閉じ、隊長はその前にどっかと坐りこんで、これぞ応変の処置といわねばならぬと莞爾と笑った。

「こうなれば、アジャババはおろか、ノミ一匹高殿の間に入ることはできん。みなも、持場から一歩たりとも動くんじゃないぞ」

ところが、翌朝扉を開いたところ、「女王のハート」は消えていた。

まさしく奇ッ怪なる事態であり、隊長は、禿鷲の餌となる極刑はまぬがれぬ、と青くなった。

「馬鹿もん、一睡もせずどころか、緊張のあまり眠りこけておったのじゃろうが」

国王は失恋させる気かと憤然となった。

「めっそうもございません。夜中、目はふくろうの如く見開いて宝石を守っておりました」

「まったくもって、奇怪なることであります。かりに隊長が眠っていたとしても、塔の兵士全部が眠ってはおりませんし、たといそうだとしましても、青銅の扉が開けられていれば、二度目の轟音が聞えたはずでございます。それを宮殿のだれ一人として聞いておらぬのも奇妙なことで、かくなる上は、アラーのお力にすがるより他はありません」

実直な大臣の進言により、アラーの代理として、ホジャがよばれた。

「まことに奇怪な事件ですが、宝石がまだ城内にのこっているものかどうか……」

ホジャは、知らせをうけるのがおそかったのではないか、と腕をくんだ。

「いや、その心配は無用じゃ。城内と町へ入る三つの城門のうち、二つは三日前から閉ざして、残る一つも、小袋のすみまで改めずには通さぬ非常体制下にあり、また城壁には隙なく兵を配置し、壁にちかづきまたよじ登らんとするものは、問答無用射殺してもよい布告をだしておるから、宝石はまだ城内にとどまっておるはずじゃ。また、夜中から今朝まで城外に出たものも城内に入ったものもおらんと報告されておる」

「さすがは、われらの王です。宝石が城内にあるかぎり、必ず取りもどせましょう」

「というて、いかに大なる宝石でも、犯人を見つけだせんかぎり発見はできんぞ」

「ここに、ホジャがおります」

「頼むぞホジャ、こうなれば王の尊厳などどうでもよい。ただただトプカピ姫を迎えたい一心じゃ」

王は、二人きりになると、姫恋しさに本音をもらした。

これは、日本のミスター・クライシの発言より罪がなくてほほえましいものだ。

ホジャも愛すべきサルタンの人間味に感じて、大きく胸をたたいた。

「おまかせあれ、アラーの御名にかけて」

（三）

ホジャは、早速、宮殿から塔へぶらりと歩いた。ホジャぐらいの大人物になると、捜査などと肩を張らずとも、眺めるだけで事の真相を見抜くものだ。

「高殿の間へ通じるのは一筋の百段。ここにひしめく兵士をかきわけずに上るのは不可。また、音たてず獅子吼の扉を開くのも不可」

ホジャは、こっくりうなずいて外側の庭へまわり、高い塔を見上げた。

「塔のてっぺんの風通しの窓へよじのぼるのは、人間業ではとても不可。たとい、のぼれたとしても、せまい鉄格子のすきまをくぐりぬけるのは、子供でも不可。となれば、宝石を盗みだすのは不可ということになるが……」

ホジャは、しばらく考えてから外務大臣をよんだ。

「アジャババは他国人なれば、犯人も城内へ滞在中の他国人の中にひそむものと推察されるが、大臣の意見はいかがですじゃ」

「まっこと、恐れ入谷の御名察、左様にちがいありませぬな」

大臣は、感服して頭を下げた。

「して、滞在の他国人は……」

「衣類、絨毯、香料、果物売りなどの商人の他には、動物曲芸団とイスタンブールの踊り子の一座が、その婚礼を祝って民を楽しませております」

「して、動物の曲芸団には、いかな動物がおりますのじゃ」

「ライオン、ダチョウ、大小のサルにオオカミやペルシャネコなどが評判をよんでおります」

「さすれば、アジャババは、動物曲芸団の中にひそんでおりまするな」

「やや、何とおっしゃりました……」

大臣は、茶飲み話でもするみたいなホジャのさりげない口調に、驚いて目を見張った。

こうなれば、鶴の一声ならぬホジャの一言だ。ただちに曲芸団は捕えられて、ホジャの前に引き出された。

「ホジャさまに見破られたが百年目だ。きりきり有体《ありてい》に白状しろい」

虎の威を借りた狐のように、警察長官はふんぞりかえった。

「めっそうもない。わたしたちは善良な芸人でございます。高殿の宝石を神ならぬ身でどうして盗めましょうか」

髭面の団長は、神妙に応えた。

「神ではなく、猿でもよいぞ」

ホジャは、笑った。

「やや、何とおおせられます」

「言い争っていては日が暮れる。うるさいから結論からいおう。すなわちお前は、警備の兵士を買収して、アジャババが変装してもぐりこんだというデマをふりまかせたのじゃ」

「おや、奇怪なことを申される。それがデマであれば、どうして宝石を盗めますか。わたしは、昨夜から今朝まで居酒屋で酒を飲みつづけていたという歴としたアリバイがありますぞ」

「アリバイなぞどうでもよい。デマというのはな、お互いに疑心暗鬼を生じさせ、高殿の間より警備の兵士をしめだし、その間にサルを使って、やんごとなき女王のハートを盗ませたのじゃ」

「異なことを申される。たとい、サルが塔へ上れたとしても、せまい鉄格子はくぐりぬけられませぬ」

「曲芸団の人気もののポケットザルはどうかな。赤子よりちんまいサルなら、くぐりぬけられようが」

「たとい、ポケットザルがくぐりぬけても、一キロほどもある重い宝石をもって塔は下れませぬ」

団長も負けず、だから素人は困るといいたげに、大袈裟に肩をすくめた。

「そうかな、テナガザルにポケットザル二匹のチームが塔にのぼり、チビのポケットザルが鉄格子をくぐって二匹がかりで宝石をはこび、外のテナガザルに渡せばええじゃろうがの」

「こじつけだ。八百長裁判だ。とんだ国へきたものだ。そんなに疑しいのなら、わたしの持物を調べればいいでしょう」

もちろん、言うにやおよぶ、早速曲芸団は徹底的な捜査をうけ、ライオンのたてがみの中まで調べられたが、宝石の影もつかめなかったのである。

（四）

大捜査の大失敗に、髭団長は、それみたことかとふんぞりかえった。

「無実の善人を罪人あつかいにするおそろしい国に、これ以上いることはできません。すぐさま退散します。城門をあけていただきましょう」

「それはむつかしいな」

ホジャは、首をかしげた。

「芸人は王の婚礼を祝ってきたんだからな、式がすむまで王や賓客や国の民を楽しませてもらいたいんじゃ」

こういわれると、王の尊厳にかかる重大声明だから否とはいえず、団長もしぶしぶ頭をさげた。

こうして、婚礼の前夜祭には、恒例によって近国の王侯貴族たちが招かれて盛大な晩餐会が開かれた。

ソロモンの饗宴を偲ばせる豪華な山海珍味、芳醇佳香のトルコの名酒、妖麗な美女の踊りなど、人々は歌に興じ美酒に酔っていったが、シンカバブ王のあたりから流れだした噂に、

「まだ、女王のハートの披露がないが、やはり盗まれていたのか」

などと、目引き袖引き囁きあった。

　これまでの慣例からして、国王は「女王のハート」の健在を証明して翌日の式を迎えることになっているので、もし宝石が盗まれていれば、明日の式はどうなることかと、客の興味がもっぱらそのほうに集ったのも自然の成行であろう。

　シシカバブ王は、宝石はまんまと盗みだし、絶対にわからぬところにかくしてあるという、アジャババの報告をうけていたので、自信満々これで恋仇に一泡ふかせ、トプカピ姫は予のものになるのだと、北叟笑《ほくそえ》んで酒杯をかたむけていた。

　それだけに、当のアクシュヒル王は気が気ではなかった。アラーの御名にかけてもとホジャに吹きこまれても、肝心の宝珠を見ないことには安心できかねたのである。

　そして、前夜祭もたけなわとなり、国王の前に駝鳥の蒸し焼きが運ばれ、コック長がうやうやしくナイフを入れたとき、腹中から青緑に輝やくトルコ玉がでてきたのだ。

「やや、それは……」

　客たちが目をみはると、

「おお神さま《アッラー》」

　ホジャはとびだして神の栄光を称え、宝珠をおしいただいて客に告げた。

「みなさま、女王のハートはそのはじめ、大鳥に運ばれ、アクシュヒルに栄光をもたらしたものと伝えられます。めでたき婚儀にあたり、アラーの御名の下にふたたび王にもたらされたとは、何たる奇瑞でありましょうか」

「おお、アッラー」

　客たちは、目のあたりに見た奇跡に感動し、噂はたちまち国中にひろまり、国民は大感激でトプカピ姫を迎え、めでたしめでたしのうちに婚儀は終った。

「あのとき、ダチョウの腹に宝石のあることをどうしてたしかめたのだ」

　国王は世にも幸せな顔でたずねた。

「ダチョウの腹をさすったら、宝石のまるみがぽってりと感じられましたから」

「それより、ダチョウの中にかくされているのがよくわかりましたわね」

　こんどは、美しい花の王妃にほほえみかけられて、

「わたしがダチョウのホジャといわれていたからですよ」

と、ホジャは、柄にもなく照れてしまった。

「あら、どうして……」

王妃の形のいい唇が開いた。

「王さまはよく御承知ですが、わたしの仇名は星の数ほどあります。ダチョウとは、わたしが小さいころから大食漢で、なんでもよく食べるから、つけられたものなんです。ダチョウは、鳥の中での最大の食いしんぼうで、また大した悪食家で、小石でも金ものでも帽子でも何でもパクパクとよく食べます。あるとき、サバクで捕えたダチョウの中からダイヤモンドが七十個もでてきて、一躍大金持になった猟師もいるくらいですからね、さては曲芸団めダチョウの中にかくしたなと、そこは同類のよしみでピンときたのですよ」

熱帯魚

（一）

「美しい魚だ」

夏木刑事は、虹の太陽のように扁平な円体に七彩の模様をかがやかせた熱帯魚に見入った。

「ディスカスといいます。熱帯魚の中でもっとも美しく立派で高価な魚の王様なんですよ」

岸田京子も思いをこめた眼眸で、熱帯魚を眺めた。

「ほう、どれほどするんですか」

「普通の一番《ひとつがい》で五万以上になります。それも、産卵がむつかしく、原産地のアマゾン以外からは手に入らないからなんですが、もしディスカスの子供をとることができれば、すぐに黄金の富がきずります。そんな親の一番は百万以上といわれますけど、金の卵を産む魚ですから、手離す人はいないでしょうね」

「まだ、産卵に成功した人はいないんですか」

「ええ、いません。はじめて成功したのは主人だけなんです」

「えっ、いつのことです……」

「卵を生ませ、子供をかえらせたのはごく最近のことで、今月末にでも世界に発表するんだと張切っていました。ディスカスは、主人の命でした。それだけ、死ぬにも死にきれなかったと思うと……」

京子の眼がうるみ声がかすんだ。若い未亡人のそれだけに男の情感をそそる風情を、夏木刑事は、ぐっと呑みくだしてたずねた。

「それは、発表まで秘密だったのですか」

「いいえ、身近な人にはもらしていました」

「では、事件の夜の三人はどうなんですか」

「知っていました。マージャンをやっているとき、話題になっていたくらいですから」

「このディスカスに異常はありませんか」

「二番《つがい》とも変りありません」

「子供は……」

「あっ！」

水草のしげった稚魚用の水槽をのぞいて、京子は小さく叫んだ。

「どうしました……」

「いないんです。主人の死で一両日餌をやるのを忘れていましたが、水草もあって死ぬはずはありません。ごま粒ほどの稚魚が二百匹ちかくはいたのに……」

「盗られたんじゃないですか」

「いいえ、環境の変化によわい生れたての稚魚ですから、水槽からだせばすぐに死んでしまいます。熱帯魚を知っている人なら、そんな無意味なことはしないはずです」

京子は、はげしく首をふった。たしかに、盗られたものなら何匹かは残っているだろうし、肝心の親が無事なのもおかしい。

「他に異常はありませんか」

「あら！」

「どうしました……」

「おかしいわ、ソドティールの水槽に闘魚《ベタ》が入っています」

それは、羊の群れに虎を放つに等しいものと、京子はいうのだ。

まさしく、赤褐色の二匹の闘魚が水槽の中央で悠然と長い尾をたれ、ソドティールは隅の水草の間におずおずとかたまっていた。

夏木刑事は、闘魚にはらわたを食いちぎられて無残な姿をさらしている魚を見たとき、それが事件を暗示するもののように思えてならなかった。

（二）

事件は、前日の深夜に起り、この早朝、新聞配達の少年が玄関横の小庭に倒れていた岸田正信の死体を発見したことから大騒ぎになった。

早速、係官がかけつけ、海門警部の捜査班が行動を開始した。

死因は、絞殺による即死、解剖の結果、犯行時刻は、事件発見より四時間前、すなわち、深夜の午前三時前後と報告された。

まず、被害者が屋外で殺されたのか、それとも屋内で殺されてから外へ運びだされたのかが問題になった。

玄関付近は石畳で足跡等のものはなく、どうとも判定できなかったが、刑事たちの視点が泊りこんだ三人の客に集中したのは当然のことであった。

「何度、眠っていたといえばわかるんですか。午後から十時間ほどぶっつづけでマージャンをやっていたのですからね、一時頃には眠さをこらえきれず、その場に毛布をかぶってぶったおれ、朝、警官に起されるまで何も覚えてはいません。起されたときだって、眠たくてぼーとしていたくらいでしたよ」

「マージャンをやることは、前からわかっていたのですか」

「ええ、四人でやることですからね、岸田さんの提案で、二日前から打合わせていました」

刑事の訊問に、三人ともやりきれない様子で、同じように答えた。森山幸作、植山良夫、武井昇ともに三十代の熱帯魚業者だ。

他に、岸田家の家族は、妻の京子と住込みの店員がいるが、店員のはうは表の店に泊りこんでいるので除外できる。

京子は、三人と同じように眠りほうけていたのだと、恥ずかしそうに答えている。

「いつもは、どうなのですか」

「普段でしたら、六時半ごろには目覚めるのですが、マージャンに付合っていたので、つい寝すごしたのですわ」

「でも、御主人は起きていられたのでしょう。だから、戸外で殺されたのだと思えますが……」

「ええ、主人は少々の睡眠薬では利かないくらいの不眠症だから、眠れなかったのですわ。だからって、あんなことになるなんて……」

「こんな場合でおたずねするのは辛いんですが、マージャンをやった三人に思いあたることはありませんか。動機といった点でも……」

「すると、あの中に犯人がいるとでも……」

「容疑者ということでは、事件に一番ちかい関係者だからね、役目柄黒白をつけねばならんのです」

「でも、森さんたちが犯人だなんて考えられませんわ」

京子は、首をふった。

同業者といっても、池袋、隅田、新宿、銀座とはなれた小売業者なので競争相手ではない。それどころか、力を合わせて有利な経営を進めようと、親睦のマージャン会を開いたくらいなのである。

また個人的な関係をみても、この一、二年の間に知り合ったばかりで日常のゆききはなく、不穏な因果関係もみあたらない。すなわち、動機らしいものの影も形もないのだ。

海門警部のグループでは、現場の状況や捜査のカンから、犯人は三人の中だと睨んでいたが、動機の壁はどうしようもなく、悪くするとお宮《みや》入りだぞ、といやな予感でくさりかけていたとき、ディスカスの謎がぽっかりと浮かび上ったのだ。

「ようし、この謎をといて、犯人をひきだしてやる」

夏木刑事は、シャモのように張り切った。だが、捜査の結果はゼロに等しかった。元の木阿彌ということだ。

京子の言うとおり、ディスカスの稚魚を水槽からだすことは殺すことで、盗みはナンセンスになるが、かりにそうだとしても、午前一時以後の深夜、どうして数十キロ離れた各自の家へ運び得るか。

三人とも、車の運転はできない。そうなれば、タクシーか共犯者の車による他はないが、その時刻以後彼等の一人を運んだタクシーはなかった。といって、この場合、共犯者というのも考えにくいことであった。

念のため、三人の家が捜査されたが、ディスカスはおろか、稚魚一匹いなかった。宝石や金とちがって、これには水槽と電熱が要することなので、簡単に隠しおおせる代物でもないのだ。

また、毒で稚魚を消滅させたのではないかとも考えられたが、水槽の水質に異常はなく、他の熱帯魚も入れても元気に泳ぎまわった。

「君の気持もわかるが、熱帯魚だけにこだわりすぎるんじゃないか。時には、視点を変えることも必要だよ」

海門警部は、気を落さずにしっかりやれと夏木刑事の肩をたたいた。

（三）

事件後一ヵ月経った。壁はゆるがず、いっそう厚くなる感じだったが、夏木刑事は熱帯魚から離れることはできなかった。

この場合、「どうして」ということに問題はない。殺人の方法、場所、時間等は単純すぎるくらい簡明なものだが、それだけにのっぺらぼうのように、摑みどころがないのだ。

そこで、「なぜ」ということが問題になる。そこにのっぺらぼうを摑む鍵があり、その鍵が熱帯魚の謎だと、夏木刑事は信じていた。それはもう、刑事の意地を賭けた偏執ともいえた。

そんな思いを抱いて、夏木刑事が池袋駅で降りたとき、東口へ向う岸田京子の姿を認めたのだ。

西武から舗道にでた京子は、早春の陽差しを背にうけて、いそいそと足どりも軽い。

植山の店へ行くのかな、刑事はあとをおった。予想どおり、京子が熱帯魚の店へ入ると、植山がにこやかに迎え、春衣のすんなりした京子になめるようなねばっこい視線をあてて奥へ招じた。

京子がでてくるまでに、一時間ちかくたっていた。そして夏木刑事は、京子の姿が見えなくなるまで店先に立っている植山を見詰めながら、「あっ！」と思った。

夏木刑事は、視点を変えろという、海門警部の言葉を思い出した。もし、動機が恋であればどうか。恋には、理由も理屈もない。時も要らない。惚れたが最後だ。

そこで、京子にたいする植山の妄執がその夫への殺意になったとしたら……熱帯魚の執着も強かっただけに、変転した事態への衝撃も強かった。夏木刑事は、店へ入って京子の来訪を訊ねたとき、その熱気がつたわったも

のか、

「岸田さんは、忌明けのあいさつにみえられただけですよ。場合が場合ですからね、変な目で見ないで下さい」

と、植山も強い調子で反駁した。

「それにしても、一時間とは長かったじゃないですか」

刑事はかまわずに、相手の神経を逆撫でするような目付でたずねた。

「ご主人の死が普通ではなかったのですからね、あれやこれやで話していれば、一時間や二時間はすぐにたってしまいますよ」

取つく島がないとはこのことだろう。刑事もそれ以上はつっこめなかったが、意外に激しい植山の反応に首をひねった。

植山は、なんでああも躍起になったのか。もし、植山が黒で、無関係な事点から疑われたことで誤解をとくためにむきになったとしたら……ともかく、日頃好色な植山の目付きが、夏木刑事の疑惑を深めたのは、皮肉なことであった。

それから一週間のちに植山の店をたずねたとき、刑事はディスカスを見た。

それも一番《ひとつがい》というのではなく、十番ほどの魚が大水槽に美事な模様を描いていた。

「どうです、素晴しいものでしょう。昨日、原産地のアマゾンから着いたばかりですよ」

植山は、ほれぼれとディスカスに見入った。

「ほう、これだけ親がいたら、子供もできるでしょうね」

夏木刑事は、湧き上る思いを押えて、さり気ない口調でたずねた。

「また岸田さんですか。いいかげんに、事件から解放して下さいよ。このディスカスだって、事件の一ヵ月前に契約をすませて内金も入れていたんですから、関係ないはずです。それに、うちのディスカスは、研究用じゃありません。営業用だから、こうして店の水槽にだしているんです。愛好家のブルジョワも少なくありませんからね」

先日とちがい、植山は、疑われるのは片腹痛いといいたげな目の色で肩をすくめた。たしかに、植山のいう通りだろう。また、熱帯魚商がディスカスを仕入れするのも不思議はないが……

考えるほどに、ディスカスの姿が壁の中で大きくなっていった。

(四)

夏木刑事は、ある結論にたっすると、熱帯魚の輸入元と航空会社で、植山の言葉に相違はないことをたしかめてから、池袋一帯の薬店をまわった。

その店をさがしあてるのに、大した時間はかからなかった。反対がわの西口ちかくの店で植山の写真を示したとき、主人はしばらく眺めてから、こっくりとうなずいたのである。

「憶えがあります。寒い日でしたから、おっしゃる通り四、五十日前のことでしょう。眠れんからよくきくやつをといわれて、お渡ししました。ええ、はじめてのお客でしたよ」

期待どおりの返辞だった。夏木刑事は、これでよしと胸を張って、海門警部の前に立った。

「部長、植山良夫に逮捕状をだしていただけますか」

「何かつかんだのかね」

警部は勢いこんだ若い部下に目を細めた。

「はい、植山が犯行に使ったと思われる睡眠薬を買った店がわかりました」

「君独りで、よく見付かったものだね」

「最初の計画が殺人でなく、ディスカスの稚魚を消すだけのことだったので、比較的身近な店から薬を買ったものと思います。殺人計画のもとに仕組まれたことだったら、植山も用心して、薬店さがしもむつかしかったでしょうが……」

「なるほど、君の考えをはじめから聞きたいもんだね」

海門警部は、ゆったりと腰を椅子にしずめた。

「事件当夜、被害者岸田正信の自宅でマージャン会をやることは前からわかっていたので、植山は稚魚を消す計画で睡眠薬をもちこみ、マージャンをつづけて十時間余、みなが疲れだしたころ、そばのコーヒーポットに薬を入れて、みなが眠りこけたあと、こっそり起きて熱帯魚の飼育室へ忍びこみました。そこでディスカスの稚魚の水槽に闘魚の雌を入れて、生れたての仔を食べさせたのです。闘魚の雌は、雄が守ってやらぬかぎり自分の子も食ってしまうほどの貪婪な魚ですから、二匹も入れれば十分でしょう。植山の計画もそこまでは成功しましたが、付きあいもあさく、岸田が睡眠薬もよくきかないほどの不眠症であるのを知らなかったのが大きな誤算でした。岸田が植山のいないのに気付き、灯のついた飼育室へちかづいたとき、植山は闘魚をもとの水槽へ移そうとして、あわててソドティールの水槽に入れてしまったのです」

「なるほど、それで闘魚がソドティールの水槽に入っていた説明もつくわけだな」

「植山は、そのときはすっかり動転して、そのミスに気付かなかったと思います」

「それで……」

「植山は、現場を見られた上は言訳はきかないものと、とっさに殺意をかため、室に入った岸田をうしろから襲って首をしめました。死体は、屋内においてはまずいから、玄関横の小庭まで運びました。計画外の殺人だったので、それ以上の行動はとれなかったのでしょう。それからは、みなと一緒に眠りこけたふりをして、早朝、事件だとたたき起されたわけです」

「でも、なぜディスカスの子を食わせたのだ。一文の得にもならんだろうに」

「もちろん、一文の得にもなりませんが、もしそうしなければ、百万円内外の損になります」

「ほう、どういうことだ……」

海門警部は、無邪気に目を丸くした。

「植山は、岸田からディスカスの孵化に成功したと聞いた数日前に、原産地のアマゾンから、三十匹のディスカスの若親を購入する契約もすませ、五十万の手付金も納めていました。デラックスブームで植山も、最高級のディスカスを専門にとりあつかって、営業を飛躍させるつもりだったのでしょう。それまでは内密にして、わくわくする思いでディスカスの到着を待っていたところに、岸田の成功を知ったのです。これは、ショックでした。将来の夢を破られたというより、現実の問題として、孵化した数百匹のディスカスが売りにだされればその価格は暴落し、十分の一以下になりかねないでしょう。それを防ぐためには、成功の発表をおくらせねばなりません。ここで稚魚を消滅させれば、次の孵化まで半年以上はかかるでしょうから、この間に、輸入したディスカスを売りさばくつもりだったのでしょうが……」

夏木刑事は、悪は躓《つまず》きやすいものだという言葉を、ひょいと呑み下した。ベテランの海門警部を前にして、照れてしまったのである。

時代おくれの町

海の城という。玄海に面した城跡をかこむ一角は、城下の伝統をたたえたさわやかさが生きている。

大通りから一歩、大手町界隈に入ると、自動車《くるま》の騒音も消えてすがすがしい静けさに満ち、心のふるさとにかえったようなホッとしたやすらぎを感じさせる。

清潔な砂路は、いっそはだしになったほうが快さそうだ。上士の屋敷町らしく、家々は年輪をへた日本家屋で、青々とした柴垣や手入れのいい竹垣がゆかしい町の由緒を物語るもののようである。

おれがもとめていた町にきたのだ……那須余次郎は、芳醇な美酒をなめまわす眼眸でゆったりと歩をすすめた。

謡曲らしい、さびた声がどこからともなく流れ、かすかな琴の調べが、地図に示された下宿の路地に入ったとき、急に波立つような高まりをみせた。

女の乱舞にもにた妖しい音色に、余次郎はふっと足をとめた。

庭に面した座敷で、女ひとり無心に琴をひいている。涼しげな青っぽい着物姿からむしろ﨟たけたといいたいくらいな美しさが匂ってくる。

おれがもとめていた女だ……という声を余次郎は呑んだ。

娘ではない。人妻らしい。ゆらめく思いの中で去りかねていると、女は、ふっと琴を止めた。

「あら、なにかおっしゃいました……」

女は、いかにも失礼しましたといった様子で、庭下駄をつっかけて小走りにすらりと肌理《きめ》のきれいな顔を垣根によせた。

「いいえ、家をたずねて路地へ入ったとき、琴がきこえたものですから、つい……」

余次郎は、言葉を端折った。まぶしそうに眼を細め、夢にみていたプロローグではないかと、潤色された思いの中でつぶやいていたのだ。

「お家って、どちらですの」

まあ、とほのかに顔を染めて、女は首をかしげた。

「熊谷さんです」

「あら、お隣りですよ」

女がはずんだ口調で指をあげると、袖から蒼いほどに白い腕がこぼれる。

女の指先に白い夾竹桃が咲き乱れ、熊谷の玄関につづいている。

余次郎は、隣家という幸運にはずむ思いで玄関に立った。声をかけると、

「どうれ」

と、野太い応えで、甚平の古武士然とした老人がでてきた。紹介状を一瞥して、にこりともしない顔が急に和やいだ。

「やあ、あんたが市の病院へきた先生ですか、どんな仁《ひと》かと待っとったんですばい」

「一年ほど、風土病の研究で勤めることになりましたが、お世話になれますか」

「いやあ、あんたはこの町にふさわしいお仁じゃ。こっちから頼みたいくらいですよ。時に、お趣味は」

「剣道と碁を少々」

「よきたしなみですな。気に入りましたぞ」

熊谷老人は、いつくしむ眼眸で、白絣の余次郎をなめるように眺めた。

格式ばったやかましい家にすんなり入れたのは、紹介した知人の入れ智恵もあったが、本質的には現代の青年には珍しい余次郎の体質がこの町に合っていたからだ。

町の暮らしは快適だった。町のたたずまいや人々の所作にも、日本の伝統に磨きぬかれたゆかしさがあり、これが日本人の暮らしなのだと余次郎はうっとりなった。

それに娘たちが素晴らしい。夕暮れの散歩時、娘たちは消えいりげな恥じらいをみせ、伏し目がちに会釈してそばをよぎる。

そこには、露出過剰の現代娘の失われた美しさがある。それが日本の風情というものだ。その風情こそ日本のロマンだ。おれがもとめていたロマンではないかと、余次郎は夕暮れになるとはずむ心を押えかねてよく散歩にでるようになった。

この界隈であう巡査も、髭を生やして妙に威厳ありげに見えたが、二度目には、「やあ」と親しげに声をかけてきた。

「あんたが、町のめがねにかなった新人ですな」

「町のめがね……」

「今どきには珍しく厳格な町でしてな、熊谷老人といより、町の人たちのめがねにかなわんと、ここでは暮らせません。暮らしにくい雰囲気になるというほうが正しいかもしれんですが、結果は同じことですからね」

「おやおや、そいつは光栄です」

余次郎は、この町の人たちと同質なのだから当然だろうと思いながら、町全体のひそかな目がわが身に集まっているような奇妙なくすぐったさに肩をすくめた。

「そう、光栄と思うだけの価値はありますね。いったん、この町の住人とみとめられれば、折目正しい人たちばかりでまた親切なもんだから、こんな暮らしやすいところはないですよ」

「そうなると、この町では警官も、日々是好日でのんびりできるでしょう」

「ところが、世の中はおかしなもんで、そうもいかんのです」

「なにかあったのですか」

「先日、若い女の死体が玄海の沖合いにぷかぷか浮いとるところを漁船に発見されました。それが、頭と胴体べつべつにですよ。身元は、この町の社長宅の女中とわかり、死亡時刻も、行くえ不明になった時点と推定されましたが、肝心の動機がわからない。女中の周辺にあやしい人物はなく、そのとき社長一家は町の主だった人たちと吟行中でしてな、女中が留守居をしとったわけですよ」

「外部の犯行じゃないですか」

「あいにくと、それらしい気配もないんでね、おそまつながら五里霧中って状態です」

「町の人は、どういっていますか」

「ものとり強盗の犯行とも思われないんでね、身からでた錆だろうって、平然としていますよ」

「そんなものですかね」

「といって、わからない事件ばかりじゃない。つい先に、ここで与太者が刺し殺されましたよ」

巡査は、血の跡を見ろとでもいうように、路上を指した。

「喧嘩ですか」

「いいえ、この町の娘さんにですよ」

「なんですって！」

「理由は簡単です。ばかな与太者が娘さんにからんだ。

ちょうど生花のかえりで、持っていた道具の小刀で無礼者っとばかり刺されたんです」

「なるほど」

「この町の娘さんは、楚々としていても護身の心得はあるんですからね、あんたもうかつに手をだすとひどい目にあいますよ」

「なろうことなら、ひどい目にあってみたいものですね」

余次郎は苦笑したが、そんな娘の魅惑にゾクリとなった。ここの娘たちがしとやかだといっても、しとやかだけだったら人形にすぎない。やわ肌に鉄火な意気を秘めてこそ、まこと日本の娘といえるのではないかと、琴の女の面影をおいながら、町がますます気に入ってきたのだ。


そのうちに、熊谷老人は、隣家の主人に紹介した。宗像という小さな造船所の社長で、これはよき碁の相手ができたと、二、三日おきに誘いをかけ、余次郎は、囲碁というより妻女と顔を合わせる期待でいそいそとでかけた。

「むらさんはよくできた女《ひと》でね、年もずんとちがうが、宗像さんはよい後添えをもらわれたよ」熊谷老人は、気に入ったときのくせで、大きくうなずいて眼を細めた。

たしかに、むらの貞淑さは立派なものであった。碁を打つときなど、むらは、ひかえめに坐って団扇の風を送る。

涼をとるにしろ、この町には不必要な文明の利器はない。樹木の多い町全体が涼やかな緑陰となり、水を打った庭、青葉を中天にひろげた藤棚、すだれや風鈴などが涼風を送ってくるのだ。

一事が万事、この町では文明に酔いしれた社会から失われた精神的風土が、いいしれぬ涼しさや暖かさを生んでいることが、余次郎には快い共感の中でよく理解された。

だが、むらによせる町の賛辞だけはうなずけない。老境に入った夫につくす若妻のやさしさが、よき時代の女大学を信奉する人々の心を打つのだろうが、それがむらに一方的な犠牲のみを強いる非情な賛辞に思えるのだ。

そのせいか、団扇から流れるひそやかな風が、むらのせつなげな溜息のように顔をよぎり、そのつどはじめての出会いでかれを幻惑した白い腕が夏衣の袖からこぼれて、むらの裸身を垣間見たもののように、はっとなった。

碁に勝つと、「やりましたぞ」と、宗像は無邪気によろこび、

「うまくしてやられました」

と、余次郎も苦笑するばかりだった。奥さんに気をとられてとはいえなかったが、むらにはそれがわかるのか、熱い眼眸をむけるのだ。余次郎は、いっそう浮き立ち、碁などはどうでもよくなっていた。その休日の午後も、熊谷老人が、

「お隣りさん、これじゃ」

と、碁を打つ手振りで誘いを告げた。

いつものように、裏庭から座敷へまわろうとしたとき、余次郎は、あっと声を呑んで立ちすくんだ。

古井戸のほとりでむらが諸肌脱いで上体を拭いていた。槐樹の樹洩陽の縞のなかで、絖《ぬめ》のように白くなめらかな肌のくねりに、余次郎は、歌麿のような女を見る思いでぽおっとなってしまった。

昼下りの幻夢の中でどれほど立っていたものか、先にむらが、あっ！　と小さく叫んでふりかえると、あらわな胸をかくすのも忘れて、かれに強い視線をあてた。

「これは……」

失礼しましたという言葉もかすれ、余次郎は、胸の白さに弾かれて視線をそらした。

「まあ……」

むらは今、あらわな姿に気づいたもののように、乳房を両腕に抱いて家の中に走りこんだ。余次郎は、どうしたものかと呆然となった。無礼をわびたいというより、押えかねる慕情を打ち明けたいという激しい思いにつき上げられてその場を去りかねていると、着替えたむらがでてきて、きっと切れ長の眼眸をあててきた。

「奥さん」

余次郎は、その鋭い鋩《きっさき》をうけかねて視線を落とした。

「いいえ、余次郎さん……」

むらは首をふり、もうあなたのものとでもいうように躰をよせた。優艶な姿からもどかしい愛惜がにおってくる。

「ぼくも、はじめから……」

余次郎もうためらわず、切ない思いを罩めてむらの唇を求めた。肌を見られたことで、肌を許したもののように思いつめるむらの気持にかれは酔った。

肌を見られたからって、現代娘ならカエルのように平気なことでも、むらには女の生命を左右する強烈なこと

にちがいない。

やはり、この町には、失われた日本の美しさが生きている。女も恋もすべてがそうなのだ。ほんとにこの町にきてよかったと、余次郎は町の素晴らしさを歌いたい気持になった。


こうなると、恋人たちに言葉はいらない。居間でむらは、別人のような放恣な姿態で余次郎を求め、はげしいあえぎからやがて満ち足りた顔をかれの胸によせた。

「奥さん」

「いや、むらとよんで」

「そうだ、奥さんじゃない。ぼくのむらだ。もう離さないよ」

「わたしも……」

情念のほむらを男の中で燃やそうとするように、むらはあえぐように応えた。

「だったら、ご主人と別れてくれますね」

そうしたむらに余次郎は自信をもっていったが、

「いけません」

むらは、はっと胸をはなすと、思いつめた眼眸をあげた。

「なぜ、むらさんはこのまま偽りの生活をつづける気なんですか」

「いいえ、まことの生を貫くためですわ」

「それは詭弁だ。離婚しにくい事情があっても、愛のためにふりきれぬものはないでしょう。むらさん、いっしょにこの町をでましょう。二人で暮らせるところはどこにでもあります」

「無駄だわ」

「どうして……」

「余次郎さんは、まだなんにもわかっちゃいないのね……」

むらは、哀しそうに首をふるだけであった。むらは宗像とは別れられないという。といって、夫を愛しているせいではない。よそ目にはよく尽くしているように見えるが、それは、むらの性格から妻の務めを果たしているにすぎないことが、その日以来余次郎にだけはよくわかった。

では、なぜ別れられないのか。財産ではない。親ゆずりのかなりなものが、むらの名儀になっている。では、日本の婦道に殉じようというのだろうか。それもちがう。だったら、男に身を投げるはずはないではないか。

余次郎にはわからなかったが、それだけに密かな逢引きは、禁断の魔味にも等しい歓びをあたえた。

むらも歓喜にもだえ、高みにたっすると、くいしばった歯から絹をさくような声をはしらせた。

「死にたい」とか「殺して」とか夢中でもらす言葉も、むらの場合は単に肉体の声でなく、精神の奥深い谷間からほとばしる願いのようなものであった。

むらは、余次郎と逢うことだけで気を高まらせ、そんな言葉を口ばしることによって、また凄艶な乱れをみせた。

余次郎も渦の中で、これがおれがもとめていた情愛だと叫んでいた。

むらの愛こそ、日本伝来の無私の清冽さがあるのだと思った。

そのせいか、むらはロミオとジュリエットのような物語を好んだが、近松門左衛門の「曾根崎心中」や「心中天網島」などには心を奪われ、そのころの女性のように、「心中」という言葉に酔って、

「どんな時代でも、男女の愛は貫けるものなのね。死をいとわぬ愛だけが、どんな時代でも純粋なのだわ」

と、まるで悲劇のヒロインになったような思い入れでうっとりなるのだった。

この傾向は、むらに限らず町全体のもので、年に一度の歌舞伎公演には町ぐるみで出かけ、それだけで公演は成り立つといわれた。

そのせいか、出し物は忠勇武烈の荒事や心中ものが多く、上演中は役者と観客一体となった熱っぽい空気が高まり、

「東京にも、この町の人ほど芝居がわかった人はいない。こんな町で芝居がやれるのは、役者冥利に尽きるというものです」

と、名優たちを感激させるほどだった。

秋の祭には、この町からでる恒例の武者行列が名物になっていた。

華麗な冑鎧《ちゅうがい》が先祖代々の本物であることだけでなく、それを身につけた町の男は戦国武者の再来かと思えるほど威厳に満ちて、粛々と進む行列を横ぎった酔っぱらいをとがめ、無礼者と打ちすえた様に烈帛の気合いがこもり、さすがにあの町の人だと野次馬たちをうならせたものだ。

この町がモデル衛生地区に指定されたのも、この町の本質的な潔癖さによるものであろうし、町全体の性格を

物語るものとして、余次郎を感動させたのは、割腹事件だった。

この町の住人である市役所の課長が汚職の疑いをうけ、「ここにわが身の潔白を証し候」と遺書をのこして、美事に腹を切ったのである。

一般の市民は、そうまでしなくともと、剛直な公僕に気を呑まれたが、町の人たちは、命にかえて恥をそそいだ課長の死を賛えた。

町の人こぞって花を捧げ、葬儀に列した盛大さは、堕落した社会にたいする強烈な抗議でもあった。

余次郎も、みんながこうなれば、どんなにすがすがしく住みよい社会になるだろうかと、住みつけばそれほどにこの町が気に入り、永住したいとさえ思うようになった。


こうして夏がすぎ秋が深まったとき、余次郎は順子から浜辺によびだされた。

熊谷家の風変わりな娘だ。といっても、この町の中ではの話で、一般の社会ではミニスカートがよく似合う活発な現代娘なのだ。

海へでると、波うちぎわに順子は立っていた。

浜風に髪をなぶらせ、きゅっと唇をむすんで強い眼眸をかれにあてた。

「おっかない顔をして、なんの用だい」

余次郎が肩をすくめると、

「宗像の奥さんのこと」

順子は、この町の娘らしくズバリと斬りこんできた。

「どういうこと」

「これからは逢わないで欲しいの」

「おやおやきついご宣託だな」

「ごまかさないで、わたしにはわかってるんだから」

「じゃあいおう。ぼくたちは、真剣に愛し合っているんだ」

余次郎も、もう隠さない。

余計なお節介だといわんばかりに気むずかしい顔になった。

「だから別れて欲しいのよ」

「もう、ぼくたちは別れられない。結婚したいと思っているんだ」

「できると思ってるの」

「そうだよ」

「余次郎さんは、なんにも分かっちゃいないのよ」

「まるで、ぼくを馬鹿か薄野呂みたいにいうんだね」

余次郎は苦笑した。

むらを緑陰に浮かんで静かに咲く碧瑠璃の紫陽花だとすれば、順子は陽を浴びてまぶしい向日葵のような娘だ。余次郎は、躍起になって別れさせようとする順子がやけに可愛かった。二人の女から愛されていると思うのは、まんざら悪い気持でもなかった。

「そうよ。分かってないうえに、頑固なんだから」

順子は、にこりともせず応えた。

「へーえ、分かったら笑えなくなるとでもいうのかい」

「その通りよ」

「順ちゃんは、なにをいいたいんだい」

「この町から出てもらいたいの」

「どうして出なくっちゃいけないんだい。ぼくは、この町が好きなんだよ」

余次郎は、いい気になっているところへ、冷水をぶっかけられたように鼻白んだ。

「この町が余次郎さんの趣味に合っていることはよくわかってるわ。でも、町の人は趣味で暮らしてるのじゃないわ、真剣なのよ」

「だからどうだっていうのだい」

「こわいのよ」

「こわがらせちゃ悪いな。考えておくよ」

余次郎は、こっくりうなずいてみせたが、内心はばかばかしかった。順子の勧告が娘にありがちな理不尽な言い掛かりのように思えてならなかったのである。


余次郎は、変わりなくむらとの逢引きをつづけたが、二人だけの秘めやかな世界をだれかに覗かれているような気がしてならなかった。

気のせいだと思う。

順子が余計なことをいうものだから、陰の目が気になりだしたのではないか。

むらの態度にも、宗像に知られた様子はない。もしそうだとすれば、これまでのように逢ってもいられないだろう。

余次郎は、影をうち消しながらも、不安なゆらめきは鎮めようもなかった。

「もし、宗像さんに知れたらどうする……」

「今さらなにをおっしゃるの。覚悟の前じゃないの。もうだれも、わたしたちの間をさくことはできないのよ」

むらは艶然と笑い、かれのためらいを白い肌に溶かした。

余次郎は、そんなむらの気持がぞくりとなるほどうれしかった。もう、二人の間はだれもさくことはできないのだ。


むらの言葉が実証されたのは、それからほどない日だった。宿直明けの昼さがり、むらの居間でひとときの恋路に酔っていたとき突然襖があいて宗像が現われ、仁王のように立ちはだかって二人を見下ろした。

「旦那さま……」

むらは、さっと着物を正すと、もうこの人とは離れられないのだというように、余次郎によりそって夫を見上げた。

余次郎も、間が悪い気持をふりきって、臆せず宗像の強い視線をうけた。

「おかしいとは思っていたが、やはり不義をしおったか」

宗像は言葉に感情をこめ、悲壮なまでに語尾をふるわせた。

「ここに至っては返す言葉もありませんが、浮気心ではありません。真剣に愛しています。むらさんをいただけませんか」

余次郎が頭を下げると、むらはうれしい、とかれの手を胸に抱いた。

「不埒な姦婦は、のしをつけてくれてやるわ」

「まことですか」

「なんで偽りをいう」

「むらさん、これで一緒になれる」

余次郎も、危機を逆転したうれしさに、むらの体をひしと抱いた。

「おかしな真似はよせ。覚悟はできているだろうな」

「覚悟……」

「不義者は、わしの手で成敗する」

宗像の伸びた手に、熊谷老人が大刀を渡した。老人だけではない、いつの間に入ってきたのか、町のおもだった人たちがその後から、めらめらと燃えたつ炎を眼の内にゆらめかせて不運な犠牲者をなめるように見詰めていた。

「そんな……ぼくたちの行為は法にふれるものではな

いでしょう」

「堕落した社会の法律はしらん。この町の住人は、この町の掟に殉じてもらわねばならん。割腹した戸坂さんの美事な最後は知っていよう。また、速水さんの女中は、不義密通のかどでわしたちの手で成敗した」

「すると、玄海灘に浮いていた首のない女の死体は……」

「そう、成敗してから海へ流したのだ」

宗像がスラリと大刀を抜き、余次郎が真剣な気迫に圧倒されて体をすくませたとき、

「旦那さま、お願いがございます」

と、むらは、宗像の手にとりすがった。

「この期におよんで、見苦しいぞ」

「いいえ、あの女中のように死に恥をさらしたくはございませぬ。せめて最後は、わたしたちの手にまかしていただきとうございます」

「わしの一存ではな」

宗像がふりかえると、

「外ならぬ奥さんの申されることじゃから」

熊谷老人が一同を代表した形でうなずいた。

「ご一同の好意だ。ありがたくおうけして、この町の者らしく美事に果てよ」

宗像は、剣を収めた。

「うれしゅうございます」

むらは、上気した眼の内に妖しい炎をゆらめかせ、キラリと抜いた懐刀をかれに渡すと、

「ああ、わたしたちは愛を全うできるのよ。さあ、腹を召されるまえに、わたしを刺して」

と、恍惚たる表情であの白い胸を開いて余次郎に迫った。

平等の条件

プロローグ

完全犯罪が突然崩壊した。捜査歴を誇る海門警部にも、この奇妙な終結を理解するには、人間の歴程を遡るほかはなかった。

一

「肥前深江藩家老井代兵庫、同藩士刈田範内」

井代俊彦と刈田正夫の系譜をたどれば、ここまで遡ることができる。

以来、刈田家は家老井代家支配下の藩士として、徳川のながい時代をへて明治を迎えた。封建制度の崩壊、廃藩置県によって深江藩は消滅したが、両家の従属関係はかわらず、井代家の執事といった形で、明治から大正、昭和をへて第二次世界大戦を迎えた。

戦後、日本の古いものは、ことごとく破壊されたかのように思われた、そして両家の関係も壊滅したもののようであったが、日本が日本であることを失わなかったように、両家も社長と社員の形で新たな密度を加えた。

終戦っ子の刈田正夫にはこれが不満だった。旧弊な両親は、先祖代々深い恩をうけてきた主家だ。井代家あっての刈田家だ。どう時代がかわろうと、これだけは忘れちゃあいけない、とカソリック教徒のような敬虔さで言い含めるのだ。

恩を忘れぬ、というのはいいことだ。人間として当然の義務かもしれない。しかし、そうだからと、奴隷のように唯々諾々と従属し、人間としての平等をなに一つ認めてもらえないのはやりきれなかった。

四海平等、天は人の上に人をつくらず、人の下に人をつくらずなどと、賢人君子の名言をなんど繰り返しても効果はなかった。

なんて身のほど知らずのことをいう、分を知れ、主家に申しわけがない、と両親は、生まれそこないの鬼っ子を見るような眼付きでやりきれない溜息をもらすのだ。

刈田家の従属性は、ながい伝統につちかわれた本能みたいなもので、平等の思想は絵に描いた餅、先ばしりの空しい理念にすぎなかった。

したがって、刈田の家はいつでも参上できるように井代邸のちかくにあり、正夫は幼年時代から、俊彦の遊び相手、というより稚児小姓の形で井代邸に日参させられた。

俊彦と正夫は、同年の子供だ。親同士の関係はどうでも、時には子供同士、人間の本能がむきだしになることもあった。

庭で相撲するとき、山登りのとき、広場の駆けっこや夏の海での泳ぎっこでは、平等の条件で勝負を争うこともできた。

だが、勝負は定まっていた。どんな場合でも、俊彦が文句なく勝った。正夫が手加減したというのではなく、英国貴族の子弟のように体力腕力ともに俊彦が秀れ、物理上の優位をゆずらなかったからである。

小学校へ行くようになると、日ごろ押えつけられた負けん気がむらむらと頭をもたげ、勉強では負けるもんかと頑張ったが俊彦を抜くことはできなかった。

正夫が遊ぶ時間を惜しんで勉強しても、大して努力もしていなそうな俊彦がのほほんと上位を占め、その差をちぢめさせないのだ。

これは、宿命的な従属関係からくる差というより、赤裸な人間の差であろう。

教師や学友も、俊彦を一段と優れた生徒として眺め、自然に正夫を凡庸な生徒としてあつかった。

これは、縁もゆかりもない社会から、夢にまで見た平等の願いを否定されることだから、正夫にとっては耐えがたいものであった。

こうして、二人が中学から高校へ進み、独立した人間形成の年代に入ったとき、二人の性格もますますはっきりしたものになった。

俊彦が背景から浮きだして光を浴びる花形役者だとすれば、正夫は背景にとけて眼立たず、主役を引き立てる時だけ現われる脇役のようなものであった。

二人の人生で、大学時代だけは離れたものになった。俊彦は当然の結果として、一流の国立大学へ入学した。

正夫は、平等への渇望から、なんとしてでも俊彦と同じ大学へ入るんだと頑張ったが、現実の壁は厚くて、二流の公立大学へやっとの線で入学せざるを得なかった。

このころ、道ですれちがう人たちは、背が高くて姿勢がよく、心持ちつんと澄ました俊彦の態度に、彼が生まれながらのエリートで将来も輝ける道を約束されていると悟った。

だが、そんな人々の視線も、正夫にはとまらなかった。

仲間のあいだでも、俊彦は中心人物として優雅にそして力強く振る舞ったが、その立場が当然のものとして与えられないとき、俊彦は優位性にこだわることはなく、さらりと受け流して成り行きにまかせた。

正夫は、そうした俊彦の態度に、ひどい衝撃をうけた。正夫との間に存在する絶対的な優位性が、俊彦が、どんなに秀れた人物であるにせよ、社会との間に存在しなかったからだ。

考えてみるまでもなく、社会における個人としての当然の態度だったが、当然であればそれだけ、正夫には俊彦との関係がひどくみじめでやりきれなかった。

二

大学をでると、予定のコースで井代物産に入社した。二年後井代幸彦が急逝したので、俊彦が若い社長になり、正夫も人事課長になった。

井代物産は、中程度の企業で、課長になったからといって手放しによろこぶのも志が小さいようだが、若さという点では異例のことであり、これも先祖累代の余光かと思うと、不平等な従属関係がはじめて分の悪いものでもないように思えた。

階級制の会社では、原則的な平等社会である学校のように不平等の不自然さは目立たない。会社となれば、社長の言葉には唯々諾々と従うのが当然の務めで、正夫のように特殊な関係はむしろ血族同然の強味でもあった。

そんな日常の中で、正夫は、少年時代からあれほど傷つけられていた不平等に対するいらだちを忘れかけていた。

学生時代、天地平等の理をもちだして、不平等の不条理をいきどおった気負いも色褪せたものになっていった。

正夫は、こうした感情の変化に気づいたとき、おれも堕落したものだ、三太夫根性が身についてしまったかなと苦笑したが、これが大人の世界なのだと、青くさい観念を否定しようとする気持に傾いてもいたのである。

このころ、営業部の社員が事務のきれいな娘と結婚したとき、

「わが社にもあんな美人がいたのかな」

俊彦は、社員に先んじられて惜しいことをしたといった様子で肩をすくめた。

「社長は知らなかったのですか」

正夫はいった。幼いころからの習慣といえ、俊彦さまと呼ぶのには抵抗を感じたが、社長と呼ぶことには、何のわだかまりもなかった。こうした社会構成の中で、正夫には便利な呼称になっていたのだ。

「君たちみたいに、しょっちゅう彼女たちと顔を合わすわけにはいかんからな、見落とすってこともあるさ」

「では、おそかりし由良之介と……」

正夫は、おどけて肩をすくませ、

「まあ、そういうとこだな。こうなれば仕方はない。幸運なカップルに祝杯《カンパイ》しよう」

と、さっぱりした俊彦の態度に、坊ちゃんも成長したものだなと、なにか鼻唄でもうたいたいような心楽しい感じだった。

このとき、正夫も、人事課の和気京子とひそかな交渉をもっていたからである。実りとげぬ若鹿のように弾力的な娘だった。抱けば、男を知らぬ恥じらいをみせながら、若い肢躰に女の命をきらめかせてもだえる京子に正夫は夢中になりかけていた。

結婚しようと思った。打ち明けると、

「うれしい」

と、瞳をうるませて正夫の胸に顔を伏せた。

なにもためらうことはない。俊彦も、営業部の社員と同じように、心から祝福してくれるだろう。

正夫は、俊彦と二人きりになったとき、さり気なくきりだした。

「知ってるよ。可愛いニューフェースだろう?」

俊彦は笑った。

「実は、わたしも……」

「おい、正夫」

俊彦は、顎をあげて相手の言葉を端折った。

「なんでしょう」

「まさか、お前までが結婚しようというんじゃないだ

ろうな」

「いけないんですか」

「そういうわけじゃないがね」

正夫は、そっけない俊彦の眼眸に射すくめられて声を詰まらせた。

幼いときから、気が向かない玩具でも、正夫がおもしろそうに遊んでいると、取り上げねば気のすまない俊彦のわがままさがゆらめいていたからだ。

言うんじゃなかった、と後悔したが、やはり不安は的中した。

俊彦は変わりなかったが、京子の態度が変なのだ。野薔薇のような愛らしさが消え、なんとなくよそよそしくなる。家庭の事情とやらがやけに多くなって、デイトの約束が間伸びになる。

正夫は、なぜ、と京子の肩をゆすって責めることはできなかった。分かっていたのだ。

俊彦は、正夫のお気に入りというだけで京子に手を出さずにはいれなかった。

社長と課長の断層だけでなく、容姿、能力、資産などすべてに秀れている俊彦がその気になれば、うつろいやすい女心をひきつけるのは難しいことではない。

といって、京子の相手が他の社員だったら、さばけた社長として二人の将来を祝福したであろうが、こうなったのは、俊彦の理不尽な横車というより、不平等の宿命によることなのだ。

俊彦自身がどうであろうと、正夫に関するかぎり、俊彦の絶対的な優位性を示さずにはおかぬという本能的な衝動によるものなのだ。

正夫にとって、考えるのは辛かった。こうなれば、なんでもいいから俊彦と平等の場を持ちたかったが、現状では望みようもなかった。

俊彦と対等となろうと望む事態が、牛に負けじと腹をふくらませる蛙と同じことだと悟らざるを得なかったのだ。

それ以来、灰色の日がつづいたが、鬱々と楽しまぬ正夫を慰さめてくれたのは、桜井雪江だった。

街角で会って、どちらから誘うともなく、もよりの喫茶店に入った。総務のＢＧで、巷の幸運に頬をつねりたいほど美しい娘だった。

陽を浴びた薔薇のような京子にくらべ、谷間の百合のようにしっとりとした情感が正夫の胸をいやした。

躰を求めあったというのではなく野の鳥のように心の

流れのまま自然にお互いの躰をよりそいあたためあっていた。

「雪江、もう離さないよ。結婚してくれるね」正夫は白い胸に顔を埋めた。

「ええ」

雪江は、正夫の髪を撫でた。

「どんなことがあっても……」

顔をあげて決意をうながす正夫の眼に、

「きっとよ」

雪江も、きっぱりと応えた。

そうだ、どんなことがあっても……正夫は繰り返した。俊彦がどんなに反対しても、雪江と結婚するつもりだった。平等への第一歩を踏みだすためには、井代家との代々の関係を断ち、会社を辞めてもいいとさえ思った。

「社長、今度桜井雪江と結婚します。式は、来月早々にあげたいと思います」

俊彦には、有無をいわさぬ形で宣告した。

「初耳だが、気の早い男だな。いや、ともかく目出たいことだ。心から祝わせてもらうよ」

意外だった。俊彦のにっこり頷く翳りない眼眸には、かえってとまどうほどであった。

正夫の断平たる決意が、俊彦のわがままさを圧倒したのであろうか。

ともかく、承諾をえたうえは、躊躇することはなかった。社員の祝福をうけ、なにもかも順調にすすんだ。

正夫は、雪江をえてはじめて平等の条件を獲得したたと思ったとき、はじめて俊彦の支配から脱して自由になったものように思えた。

幸せだった。この幸せこそ、己が腕でつかんだ確固たるものと信じていたのが、隙間風にも似た噂から、他愛もなく崩れた。

雪江が社長の女だったというのだ。雪江を責めると、いやよと泣かんばかりに否定した。

俊彦もそんな素振り一つ示さなかった。

だが、俊彦が意外なほど物解りのよい態度を示したのは、雪江が捨てた女だったからではないか。

幼いころから、俊彦があきてほっぽりだした玩具でしか遊べなかったことを思い返して、正夫は眼の前が暗くなった。

余人は知らず、俊彦と正夫に関するかぎりは、そう考えるのが自然であり、真実そのものとさえいえるのだ。だから、雪江との出合いも、夢みたいにスイスイと運んだのではないか。そうなったのは、俊彦の意志であったとさえ思えるのだ。

こうなると、雪江との結婚は、幸福の幻影というより、拝領妻という封建的な非条理な悲劇さえ思わせる悪夢だった。

正夫は、胸の奥底から地獄坊主のように湧き立つ疑惑の中で、悪夢を吹き払うのは平等の条件を打ち立てるほかはないのだと悟った。

三

俊彦と正夫の日常は、表面なにごともなく流れていったが、会社は興亡にかかる難関にさしかかっていた。

一つは、急場の決済のため、なにかと噂の高い森脇庸造に一千万の融資をうけていたことである。不良債務がアメリカのデュポン社にもれれば、長期の契約がふいになりかねない恐れがある。

ライバル社の高良産業があらさがしをはじめているらしいが、不良債務をかぎつけられることも、社運を賭けた契約をふいにすることも、絶対に避けねばならなかった。

「困った……」

俊彦はいった。

「森脇とは、相手がわるい」

正夫は応えた。

「それに、強欲な爺さんがデュポン社とのことを知ったら、一役買うと乗りだしかねんし、ともかくただではすまんな」

「他から都合して、返したらいいでしょう」

「そんな大金は、簡単に自由にはならんし、たとえそうしたからといって、森脇と縁がきれるものではないんだ」

「だったら、禍根を断つことですね」

「どういうことだ」

「森脇の爺さんを消すんですよ。有害無益の人物で、長生きしても碌なことはないでしょうからね、遠慮はいらないでしょう」

正夫は、現代のドライなラスコーリニコフ青年のようにあっさり言ってのけた。

さらに、一人なら難しいことでも、二人でやれば、完全犯罪は成功すると言った。

さすがの俊彦も、日ごろひかえ目な正夫の思いきった提案には呆然となったが、二日後、

「頼むよ」

と、秘密を共有しようとする者の隔意ない眼眸で正夫の肩をたたいた。

「名案が生まれましたか」

正夫も、はじめてつかみかけた平等への可能性に明るい顔になった。

「二人でやることだから、名案というほどでもないが」

俊彦は、はじめて正夫に照れくさい表情をみせた。

その夕刻、はじめに俊彦が森脇の事務所で内密に会ってうまい話をもちかける。話が終わったところで乾杯といき、睡眠薬入りのナポレオンを飲ませて眠らせ、事務所を閉じて森脇の車で現場を離れる。

その後、訪れる者があるとしても、車はなく、明日ではないと事務所が開かないことを知るだろう。

俊彦は、車を予定の路上に停め、行きつけのキャバレーなどで、四時間前後の完璧なアリバイをつくる。

正夫は、俊彦の連絡をうけてから二時間後、碁会所から事務所に直行し、眠っている森脇を刺して、すぐ自宅へ帰る。

この間の行動は物理的なもので時間を要せず、車を使えば碁会所から国電を利用した自宅までの所要時間と大してかわらない。

次いで俊彦は、殺人時刻から五時間後、すなわち深夜の午前二時ごろ、森脇の車で事務所へ行き、森脇の死体を車に移し必要な書類を焼きすててから予定の場所に遺棄し、あらかじめ近くに停めていた自分の車で帰宅する。

遺棄の地点は交通量の多いところで、死体が発見される時刻の誤差は十分前後といったところだろう。

すなわち一森脇庸造殺人事件では、犯行時刻と遺棄の時刻の二つの時点がポイントとなるということだ。

この場合、正夫は事件の圏外にあって容疑者とはならない。

たとえ俊彦が多くの容疑者の中の一人とみなされても、完全なアリバイによって白とみなされる。

遺棄の時刻は、草木もねむる丑満刻という深夜で、アリバイのあるのが不自然なくらいだ。したがって、この時点の有無は問題にならない。

というのは、事件は迷宮入り、完全犯罪は成功ということだ。

「どうだい」

俊彦はいった。

「やりましょう」

正夫は大きくうなずいた。

こうして、犯罪は予定通り完了し、事件も予定のコースを経てお倉となった。

予定外のことといえば、黒い噂に囲まれた人物が人物だけに、容疑者が予想以上に多く、てんやわんやの騒ぎでマスコミをよろこばせたくらいだ。

といって、これも俊彦たちには好都合なことで、完全犯罪をいっそうみがきあげる要因になったくらいである。

「やったぞ」

俊彦はいった。

「やりましたね」

正夫も共犯者の親しみをこめてグラスをあげたが、平等な連帯感もそれまでであった。

事件後、デュポン社との契約も順調にはこび、井代物産は盛運にのって発展をつづけ、社長としての俊彦の立場は、いっそう輝かしいものになった。

というのは、殺人事件の栄光は俊彦一身にあつまり、正夫との関係はもとの木阿弥どころか、いっそう隔たったものになったからである。

正夫は、殺人者になることによって、平等の関係を打ち立てるどころか、不平等の関係をいっそうきわだたせることになった因果を呪った。こんな不平等なことが許されてよいものであろうか。

エピローグ

俊彦は得意だった。ルビコン河を渡ったシーザーのように、意気揚々と社長室へ入ったとき、無愛想な刑事が待っていて一通の令状を突きだした。

青天の霹靂とはまさにこのことであろう。森脇庸造殺人の容疑者として逮捕するというのだ。

「馬鹿な、なにを証拠に」

俊彦は肩をあげた。完全犯罪が崩れるはずはない、と信じきっていた。

「共犯者が告白しています。こんな完璧な証拠はないでしょう」

刑事は、にこりともせず応えた。

「正夫が……」

「そうですよ、俊彦さん」

絶句する俊彦の前に、正夫は念願の課題を果たしたものの晴れやかさで現われた。

「正夫、狂ったのか」

「いいえ、俊彦さん。私はね、共犯者になることで平等の条件が生まれるものと思いましたが、そうではなかった。だが、犯罪者となれば、警察も裁判も、いや社会が私たちを公平にあつかってくれましょう。裁かれる者の立場でね、はじめて平等の条件が確立されたのですよ」

「そんな馬鹿な」

俊彦は、にこやかな正夫を茫然と見詰めたまま砂のように崩れた。

自由の敵

「おい、どこまでも尾けてくるぞ」

鉄は歩きながら、肩で健の肩を押した。

「デカに間違いねえな」

健も振り返らずに声を落とした。こうなれば逃げの一手だ。鉄と健が足を速め、大学の正門前にさしかかったとき、校内では学生たちがワイワイ騒いでいた。

「おい」

「合点だ」

野獣の嗅覚でこの中が安全だとかぎあて、二人は、素早く校内に滑りこみ、学生たちの渦の中にもぐりこんだ。

「とうとうマイてやったぞ」

「うまくいったな」

鉄と健は、学生たちにもまれながら、眼は油断なく正門付近から離さなかった。まんまとやりすごしたのだろう。刑事が校内に入った気配はない。

「おれたちが大学にいるなんて、お釈迦さまでも気がつくめえよ」

「まったくだ。おれたちには学生さまさまだが、いったい何をやっているんだい」

「たまげるじゃねえか、女子学生までがヘルメットかぶってよ、角材をふりあげているぞ」

「まさか、大学で喧嘩を教えているわけじゃねえだろうな」

「わからんなあ、眼をつりあげた学生が多いが、イカレとるんじゃないのか」

このとき、ヘルメット姿の学生が壇上に駆けのぼり、拳を振り上げて絶叫した。

権力のファッショ体制をうち破れ！　安保粉砕！　自由の敵を倒せ！　などと叫んでいた。

「自由の敵って何だい」

「わからねえな」

鉄と健は、あっさり首をふった。

ペリカンのように札束をたっぷり食らいこんだ金庫を破って、女と酒にご機嫌な日々を送れば太平楽な二人にとって、政治や学園闘争などは、豚と真珠みたいに無縁の存在なのだ。

それにしても、大学ってなんて自由なとこなんだろう。無宿野郎が学園をうろつこうものなら、どこの馬の骨だとつまみだされかねないおっかねえ別世界だと思っていたのが、胡散な奴と睨まれないばかりか、気にかける学生さえいないのである。

チョロチョロと社会の襞《ひだ》を縫う二人にとって、無視されるほど快いものはなかった。

「妙で有馬の人形筆でよ、大学なんて人の住まぬ荒れ寺みたいなもんじゃねえかよ」

「まったく、驚き山のほととぎすだ。ふざけた話だよな」

二人は、いい気分で校内をまわり、封鎖された講堂や破壊された教室に吃驚《びっくり》したが、そのうちに鉄がポンと健の肩をたたいて、ご機嫌な顔になった。

「いいこと考えついたぞ。ここを根城にして一仕事やろうじゃねえか。おれたちが大学にもぐりこんでるなんてえな」

「お釈迦さまでも気がつくめえよ、ってんだろう」

健にも異存はなかった。悪魔が荒廃した町を好むように、二人は荒廃した学園が何より気に入ってしまったのだ。

鉄と健がもぐりこんだ室は研究室らしく、積み上げた資料などが散らばっていたが、幸い電灯はついたので、毛布やコンロなどを持ち込めば寝食にも不自由はなかった。

こうして二人は、夜になると安全地帯から出動して狙った金庫を破り、獲物は大学の根城にもちかえって笑いが止まらなかった。

「阿呆なデカどもは、ドヤ街や仲間の巣をまわって目を丸くしてるだろうぜ」

「あたりきよ。大学はかくれミノみたいなもんだから、こちとらこそ現代のルパンさまだよな」

二人は、怪盗気取りで金庫破りに精をだしたが、最後のデッカイ獲物には手も足もでなくなった。

「大金庫は社長室だし、ああもガードマンの警戒がきびしくっちゃ、ネズミだってはいりこめんし、金庫のダイヤルは滅法ややこしくって、社長以外に開けられんのだからな」

「だがな、おれたちの辞書に不可能という字はないはずだぞ」

「きいた風な口をきくじゃねえか。忍術でも使おうっていうのかい」

「あっと驚く為五郎よ」

鉄が計画を話すと、健は眼を輝かして、恐れ入谷《いりや》の鬼子母神だと首をすくめた。

かくて警官の制服を盗みだして警官になりすました二人は、堂々と社長室に入って重々しくきりだしたのである。

「お宅の会社の産業スパイの件で、内密にお訊きしたいことがあります。お人払いをお願いします」

「東田君、ベルを押すまで他の室で待ってくれないか」

社長が制服の二人に化かされて秘書を出すと、鉄がズイとその胸に拳銃をつきつけて、ドスのきいた声を殺した。

「金庫を開けろ。声をたてたら一発だ」

さすがに大企業の社長だ。顔色も変えずに金庫を開き、二人は札束をゴッソリ、バッグにつめこむと、しばり上げた社長に猿ぐつわをかましてドアを押した。

ベテラン盗賊らしく堂々とした警官姿の二人に、はて……と振り返る社員はいても、見とがめる者はなかった。

社の外へ出ると、この傾向はいっそう強いものになった。ことさら変哲もない警官を眺めるもの好きはなく、二人は素晴しいアイデアに御機嫌な口笛を吹いた。

「いい調子じゃねえか。秘書がしびれをきらして社長室に入るころ、こちとらは大学の安全な巣にしけこんでるって寸法だからな」

「油断は禁物だ。早いとこ滑り込もうぜ」

合点承知の助と、鉄と健は夕闇迫る大学の門に着くと、通いなれた校内をハツカネズミのように小走りに縫って隠れ家にもぐりこんだ。

「今日の大仕事でめでたく幕だ。これまでの獲物を合わせれば、念願どおり香港へ高飛びしてのうのうと暮せるってことよ」

「それにしても、大学騒動ってありがてえものよな。まったく、学生大明神さまさまだ」

鉄と健が天にも昇る思いでせしめた札束を積み上げていたとき、隠れ家の外にヘルメットのゲバ学生たちが集まってきた。

「制服の警官が大学の門を入ってくるのを見かけ、ここまで尾けてきたので間違いないよ」

たくましい学生が昂奮して、封鎖された研究室の中を指した。

「私服の刑事さえ入りこめない大学に、制服の警官だなんて、えらくなめられたもんじゃないか」

「警官にしのびこまれたなんて、全学連の誇りたるわれら鋭核派の名折れだぞ」

「飛んで灯に入る夏の虫だ。革命の血祭りにしようじゃないか」

「そうだそうだ。自由の敵をやっつけろ」

全学連の勇士たちは、ゲバ棒をふりあげ怒りに燃えて研究室に殺到した。

ニコライ伯父さん

いつも陽気な赤髭のニコライ伯父さん。ロースとマスとボルシチの香りをプンプンさせた伯父さんがぼくは大好きだった。

雪の降る夜も妖精のようにゆらめく赤い焔のまえに肉や酒などを並べて、

「バーブシュカ、スラブの男はな、うんとこさ食ってたくましくならにゃいかんぞ」

と伯父さんは、燃えるような舌でペロリと肉を食べてウォッカを飲み、陽気に唄って勇敢な兵士の話などをしてくれたものだ。

そういえば、ニコライ伯父さんは勇敢なスラブの兵士だった。戦争で五人の将兵と大雪原を突破し、吹雪と飢えで四人の将兵が次々と倒れたとき、伯父さんは最後まで頑張って重大な使命を果した。

人々が、おお勇敢なる兵士よ、スラブの華よとたたえると、

「私独りで受ける名誉ではありません。雪原に倒れた四人の勇士の協力があったればこそ為しえたものです」

と、伯父さんは、静かに首をふった。

人々は、馬鹿正直でぬけぬけと嘘はつけない伯父さんの性格をよく知っていたので、お手柄を誇らぬゆかしき勇士よ、といっそう感心したものだった。

ウオッカを飲み、赤髭をそよがせて唄えば、銅像も笑いだすほど面白い伯父さんだが、イワン雷帝のように赤ら顔の大きな目でギョロリと睨めば、熊でもコソコソと逃げだすほどの威力があった。

こんな強い伯父さんがいたればこそ、レニングラード攻防の九〇〇日を生き抜くことができたのだ。それは背骨も凍る思い出だが、生きのこったぼくが話しているのだから、事実を否定しようはない。

そのレニングラード攻防は、美しいペテルの白夜に幕を上げた。

待ちこがれた夏至の夜になると、青い背広の学生や白いボイル服の女学生たちは、太陽が一日中沈まない白夜を祝って、楽しいパレイドに加わる。

白夜の神秘な光彩に菩提樹やレンギョウやライムの花が夢のように咲き、恋人たちは手をとりあって可愛いカフェーに集い、ギターとともに明け方まで歌いつづける。

ピョートル大帝が創設してから、ペトログラード、あるいはサンクト・ペテルブルグとよばれてきたぼくらのレニングラードは、世界でいちばん美しい詩の都である。パブロフ、ニジンスキー、ドストエフスキー、プーシキンも生れたぼくらの誇り高い都が、この白夜のさなかに恐ろしい軍鼓の響きにつつまれたのだ。

「戦争だ」

というラジオの声がソ連全土に伝わったとき、迅速果敢なドイツ軍は無敵の機甲師団を先頭に、レニングラードめざして驀進していた。

この電撃作戦がいかに凄まじいものであったかは、開戦第一日でドイツ空軍は九百機のソ連機を地上で撃破し、三百機を空中戦で撃墜して、ソ連空軍をアブのようにたたきつぶしたことでもわかる。

こんなに早く戦争になると、夢にも思わなかったスターリンは、

「レーニンが造ったものすべてを、われわれは永久に失った」と絶叫した。

こうしてすべてのロシア人が、穴からいぶしだされた野狐のように走りまわっていた中で悠々としていたのは、ニコライ伯父さんくらいのものだった。

「敵は門前に迫った！」

と、市内にポスターが貼りだされ、レニングラードが陥ちるというのも時日の問題だというのに、

「赤髭帝《バルバローサ》作戦だって笑わせるよ。ドイツ軍はわし独りにかかりきっとるもんじゃないか」

と、自慢の赤髭をしごいて、ぼくの頭をなでたものだ。

伯父さんの言葉に偽りはなかった。

叙情味あふれる都が戦争一色にぬりつぶされ、主要な建物に偽装網がかぶせられ、誇り高き銅像のまわりには爆風よけの砂嚢がつまれ、エルミタージュ美術館の貴重な美術品が疎開地へ消えたときも、

「戦争だからね」

と、ニコライ伯父さんはすましたものだった。

だから、開戦以来十八日間の戦闘でソ連軍が五百キロも後退し、前線部隊二十八個師団、総勢四十二万の兵士

が全滅して、レニングラードを守るルーガ川防衛戦をもちこたえる希望は、人民義勇軍だけになったとき、ぼくの伯父さんはまっ先に志願し、

「さあ、久しぶりの戦争だぞ」

と、勇んで前線へ出発した。

この義勇軍第一師団というのが、大半は軍隊生活の経験がなく、小銃を撃ったことも手榴弾を投げたこともない市民集団だ。

その上、小銃は限られていたので、ほとんどの義勇兵はツルハシや狩猟ナイフをたずさえているだけだった。

それで多くの義勇兵は、直接銃火を交えない平穏な地域に配属されるものと思っていたのが、あろうことに、ドイツ軍の砲火にさらされた最前線に押しだされたのである。

ニコライ伯父さんの予想どおり、ゆとりのないソ連軍には、肉と血で猛進してくる敵をくいとめる捨て身の戦法しか残っていなかったのだ。

義勇兵は、機甲軍団の火器でオモチャの兵隊のようにバタバタとなぎ倒されたが、レニングラードでは義勇兵を募る布告が次々とだされ、開戦以来一と月ほどの間に、五十万ものレニングラード市民が前線に送り出された。

なかには、牢獄の政治犯や十五歳以下の子供までふくまれ、ぼくたちの赤色少年党員も、いつでも出撃できるように待機していた。

だから、いかに義勇兵がもろくても、命を投げだしたソ連軍の奮戦で一と月ちかくドイツ鉄甲軍団がルーガ河畔に釘付けになったのは当然かもしれない。

ドイツ軍は、このルーガ川進撃を「死の道」とよび、ヒットラーの参謀フランツ・ハルダーをして、

「われわれは、ロシアという巨人を見くびっていた」

と歎かせたほどだ。

だが、いかにスラブ魂が勇猛果敢でも後続部隊には限りがあり、空と陸からの火力には勝てない。そもそも、ルーガ河畔で一と月もちこたえたのは奇蹟に等しかったのである。

こうして八月中旬、ルーガ川防衛線の一か所が突破されると、あっという間に全線がくずれ、レニングラードは、猛虎のドイツ軍のまえに裸同然の姿をさらけだした。

ぼくは、前線から落ちのびてきた義勇兵の姿を忘れない。ボロ布のように傷つきやつれた無残なものだったが、たった独りニコライ伯父さんだけは、喧嘩に勝ったシャモのように元気がよかった。

それは、大雪原をたった独りの生き残りとして突破した時のように、伯父さんの服装など、戦火をくぐって見る影もなかったけど、大目玉はランランと輝き、顔は燃えたつような赤髭よりもっと血色がよくなり、まるで竜の血を浴びて不死身となった伝説の英雄に生れかわったみたいだった。

「バーブシュカ、帰ってきたぞ。本当の戦いはこれからだ。お前もしっかりせにゃいかん」

と、伯父さんがポンとぼくの肩をたたいたときの痛かったこと。まるで、シベリヤ熊の一撃を食らったみたいに、背骨がギコッとうなり、伯父さんは戦争にいって一段と強くなったのだな、とぼくは痛いだけうれしくなったものだ。

このとき、レニングラード市内は、ハチの巣をひっくりかえしたようにワンワンうなって、市街戦の準備に大童だった。

全市、百五十の小戦区は、少年をふくむ男女六百人の市民部隊によって守られ、銃、軽機関銃、サーベル、短刀、槍、火炎ビンなど、武器と名のつくあらゆるものが持ち込まれた。

市内の要所には、ドイツの戦車をくいとめるコンクリートのバリケードが築かれ、ぼくたちは「竜の歯」とよんだ。

こんなときも、小戦区の指揮官にえらばれた伯父さんは、祭りの準備をするみたいに嬉々と楽しげに陣地作りにとびまわった。

こうして九月に入った決戦まえのレニングラードでは、大きな菩提樹の並木の下にキノコがペルシャじゅうたんみたいにびっしりと頭をだした。

「おお、悪魔が笑う不吉なしるしだ」

三角のスカーフをかぶった老婆たちは、天を仰いで十字をきり、地に伏してぶるぶる慄えた。キノコが生えそろうと死人がわくと言い伝えられていたからである。

市民部隊の人人たちも、死を宣告されたみたいに青くなったが、ただ独りニコライ伯父さんだけは、

「びっくりするほうがおかしい。これが戦争というもんじゃないか」

と、どこ吹く風よと笑っていた。ぼくは、たいした伯父さんだなと感心した。

レニングラード市民が市街戦の準備に走りまわっている間に、レニングラードを囲むヒットラーの「鉄の環」がジリジリせばめられロシヤ国内と結ぶ道は、市の東北

にひろがる大ラドガ湖と空だけになった。

「ああ、もうこれで最後だな」

レニングラードの市民は、狼に囲まれた小狸よりもみじめな気持になったが、ただ独り伯父さんだけは、さあいよいよ面白くなったぞといわんばかりに楽しげな様子だった。

九月から、ドイツ軍の大空襲が毎日のようにつづき、五千人ちかくの市民が爆死しても、これが戦争なのさと眉ひとつ動かさなかったニコライ伯父さんが、食糧倉庫地帯が空爆されたときは、大地をたたかんばかりに口惜しがった。

数千発の焼夷弾を食らった木造倉庫の群れは、天までこげろと夜どおし燃えつづけ、小麦粉、バター、チーズ、砂糖、肉などの食糧が五千トン以上も灰になったのである。

ニコライ伯父さんは、砂と水だと大勢の市民を指揮して駆けつけたが、燃えさかる炎に手のつけようはなかった。

「食糧はもう命より大事なものなんだ。それを木造の倉庫に入れておくなんて、どうしてこうも役人は間が抜けているのか」

伯父さんは、馬鹿な役人をのろいながら、狩り場の森が焼けおちるのを眺めている猟師のように呆然となった。

老婆たちの無気味な予言にも、多くの人が死んでいく現実にも、これが戦いだとドライに割切っていた伯父さんが、食糧が焼けたくらいで、どうしてこんなにも驚かねばならないのか、ぼくには解らなかった。つくづく不思議だった。

「伯父さん、人が死ぬよりいいじゃありませんか」

ぼくは、伯父さんを慰さめた。

「なにをいうんだ。死ぬ者はそれで終りだが、生き残る者はどうなるのだ。頼りになるのは食糧だけなんだぞ」

伯父さんは、ズケリといった。いかにも美食家らしいせりふだが、人間の生命より食糧を重視する哲学には同感できなかった。

「でも、それが伯父さんのいう戦争じゃないんですか」

「戦争だからこそ、食糧が大事なんだ」

「だから、こうなれば乏しい中を分け合って頑張るべきだと思います」

「バーブシュカは、何もわかっちゃいないんだな。そうなれば、市民は日々やせおとろえていくだけじゃないか」

ニコライ伯父さんは、悲痛な顔になった。たしかにそれは、伯父さんの胸の底からほとばしりでた言葉だった。どんなに切実なものか後になってようく解ったが、このときぼくは、伯父さんの真情にうたれ、伯父さんは生きとし生けるものを愛する心やさしい勇者なんだと、感動したことであった。

このときの市の食糧在庫量は、食肉で三十三日分。穀類、小麦粉など三十五日分。コーンフレーク、マカロニなど三十日分しかなく、ヒットラーの「鉄の環」ですべての道路や鉄道はしゃ断され、残る輸送路はラドガ湖だけとなった。

しかも、湖には大量の物資を運ぶ船も埠頭もなく、それでレニングラード市民二百九十万、軍人五十万、合計三百四十万人ほどの食糧をまかなわなければならないのだから、文字通り心細いかぎりだった。

ともかくこうした状態でレニングラード九〇〇日の籠城戦は食糧難に始まり、九〇〇日間のテーマメロディとなって、たえまなく市中に流れたのである。

市庁は食糧の配給券を作り、食堂は閉ざされ、大好物のパイやアイスクリームやピロシキを作ることも禁じられた。

ほどなく配給が引き締められると、人々は闇に頼らざるをえなくなった。市民は靴下や服やとっておきのウオッカや指環などをもって農村へでかけ、わが世の春だとばかりにそっくりかえった農夫たちから黒パンやジャガイモを手に入れるのに、ドイツ軍をやっつけるよりも、苦心しなければならなかった。

「バーブシュカ、食べ物の心配はいらんから、お前はうんと食べてミツバチのように元気でいるんだぞ」

ニコライ伯父さんは、やさしくぼくの頭をなでてくれた。

約束どおり、伯父さんはよく農村へでかけては、魔法使いのようにハムや野菜などをうんとこさかかえて帰ってきた。

それに、伯父さん得意のとろりと甘い肉の入ったシチューが素晴しかった。食糧のない非常事態だから特別うまく感じられるのだと思っていたが、戦後いろんなごちそうを食ってから、決してそうでなかったことがよくわかった。

こうしている間に、レニングラードへ迫るドイツ軍との戦闘も激しさを加え、ボロシーロフ元帥と海兵隊の英雄美談も生れた。

ムガとシュリッセルブルクを陥したドイツ軍がレニングラードへの足掛りを強化する前に、元帥は海兵隊に総攻撃を命じた。

この黒いウールのケープをまとった赤軍海兵隊こそ、ドイツ兵にもっとも恐れられていたソ連の「黒い死」だったのだ。

年老いたボロシーロフ元帥は、炸裂する砲弾の中に立って叫んだ。

「名誉ある海兵隊諸君よ。わが祖国、わが党そして君たち海の男の誇りにかけて戦おうではないか」

海兵隊の勇士たちは、先頭に元帥をたて、口々に「万歳」を叫んで、ドイツ軍陣地に突撃した。

決死の猛攻でドイツの鉄の陣を破り、次々に新手をくりだすドイツ軍を十度撃退したが、予備軍のない海兵隊員は次々と倒れていき、雲のようなドイツ軍の中に散っていった。

レニングラード市民は、この戦いで元帥の勇気をたたえ、感激のあまりウオッカなしにボロジーノフの名を口にだせない人も多かった。

ぼくの知るかぎり、ロシア全土で老元帥を非難したのは、スターリンとニコライ伯父さんくらいのものであった。

スターリンは、ヒットラーに負けぬくらいヒステリックなワンマン・ボスだから、元帥の英雄的行為に怒った気持がわからないでもない。

元帥の決死の肉弾攻撃がモスクワに伝えられた日、スターリンはレニングラード防衛軍司令官の地位から元帥を落した。

だが、ニコライ伯父さんの場合、元帥を非難するのはいわれなきこととしか思えなかった。

「だって伯父さん、ボロシーロフ元帥は命にかえて、ぼくたちレニングラード市民を守ってくれたのではありませんか」

ぼくが抗議すると、

「それが愚かな行為だというんだ。海兵隊は、ソ連軍の中でもっとも油がのりきった精兵だ。そんな精兵こそ最後まで残しとくもんだよ。それなのに肉弾で鉄甲師団にあたらせるなんて、勇気に名を借りた愚かな自殺行為じゃないか。貴重な血をあまりにも無駄に流しすぎる」

ニコライ伯父さんは、よほど腹にすえかねたものか、赤髭をふるわぜんばかりにいった。頭から世の中を呑んで戦争からも超然としていた伯父さんが、尾をふまれた狼のようにムキになるのを、ぼくは始めて見た。

「でも伯父さん、戦争だから仕方ないいんじゃありませんか」

「馬鹿をいえ、戦争だからこそ、より秀れた人間ほど大事にされなければならないんだ。ボロシーロフのように無茶なことばかりやってみろ、いい人間から先に死んで、あとにはまずい人間だけしか残らないことになるんだぞ」

「ほんとうに……」

ぼくは、言い負かされたというのではなく、人間をいつくしむ伯父さんの愛情がよくわかった。〈戦争だから、人間は大事にされなければならない〉この言葉こそ、全世界の人に聞かせる名言ではないだろうか。

実際に世界の人たちがこの言葉の真意を悟ったとき、戦争はなくなるであろうと、今もぼくは信じているのだ。

英雄というのが常に行為の人であるように、ニコライ伯父さんもこうと思って無為にすごせる人ではなく、人間を惜しむ気持はすぐに実行された。

レニングラード防衛司令官がゲオルギー・ジューコフ将軍にかわってからほどなく、伯父さんは、一人の少女と三人の少年を連れてきた。タマラにドミトリー、ターニャ、サビチェバの四人の戦災孤児だ。

「バーブシュカ、兄弟をつれてきた。仲良く暮すんだよ」

伯父さんは、かわるがわるぼくたちの頭をなでていった。ぼくも、小さいとき両親を亡くして伯父さんに引きとられたんだから、ほんとうの兄弟ができたみたいにうれしくなった。食糧事情が極度に悪化したレニングラードで他人の子供をひきとるなんて、神のような愛情の持主でないかぎりは考えられない奇蹟的な行為だった。

世間の人は、子供の配給券でたんまり食糧をせしめるつもりだろう。子供に食わせず飢え死にさせたって、とがめられはしないからね……などと横目で眺めていたが、ぼくは、そんなミミッチイ気まぐれからでたものでなく、人間を愛するニコライ伯父さんの深い心からでたものだと知っているので、感謝の気持でいっぱいだった。

ニコライ伯父さんは、子供たちの食糧をごまかすどころか、苦心して集めてきた闇の食糧まで惜しみなく与え、あの素敵においしい特別シチューも、みんなおなじように、フーフーと頬をふくらまして食べていたのである。

たとえば、十一月七日のボルシェビキ革命記念日、いつもなら肥った七面鳥や子豚、アイスクリームなど、あるかぎりのごちそうをだして祝うのに、このときのレニングラード市民は、塩づけのトマトやコップ一杯のブドウ酒で細々と祝うほかはなかった。

このわずかなブドウ酒の配給をうけるのにさえ、店の前に並んだ主婦たちの間にドイツ軍の砲弾が命中し、多くの人がバラバラに吹っとばされた中を、なお生き残った女の人たちが死体の山をのりこえて、配給の行列を作ったほどだった。

その革命記念日の夜も、ぼくたちは、赤々と燃えさかるペチカの前で、砂糖菓子やたっぷり肉の入ったシチューに舌つづみをうち、伯父さんはとっておきのウオッカを飲んで御機嫌な時をすごしたのである。

「さあ、どんどん食って元気な子供になるんだぞ」

ニコライ伯父さんは、夢中で食べるぼくたちを眺めて、赤ら顔をほころばせた。

「なんてステキな伯父さんだろうな」

楽しそうにうなずきあったタマラたちも、来たころは痩せて目ばかりギラギラしていた体に少年らしい赤味がもどり、ミツバチのようにぼってりと肥ってきた。

人々がミイラのように痩せ細っていくレニングラードで肥るなんて不思議なことだったが、それだけに伯父さんと二人きりの生活も、仲間がふえて毎日が楽しかった。

少年党員としての作業をのぞけば、学校も宿題もないので、ぼくたちは子熊のように瓦礫の町をとびまわり、爆弾とかくれんぼするみたいに防空壕にとびこんでは、キャアキャアとはしゃぎまわった。

ところが、日頃ぼくたちに何ひとつこわい顔を見せたことのないニコライ伯父さんがこれを見て、火のように怒ったのだ。

「そんなに命を粗末にする子供は、わしは知らんぞ。死にたければ、勝手に出ていくがいい」

ぼくたちは、返す言葉もなくいっぺんにシュンとなった。オオカミに気を付けるのよと教える山羊のお母さんのように、空襲に気を付けろという伯父さんの愛情が痛いほどわかったからだ。

それ以来ぼくたちは、空襲警報がなると、地下道にかけこんで、コマネズミのように走りまわった。

冬になって、レニングラードの窮乏はいっそう深刻になったが、たった一つのうれしい現象が生じた。

長さ二百キロにおよぶヨーロッパ最大の淡水湖であるラドガ湖が結氷し、レニングラード唯一の生命線ともいうべき輸送路が開けたのである。

輸送隊の第一陣は、氷がまだ厚くなりきらないうちに出発した。人も馬も飢えと寒さで衰弱しきっていたが、レニングラードの現状は一刻もゆるがせにはできなかったのだ。

湖上輸送はほとんど馬ぞりにたより、隊列の長さは八キロに達した。氷が厚くなるにつれて、湖上輸送路の要所要所に必要な施設がもうけられてトラック隊も横断できるようになった。

だが、湖上輸送が本格的になると、ドイツ軍の砲撃や空襲も本格的になって、湖上にすてさられるトラックや氷が割れて湖に沈むものが千台をこえた。

したがって、人間の死傷も数知れず、湖上のたった一つの生命線は、また「死の道」ともなったのだ。

「ともかくだな、食糧が運ばれるのはいいことだよ」

ニコライ伯父さんは、よしよしと機嫌よくうなずいたものだ。そのためには、どんなに人が死んでもいいのかと、日頃生命を尊重する伯父さんにしてはチグハグなことだと、ぼくは首をかしげた。

だが、それだけの犠牲にかかわらず、輸送される食糧はわずかなものであった。レニングラード市内で一日五百トン余の小麦粉を使うというのに、十一月末の一週間に送られてきた小麦粉は八百トンにすぎなかった。

これは、籠城から十一月まで、九十日足らずの餓死者が一万一千人におよび、十二月には、総計五万二千八百八十一人の餓死にいたったことが、なによりもよく物語るものであろう。

市内には死体があふれ、棺をつくるゆとりはなくて死体はすべてシーツにくるまれ、子供用のソリにのって死体置場に運ばれた。

死体を運ぶ途中、力つきてソリのそばで息絶えた人も少なくはなく、レニングラードは「死の都」になりつつあったのだ。

ニコライ伯父さんは、金属的な響きをたてる凍った死体を眺めて顔をおおった。

「おお、何ということだ。人間も餓死体になっちゃおしまいだ。処置なしなんだよ」

ぼくたちも、人間は生きていてこそ価値あるものだと、伯父さんの後ろから手を合わせていたが、あまりにも死体が多くて、おしまいには頭を下げるのもおっくうになった。

このころ、街を歩くと家々の戸口や階段に、ロダンの考える人のように頭をたれてすわっている人があった。寒いのに何を考えているのだろうと近づいて見ると、死んでいるのだ。

こうした男女の死体は、公園やネバ川の水くみ場にカチカチに凍ったままいくつもころがり、まるで氷の死の国にでもいるように気味が悪かった。

そして、いっそう無気味なのは、人々がそれらの死体になれきっていて、見向きもしなくなったことである。人間らしい反応を示したのは、ニコライ伯父さんくらいのものであった。

いかなる事態も動じることのない伯父さんも、餓死者の群れがこたえたものか、次第にいらだたしい表情になり、なにものかに当り散らすような日も少なくはなかった。

「ちかごろの伯父さんは、こわくなったみたいだな」

伯父さんがウオッカを飲んでご機嫌になった夜、ぼくはそっといってみた。以前のようにいつも陽気な伯父さんでいてもらいたかったのだ。

「人がみさかいもなく死ぬようになっては、誰だって怒りたくもなるさ。でも、大事なお前たちを飢えさせはしないからね、心配することはないいんだよ」

ニコライ伯父さんは、悪かったというみたいに、やさしくぼくの頭をなでた。

「こんなことが、いつまでつづくのかなあ」

「なあに、春までにはドイツ軍をやっつけてパンでもお菓子でも、うんとこさ手に入るようになるよ」

「早くドイツ軍をやっつければいいのに、戦争ってほんとにいやなものだね、伯父さん」

ぼくが元気に応えたとき、

「そうかな……」

と、伯父さんのゆらいだ遠い眼眸に、ぼくは、はて……と思った。子供心にも、伯父さんは、この戦争に勝てないことを知っているのじゃないか、と不安になったものである。

ニコライ伯父さんさえ、こんな調子だったから、レニングラード市民が割れたガラスのようにいらいらなっていったのも当然かもしれない。その結果、市内には犯罪が激増した。それはほとんど食糧のために起った。白昼、食糧品店の前に並んだ女の人や、パン屋からでてきた男たちまで襲われ、配給切符や食品をうばわれた。

配給切符は、レニングラードで食糧を得る唯一の手段なので、これを盗られるのは、命をうばわれることに等しかった。こうして市内では、一枚の切符や一切れのパンのために命をうばわれる人が続出した。

いつもなら、鬼よりこわいソ連警察が、犯罪者をビシビシ検挙したことだろうが、それらの犯人が暗黒街の住人ではなく、飢えと寒さで理性を失った市民の突発的な犯罪なので、捜査も困難をきわめたのだ。

自暴自棄になった男たちが、群れをなして暴れまわり、人を殺し、アパートに押入って貴重品を盗み、食糧をつんだトラックやソリまで襲った。その上、市内に潜入したドイツ側のスパイが犯罪者を煽動するといった始末なので、手のつけようはなかった。

このため市当局も、食糧犯罪に対して徹底的な手段で応じ、一切れのパンを盗んでも、闇取引きをしても、問答無用に射殺した。

市街では第一線の兵士がパトロールにのりだし、怪しい人物をみかければただちに身体検査をして、盗んだ配給切符や出所のわからぬ食糧をもっていれば、その場で銃殺した。

ところが、こんな非常手段をもってしても犯罪は減らず、冬が深まるにつれてレニングラード市民の生命は、狂ったドイツ軍の空爆と砲撃や寒さと飢えばかりでなく、狂った隣人のために容赦なく奪われていった。

どんな困難にも耐えて健気に戦いぬこうというスローガンも、困難の極に達した数十万という大集団の中ではナンセンスなものになった。

こうなると、ぼくたちも無邪気に外では遊べなくなり、戦争の恐しさが身にしみた。

そして、ターニャとドミトリーがいなくなったときには、幽鬼に背中をなでられたように、ゾーッとなった。夜になってもぼくたちは、伯父さんと一諸にさがしまわった。

「ターニャ」

「ドミトリー」

すっかり暗くなった廃墟の街を大声でよびまわったが返事はなかった。

「おひるまで一緒に遊んでいたのにどこへいったのかなあ」

「砲撃でやられたんだろうか」

「ひょっとしたら、さらわれたのかもしれないわ」

ぼくたちは、おいしいシチュウをすすりながら首をかしげた。こんなおいしい夕食にありつけないターニャたちが可愛そうでならなかった。

「ほんとにどこへいったのかな。今のレニングラードでは、何が起るかわからんから、知らない人に声をかけられても、ついていくんじゃないぞ」

ニコライ伯父さんも心配そうに、これからは遠くへ行っちゃいけないと注意した。

ぼくらもすっかりこわくなって、それからは、狼のさまよう原野にほうりだされた子うさぎのように、穴の中で小さくなっていた。

このころのレニングラード市内では、犬や猫もうかつに歩けなくなった。実際にレニングラードから犬や猫が姿を消し、幼児は犬や猫がどんなものか知らないほどだった。

鳥もレニングラードでは見られなくなった。カモメもハトも、スズメもムクドリも、次々に人間に食われたり、寒さと飢えで死にたえてしまったのだ。

黒く不吉なカラスなどは、まっさきにレニングラードを見かぎって、カァーカァーとドイツ軍の前線へ飛去ってしまった。

こんな風に、正直な動物ほど馬鹿をみて、抜け目のない動物ほど生きのびる自然の法則が、このときのレニングラードでは恐ろしいほど実証された。

ネズミがレニングラードからほとんど姿を消したとき、人々は残飯にありつけなくなったので、飢えと寒さでこごえ死んだのだろうと話し合ったが、実際は、レニングラードを見限ったネズミが何万という群れを作って、いくらか食糧の豊富な前線へ移動したのである。

傑作なことに、前線の塹壕をうろつくあいだに、ドイツ軍の陣地がもっと食糧が豊富だと知ったネズミどもは、いっせいに移動を開始し、今やドイツ軍の塹壕はネズミにあふれ、ドイツ兵は、ネズミに悲鳴をあげていることだろうよ、とロシヤ人を笑わせた。

レニングラード籠城戦の中でおかしいことといえば、これくらいのものだった。それにこの出来事をいちばん笑ったのは、ニコライ伯父さんだった。

「こいつは大笑いだ。こうなると、ネズミが人間より利口だってことになるな。まったく先様には、こっちよりうーんと上等のごちそうがごろごろしてるってことだからな、わしもネズミにあやかって、ちょっくら行ってくるかな」

ひさしぶりに伯父さんは、赤髭をゆすって陽気に笑った。

「行くって、ドイツ軍の陣地にですか」

「そうだよ」

「大丈夫かな」

「ながい戦線だからな、どこからでももぐりこめるさ。心配いらんよ」

伯父さんの言葉に、ぼくはあえて反対もしなかった。これまでの経験からいっても、野獣のように鋭い自衛本能をもった伯父さんが危険な真似をするとは思えなかったからだ。

思った通り、夜中に街をでた伯父さんは、明け方には戻ってきて、

「そら、ドイツ兵からのプレゼントだ。すごいだろう」

と、大熊を仕止めた猟師のように、大威張りで、ぼくたちのベッドにビスケットやコンビーフのカンヅメをころがした。

ぼくには、それくらいの獲物がどうしてすごいのかわからなかったが、最大の困難を勇敢な行為で逆転させた伯父さんの勇気には、ジーンと体がしびれるほどうれしかった。

赤髭のサンタクロースのように、にこにこしている伯父さんを見るほどに、ニコライ伯父さんと一緒にいるかぎり、どんな困難も突破できるのだという勇気が湧き上ったのだ。

伯父さんが自慢するドイツ陣地訪問が三、四度つづくと、レニングラードの人たちは、「呆れたスラブ野郎」と、限りない親しみをこめて、伯父さんの勇気をたたえた。

「おかしなものだな。こんな噂さがたつと、闇物資をもってたって誰も怪しまなくなるんだから、ご機嫌なものさ」

ニコライ伯父さんは、クスクス笑って赤髭をなぜた。こうして、雲にかくれた太陽がふたたび顔をだしたように、ぼくたちの暮しにも明るさが戻ってきたが、レニングラードの窮乏はどん底におちて、墓場同然の状態だった。

十一月中、一万人を越えた飢死者が、十二月には五万人をこえ、一月には十万人をこえるというすさまじさだったが、皮肉なことにこのレニングラード最大の悲劇が、食糧事情を好転させるきっかけとなった。

食糧の配給をうける人口がぐんぐん減っていったので、それだけ生き残った市民への配給糧がふえたわけである。

その上、唯一の連絡路であるラド湖の氷上ルートが本格的に活動を開始したので、一月になると戦争以来はじ

めて、レニングラードへの補給食糧が消費をオーバーした。

一月、二月と食糧の増配がつづいて市民の血色も次第によくなり、

「よく生残ったものだなあ」

と、お互いに手をとって祝福した。ほんとうに、生きるということがこんなに素晴しいものだとは、誰も知らなかったのだ。

ニコライ伯父さんは、大きな手でいつくしみをこめてぼくのやわらかい肩をなでた。

「バーブシュカ、もう大丈夫だ。なにも心配することはないんだよ」

「伯父さんと一緒だもの、なにも心配はしてないさ」

ぼくが応えると、

「ああ、そうだったね」

と、伯父さんは、きまりわるそうにぼくの視線をはずした。伯父さんはこれまで平気な顔をしていたが、心の内ではみんなと同じように不安だったのかなと思ったものだ。

三月になると、レニングラードの市民はいっせいに街頭へでて清掃作業をはじめた。市内のいたるところにほうりだされている何万という死体やごみの山を片づけないかぎり、春の訪れとともに伝染病のひろまるおそれが強かったのである。

三月の末から四月中場にかけて百万トンのゴミが片づけられた。爆撃されたビルの瓦礫もトラックで運びだされ、建物のなくなった空地には、劇場の背景のようにもとどおりに彩色した見せかけだけの建物がたてられたので、遠くから眺めたら空襲前のレニングラードが再現したように見えた。

春の陽ざしを浴びた死の街はしだいに生気をとりもどし、活気のある色彩にあふれてきた。四月には、百十六台の市電も街を走りだして、市民はまるで謝肉祭を迎えたもののように踊り上って市電を祝福した。

天来の音楽のように快い電車の響と市民の歓声をきいたレニングラード収容所のドイツ軍の捕虜は、「ああなんたることだ、おれはヒットラーに欺されていた」と歎いた。

ぼくたちも、穴からでて春の野をはねまわる子うさぎのように、きれいになった市中を走りまわった。

墓石のように黙らせたとばかり思っていたレニングラードから、ふたたび春の歌を聞いたドイツ軍は、腹立ち

まぎれに猛砲撃を浴びせてきた。

　ぼくたちの家のまわりにも何発か命中してニコライ伯父さんが近よっちゃいけないと禁じていた地下室の重い扉がこわされた。

　それでタマラとその中を覗いたとき、

「バーブシュカ、あれはドミトリーの帽子じゃないの。あら、あそこにターニャの上着が……」と、彼女は叫んだ。

　ほんとうに見憶えのある帽子などが頑丈な木の台の上に投げだされていた。おや……とふるえたぼくの目に天井の鉤からぶらさがっている白い肉のかたまりが夕暮の薄明りの中でぼおっと浮いて見えた。

「バーブシュカ」

ニコライ伯父さんの声がしたとき、

「タマラ!」

　ぼくは、彼女の手をとり夢中で外へ飛び出した。このときだ、シェルルンという砲弾とガーンという爆発音につつまれたことまでは覚えている。

　意識がもどったとき、ぼくはレニングラード市立病院のベッドの上にいた。頭や体中ぐるぐるほうたいが巻かれて、起き上ろうとすると、ジーンとしびれるような痛みが背骨を走った。どこの子、とたずねられても、ぼくは応えなかった。おしまいに、ばそっと両親もだあれもいないんだといった。

「まあ、可哀そうに戦災孤児だったの。子ブタみたいにつやつやと肥っているから、偉いところの坊っちゃんだと思ってたわ」

　人の好さそうな看護婦さんは、奇蹟の子を見るみたいに目を丸くした。まったく、死の街の孤児がこんなに肥っていたなんて奇蹟でしかなかったのだ。

　こんなに肥ったのも、みんなニコライ伯父さんのおかげだろうが、二度と伯父さんのもとへ戻る気はなかった。

　それからはベッドの上で身動きもできないまま、天井ばかり眺めてすごした。

　その天井には、鉤にぶらさがった白い肉と、赤髭の中にゆらめく伯父さんの燃えるような舌が映った。

　ニコライ伯父さんが大雪原からたった独りで帰ってきたこと……かぎりなく人間を愛すること……ぼくや孤児たちを大事に可愛がったこと……ドイツ軍の陣地へ行ったこと……

　その場その場で正直すぎる伯父さんのもらした言葉が、あのトロリと甘い肉の入ったシチューにかわった。

退院して戦争が終ったとき、ニコライ伯父さんの姿はレニングラードから消えていた。

ぼくには、戦争のありがたさを知った伯父さんが、平和になった街に用はないのだということがわかっていた。

ニコライ伯父さんは、ネズミが食糧を求めて移動したように戦争地帯へ移って行ったのだ。もし、ベトナムで赤髭のロシア人を見かけたら、ニコライ伯父さんに違いない、とぼくは思う。

日本西教記《異教徒退治》

第一章

一五四八年十一月二十九日（天文十七年十二月十七日）付、日本人パウロがゴアより、ローマの耶蘇教会創立者パードレ・メストレ・イグナシヨ・デ・ロヨラ其他同会のパードレ、イルマン等に贈りし書翰。

日本のパウロより、メストレ・イグナシヨ、メストレ・シマンの両パードレ其他耶蘇会のパードレ、イルマン等に耶蘇基督の平和、恩寵及び愛を送ります。

母より私を離し給いし主は、失われたる迷える羊を忘れ給わず、暗黒より光明に導き、救の道即ち我等の主にして我等の霊魂の救主なる耶蘇基督の信仰に入らしめ、また私を導いて真理を知らしめ給いしのみならず、我等のために流された血の無効に帰さぬよう、父なるデウスの御前で私のために弁護をなし給いました。私は、全能なる主が、私の如き弱き者を用い給う必要なきことを思えば、それだけにこの大なる恩恵は深く、ここに我等の主が、私に与え給える恩恵並びに諸々の奇蹟を語るのは、ひとえに主を讃美せんがためであります。

私は、日本で異教徒であった時、或る理由より一人を殺し、我国の僧院に遁れていました。

この時、貿易のために鹿児島へ来ていたアルバロ・バスというポルトガル人が私の事を聞いて、自分の船はなお逗留の予定だが、その国へ行く気があるならばと、同海岸の他の港から出帆するドン・フェルナンドと称する騎士宛の書翰を託されたのです。

私は、追手の要心から夜中出発して彼を訪ねましたが、図らずも他の船長であるジョルジ・アルバレスというポルトガル人に邂逅し、ドン・フェルノンドだと思ってその書翰を渡しました。

今にして思えば、計らざる誤解が主の遙かな思召し、言変えれば私にもたらされた最初の奇蹟でした。何故なら、ジョルジ・アルバレスは私を大いに歓待し、彼の親友パードレ・メストレ・フランシスコに私を託そうと望み、パードレの品性、顕わされた数々の不思議を告げて、未だ見ぬ奇蹟の聖師への渇望を湧立たせたからです。

マラッカに航行中、ジョルジ・アルバレスにキリシタンとなる心得を教えられて洗礼を受ける希望益々旺盛となり、マラッカに着いた折、同地の司教代がもし私に洗礼を授けたならば直ちにキリシタンとなっていたことでしょう。然るに司教代は、問に答えて私が帰郷の意を述べると、帰って異教徒の妻と同棲すべからずと言って洗礼を禁止しました。

今こそ、当初の浮薄な心で洗礼を受けずによかったと、主の御心に感謝するものの、この時は失望の余り、丁度日本に向う風期となっていたので、支那船に便乗して日本に渡ることにしたのです。ところが、日本沿岸を去ること約二十レグワの地点において、陸地より暴風吹きて如何とも為し得ず、更に船が非常な窮状に陥ったので、支那の港に戻らざるを得ない羽目になりました。

支那に帰って過ぎし暴風を思い、遙かな神の意思を感ずるままキリシタンとなる希望が欝勃と湧上って進退に迷っていた折、またまた不思議な回合《めぐりあわせ》で、我国に於て先ず私と語り、私の行を促したアルバロ・バスと再会したのです。彼はこの奇遇に驚き、ローレンソ・ボテリヨという人と共に、マラッカに引返してはどうかと熱心に勧めました。

両人共身分のある人でもしマラッカに還ればパードレ・メストレ・フランシスコは既に同所に在り、また私と共に日本に赴くことだからと言うので、その言葉に感じ喜んでこの航海に就いた次第です。

マラッカに着いた時、最初私を伴ったジョルジ・アルバレスに出会い、パードレ・メストレ・フランシスコの許に案内されました。丁度、聖堂で結婚式を行っていた聖師は、私の事を聞いて甚だ喜び、私を抱いてこの事が実にデウスの定め給える所だと、共に感謝の祈を捧げました。

奇蹟の僧、まさに噂通りの偉大なるお方です。聖なる湖の如く深い慈愛に溢れた瞳をそそがれるだけで私は大いなる平安と慰めを得、また満足いたしました。私は既に少しはポルトガル語を解し、また数語を話すことが出来ましたが、聖師は更に、ゴアのサン・パウロの学林《コレジョ》に入ることを命じられました。

この時、聖師は、他の路に依りコモリン岬のキリシタン等を訪問してから当コレジヨに来られたのですが、一五四八年三月初旬コレジヨに着いた私と四、五日の差で会えたのは、私の大なる喜びとなったものです。何となれば、始めて聖師を見た時より大に感じ、パードレに仕え決して離れないようにしたいと望んでいたからです。

私は、当コレジヨで信仰の教を受けた後、同年五月聖霊降臨祭日大寺院に於て司教より洗礼を受け、私が日本より同伴する僕一人もキリシタンとなりました。

私は、万物の造主なるデウスと我等を贖《あがな》わんため十字架に懸り給える耶蘇基督により、この事が御光栄と教の弘布のために効能あることを期待し、我等の主より受けた多くの恩寵に依りその真実なることを知り、これに関し多くの霊感を得ました。以上の事は、私が魂の安息を得たことで能《よ》く証されましょう。

当コレジヨのパードレの言うように、私をして容易に主の事を心中に刻み、この如き短期間に能く読み書きを学び、聖マテウスの福音書の如き高尚なる教を受入れて之を記憶に留める才能、記憶力及び意志を授け給えるデウスの恩恵を忘れさせられないように祈ります。右福音書の要点は、日本の文字で認め、記憶の便を計りました。右の文字を尊師の閲覧に供します。

私等のため、尊師等の祈禱に依って主が私に与え給いし所を空しく受けず、その讃美と光栄となるに至らしめ給わんことを。この事好結果を収め、我等の主が、今速に日本に赴く準備に着手したパードレ・メストレ・フランシスコを援け、またその愛のため百度生命を捧げる必要があれば私にこれを為す力を与え給うよう、パードレ・メストレ・イグナシヨとパードレ・メストレ・シマン及びコンパニヤの他のパードレ及びイルマン等が絶えずデウスに祈る必要がありましょう。何となれば、私は我等の主に依り日本に於て大いなる収穫を納め、生存中コンパニヤのコレジヨが同地に建てられる事を期待し、デウス陛下が大いなる光栄を授け給い、日本は耶蘇に依り信仰に進まんことを欲する故です。

一五四八年十一月二十九日
ゴアのリンパウロのコレジヨより
下僕 Gitponr《ジッポン》人、Sarta Fe《サンタ フェ》のパウロ

第二章

一五四九年六月二十二日（天文十八年五月二十七日）付、パードレ・メストレ・フランシスコ・ザビエルがマラッカより、ポルトガル地方長官パードレ・メストレ・シマンに贈りし書翰。

我等の御主なる基督の恩寵と愛が何時までも御身を助け護り給わんことを。アーメン。

我が兄弟メストレ・シマンよ、私は去る一五四九年一月、当印度の諸城並びに異教徒の諸国に於ける聖教の普及について述べ、我等の主デウスが異教徒日本人の弥次郎ことパウロに与え給うた大いなる恩恵について長き書翰を送ってから、私は更に日本布教の霊感を得てやみがたく、この四月日本に向けゴアを発ち、五月末日マラッカに着きました。

同伴者は弥撒《みさ》のパードレ・コスメ・デ・トルレス、イルマン・ジャン・フェルナンデス、俗務に従事するイルマン・メンデス・ピント、我等の主耶蘇基督の教理を学んだ後に洗礼を受けたかの日本人三人です。

この日本人等が、ゴアのサンタ・フェのコレジヨに於いて、読み書き、精神修養の課程、黙想など主の大いなる思召しによって驚くべき進歩を示したことは、既に御承知のものでしょう。

私にはこの一事さえ、日本布教を決意させる充分な啓示と思われますが、マラッカに着いてポルトガル商人等がもたらす日本の事情も、先の日本人サンタフェのパウロが告げるものに変らず、我が聖教大いに弘布すべき形勢なる故に、日本渡航の決意を生ぜしは全く天の然らしむ所と確信するのです。

支那の東方二百レグワの沖合にある日本という島嶼についてもたらされた報告によると、サンタフェのパウロに見られるよう国民は大いに思慮深く、道理に服し、性質は温和にして礼譲を守り、好奇の癖あれども公正にして従順だと知らせています。ことに、デウスの事や科学の事に関する知識欲も旺盛で、我等が布教してきた野蛮国中第一の未開地であることに疑いなく、我が聖教の光栄に関わることの如何に大なるものがあるか察するに余りあるものです。

当地の信徒は、私の日本渡航を翻えそうと、久しく教導してきた民を棄て去り他国の民を教えるのは道ではない。また、これまでの努力を半途にして廃すれば完全な成果は得られず、ましてこの地の信者は未だ確乎不抜の境地に達してはいないので、私が去ればあまたの異教徒起って欺き或は嚇し、せっかくの信者を元の異教へ引き戻すことは明らかである。故に、太陽が先ず近き所を照らし温めて後遠き所へ及ぼすに倣われよなど喧しく反対しますが、当地は本年パードレ等の渡来に依って欠員は多からず、また来年は貴師並びにコンパニヤの人多数渡来せられることを思えば、私が去っても差支えはないものでしょう。

また、寄港せるポルトガル船より、支那の諸港がことごとくポルトガル人に叛起したという確実な報道がもたらされました。賊船は海上に充満し、支那人はポルトガル人を敵視して殺害せんものと待ち構えていると言うのです。

その上支那海は大洋中最大の難所で暗礁多く、ことに暴風起って一時に覆没する船、岩石で破砕する船の数を知らず、日本へ達するのは容易なものではない。

たとえ、これ等の危難を免れて日本に達しても言語通ぜず、ことに他国の者を賤《いやし》む国であれば成功は期し難く、頼みとするポルトガル人も未だ日本に親しまぬ時、驕慢な国人は生活の資もなき旅僧を乞食とみなして伝道など思いもよらぬことだ。いわんや、日本では極悪人を罰すると同じ十字架上に死せる人、我が耶蘇基督をどうして崇拝するのか。たとえ、日本で聖教の信者を得るとも、必ずや釈徒の恨をかい、かつ絶海孤島の中であればその忿怨を避ける道はないのだと、危険な征途に反対し非常に驚きの眼を瞠《みは》っていますが、私は彼等の信仰の薄いのをみて、それ以上に呆れております。

何故なら、今まで見られなかったほどの最大の暴風だという支那や日本の嵐に対しても、また多数の船が難破する浅瀬に対しても、また驚くほど多数の残忍な海賊に対しても、我等の御主デウスはこれを支配する力をもち給うからです。

かの日本の釈徒といえども、我々がこれまでに遭遇せる回教徒、今もなお闘いつづける狐の如く邪悪な、虎の如く猛き、マホメットの族《やから》に較べ何の事やありましょう。必ずや我が主デウスの加護の下に、魔界を破り異教を斥け、神の国を打立てる所存です。

ただ私に畏《かし》こきものは、耶蘇基督の御名を知らない人々の間にその御名を増し弘めることに役立たないために、デウスが私を罰し給うかもしれないことで、友人等の挙げる他の脅威、危険及び艱難は少しも意に介しません。

何故なら、この艱難なる世において、御主デウスを愛し聖教を弘布するために冒す危険に勝る安息はなく、このような艱難を避けて生きのびるよりも、これに依って安息を得ることこそ重大なことで、造られた者の恐怖は、造物主デウスの許容する以外に及ぶことはないからです。

すなわち、天命を受けて善事を行うに当り、これに抗する障害はないのです。海陸共如何なる強敵があっても、神の命を奉ずる者の通路を妨げることは出来ません。神の嚮導《きょうどう》あれば必ず安全にして途に迷うことはなく、風波も恐るるに足らず、ただ畏るべきは神の保護を疑う罪に陥ることで、よくその命に従い本分を尽せば、私の生死など知る所ではありません。

何事であれ、神の命に勝る智慧はなく、真智は天命に従うにあり、もし私が日本渡航の命に背き印度に止まり、他日その責を問われれば答えるに言葉なく、何で私が、かの天命に背きニニーヴに往かずタルセスに赴けるジヨナスの轍を踏めましょうか。

まして御主デウスは、かの日本人パウロにより日本の国情を啓示されています。かつパウロの述べる日本の美質は、日本国中を巡回したポルトガル商人の言葉に照らしても詐《いつわり》なきものと信じています。

或る時、パウロと雑談中、ヨーロッパ人は文字を左より右へ書くものだが、どうして日本人は上より下へ書くのかと尋ねたところ、そもそも造化主が人体を作るに頭を上にして足を下にされている。書においても始めは頭の如く終りは足の如きもので、欧州の書法は天然に背き、日本の書法こそ正しいものだと言うのです。

私は彼の敏才に感じ、我が教法中最も善きと思うものは何かと尋ねたところ、精神上最大の喜びと慰めを得るものは教祖受難の祈禱であり、最も益を得るものは懺悔及び晩餐礼なりと言い、道理を解する人は皆我が聖教を聴いてキリシタンとなるであろうとも言っています。また彼は、日本人が人間に仕えるためにデウスの造り給いしものを神々として崇拝するのは憐むべきことだと大いに嘆息するので、何故かと問えば、太陽や月は人間がこの光に依ってデウスに仕え、地上に於いてデウスと御子耶蘇基督を讃美するための従僕にすぎないものを、日本人はこれを神として崇拝するからだと応えるではありませんか。

これを以ってしても、日本が我が聖教を渇望する大地であることは疑う余地もありません。

更にマラッカ滞在中、日本より喜ぶべき報知を得ました。まさに、神が私の日本渡航を啓示せられる奇蹟により、洗礼を望む日本の領主が伝道師の渡来を請うて、正式の奉書をポルトガル商人に託したのです。

かつてポルトガル商人達がその国の港に入った時、その地の領主は無住の廃屋に宿泊させた。ここは悪魔が出ると誰も住わぬ家で、ポルトガル人達は事情を知らず泊ってみたものの、夜中に様々な怪異あらわれ、従僕まで幽霊を見たと騒ぐので家の周囲に十字架を立て並べたところ、怪物は霧の如く消散した。

これを聞いた領主が怪物を追出す手段を尋ねたので、悪魔を払うには十字架より善きものなしと答え、耶蘇の大義を説くと、果して領主大いに感じて諸々に十字架を立て、かつ教師に逢ってその奥義を受けたいと告げたのです。

この奇蹟に依っても、御主デウスが私の日本伝道を求められることは明らかです。何で止まることが出来ましょうか。もはや日本は我が聖教を大いに弘布すべき形勢となり、ために私は弥撒《みさ》の諸具を携帯し、日本に着いた上は国王のいる都へ行って、耶蘇基督より托された使命を伝える決心です。

パウロの話に依れば、都の近くに大なる学校があって、ここの多数の僧侶《ハードレ》に日本国民は上下共心服しているようです。彼等は韃靼《だったん》支那と同じく、天竺からもたらされた宗教を奉ずる由ですが、パウロは仏典の言葉、我々で言えばラテン語のような言葉が判らないので書物に述べてある宗旨を完全に説明することは出来ません。

御主の助力を得て日本に着いたら、僧侶が神より出たと称する書物に記述する事々、日本の土地、風習並びに僧侶共に欺かれて信ずる所、またその周囲に在る学校及びその修業について一つ一つ詳しく書き送りましょう。

この折、私は、都の学者に会うつもりですが、何等恐れるところはありません。彼等が如何に長じているといえ、デウスも耶蘇基督も識らぬ者は無智に等しく、またデウスの栄光と耶蘇基督及び霊魂の救を説くことの他何ものも望まぬ者に、何の懸念恐怖がありましょうか。

日本のように未信者のみでなく、悪魔の群がる所に行くといっても、悪魔も風も、デウスが許し給う以上の危害を加え得ないのです。我等に恐ろしきものは、御主デウスの御怒を被むることだけです。言うまでもなく、デウスの御怒に触れることがなければ、我等が敵に対し勝利を得ることは日を見るより明らかなのです。

最後に、我々の同伴者日本人のパウロの話で大に善しとする一事は、日本の僧院には多数のフラーデ Frade があって、黙想の修業をしていることです。

僧院の最も学識ある長老は法話の後、左の題について一時間の黙想を命じるのです。

人の息将《まさ》に絶えんとする時語ることは出来ないだろうが、もし霊魂が肉体より去ろうとする離脱の状態に於て話すことが出来れば、霊魂は肉体に対して何を言うべきか。したがって、地獄 Inferno または煉獄 Purgatori に就いてその思索感得した所を尋ね、もし言う所善ければこれを褒め、記憶の価値なき事を述べればこれを叱責するのだと言います。

また、この僧侶達は十五日毎に一般人民に説教し、多数参集した男女の中でもとくに女子など、説教の有難さに涕泣《ていきゅう》するのだと言うのです。

我等が御主デウスも耶蘇基督も知らず、偽の教にまどわされている人民でさえこのような状態なのですから、我等が真なる教を説くだけで、どのような反応が示されるか、思うだけでも心中に熱いものを覚えます。

我等は現世に於て再び会うことはないでしょうから、御主デウスが無限の御慈悲を以て栄光の中に我等を会合せしめ給わんことを祈ります。

一五四九年六月二十二日マラッカより
耶蘇会諸兄弟の無益なる僕

フランシスコ

一五五一年五月二日　平戸より、パードレ・メストレ・フランシスコ・ザビエルが、ポルトガル地方長官パードレ・メストレ・シマンに贈りし書翰。

我等の御主デウスの愛と庇護によって日本に着き、鹿児島を経て平戸に至る旅行並びに神の大いなる奇蹟のことどもを尊師に贈りましょう。

一五四九年六月二十四日洗者ヨハネの日に勇躍マラッカを出航しましたが、神はなお私の決意を試さんとなさるのか、御子基督にくだされたものと同じく、私にもまたささやかな試練をもたらされたのです。

碇泊中のポルトガル商船の船長達は、私と共に航海すれば神の加護を得るものと信じ、しきりに乗船をすすめましたが、これらの船は東印度で冬を越し諸々を経由するもので、直ちに日本へ渡ろうと思えば支那船に乗る他道はなかったのです。船長達は、悪名高き支那海賊の船だからとんでもないことだと反対しました。私とて、これを知らぬわけはありませんが、神の思召しとあれば、一旦決意したことを何で延期出来ましょうか。

命、天に任せ、速かに日本に渡ることを告げると、マラッカ総督はやむなく支那人より抵当物を取って違約なきことを誓わせました。

ところが悪魔は、早くも海上に出るや全貌を現し、支那船長は志を変じてこと更に迂路を取り、或いは一所を幾度も往来し、今年中に日本に入る志のない事を誇示するのです。

あまつさえ彼等が馬祖と叫ぶ海神を船尾に置き、多数の花灯を点じて供物を並べ、籤によって航海の進退安否を占い、神慮によって方向を定むるのだからと、私が真神の教を説き、言葉を尽くして止めても肯《き》かないのです。事態は更に悪化して大いに憂慮すべきものとなり、妖魔は私がその本領に入ってその民を征服しようとする意図を察してか、百方私の命を狙い、更に台風を起し大波を以て船を呑込まんとしました。

この風浪中、イルマン・ピントが船底の汚水の中へ落ち失神したことからも、嵐の激しさを推察していただけましょう。

暴風はなお止まず、船はますます危険な状態になったので、船長は神前に香を炷いて祈りつづけました。私が何度邪神を祭っても効力はなく、かえって真神の怒を起すのみだと説いても止めず、我身の安否は馬祖神の加護による他はないのだと狂怒し、折から帆柱に雷光落ち、船長の女が大浪にさらわれた時には、もう退引《のっぴき》ならぬ事態となったのです。

支那船長はこの災難に何事も抛擲《ほうてき》し、終夜号泣して乙女の死を悲しみ、いまだ邪神の欺瞞を悟らず、肉と鳥を供えて何故このような災難に会わねばならぬかと訴えました。

この時、邪神の巫子が、もし船底に陥ちたイルマンが死んでいたら、女は海中に落ちずにすんだのだと告げると、船長は赫怒《かくど》して私達を海中に投出さんと襲い掛りました。

ここに、我等の御主デウスの大いなる奇蹟がなければ、我等の生命がどうなったか知る所ではありません。

「吾が子よ、十字架《クロス》を見よ」とこの時天上から、厳《おごそ》かな声が船中に響き渡ったのです。私はじめ船長たちが、余りのことに茫然となっていると、船上の水夫や従者達が天を指して騒ぎはじめました。

何たる不思議、あの雷光の落ちた帆柱上に十字架が燦然と輝やいているのです。

私達が有難さの余り跪《ひざまず》いて祈ると、船長達は胸を押えて苦しみだしました。まさしく、真神の怒にふれたためか、顔面蒼白に引攣れて躰を折り、言葉もない有様です。

私は、これを邪宗徒の悔悟とみて聖水を与えると、限りなき御主デウスの慈悲により、暁方近く蘇生しました。

これ等の事は、かつて私が多数の異教徒を救助し、魔界を破った怨に報いるため妖魔が企らんだことに違いありません。

そもそも天主が妖魔の暴逆を許して禁じられないのは、人間に彼の姦計を知らせ、精神怯弱なれば、彼の奴隷に堕されることを知らせるためでしょう。

こうなれば、人は天主の保証あるが故に弱いものだと言えますが、それだけにまた天主の御力により勝利を得ることを信じねばなりません。すなわち、このような時には、ここで私が為したように自己の力を頼まず、一心に神を信じて妖魔の攻撃に対抗し確乎不抜の信仰を示すのです。

元来妖魔は、神の許して禁じないことだけ行うのだから、ただ妖魔の勢に欺かれ、怯弱と疑惑に陥ることのみを惧るべきです。神は人間の微力を示すために御力を貸されるのだから、我等はためらわずその威力を信じて事を行っていいわけです。以上のことは、尊師も耶蘇会の諸兄弟も、この困難な航海に於て示された奇蹟によりお判りのことと思います。私はこれにより大なる勇気を得て、日本上陸後如何なる苦難に遇おうとも、ひたすら伝道に努むる決心を新たにしました。

神は、船長の悔悟をよしとされたのか、直ちに順風を与えられ、これまでの困難を思えば嘘のように呆気なく、八月十五日栄光ある聖母被昇天祭日に、かの日本人サンタ・フェのパウロの妻や親族の迎える日本の港・鹿児島へ船を送られたのです。

この地は、伊集院に一宇治の城を構える島津貴久《たかひさ》公の支配下にあり、支那船やポルトガル商船が往来する賑やかな港です。城下は、私等の渡来や新たな真神の教えに沸き立ち、島津公は早速パウロを招いて奇談珍談を面白く聞かれた後、教法の大要に感動して私との面接を請われました。

これもまた神の思召しによってか、パウロを通詞として登城したのが、九月二十九日サン・ミゲルの日だったのです。

この時、大守自ら手を執り、商人のように利益のためでなく、真神の教を伝え、永遠の幸福をもたらすために渡来したのだと、私の真意をよく理解して教理に深く頷き、

「もし耶蘇基督の教えが真にして善なるものであれば、悪魔はこの教えを苦痛にして必ず妨害しようから、キリシタンに大なる名誉を与え、教法の書物を大事にせよ」

と列坐する重臣に告げ、臣下の望みに任せてキリシタンとなる許可を与えたのです。

日本に於て領主の認可がどのように重要なものか申すまでもありませんが、私はこれに力を得て益々日本語の修得に努めました。

すでに印度から旅行中もパウロについて勉んでいましたが、まだ充分なものでなく、教法の栄光により土地の住民がどのように私を慕っても、善く答え得なかったからです。

この間にも大いに伝道に努め、多数の者に洗礼を与えましたが、印度で考えていた以上に釈徒の障害は大きいものでした。

第一に、日本の仏法が稗史の欺瞞を根本として真理を説くものでないことを示し、我が教法の善く道理と知識に合うことを知らしめようにも、日本人は釈僧を神使とみなして容易に肯定せず、この徒の征服なくして聖教の弘布は難かしいことが解ったのです。

されば、これらの僧に接し論破するにしかずと考え、鹿児島地方の仏僧の長官である忍室《にんじつ》和尚と親しくなりました。この寺院は大守の直轄に属し、百名近くの役僧が住み莫大な収入がある上、住持は大守及び高臣の帰依を得ている高堂ですから、相手として不足することはなかったのです。

忍室和尚は八十才の高齢に達する愛すべき個性の持主で、我等の教理にもよく耳を傾けますが、彼の説く所は全く雲を摑むようなもので話になりません。

「禅とはな、公案という一つの問題に意識を集中すること。世界の一切がその中に呑みつくされ、最後に意識と公案だけが残る。そしてたちまち公案は意識を呑却して、意識は公案を呑却して、何もかもなくなる。一種の無意識であるが、これを三昧《さんまい》という」

と言って澄ましています。まるで、何もかも食べつくした二匹の蛇がお互いに食べあって、世界も何もかも無くなってしまったというギリシャ神話みたいに馬鹿げた事ではありませんか。これでは、いかな尊師とて理解に余るものでしょう。

和尚は、私の不可解な表情を見て次のようにも言います。

「今、この杖が竜となって世界を呑みつくしてしまえば、山や川は何処から出てくるのか。これぞ絶対無の消息である」

何を言うのか、理解に苦しみます。大なる奇蹟を示したモーゼでも、このような無茶は言わないでしょう。

すると和尚は更に、

「この絶対無が爆発して、新しい山川が生じ、花笑い鳥歌う。これぞ天地創造であり意識の復活である。この新しい意識の復活によって、すべてが真実となる。この新鮮な意識こそ禅と名付けられる。これぞ、世界の創造主である」

何と言うことでしょうか。かくも曖昧模糊《あいまいもこ》たる論理で創造主を説く無謀さに呆れて論駁すると、老巧な和尚だから、

「信じるも可《よし》、信ぜずとも可《よし》」

と言葉を暈《ぼか》して首を振る始末です。多分、聖教の論理に敵し得ないことを悟ってこのような挙に出たものでしょうが、日本の武士に最も信仰の厚い禅宗の僧さえかような次第ですから、残る仏僧は問題になりません。

このように釈僧を論破し、翌年の始めには、徳名高き貴族の妻女をまじえる百人余の信者に洗礼を授け、耶蘇教大いに振い教堂を建てるまでになりましたが、これとて御主デウスの奇蹟による加護が如何に大なるものであったか申すまでもありません。

鹿児島で顕わされた奇蹟の中で、最も感銘深きものの一つをお知らせしましょう。

当地の富豪が娘の死に心乱れ、釈僧の祈禱を求めてもその効なく、失望して神仏を罵るまでになっていた時、新たにキリシタンとなった知人が慰さめて、天主の祈禱を得れば必ず蘇生するだろうと告げると、父親は藁を摑む思いで私の前にぬかずき、娘が蘇生すれば自分の命を献じ、かつ聖教を奉じますと涙ながらに懇願するのです。

私はこの前夜、教堂の上空に輝く十字星を見ていたので、御主の慈愛を求めるのに躊躇《ためら》うものはなく、早速、フェルナンデスと共に跪《ひざまず》き、御主と基督の栄光《グロウリヤ》を祈禱

しました。

こうして、「あなたの娘は、すでに蘇生したのだ」と告げると、父親は却って不服の色を表し、娘は死んで家に在るというのに、蘇生せりとは何事か、馬鹿にするのも程にせよと怒って立去ったのです。多分彼は、私が死者の側に来て祈ると思っていたのに、我家に来るのを嫌ってよい加減にすましたものと解釈したのでしょう。

ところが家に近づくと、家僕等が喜んで駆け寄って娘の蘇生を知らせ、なお信じ難く思っていた彼も、元気に出迎えた娘を見て狂喜しました。事の次第を問うと、娘は、鬼のために地獄の炎に投げられようとする時、尊き黒衣の僧現われて鬼の手より奪い、魂を元の躰に戻されたのだと答えたのです。

父親は、黒衣の僧とは私の事かと思い、即刻娘を連れて礼に来ると、娘は私を見て大いに驚き、自分を地獄より救ったのはこのお方だと平伏したのです。

私自身娘を扶け起して、これは我等の力ではなく、我等が祈った御主の慈愛に依るものだと告げながらも、内心は喜びと驚きでいっぱいでした。天主が、かように鮮やかな奇蹟を顕わされるものとは思ってもみなかったからです。

このため、父親だけでなく一家眷族こぞって洗礼を受け、日本に於いて死人を蘇生させた神仏はなかった事だと、奇蹟の風聞はまたたく間に国中に拡まり、聖教の威信は著しく増大しました。

尊師諸兄弟に強調するまでもありませんが、奇蹟ほど教法の真正なる証拠となり、異教徒の改宗に力となるものはありません。

されば十二使徒も、奇蹟を武器として万国を征服したのです。これ故、奇蹟はすでに教化された国に無用だとしても、日本の場合は特に有用です。何故なら、この国の人民は邪神をあがめて釈僧の妄説を信じ、困った醜行に蝕ばまれているからです。言い変えれば、これ故にこそ、神は私を日本へ送り、大いなる奇蹟を顕わされるのかと思えます。

このために伝道の成果大いに上り、あれほど覚悟していた日本布教の障害にもあわず、かえって物足りぬくらいでしたが、神は我等の安易さを戒めてか、奇蹟の花開いて多くの実を結ばんとする時、一つの苦難をもたらされました。

仏僧等は、聖教盛んなるにつれて仏陀の信仰日々に薄れ、死活の問題である布施の疎《おろそ》かにされるのがたまらず、団結して聖教を攻撃してきたのです。

迷える人民に、バテレンは悪魔の化身だから、その説教を聴く者は神仏の怒りを受けようぞと威し、途上に遇えば私達を罵詈して瓦石《がせき》を投げ、或いは説教中に悪言を吐いて妨害するなど尽くるところを知りません。

考えようによっては、マホメットの僧徒より悪質な者ですが、これまで逼塞《ひっそく》していた僧侶が牙をむきだしたのも、ことごとく大守島津公の変心に因るのです。

原因は単純なもので、何かの手違いでこの年ポルトガル船が鹿児島へ入らず敵国の平戸に赴き、その領主に薩摩と戦うために兵器を送ったと赫怒したわけです。

仏僧等はこれに力を得て、私達は食を乞いに日本へ渡来した貧困な山師で、このために古来の守護神を放逐するのは道ではない。これによって人心分裂して内乱でも起れば、隣境の諸侯は必ず隙を衝いて攻入ろうし、天下の僧侶も敵方と組んで、薩摩滅亡の因にもなりかねない。いや、その惧れが強いことだなどと言立てるのです。

この時、私が大守の命に背いた覚えはない。またポルトガル商船は利を追って平戸に往ったものだから来年は鹿児島に入るだろうし、その折は侯の意向にそって力を尽そうなど言っても承知しないので、やむなく当地を発って平戸に往くことにしました。

これは困難に会って退くのではなく、これ以上無理を通せば、せっかく入信したキリシタンに及ぶ犠牲が案じられ、また私自身伝道をつづけて都へ上る目的が迫っていたからです。去るにあたっては、日本人パウロを止《とど》めて自著の宗論、基督一代記、其他の訳文などを教会に保管させ、再会を約して諸人に別れを告げました。

退去のことどもは、パードレ・トルレスの書信に詳しいことと思いますが、この旅行中最も印象の深かったものは、薩摩の守将である新納《にいろ》殿の城へ寄ったことであります。

スペインの船長からは、峻嶮な岩山に築かれた難攻不落の城と聞いていましたが、城内は外郭と異り、華麗な館、回廊、楼台など雅やかな宮殿のように見事なものでした。

敬虔な城主は、聖教の奇蹟のことなど聞いていたので礼を以って私達を迎え、家臣一同面《おもて》を輝やかして神の教えを聴き、数日の滞在中、一時に洗礼を請う者十七人を数えることもありました。

城主に奉教の志があっても、島津公の怒りに触れることを惧れて洗礼を受けるまでには至りませんでしたが、家中の武士が尊敬する高徳の家老がキリシタンとなったので、洗礼の条規並びに十戒、主経、詠歌其他経文等を与えて後事を託しました。

ここで日本の武士について、今後伝道の参考になる事を伝えておきましょう。

新たに信者となった博学清廉なる武士が、「もし君主が、天主教をすてよと命ずれば、どう答えるか」と問われた時、

「主君は必ず、家臣に対し忠節を尽くし家を忘れることを欲し、また家臣が、仁愛、忍耐、信義の武士たることを希まれましょう。されば、家臣に命じて天主教を奉ぜしむることです。耶蘇の教は右の善事を家臣に説くものだから、主君が信仰を禁ずるのは不忠、不正、反乱を勧むる事に等しく、もし家臣が天主教を奉ぜなければ、主君は家臣の忠節を頼むことは出来ず、家臣もまた自らを頼むことは出来ないのです」と答えたのです。聞くべき一言ではありませんか。

日本に於ける武士道は、ヨーロッパの騎士道に等しいものですが特に目立った徳目は「権威に対する忠誠」という点です。

すなわち、己れを鍛え、己れを慎み、己れを殺して主君に仕え抜くことを至上命令と心得、雄々しく実行するのが真の武士とされます。

奇しくも、我等が聖教の真諦と一致するものではありませんか。我等とて命を尽くして御主に仕えるものだから、武士の心中には聖教を受納する素地の出来ていることは明らかであり、これらの武士こそキリシタンの中核となる者だから、彼等を導くだけの学識ある高徳なパードレの渡来を望む次第です。

さて、この城を去って海路平戸に達した時、ポルトガル人達は祝砲を発してラッパを吹き、あたかも戦時中のように軍旗を掲げ幕をめぐらして歓声をあげました。平戸の領民も尽《ことごと》く港に出て、盛んな歓迎に驚いたようです。

平戸領主松浦隆信公は、ポルトガル人のすすめで礼を厚くし、かつ敵対する島津公を怒らせようと、即時領内へ天主教の宣布を許しました。このため、城下に出て説教すれば集る者市をなし、二十日に満たずして洗礼を受ける者は鹿児島の一年の成果より多さを数えました。

一方、イルマン・ピント等は、日本の諸侯が兵器を好むのを知って、入信した家中の武士に大砲《バンカラ》、石火矢の秘法を伝授して大いに大守を満足させましたが、神は更に

野心に憑《つ》かれた領主を導かんとしてか、一つの不思議を顕わされたのです。

松浦公と共に高浜の城に招かれて講話中、城主より大守に贈られた白珠が消失しました。この間、高楼中誰一人他出しなかったことだと、城主はじめ同席の武士達が色を変えてその身の潔白を証し、厳しく犯人を求めた折、私は前夜、平戸水門上で見た十字星を思い出しました。この時、「白珠は水門に移されん」という天上の声を聞いたのです。その時は何の事だか判りかねましたが、こうなれば何の躊躇するものがありましょう。早速、白珠は平戸城下の水門に在る旨を告げたのです。一同は、たった今消えた白珠が、七里余離れた平戸にどうして在り得るのかと不信の色を示しました。無理からぬことです。ではと、念のために早馬をだしたところ、丁度高浜の城で白珠が紛失した頃、平戸城下の水門で美事な白珠が発見され、如何なることかと話題になっていたところだと告げるではありませんか。果して、持ち帰った白珠は松浦公に贈られた物に相違なく、聖教の威光を見た一同の者は、余りの不思議に啞然としたことでした。

こうして白珠は、クルスの御珠として評判となり、更に多数の信者を得ましたが、異教の本城たる都へ上ることを思えば長い滞在は許されず、パードレ・トルレスを留めて、十月二十五日平戸を発ち、博多から水路百余里を経て山口に向いました。

山口は往来の盛んな賑やかな城下町ですが、醜行は富より生ずる譬《たとえ》、住民は邪教の悪風に染り、辻に立って説教すれば、物珍らしげに集っても聖教の真理に耳を傾けようとはせず、仏僧の偽瞞を諭し蓄妾邪淫の悪習を説き及べば、牙をむきだして嘲弄する有様でした。この地の貴族達も侍妾を従え、美服を纏って粗衣を卑む驕慢の風が強かったので、招かれて聖教を講じる場合も、粗衣に臆せず自らを持して尊大に構え、王者の人民に対する威厳と壮重獅子吼の大音を以て対処しました。

何故なら、相手の驕慢を挫く気概で死を恐れず、あくまで大胆不敵に振舞うことが、尊大な日本人を感服させる手段だからです。

このため、領主大内義隆公に招かれて城中に上った時も、殿上貴族列座する中で、盛装せる仏僧の問に応えて聖教の真髄を述べ、フェルナンデスに世界創造の物語及び神の十戒を読み上げさせてから、声を高めて偶像崇拝の罪と邪淫の悪習を論破したことでした。

こうして、男色《ソドム》の罪に及び、このような人間は豚や犬畜生にも劣るものだと論破した時、大守は色を変えて絶句し、いたたまれず席を立ったのです。大守は己れの罪を恥じ、いかに悪魔の助力を得ようと我が教理に抗すべくもなく退去したものでしょう。

一般に、このような邪教の淫事悪風に染った土地で、早急に聖教の善き結果を期待することは出来ませんが、それだけにまた我等が、力を尽くすべき沃土で、実り多き将来の収穫が予想されます。

私達は一月余《ひとつき》、衆人の誹謗凌辱の中で伝道をつづけた後、皇帝及び将軍に拝謁し、日本全国に於ける耶蘇教伝道の認可を受けるために都に向かいました。

山口より都へ至る距離は、僅か百リュウにすぎませんが、この間三月《みつき》を要した苦難の旅行は、フェルナンデスの通信に詳しいこと故省略します。

この旅行について唯一つ私に言えることとは、迷路多き悪しき道、厳冬の烈しい風雪、路銀及び衣類食物の不足、負傷や大寒熱、仏僧の障害など、もし御主の加護がなければ、それまでの命数であったことです。

こうして一五五一年二月、遂に到着した都、あれほど夢みていた黄金の都が、いかなる神の思召しによってか、長年の戦火に焼尽くされた幻の都にすぎなかったのです。崩れ落ちた廃屋や大路に、昔の面影を止《とど》むるものとてない、今は無残にも荒れ果てて鳥の声さえありません。戦国の世とて、諸侯起って盛大なる時、皇帝将軍に実権なく、唯の名目だけで逼塞している状態なのです。

私は、それでも皇帝に拝謁したいと思い、見る影もなき宮廷を度々訪ねましたが、彼等は形骸に過ぎぬ身をもってなお見識を重んじ、粗衣ゆえに私を擯斥《ひんせき》し、六百エキユの莫大な金を求めて垣を作る始末でした。

私は、大金を以て霞を買う馬鹿馬鹿しさに呆れて退散しました。たとい、ここに大金があって、日本全土の布教を購っても、どうして実権のない皇帝の認可が各地に力を及ぼし得ましょう。聖教の貴重な資金は、実のある伝道にこそ費やすべきものと心得、街頭に立って説教しましたが、これとて戦乱騒擾の都にあって人心を収攬《しゅうらん》する期待は持てず、他日を期して一旦平戸に帰ることにしました。

さて、平戸に戻ってから、同地に残したパードレ・トルレスと相談の上、再び山口に往くことにしました。山口こそ日本に於ける京都に次ぐ都で、ここより聖教の栄光を公布することが緊要だと思えるのです。

これで一応日本の事情が明らかとなり、山口より本格的な伝道となること故、仏僧の妨害も烈しくなることと思えますが、伝道の対策と渡来するパードレの心得のために、つづいて詳しい報道を送りましょう。

我等の御主デウスの慈愛と尊師の聖なる祈りにより、我等の伝道に栄光を与え給わんことを。アーメン。

一五五一年五月二日　平戸より
基督における親しい兄弟
フランシスコ

一五五二年七月二十日　ゴアより、パードレ・メストレ・フランシスコ・ザビエルが、ポルトガル地方長官パードレ・メストレ・シマンに贈りし書翰。

一五五一年五月二十七日、平戸より山口へ出発しましたが、その前に困ったことを押付けられました。

この時、パードレ・トルレスやポルトガル人達は、日本人は外貌より人を判断し、粗悪な衣服を軽蔑するものだから、少しはその風習にならって美服を用い、耶蘇教の威厳と盛大さを知らせる必要があるのではないかと言うのです。


私が頷かずとみるや、更に耶蘇寺院においてすら秘訣の際には盛装し、また人民の尊敬を受けるために高僧もきらびやかに身を飾るものではないか。いわんや、現世の富と美を尊重する人民に対して、乞人《こつびと》の如き状態で説教してもその心を得るどころか、かえって日本の富を求めて渡来した乞食僧だと誤解しようとまで言うのです。

何といえ、私にとって、神に仕える身の「聖なる貧約」をすてるのは忍び難いことです。これまで、いかなる場合も、物ではなく心によって民心を得ています。かの十二使徒にしろ、錦襴をまとって王者の門を叩いたでしょうか。もし十二使徒が、十字架以外の物によって伝道に従っていたら、耶蘇基督の今日の栄光はなかったものと信じています。

ところが、「聖なる貧約」によって皇帝の門を閉ざされ、人民の誤解を招いたのも事実ではないかと更に言立てるので、私は苦慮の末、伝道の速かならんことを願い、御主に一時金糸を用うる許しを請いました。

再度の旅行にはトルレスを加え、皇帝に捧呈しようと用意していた印度総督とゴア司教の親書の他に、日本人の見たこともない望遠鏡、洋琴、時計、ギヤマン、絵画、小銃等十三種の珍品を贈ったところ、大内公は非常に喜び、前回とちがい丁重に歓待し、私の美服を眺め「生き仏を見るようだ」と嘆息までもらすので、全く面映い思いでした。

この時、贈られた黄金と大刀を辞し伝道の認可だけを求めると、大守は、我国の仏僧は金銀を求めて飽くことを知らないのに、我等が絶えて金銀を欲しないのは、さだめし真神の使いに相違ない事だと大いに驚き、直ちに城下に掲示して伝道を許し、家臣有志の信仰を認め、耶蘇教に対する妨害を堅く戒められたのです。

この上、廃寺となっていた大道寺を与えられたので、忽ちあらゆる階層の訪客がつづき、昼夜を問わず質問攻めにあい、休息の時間もないほどでした。

これによって、尊師も、大守の認可が日本伝道上如何に重大なものか察せられましょう。領主の歓心を得るために、武器や欧州の珍らしい品々など十分用意する必要があります。

といって、まだこの時は好奇心のみ強く、信仰に踏みきる人は少なかったのですが、遂にフェルナンデスの忍耐が、頑迷な民衆に真神の尊さを示したのです。

何時ものように、フェルナンデスが賑やかな町角で説教していた時、一人の青年がにわかに嘲笑し、説教を妨害した上、側によって唾を吐きかけました。聴衆は青年の暴行を怒りましたが、フェルナンデスは少しも騒がず、静かに手巾で顔を拭って話をつづけたのです。聴衆は、これこそ真の神に仕えるものの姿だと、彼の忍耐と寛容の美徳に感激し、とくにその青年は説教の終るのを待って直ちに我等の家を訪ね、罪を悔い改めて洗礼を求めた程です。

これ以後、洗礼を請う者陸続とつらなり、山口布教中二ヶ月で五百人の信者を得ました。これを思っても、日本人は外貌から人格をはかり、品行によって宗旨の善悪を判断することが明らかですから日本へ派遣されるパードレは品行公正なる人物を必要とします。

付記すれば、日本人中学者多く、道理に服し、好奇心も強いものですから、パードレは天文地理等科学に精通し、高度な難問にも直ちに答え得るほど学識豊かな者であらねばなりません。この点は、以後の仏僧との討論によってよく御了察いただけましょう。

またパードレは、肉体の苦しみ、食物の欠乏、間断なき危険に耐え得る者が必要なることを思えば、老人や経験浅きパードレは向かず、とくに関東のきびしい寒気をしのぎうる北欧出身のパードレが適任でしょうし、派遣されるパードレの選定には、尊師等の深い考慮が肝要のことと思います。

さて、この間私達は、半盲の琵琶法師を得ました。まだ若くて容姿の冴えない流浪の詩人ですが、神が我等に遣わされたとしか思えないほど、総明で弁舌爽やかにして学識もあり、我教義について深刻な質問を発し、その答えに満足してバプテスマを受け、私はこれにロレンソという法名を与えました。

他に、我等との問答から、仏教に疑問を感じて入信した若い僧侶や修業中の少年達、思慮深き貴族など、信者も日々数を増していきましたが、これとて神の奇蹟なしては行い得なかったことでしょう。

これまでの伝道地、印度その他に於いて顕わされたよう、聖水と十字架とを以て各種の病気を治し、聾者に耳を、唖者に言葉を与えた上、神は更に新たな不思議をお示しになったのです。

大道寺の教堂で説教中、信者の持物が度々紛失するので、不心得者が交っているものと思い、良心を試すためと信者一同に聖水を与えたところ、一人の男が息も絶えなんと苦しみ始めました。

奇妙なことに、その男が涙して胸を押えるので訳を訊ねたところ、信者を装って盗みをつづけていたと許しを請うのです。私がその者の懺悔を認め、神の慈悲を祈って新たな聖水を与えると、忽ち生色を戻して元の躰になったのです。

また、城下の無頼漢が十字架を盗んで桶を作り、聖教を嘲弄して足を洗ったところ、一夜にしてその足が腫れ、衷心より神の許しを請うまでは、大の男を輾転させる激痛が去りませんでした。

聖教の盛大なるにつれて、私達が仏教の発祥地である天竺からまた新しい仏教の一派だとみなしてか、仏僧各派は、天主教を己れの宗旨に近いものだとして、自派の勢力拡大に利用しました。真言宗派は「大日」と合致するものだと解釈し、禅宗派は黙想によって到達する「本分」の境地と、法華宗派は「妙」、浄土宗派は「阿弥陀」と同じものだと言立て、耶蘇の体系を認めようとしないのです。

中でも真言宗派の僧侶は、私が布教の便宜上「大日」の用語を使ったことから、「教法の内容は彼我同一なり」として、私を同派の寺院に招いて歓待したほどです。

ところが私が聖教を説くと、僧侶達は基督の復活等を夢物語だとして哄笑するので、彼等の説く「大日」との本質的な差を明らかにし、以後ラテン語の原典のまま「デウス」と呼ぶことにし、フェルナンデスに命じて「大日を神として祈るなかれ」と説かせました。

こうして、度々の討論により仏教との根本的な差異が明らかとなり、猛烈な攻撃を受けるようになったのです。

仏僧等は一転して、「デウスは大嘘《おおうそ》だ。日本でデウスを拝めば日本は滅びる」とまで喧伝しましたが、これも仏僧の依って立つ布施の減少がこたえたせいかもしれません。

仏僧は、不滅の幸福を受けるためには、生物の殺傷及び飲酒、窃盗詭言、姦通等を行ってはいけないと五戒を教示し、仏神は俗人が五戒を守り得ないことを察し、俗人は仏僧のために壮麗な寺院を建てて布施を与え、仏僧は俗人に代って五戒を守るように命じられたのだと言っています。

なお仏僧等は、人が如何なる罪を犯しても、仏僧に布施すれば救われ、たとい地獄に堕ちても、仏僧の読経により浮び上るのだと甚しい妄言を用い、婦人は生来罪深き者であるから、寺院に財産の過半を寄与する以外に幸福になる道はないのだと、莫大な布施を強要しているのです。

以上のことは、人民の無知につけ込んだ甚しい詐偽と言わねばなりません。こうして先ず、貴族達が耶蘇の教理によって迷心を解き、仏僧への布施を止めたので解散する寺院も多く、仏僧は次第に威名を落す一方、私達に対し必死の攻撃を仕掛けてきたわけでもあります。

ここで受けた難問の一例をあげれば、先ず、「神の性は善か悪か」と仏僧は訊ねます。「神は純善で、善の源である」と私が答えると、「神の性が善で憐れみの心で人間を作ったのなら、何故人間が悪を行い、悪を行うように作ったのか」と糾《ただ》してくるのです。

「デウスは万物を善くお作りになり、人間が悪を認識し斥けうるように、明らかな智力をおもたせになった。だから、もし人が悪を行なえば、デウスの道理に反対のことをするのだから、自分自身を悪くすることになるのだ」

と答えることにしています。このような問答の後、彼等はきまって悪魔の問題を持出してきます。

「悪魔とは何か」

「それは、ルシヘルとそのほか傲慢のため光栄を奪われ、デウスに仕えることが出来なくなった多くの天使である」

「悪魔は何故人間を誘惑し、禍いを加えるのか」

「人間はデウスの光栄にあずかるために作られたものだが、悪魔は傲慢のためにそれを失った。そこで悪魔は人間を妬んで、人間も堕落するように、人間を欺こうと骨を折っているのだ」と答えると、彼等は得たりやおうと、次のような質問を投げ掛けてきます。要約すると以下のようなものです。

「パードレが説くように、神の性が善で憐れみ深いものならば、何故万能のデウスが悪魔の存在を許し、人間を悪に堕しいれ禍を加えるのを許しているのだ」

「デウスは憐れみ深くて、そうするのが人間に有利であると知っていらっしゃるからそうなさるのだ。何故なら、悪魔が人間を危険に陥れ、地獄へつれ込もうとしていることがわかれば、人間は地獄を恐れ、また自力の足りないことを認めてデウスに祈り、神の恵を受けようと願う。もし、悪魔の誘惑がなければ、この世の危険や地獄を恐れず、自分たちを造って下さったデウスを崇め祈ることもないから、永遠の栄光の報いを受けるに価しなくなる。すなわち、良質の金は火中に精煉されていっそう精純に見えるように、人間も誘惑や艱難の試練をうけてはじめて天使たちから認められ、御主のより大きな栄光を受ける。ところが、人間が悪魔に誘惑されることがないと、美徳もわからず、善人と悪人の識別もつかなくなるのだ」

このように、次々に持ち出される難題を論破していくうち、さすがの仏僧達も道理では敵し難しと悟るとなおデウスに対して憎悪を抱き、私達の生命を狙う直接行動に出てきました。これらの大なる危険も、御主の加護並びに奇蹟によってのみ免れ得たことは、次の一例によってもお判りいただけましょう。

朝、私が寝室より出てくると、パードレ・トルレス達が駈けより、私の膝を抱かんばかりにして前夜の奇蹟を喜び合います。私が何のことだと訊ねると、従者のローペが昨夜の危難をお忘れですかと奇妙な顔で、驚くべき不思議を告げたのです。

昨夕刻、真言宗の仏寺より使があって、教義について質問したいことがあるからと、私の来院を求めてきた。ローペは、その真意を怪しんで私に止まるようにと助言したが、ここで邪教を惧れて来院を拒めば、聖教の威光の程を疑われようと、直ちにローペをうながして出掛けたのだと言います。

寺院では、仏僧等が物々しい表情で私達を迎えて奥まった離室に通しました。ローペが不安を感じて室外に待機するうち、周囲の建物の影にちらつく武器を持った僧侶達を認め、危機を知らせんと離室に飛込んだところ、私の姿がなかった。別に隠れる場所もない室のことだから、確かめるまでもないのです。

室を出るとなれば、障子を開ける他はないが、外に待機しているローペや見張りの僧侶の眼をかすめて脱け出すことはとても出来るものではない。といって、他に出口はないのです。ローペが、私を求めて騒ぎたてると屈強な僧侶達も驚いて室に駈け上り、バテレンは天狗の化身かと啞然となった。

どう考えても、気負い立つ僧侶のひしめく寺院の、更に厳しい監督下にある奥の離室で突然消失したのは、人智を超絶した神業としか思えなかったのです。僧侶達が聖教の威光に呆然となった間を抜けて、ローペは駈け戻った。

御主デウスの加護により、私がすでに戻っていることかと室を覗くと、果して私が、お休みといつに変らぬ挨拶を交して寝台に入ったと言うのです。

これを私自身覚えないといえ、信徒や仏僧等の驚きようからして事実に相違なく、すべては御主の思召しによることであろうと、信者一同に新たな奇蹟を告げて聖教の感激を深めたことでした。

こうして、山口の伝道は軌道に乗り、耶蘇教は日々隆盛の一途をたどりましたが、この時、豊後《ぶんご》に入航していたポルトガル船から、私の帰来を促す書信と、大守大友義鎮公の丁重な招状が届けられたので、パードレ・トルレスとイルマン・フェルナンデスに後事一切を託して山口を去ることにしました。

涙を流して別離を惜しむ信徒を残すのは辛いことでしたが、私としては、一旦印度に帰って日本派遣のパードレを選抜し、日本を完全に教化するには、先ず日本人が模範とする支那を征服しなければならないと考えられるので、その便船を問合せていたのです。

山口から豊後まで六十レグリ余り、三人の従者と共に陸路険阻な山岳地を過《とお》り、数々の苦難を経て、同地に着きました。

この時船長ドゥアルテ・ダ・ガーマは、ポルトガル人全員を従え盛装した騎馬隊で私達を迎え、船には大儀式の華麗な敷物を掛け、大小の旗を飜えし、祝砲を連発するので、府中にいた大友公は海賊等かポルトガル船を襲ったことかと、直ちに救援の兵士を馳せたほどでした。

隊長の若い武士は、ガーマ船長から事の次第を聞いて大いに驚き、「殿に何と申し上げたらよいだろうか。仏僧はパードレのことを絶対に聖人でなく、悪魔と親しく交わり、城を崩し幻術を使って愚民をまどわす妖術師だと言っています。また貧乏で虱がたかり、肉を食うので臭気がひどいなど盛に喧伝していますが、今度は仏僧も信用を落とし、殿の御前から退けられましょう。たしかに、あなたがたがこんなにお祭り騒ぎして迎えるのだから、おっしゃる通りだと信じます」

この武士が立去る時、更に十五発の礼砲を連発すると、すっかり感激して、

「ポルトガル人たちは、東洋の財宝を満載するより、このパードレ一人を得るほうが幸福だと言うが、余程偉い人らしい。たとい貧乏であっても、金持の商人を命令通りに従わせ、礼砲をとどろかせるのだ。あのように質素な衣服を用いているのは、金儲けばかり考えている世の人を、軽蔑しているからではないだろうか」

と同行の老人に言ったそうです。

この挿話こそ、「聖なる貧約」の功績を証《あかし》するものではないでしょうか。パードレが、「聖なる貧約」に従うことで一時の誤解は受けても、何時かはこの若い武士にみられるよう、より深い理解と尊敬を受ける基《もとい》となるのです。

なお神は、この時すでに奇蹟を顕わされて、私の豊後入りを励まされました。港のポルトガル人や住民たちの言葉によると、この二日前、城の上空に十字星が輝き、ゆるやかに旋回して西方の山端に消えたと言うのです。

ポルトガル人達は、神の祝福がこの地にもたらされる前兆であると告げ、住民たちはこの不思議に驚き、私の来入が果して真実なるものかどうか待ちうけていたのです。

このためか、私は盛大な迎えによって城に入り、かつてないほどの歓待を受けました。貴族に導かれて大守の居室に入るや、直ちに立上って私のもとへ進み、三拝叩頭の礼をもって席をすすめられたのです。日本の諸侯が神の如くあつかわれ、正視さえ憚られる尊大さを思えば、これが尋常の待遇でないとは尊師も察せられましょう。

更に大守は、私の説法に感激して傍《かたわら》の弟君を顧み、曖昧模糊たる仏僧の諸説にくらべ、このように高邁で道理に合った説は聞いたことがないと讃嘆し、また日本の諸侯は敬愛する人と対食するのが喜びだとして、貴族家臣、ポルトガル人の居並ぶ中で、自ら皿を執って私にす

すめるなど、これほど心からデウスの教えに好意を寄せ、パードレやポルトガル人にこれほど親愛を示した異教徒の王は、これまでの日本国中では見られないものでした。

大友公は、まだ二十二才で賢明にして礼節ある名君ですが、日本諸侯の通例として女色の習慣があり、五官の楽みに耽溺すれば神の門に入り難い事を説くと、忽ち悔悟して罪悪の根元となる者をことごとく殿中より遠ざける決意を示されたのです。

こうして、大守の不徳を除いた後は先ず、貧民に仁恵を施すべきだと勧告すると、面白いことに、まだ仏僧の虚説を信じて次のように問われるのです。

「貧人は、神がその人の罪を罰してその境涯に落したのだから、仏神のすてている者を救うのは不正ではないか」

そこで私は、真神の慈愛を説いて、次のように答えました。

「もし、世に貧人がなければ、人間の社会は存立しないのです。商人、農夫、漁師たちがいなければ、物も食料も家も得られず、人間は皆同等に帰して位階等級の別もなく、大守の存立さえ危ぶまれましょう。また人がことごとく富裕になり、貧富貴賤の差がなければ、社会に混乱を生じ、人は安逸に溺れて不徳を生じ、克苦勉励して美徳を生ずることもなくなります。

しかるに仏僧は、貧人を賤《いや》しみ、神の罰を受ける者と言いながら、吾身の貧しさを埋由にし、信者の布施を乞うているではありませんか。もし、仏僧の言うことが真実ならば、仏僧こそ神の罰を受ける最たる者で、とても教えを説く資格はない筈です」

すると大守は、この事理に感動し、貧人の対策に熱心になり、法律上の規則も改正されたことです。この一例によっても、日本人の道理に服する気性は明らかではありませんか。

大守の聖教にたいする熱意と庇護により、府内の人民群をなして聴聞に訪れ、問答によって著名な高僧等の改宗もあり、洗礼を請う者日々増人し、仏寺に人無きにまで至りました。

このため、仏僧の反撃も強烈なもので、次々に難問をもちかけ、ことごとく論破されるとみるや、鐘を鳴らして近隣の僧を集め大評議の結果、府内十二リユを距てた著名な仏寺に在る普唐という日本一の名僧を招んで再び論争し、邪神の力によって私を屈服させようと謀ったのです。

かねてこの僧の学識と名声を聞いていた大友公は、論争は見合わせたほうがいいのではないかと忠告されましたが、私は仮面者流の微力など恐るるに足りませんと対面を求めました。

この傲慢な仏僧は、寺々から学識の抽《ぬき》んでた僧六名を連れて大守に拝謁した後、私と対するや、面を凝視して高飛車に向かってきました。

「拙僧を知っておるか」

私が面会した覚えはないと答えると、仏僧は連れの僧を顧みて苦笑し、声を高めて試問するのです。

「すでに百度《たび》余り会っておるのに、知らぬとは笑止なことだ。お前は、比叡の山で、自分に商品を売った覚えはないというのか。今もその残物を持っておるだろうが」

私は、この僧が精神移転の説を信じて、私の前身を賤しい商人になぞらえたいのだと知って、次のように答えました。

「比叡の山も見た覚えはないが、もし記憶が乏しいというのなら回想もしよう。具体的に言って欲しい」

すると仏僧は得たりと膝を進め、

「今を去る千有五百年余比叡の山にいた折、お前は、絹羅紗百端を高い価で自分に売りつけた事を覚えないと言うのか」

そこで私は厳しく反問しました。

「そう言うあなたは、何才なのか」

「五十二才になる」

「わずか五十二才にすぎない人間が、どうして千五百年前のことを知っているのですか。まさか、日本の歴史を知らないとは言えないでしょうね。日本諸島に人の住みついてから未だ千年に過ぎず、それ以前は無人島で、ことに比叡の山が開墾されたのが遙か後のことだとは、歴史において明らかなところではありませんか」

仏僧はこの詰問につまりながらも、なお驚いた表情を見せず、今からお前の知らないことを教えてやろう。先ずお前は、この世界に終始なき事。人間の精神の不滅なる事。死の身体にのみ力を及ぼし、精神には力を及ぼさない、この三事を認識すべきだ。更に精神は、一度その髄を離るる時は他の体に移転す。善人の精神は、賢聖、王者、富者、僧侶に入り、悪人の精神は罪によって獣身に入る。

また人間中才智勝れた者は、精神の秀れた記憶力で、古今の細事までことごとく記憶している。しかるに精神愚鈍なる者は、記憶と判断力に乏しく、何事も記憶出来ない。

すなわち、お前の精神はこの類であって、自分と会ったことも忘れてしまったのだと、愚にもつかない理論で押さえつけようとします。このようなことは、仏僧等のよく用うる詐術で、日本渡来のパードレはよく心得ておく必要がありましょう。

私が世界に不滅の生物の在りえないことを科学によって証明し、更に精神移転の説を論駁して仏僧を追詰めると、こうした僧侶によくある例で、次のように反駁してきます。

「では、精神とは何か。お前たちのデウスは、如何なる材料から精神を造ったのか」

「デウスが世界を創造したもう時、デウスは何の材料も用いず、原素や天その他をお作りになった。これと同じで、精神もただその御意によるだけでお造りになったのだ」

すると、偶像教徒の常として、

「では、精神は如何なる色と形をもつのか」

「精神には色も形もない。何故なら、色や形は物に特有なものだからである」

「精神に色がないのなら、それは無ではないか」と結論づけるので今度は、こちらから反問してやります。

「世の中に、空気はないか」

「無論、ある」

「では、空気に色はあるか」

「ない」

そこで、

「物質的なものでありながら、空気に色がないとなれば、形体のない精神にどうして色がある筈があろうか」

と答えると、さしもの僧侶も言葉に詰って頷かざるを得ないのです。

この論争にみられるよう、さまって仏僧等がもちだすのは、造物主デウスならびに精神の存在と不滅についての諸問題であり、悪魔のことともなると、万能のデウスが悪魔の存在を許し、人間を悪におとしいれたりするのかと突込み、この後、普唐僧の質問にもあるよう、そんなに有難い教えなら、何故デウスははじめから日本に知らせなかったのかと糺してくるのです。

このような質問に、我等は直ちに答えなければいけません。遅滞は許されないのです。

そして仏僧の中では、とくに禅宗の僧侶がもっとも哲学的な理論を備え、日頃思索的訓練が出来ているので、かなり高度な質問を発し、納得いくまで議論をつづけます。それだけに、日本派遣のパードレは、高い学識と機に臨み変に応じ得るだけの才智ある人物を要するのです。

とくにこの普唐僧は、邪宗徒の首長だけに、神の加護がなければ答え得ない程の難題を吹掛けてきましたが、更に論破していくと遂に身近な難問を起し、

「何故、耶蘇教は、日本全土で崇拝する神仏と神の名誉を争うのか」

と糺してきました。

ここで私は、耶蘇会の真理を証明し、偶像教徒の迷妄を破る好機会だと思い、万物の創造主デウスの原理を説明しようと考えましたが、同坐する人達に幾何学や理学等、欧州の科学を理解するだけの論理的素養がないことを考えて、明らかな道理を用いて説明しました。仏僧の言うように、世界が自ら成立したのなら、万物の霊長たる人間も自ら成立したことになるが、人間が他物より原由を受けているのは明らかではないか。即ち、偶然に生ずる物は原物がなければならない。

万物能く変化するとしても、唯その形を変えるのみで、原質は常に変ずることがない。故に、原物なければまた物を生ずべき原因もなく、無より偶然に物の生ずる道理はない。

また偶然によるものは、順度、定度、堅固さの何一つとて無いが、世界より順序正しく、かつ確乎不変の物はないのだ。

例えば、旅人がたまたま森の中で精緻な宮殿を見れば、当然誰が作ったものかと訊ねる。この時、他人が、この宮殿は山崩れにより岩石累積して偶然この宮殿が形成されたのだと答えれば、旅人はその者を狂人と思うだろう。

即ち、物質、形状、秩序、美しさや各部分の運動の規則など、驚異すべきこの宮殿こそ最大の宮殿というべきであって、もしこの宮殿が造物主の手を経ず偶然生じたものと言うものであれば、正に愚にもつかぬ妄言である——と説き、天体の広漠な事、日日の運行、四季、海潮、動植物の性状等をあげて人体論に移り、中でも完璧精緻な人間は、限りなきデウスの智力以外に造出しえないことを証明すると、同席の人たちは感動して、私の説が正しいのだと叫びました。

この時、普唐僧は、やむをえずデウスの存在を承服しましたが、今度は、

「何故、諸々の神の存在を否定するのか」

と糺してきました。

簡単なことです。諸々の神、即ち衆神の存在は真神の存在を否定する事、即ち、もし衆があるとすれば、神々は相互に従属するか或いは互いに独立する他はない。これで神々が互いに独立するとなれば、何れの神も真神ではない。何となれば、万物の支配者である真神の本質に背くからである。

また、神々が相互に従属する時は、何れの神も支配者になり得ず、元々独立物である神の性質を拒む道理だから、何れの神も神としての性質を失うのである。

また、衆神あって相互に区別出来なければ、神々は数体ではなく一体となる。また、区別出来るとなれば、神々は他の神々の所有しない個性を有するものだから、善と完全を備えた真神とは言えないことを論証すると、人々は私が議論に勝ったのだと判定しました。

こうなっても普唐僧は不服な様子を示しましたが、大友公が、声高にこの議論の勝負はすでに決したのだから他件に移るよう命じられたので、

「何故、仏僧にたいする布施の功徳を否定するのか」

と遂に、最も関心の深い問題を持ちだしたのです。

この時、私は、仏僧の詐術を明らかにするよい機会だと思い、遠慮なく回答しました。

先ず、仏神が真神ではないことを証明してから、仏僧の布施は財産を詐取するための策略であって、勿論功徳などある筈はなく、来世に通用するのはただ仁徳だけなのだ。

精神は不死の精霊だから、一度肉体を離れれば衣食の必要はなく、天国に導くために人間を作られた神は、富ではなく生活の清浄さによって精神の平安を帰着なさっている。

ここでもし、富者以外に精神の平安を得ることが出来ないとなれば、神は人間に無数の罪源をもたらされたことになろう。何となれば、人間は皆天国に到るため、富の獲得に狂奔するからだ。また、人間が貧困を免れ難いのは否定しがたい事実だから、もし、貧者に天国の門が閉ざされれば、神は不正直だということになる。まして貧者は、大抵の富者より罪の少いものであり、それ故に富者より却って徳を愛するという神の思召しに適するものである。

そもそも神は、人間の父として慈しみなさるのだから、人々が幸福を得て天国に達する手段を授けざるを得ず、そのため神が人間に望まれるものは、示された教えを信

じ、かつ守っていくという二事に過ぎない。これは人間が皆等しく受けるものだから、貧富にかかわらず天国の栄光を受ける者は善人なのだ――。

　このように私が論証すると、同座の判定人達は皆富人で、常に貧者を賤視していたのにもかかわらず、ことごとく私の説に賛成し、仏僧の求める布施が民衆の財産剝奪の詐術である事、死者の平安に金銀は無用である事、貧者も富者と共に天国に上れるという三事を承認しました。

　普唐僧は詐術者と断定されたあげく、布施の財源まで否定されたのですから大いに憤慨し、僧侶にあるまじき言動を暴露しました。

　このため同席の貴人が、そのように怒っては名僧の名に恥じ、主張する宗旨も自らの品行によって破ることになる。すべからく論敵である西僧の温和にならい、議論に勝つよりも己れに克つことを以て名誉とすべきではないか、とおだやかに喩《さと》すと、彼はいっそう怒って甚しい暴言を発するので、遂に大守は、お前が僧侶でなければ、即坐に首を刎ねるところだ、と言って席を立たれたのです。

　ところが、普唐僧は治まるどころかいっそう荒れ狂い、門下の僧侶を率いて府中を徘回し、大守達が仏神を蔑《ないがし》ろにするのなら、僧侶は山門に退去して仏門を閉ざすのだと喧伝しました。果してその翌日、仏僧等は府中の寺院をことごとく閉鎖し、ポルトガル人を追い払わない間は、仏神への供養はできかねる旨を掲示しました。大変な事です。

　尊師も、耶蘇教の信徒が日々増大していくとはいえ、古来日本人民のことごとくが帰依している仏徒の数を想えば、この影響が如何に大きいものか想像されましょう。また、これらの大守が聖教を保護しても、自らの洗礼を躊躇《ためら》うのは仏徒の反発を恐れるからなのです。

　仏徒は、神仏の祟りを惧れ、男女隊を為して四方の仏門を叩きましたが、仏僧の決意が枉《ま》げられないことを知ると、今度はやり場のない憤怒をポルトガル人に向けてきました。

　ポルトガル人達は驚いて船中に逃れ、ガーマ船長は直に上陸して私の待避を懇請しましたが、どうして新に洗礼を授けた信徒を見捨てることが出来ましょう。

　今、私が仏徒の脅迫を恐れて遁走するのは敵の思う壺にはまることではないか。殉教は望むところで、信徒の保護を神に命じられているのだから、止まらざるを得ないのだと説くと、船長は落涙して船に戻り、船客と貨物を無事広東へ送るよう部下の船員に後事を託し、自らは府中に止まり私と共に死ぬ決心だと告げました。

神は、危難の時にこそよく信仰の栄光を顕わされますが、この時も、ポルトガル人達は船長の決意に感じ、運命を共にしようと叫び、船を岸に着けて一隊となり私の元に集ったのです。仏僧等は、私達の断乎たる決意に驚き、悪魔の咆哮の如き鐘を夜陰に轟かせて騒ぎ立てましたが、私達は、ただ神の子として全うせんことを祈るだけでした。

こうして神は、新たな試練を与えて私達の信仰を試された後、大いなる奇蹟により仏徒の騒擾を鎮められたのです。

翌朝、急に町の様子が静まったので外へ出てみると、信徒達が押掛けて私の足下に跪き、デウスの栄光を讃えました。

私が何事かと訊ねると、夜中神は、仏僧の襲撃に対して無限なる力を示され、邪宗徒の心胆を寒からしめたのだと言うのです。

その夜中、過激な仏僧等は武器を隠し、私を殺害せんと密かに教堂の周辺を見張っていました。この風雲擾乱の時代、仏僧が自衛を口実に僧兵などという猛猛しい集団を組んでいることは、すでにパードレ・トルレスの通信により御承知のことと思いますが、実際、仏に仕えるという身にあるまじき粗暴さは、今後渡来のパードレもよく注意しなければいけません。

こうして、私がポルトガル人達と最後の祈りを終えて寝室にひきとった頃、僧兵は教堂を出ていく私の姿を認めました。

この時、府中に在るパードレは私一人ですから、彼等がそう思ったのも無理はありません。何処へ、と僧兵等が見守る中を、黒衣のパードレは祈りを小さく唱えながら、暗い道を歩いていった。跡を尾けた僧兵は、周囲に人の無いのを確かめてから、背後より三人同時に斬り掛った。

この時です。黒衣の僧体が夜目を欺くほど燦然と光り、三本の刀は折れ、三人の僧兵は霊気にあたって一瞬にして視力を失い、あまつさえ刀を持った手は一夜にして糜《び》爛《らん》したのだと言います。

神が私に代って顕わされた奇蹟が、仏僧等を如何に驚愕させたか、想像するだけでも痛快ではありませんか。

奇蹟であることに、この噂は一朝にして府中に拡がり、仏徒等も寂として声なきに至った訳です。

奇蹟は、これだけではありません。次に述べることは、喜ぶべき報道とは言えませんが、神は、山口に留めたパードレ・トルレス、イルマン・フェルナンデスにかつてない危難を与えられると共に、限りなき御慈悲によって、真神の大いなる力を示されたのです。

悲しむべきことに、私が去って程なく、山口に内乱が起り、大内義隆公は強剛な家臣陶晴賢一派に城を追われ、痛ましくも火炎の中で自刃なされました。賊兵は城下に満ちて、放火、掠奪、暴逆等至らざるはなく、仏僧等は反乱に手を叩き、

「見よ、我等が予言した通りではないか。この度の災害は皆神怒の現れで、これを鎮めるためには、そもそもの元凶であるバテレン僧を殺す他はないのだ」

と誇らしざまに放言したのです。

このような現象は、今に始まったものではありません。その昔、邪宗徒は、ローマの戦争、洪水等の諸災害は皆キリシタンだと非難しました。しかし、聖教の至らざる前は、チグリス河の氾濫も、ローマの飢饉もなかったというのでしょうか。

全く児戯に等しいことながら、日本人民の神罰を惧れる心は強く、また戦国の常として反乱も珍らしいことではないので、往々仏僧の予言の的中するおそれも多いこと故、我等も充分その対策を講じておく必要がありましょう。

事実、山口の住民は仏僧の威嚇をうけて憤激し、パードレを犠牲にしようと諸方を捜しまわったのです。

この時、パードレ・トルレスとイルマン・フェルナンデスは、信者の家や驚くべきことに敵方の仏寺の一室に導かれたりして危難を脱しました。まさに、賊兵暴民満ちて血眼に捜査する中を、目立った異国の僧二人が命を全うしたのは、奇蹟といわずして何と申しましょう。

このことは直接、奇蹟を体験したイルマン・フェルナンデスの言葉を借りるのがよいと思えるので、彼より私に送られた書翰の一節を尊師に供します。

『この国の僧侶たちは、天狗が偶像を通じて語り、私どもは天狗の弟子であると言ったと言い、また、私どものために天狗が投げた稲妻が、王の館の上に落ちるのを見たと言う者も大勢おります。また、ほかの人たちは、私どもが人肉を喰うと言って、私どもを侮辱し、私どもの信用を失わせようとします。

少数の殿たちがその領国を簒奪しようとして、謀叛の

隠謀を企んで大内殿を弑《しい》したことによって起こった今度の戦争のために、私どもが多少の難儀に悩まされることも、我等の御主の御意にかなうことでした。

八日の間、山口の町は兵火と剣戟とに委ねられていました。というのは、当時盛んに唱えられていた定めは、勝者万歳ということでしたから。復讐のために人を殺す者もあれば、略奪のためにする者もあり、その間中、あるいは、私どもに対していだいている憎悪のために、あるいは、私どもが持っていた乏しい財産を奪うために、人びとは私どもを殺そうとして探していました。要するに、私どもは幾度も大きな生命の危険にさらされていました。けれども、御主に仕えることを望むすべての者に対して、かかる特別の配慮をなしたもう御主の慈悲のこもる御手が、私どもをすべてのことから免れさせてくださいました』

さて、府中の仏僧は、奇蹟によって暴力の無効なことを悟り、大守のもとへ再度の論争を求めてきました。

これは五日間にわたる長い論争となりますが、これまでマホメット僧など異教徒との間に闘わされた議論と重複する所が多いので、主なる個条を今後の参考までに要約して伝えます。

この時も普唐僧は、大守や私共への威嚇のためか、仏徒三千人を城外に待たせ、日本諸派の僧侶三千人より学識秀れた俊鋭六名を選んで私と対決しました。

先ず仏僧は、布施の問題を再び提起しましたが、この件は既に判決したのだという大守の言葉でやむなく耶蘇の教法を問い、次のように糺してきました。

「何故、パードレは耶蘇教以外で救われぬと言うのか」

そこで私は再び、我等の説く神が唯一無二の真神であることを論述し、神は人間の信ずべき事、人間が永遠の幸福を受けるためには、神を崇めその教えを守ることだと明示して、自らの意志を聖人に託して人間社会におつかわしになっている。

すなわち神は、基督はじめこれらの神聖人が神の使いであることを証明するために、杖を以て海水を断ち、岩石より河流を生じ、死者を再生し病者を癒す奇蹟を大衆の目前で顕わされたのだ。こうして偉大な聖人達は、人を救う神と宗旨は唯一のものであり、神は人々の疑念を除くために自らの子を世に降して人間を救済し、天国へ到る道を訓示なされたのであると——。

この時、大友公や貴族達は、ポルトガル人から、私が印度や鹿児島、山口等で示した奇蹟を聞いていたので、深く頷いて同感の意を表しましたが、仏僧等も僧兵の奇禍を認めざるを得なかったので黙ってしまいました。

そこで私は、大守や貴族達に力説しました。この点をよくお考え下さい。日本の宗教に真の宗旨はなく、真神に祈らぬ宗教がどうして人の生を救うことが出来ましょうか。今、私は真神は唯一なることを証明しましたが日本の宗教は衆神を拝みます。また私は、真神は不死不朽の精霊であることを証明しましたが、日本ではこの世に生死する人に神の名誉を与えます。再び言います、実にこれより大きな詐偽不信仰はありません。どうにも神に与える名誉を、人と悪魔に与えて救われるというのでしょうか。

普唐僧は、この説に大いに辟易した様子を示しましたが何とも反論できず、連れの僧と相談してから、悪魔における数々の反問を試み、更に次の個条を糺してきました。

「では、それほど有難い神が、何故人間の罪業を予見しながら防ごうとはせず、また神の御子ともあろう人が、罪人同然磔などになったのか」

言うまでもなく、神は、天使や人間のように霊智を備えた自由物に崇拝されるのを名誉とされ、またお喜びにもなる。もし神が、自由権の性質が善悪に傾きやすいからといって、この使用を許されなかったら、もはや天使や人間は霊物とは言えず、ただ魂のない無力な奴隷に奉仕されることになろう。

といって神は、天使や人間を放置して罪を犯すのを許されているのではない。はじめに、比類なき大罪を犯した天使を罰して賞罰の権を明らかにし、悪魔に欺かれたアダムとイブを救って、限りない慈悲を顕わされている。

ここに神が、許されざる罪に対し、恐懼すべき永劫の罰を以ってされるのは、人間の罪を防ぎ、また従順にするための止むをえない措置である。

たとい、地獄の存在を知って罪を犯す者があったとしても、もしその罪が浮世の罰によって、また仏僧の言うように布施の多寡によって消滅するものとなれば、罪自体治まりがつかず、またこれを犯す者が倍増しよう。

それだけではない。神はもともと慈悲深いお方であるから、人間が自由に溺れ富貴歓楽を欲して罪を犯さないよう、自らの実子を人間に変えて地上に降され、天国への道を教示なさったのだ。

それ故神子は、自らを恭倹、貧約、困窮に処して神の教を説き、人間の罪業を贖うためその罰を一身に背負うて十字架に上り、死後三日を経て昇天なされた。この神子、すなはち耶蘇基督が真の神であることは、顕わされた奇蹟に証しても明らかなことである。でなければ、何で神が耶蘇基督に神異を許されようか。

なお、基督の弟子達がその業を継いで様々の奇蹟を顕わしたのも、聖教の真正なることを証明するためであって、これが疑う余地もないことは、これまでの歴史によって、その年月、場所、事情等を詳しく述べた目撃者の記録によって明らかなことである。

そして、奇蹟の中で最大のもの、実に世界の大半が耶蘇教に教化されたことではないか——と答えた時、仏僧はすかさず突込んできました。

「世界の大半が耶蘇教に教化されていると言うが、事実に相違ないか」

「相違ないからこそ、我々は残された日本の伝道に来ているのではないか」

「では聞くが、何故お前等の説く万能のデウスが、他国を開明した後も長く、日本を蒙昧《もうまい》の中に放置していたのか」

「放置なさってはいない。デウスは世の始めから自らの教えを、人間の悟性の中に明かされている。勿論、日本もその例外ではない」

「莫迦な妄言はつつしむがよい。日本にまだデウスの教えが明かされていないからこそ、お前たちは日本に来たのだと、今言ったばかりではないか」

「では言うが、日本が支那の宗教を受け入れなかった前は、人を殺し物を盗んでならぬ事、その他デウスの教えに合致する諸々の事を自然に体得し、各自の経験に照らしてそれが真理であることを知っていた。これこそデウスの教えに他ならないのだ。このように神は、教師に学ばなくとも、はじめから自らの法を人間の精神に銘記なさっている。

たとい、国法宗教を知らぬ野蛮人でさえ、神の十戒を破って隣人に害を加えることは罪悪だということを必ず善悪の識別によって知っているものだから、文化の開けた民族については言うまでもないことである。

すなわちデウスは、自分が他人から望むように、隣人に対しても振舞うならば、その人がデウスの教えを知らなくても、救いを得る光明をその人の心に与えられるものである。

ただここで心しなければならぬことは、人間が自由権をほしいままにして淫楽に耽り、神の教えをなおざりにする傾向が強いから、神の子基督を降して真法を明示し、また日本におけるよう、邪宗に毒され過った道に進むことを憂えて、我等をお遣しになっているのだ」

このように私は、神の加護を得て数々の難問を論破しました。普唐僧は圧倒されて切歯扼腕すれども言葉なく、ことに痛快なのは、仏僧等が宗派を異にしていることから、宗説について異論を生じ、互いに激論し闘争になりかけ、大守の仲裁によってようやく止ったほどでした。

こうして議論は五日に及び、仏僧等は種々耶蘇教を排撃しましたが遂に及ばず、大守達の裁定により聖教の勝利を得、耶蘇教の名誉は大いに揚がりましたが、貴族達の入信は僅かなものでした。

しかし、これは当然なことかもしれません。大守自ら入信の意を公にしないので、何事も主君の例に倣う家臣の常として、入信をためらっているのです。また、日本人が幼い時から馴染んだ不倫の習慣を断てない故《せい》もありましょう。

しかし、私は、この度の論争が、異教徒の心に入信の芽をおろしたのだと信じています。いずれ豊かな収穫が期待されましょうし、またその萌《きざし》が見えてきたのです。

この論争の間に、ポルトガル船の艤装も完了したので、大友公に別れを告げ再び聖教の栄光を説いたところ、大いに感ずるものあってか、両眼に涙をうかべて私の手を執られるのです。貴族達も、大守の落涙に驚愕し、神の威光に感じ入った様子でした。

さて、私は、昨年十一月、欧州行を熱望する日本の信徒、ベルナルド、マテオスの二名を連れて豊後を発ちました。ゴアでは、日本派遣のパードレの選定等残る務を終えれば、直に支那へ向おうと思っています。

支那こそ、異教仏教の本源で、日本人もことごとくこれに見習い深く帰依していることですから、先ず支那の異教徒を征服することこそ、日本教化の最善策でもあるのです。

次の通信は御主のお導びきによって、広東から送ることになりましょう。

我等の御主デウスの恩寵と愛が、いつまでも尊師を援け護り給わんことを。アーメン。

一五五二年七月二十日　ゴアより

キリストにおける親しい兄弟

フランシスコ

第三章

一五五一年十月七日　イルマン・メンデス・ピントが豊後より、ポルトガル王室長官ドン・ヘンリケに贈りし書翰。

閣下の御内命により、サンパウロのコレジヨにおいてイルマンとなり、ザビエル神父に随行して日本へ渡ることにしました。

ザビエル神父は、すでに「奇蹟の僧」として名高く、印度において顕わされた数々の奇蹟によって、大いに伝道の成果をあげましたが、その熱烈な殉教精神もまた、伝統の騎士道精神によるものではないでしょうか。

神父は、宗門に入る前、ナワーラ国ザビエル城主ファンの貴子であり、その肉体には勇猛果敢をもって名高きバスク族の血が脈打っています。

私は、神父の伝道精神、すなわち異教徒に対する限りなき征服欲を知る時、かの異国制覇の大望に殉じたアレクサンダー大王の事績を偲ばずにはいられません。

閣下がよく御承知のように、騎士道の第一の徳目は「君主に対する忠誠」であります。

己れを鍛え己れを慎み、勇気仁俠を貴んで君主の命を雄々しくも実行するのが、騎士の名誉となります。

神父は、この精神で御主デウスに仕え、異教地でいかなる危機に遭遇しようとも、烈々たる気魄と勇気をもって臨むことになるのです。我々は、神父の敢闘精神には度々泣かされました。もし、神の思召しがなければ、凡庸な我々はとても神父に従いていけなかったことでしょう。

このようにザビエル神父は、信仰、学識、難問も立所《たちどころ》に解決する限りなき能力、また大いなる奇蹟等々、他に比類なき宣教師ですが、余りにも明快な信仰や己れを信ずる強さが、異教徒の微妙な心理をこばむ単純さともなってくるのです。

ここで、日本征旅において目撃した不思議、数々の大いなる奇蹟を単純だなどと申すのではありませんが、神が神父に付与される奇蹟が偉人なればそれだけ、神父の奇蹟にたいする信仰も強く、またこうした暗示をすぐに奇蹟と信じこむ単純さが生じてくるのではないでしょうか。

たまたま、ザビエル神父の日本渡航を決定した二つの事実、日本人ヤジローことサンタ・フェのパウロの渡来と、日本における十字架の奇蹟がそのようにも解釈されるのです。

パウロについて、先ず結論から申せば、彼こそザビエル神父を未開拓の葡萄園に導き、自らも神の教えによって模範の信徒となる驚異の進歩をとげたというのに、神父等と共にベトレヘムの廏《うまや》へ入らぬ数奇な星の運命を辿ったのです。

それというのも、日本へ戻って妻子や親戚友人たちを入信させ、聖教の弘布に努めたのにもかかわらず、ザビエル神父が鹿児島を発たれた後は、仏僧等の圧迫に耐えかねたものか、あるいは貧困に追立てられ八幡船《ばはんせん》のもたらす掠奪奔放な生活や財宝に惑《ひ》かされたのかその間の事情は憶測に余るものがありますが、パウロはこの海賊の群に投じて支那へ渡ったのです。人々の話によれば、そこで殺されたともいいます。

このようなことは、我々人間にありがちなものですが、もしザビエル神父が信じているように、パウロが神の思召しによる奇蹟の信徒であれば、どうして困難に挫け海賊などに変身しましょうか。

神父たちは、測り知れないデウスの裁きにたいして呆然自失し、しばし言葉もない有様でした。それでも神父たちは、おそらく死に先立って罪を痛悔し、よい最後を遂げたであろうと言っていますが、実際に剣舞乱闘の中で痛悔する間があったとは思えません。

閣下も、この結論によって、パウロがはじめ人を殺し、追手を逃れてポルトガル船に救けを求め、マラッカに渡った彼の数奇な運命を納得されましょう。

この時、船長アルバレスは、日本布教にかかる閣下の御内意によりかねて敬愛するザビエル神父の素晴しさを、この故郷をすてた漂泊者の耳に吹込んだのです。

精神面では、信徒の尊敬する偉大な奇蹟の僧であり、またポルトガル商人の上に多大の権力を有する国王直下の耶蘇教師だと知った時、パウロはここに起死回生の名案を思い付いたのではないでしょうか。

パウロは、現下の日本は戦乱騒擾の唯中にあり、各国の領主は争って兵器を求め、とくに鹿児島の大守がポルトガル船の交易に熱心であることを思い、自分の罪を許されて無事帰国するためには、自分の先導によって偉大な神父をもたらし、ポルトガル船の入港を盛大にする以外にないと考えたのです。

これは懐かしい妻子と再会できるばかりか、この功績によって、家門の名誉を高め得ることとさえ期待できるのです。実際、鹿児島帰還当初、大守直々の対面も許されたのですから、彼の予測は正しかったと言えます。

このためパウロは、マラッカ渡航中もポルトガル語習得に真剣になり、コレジヨでも懸命に耶蘇の教理を学んだものでしょう。

また、現実的な動機の他に、ザビエル神父の感化や耶蘇教にたいする傾倒もあったことは否めませんが、日本人が思慮深く、理解力も鋭く、かつ道理を重んじ知識欲旺盛な民族であることを思えば、語学や教理の学習において長足の進歩を遂げたのも異とするに足りません。土台、東印度一帯の蛮人と同視して驚くのがおかしいのです。

これをザビエル神父は奇蹟とし、日本渡航を促される神の啓示だと信じて異教徒退治を決行されましたが、私は、これを奇蹟だと報告するわけにはいかないのです。

十字架についても、また同じことがいえます。異民族、とくに東洋の異教徒は、ポルトガル人の信仰を模倣して、十字架を魔除けとして家中に置く傾向があります。勿論、ザビエル神父を喜ばせたように、御主デウスの言葉に従ったのではなく、ただ異邦の神に現実的な利益《りやく》を求めて十字架を大事にしているのです。

一体に、異った民族が接する場合、身体や文化、宗教の相違から異邦人を神秘化し、超自然の霊能が備わっていると信ずる傾向があることは、世界諸民族の伝承にも明らかなところです。

この場合、とくにポルトガル人は、東洋人と全然異質な身体、言語、彼等に理解できない高度な文化を持っていることから、我々にたいする畏怖の念は意外に強いものです。

勿論我々は、この心理を東洋民族支配に徹底的に利用しています。この十字架事件も、ポルトガル商人たちが日頃の伝で廃屋を借りうけ、悪魔の噂をあおりたてて十字架を持出し、我等が神の威光かくの如しと、無知な住民を恐れ入らせたものと思えます。

ザビエル神父はこれを聞いて感激し、御主はすでに大いなる奇蹟を顕して日本伝道の下地を作っていなさるのだと張り切ってしまったのです。

実際、ポルトガル商船の訪れる地方にこうした心理の高まりがあれば、神父らの積極的な働きかけで聖教の火が燃え立つのは容易であり、ポルトガル商人の意図もそこにあるのですから、伝道の下地だと言えないことはありません。

しかし、東洋監察の使命をうけた私までが、神父たちと同じく奇蹟だ、奇蹟だ、と熱くなるわけにはいきません。したがって、この報告も、宗教的視野からではなく、事実を事実となす客観上の視点から筆を進めるつもりです。

さて、この論法による異邦人の霊能は、日本布教の場合異常なまでに高められていきます。何となれば、彼等がバテレンと呼ぶ神父《パードレ》たちの異質の身体と、彼等には妖術としか思えぬ高度の科学と、これまでの宗教的観念をくつがえす絶対的な神を伝え、その上摩訶不思議な奇蹟を彼等の眼前で実現したからです。

このように、偉大な神の力を説くバテレンたちに、超自然の能力を付加する畏敬が、キリシタン信仰の熱烈な基盤となると同時に、対立者の仏僧にこれを悪魔的妖術として排撃する口実を与えることになるのです。

これは、異教徒支配に臨むにあたって、先ず心得ておかねばならぬ問題点です。

例えば、私々が鹿児島へ上陸してから肉や魚を食べるのを見て、彼等はぶつぶつ取り沙汰しました。

それというのも、仏僧が実際食べているにもかかわらず、外に向っては肉食の罪を言触らしているからなのです。これに対し、神父たちが、御主デウスは人間を養うために作られたものを食べるのを許されているのだと、いくら理を説いても長年培かわれた迷妄を改めさせるのは容易ではありません。

この上、仏僧等は、パードレは悪魔の化身だから人肉や子供を食うとか、死人の胆をとって毒薬や媚薬を作るのだなどと多く虚偽の噂をたて、住民たちにこれを信じさせようとして、血に染った布を幾度となく我々の門内に投げ込む始末でした。

我々には噴飯無根の珍説も、彼等は意外に真剣で、説教を聴くよりも、我々が果して人間の形をしているものかどうかを見るために多くの者が集まったもので、傑作なのは山口滞在中、私が近眼なので眼鏡をかけると、四つの眼玉のある天竺人が現われたと町中が湧返えったものでした。

こうして善くも悪くも、我々を人間離れした異能力者とする傾向は、異教徒だけでなく、新たな信者とて例外ではありません。

いや、この超自然の能力が耶蘇への熱狂的な信仰を導くものでしょうから、改めて日本の例を説くまでもなく、耶蘇の信者が、戦場や病床また暴風雨の船上など、苦難や不幸の中に奇蹟や現世的な信仰の利益を望むのは当然なことです。

或る時、私は、日本人からキリシタンの教えを説いてくれと頼まれましたが、嫉妬深い男で、キリシタンに帰依すると、留居中女房が何をしたか解るようになるものと信じているのですから世話はありません。

ともかく、この心理は日本伝道、ひいては日本支配の前提となるものですから、見逃すわけにはいきません。もちろん、ザビエル神父を雀躍させた十字架の奇蹟も、この心理によるものであることは明らかです。

さて、ザビエル神父に戻りますと、パウロと十字架の奇蹟によって点火された伝道熱は大したもので、当地のポルトガル人や信者がどのように反対しても消えるものではありません。

私には、日本視察の任務上、神父の情熱が好都合でしたが、神父が海賊船も嫌わず日本渡航を急がれたのには、ほとほと困惑しました。

この時、支那沿岸の諸港はことごとくポルトガル人に叛起し、東支那海の状勢は非常に悪化していました。したがって、ポルトガル商船は危険な航海を当分見合わせることにし、年内に日本へ渡ろうと思えば、その支那海賊の船による他はなかったのです。

閣下も御承知だと思いますが、この地方で一旦海へ出て、自分より弱い船に出遇えば素早く海賊となり、掠奪行為に出るというのは常識となっています。この中には、港々の役人に賄賂を贈り、海上で奪った商品を陸上で公然と売る許可さえ得ているのですから全く無茶な話です。

このように東支那海のみならずこの近海は、トルコ船や支那海賊等の横行する食うか食われるかの闘争の場です。その上、日本近海は暗礁多く暴風も繁く、ポルトガル船によっても安全の程は保証しえないというのに、怪しげな支那海賊の船でどうして日本に渡り得ましょう。

この時は、信者だけでなく、我々従者やザビエル神父を愛惜するマラッカ要塞司令官パウロ・デ・シルヴァ閣下も極力反対し、日本渡航を半年延期するよう懇請しましたが、反対に会えば、それだけ凛凛たる勇気が湧上ってくる神父のことですから、かえって火を付けたようなものでした。

ザビエル神父は声を高めて、我々にこうおっしゃるのです。

「神に仕える身でありながら、今更何を言うのか。デウスは、世上のあらゆる困難に対して権力を有し、これを支配なさっている。海賊だとて例外ではない。彼等が如何に残忍な輩《やから》であっても、神が許される以上の危険を我々の身に及ぼし得ないのだ。お前たちは、神の加護を信じようとはしないのか。我々の畏れる者は海賊ではない。デウスだけなのだ」

　ザビエル神父は宗教家ですから、どんなに神を信じ畏れてもいいでしょう。しかし、私は宗教家ではありません。私に武人としての勇気があり、不条理ならぬ信仰は持ちえても、何事も神まかせにした勇気は持ちません。

　戦略家というのは、乾坤一擲《けんこんいってき》の勝負に己れを賭けても、無謀な危険には飛入らないものです。犬死は恥であり、このような精神で私の任務は果せません。

　神父は、神の許される以上の危険はありえないといいますが、私はこれらの海上で神の思召しが如何なるものか嫌というほど思い知らされています。逆の場合は申すまでもなく、トルコ船や海賊等の攻撃に遇ってポルトガル船が全滅し、我々二、三人だけが海中に飛込んで死地を脱したのも二度や三度のことではないのです。

　私は弱りました。しかし、神父が乗船するのであれば従わざるを得ません。他のパードレやイルマンはさておき、私は悲壮の覚悟を新たにして船に乗込んだことでした。

　幸い、といっても保証の限りではありませんが、この海賊がアヴァンというマラッカに一家を構える支那人なので、シルヴァ閣下は保証金を払わせ、我々を日本へ送り届ける約束をさせた上で、やっと出航を許されました。

　船長アヴァンは心配していた通り、海上にでると近海の島々を往来し、言を左右にして一向日本に向う気配を見せません。

　これもザビエル神父が、船長の崇拝する偶像をあからさまに非難するものだから、すっかりつむじを曲げてしまったのです。

　私は、何事も起らねばよいがと内々案じておりました。こうした場合、何か異変が起ると、異教徒は偶像を罵ったパードレの罪に帰して排斥してくるからです。

　案の条というより、暴風の襲来と共に最悪の事態に突入し、船長の女が激浪にさらわれるや、神仏の怒りだ、神父たちを犠牲にする外に助かる道はないのだと狂怒して襲いかかりました。

この時です。閣下、奇蹟が起りました。さもなければ、衆寡敵せず、また武術とは縁なき神父たちですから、この危地を脱しきれる筈はありません。

私たちが、襲いかかろうとする海賊共とザビエル神父を守って睨み合った時、「十字架を見よ」と天より荘厳な声が降り、船上の水夫たちが騒ぐことに、暗天高く燦然と十字架が輝やいているのです。

「おお、グローリアス・デウス」と神父が跪いたのと、海賊共が胸を押えてもがき始めたのがほとんど同時でした。

私は、あまりの不思議に呆然となりました。なお驚いたことに、天主の加護ですっかり気をよくした神父が聖水を与えたところ、これも一夜を経ず快癒するではありませんか。

私は、これまでのように、帆柱から物を落して神父の命を狙うような陰の策略なら、未然に察して防ぐことも出来ますが、船長等が直接牙をむきだしたら防ぎようはないのだと、唯それのみを恐れていました。

それが、最悪の事態になったのです。私は、船尾で護摩を焚き、ただならぬ様相をみせはじめた海賊等を窺いながら、ザビエル神父を護って船室から出ず、押掛けてくれば爆薬による乾坤一擲の勝負に生死を賭けようと悲壮な覚悟だったのです。

それがどうでしょう。あわやの土壇場でこの奇蹟です。神罰とはいえ、人智を超絶したこの不思議には、唯々驚きの他はありません。デウスは、ザビエル神父の信仰を愛でて、かの十二使徒に準じる奇蹟を付与されたのでしょうか。

不思議はそれだけでは止まらず、一夜明けると海賊共の悔悟を待つまでもなく、あれほど難渋をきわめた海路が、一変した順風をえて、またたく間に鹿児島湾へ入ったのです。

これで、私は、他の耶蘇会員たちがザビエル神父に従って平然としていた理由が判りました。

彼等は、神父の奇蹟を期待し、またそれを信じているのです。

私とて、こうした奇蹟を目のあたりに示されると、任務上冷静にならねばと思いながら、神父に傾倒していく気持を禁じえません。

さて、鹿児島上陸後、パウロは大守に招かれて面目を立てザビエル神父は厚くもてなされて予期していた以上の歓迎を受けました。

閣下もお嘆きになっていられたよう、回教徒は東洋貿易の利益を我々に奪われることを恐れて必死の反撃を加えていますが、日本でその心配はいらないのです。

先に、種子島に漂着して鉄砲を伝授したポルトガル商人は、「たしかに本に書いてある天笠人に相違ない。あなたたちは海上をとび海岸にある国を征服して世界一の富を築きあげた。そんな人たちが親善のためにきたことは大変運がよいことだ」と手放しで喜び、面映ゆいほどの歓待を受けたことから察せられますよう、鹿児島の領主もポルトガル船との交易を望み、この後入港したポルトガル船は、商品が勘《すくな》かったせいもあって、二千五百両の商品が三万両以上に売れたことからみても、貿易の利潤がいかに莫大なものか察せられましょう。

また宗教上、僧侶の勢力は侮りがたいものですが、これとて領主の庇護があれば直接血を血で洗う衝突は避けられましょう。

といって、日本の攻略を安易に考えることは出来ません。先に、琉球については東洋艦隊だけですぐこの島を占領出来るものと報告しましたが、日本と琉球は同じ島でも規模が違います。

日本人は天性武道を好み、甚だ熟達していて武器に対して充分の信頼をもっています。

それというのも、十三、四歳の頃から剣を佩《は》き、帯に差した短刀を外すことは一度もないからです。

また彼等はすぐれた弓術家で、気位が高く非常に厳格なため、他の国民などものの数とも思ってはいません。尚武の民族に武力のみで対決するほど愚なものはないものです。

まして、ゴア、マラッカ、更に最先端の東洋基地であるマカオからも甚だ遠いことを思えば、日本では特にキリスト教化が重要な課題となり、この地のキリシタンを母胎とする以外に支配する道はないものと思えます。

神父たちは、キリスト教より、よって導かれる大砲、鉄砲を望む領主の認可に、勇躍して伝道を開始しました。

この時、日本の仏僧は、我々が天笠の国から来た同じ宗派の仏徒だとして好意を示すのだから傑作です。

彼等の地理的概念では、天笠は世界の端であり、また釈迦の生れた国でもあるので、我々は天笠人となり、耶蘇教は天笠宗とよばれるようになったのです。

ザビエル神父は例の調子で、先ず邪宗の源を断つにしかずと、寺々の門前に立って叫ばれました。

「幸いなるかな、心の貧しき者よ、天国はその人のものなり。幸いなるかな、心の清き者、その人は神を見ん。幸いなるかな、平なる者、その人は神の子と称えられん。汝人を殺す勿れ。殺す者は裁きにあうべし」

こうして、神父は、僧侶から招かれもしないのに進んで僧房を訪ね、疑問を提出したり、質問を発したりして、我家同然のように自由に振舞われました。

中でも、鹿児島で最も格式の高い寺の東堂、忍室和尚と親しく出入りされました。この高僧は、生来親切気のある気持のよい老人で耶蘇教にも喜んで耳を傾け、その事が道理にかなっていると鷹揚に頷ずくのですが、その本心はどうだったのでしょうか。

閣下には次の挿話を報告することによって、神父たちの報道とは別の観点から仏僧に対する関心を深められたいと思うのです。

或る時、ザビエル神父が、坐禅と称し静慮にふけっている僧侶たちを見て、

「一体、この修道者は何をしているのですか」と訊ねた時、この老僧はにっこり笑って、次のように答えたのです。

「ある者は、この数ケ月間にお布施がどのくらいあったか勘定しているのでしょう。またある者は、もっと立派な衣やよい待遇が何処で得られるかを考え、またある者は、気ばらしや閑つぶしのことを考えているので、要するに価値のあることを考えている者は一人もありません」

閣下、私はこの挿話の中に、キリスト教と日本の宗教、とくに仏教に対する微妙な暗示を感じるのです。

ザビエル神父は、マホメット教をキリスト教最大最強の敵と考え、それに侵蝕されていない日本では、難なく布教を進め得るものと考えられていたようですが、仏教はそんなものではありません。

これだけ賢明な民族が信仰しているのですから、それだけの伝統と深遠な哲理をもち、我々には理解しがたい東洋の神秘思想を含んでいるのです。

結局、この二つの宗教がどう理論をつきあわせたところで相容れず、永遠の対立をつづけていくだけのこととなれば、無駄な努力を費して相手に教を説くより、この老僧のように、こうした対立を超越した洒脱な態度でさらりとかわし、瓢然としている方が賢明ではないでしょうか。

こうなれば、不快な感情の対立を避け、即座にとぼけた返事で韜晦した老僧の老練さに軍配があがるようです。

ザビエル神父は、仏教など偶像崇拝のくだらぬ邪教と信じていますから、こう堕落した僧侶など問題ではないと老僧の答に気をよくし、仏教組みしやすしの感を抱かれたようですが、私にはかえって神父の一本気な性格が危ぶまれるのです。

もし仏僧の中に、忍室和尚のような練達の人材があって、耶蘇教一途の何者もうけつけぬ神父たちに対し、こう漠と雲をかぶせる態度にでたらどうなりましょうか。ましてや仏教は社会的に高い地位を占め、政治上でも大した権力を持つ巌《いわお》のような存在です。たとい領主の保護を受けたとしても彼等がどのような手段にでるか決して安易に考えることは出来ません。

この点、ザビエル神父は、最初の好ましい印象から、東洋の異教徒の中で日本人より優れた者は見られないと言われます。

即ち、日本人は礼節を重んじ悪心を抱かず、何よりも名誉を大切にする。貧しくとも、それを恥辱と思わない。富より名誉を重んじて、武士でない賤しい階級のものとは婚姻をむすばない。多数の人が読み書きを知り、デウスの教を習得することも早く、道理に合うことが好きであることなどを報告されています。

先ず、神父の書信にあるものに間違いはありませんが、我々の立場としては、ザビエル神父がもともと雄邁な貴族の出身であることを忘れてはなりません。

何故なら、神父がここで説く日本人の民族性は、この社会の支配階級である武士を基準としているからです。まして、耶蘇会の信条が武士の理念に共通するものであれば、同階級の武族である神父が、日本武士の清冽な風習に共鳴したことは頷けます。

しかし、ここで報告されているように、読み書きを知り、知識を求めるといった高い教養は、大多数の一般庶民にはみられないことです。

というのは、武士階級にはキリスト教の哲理の理解が入信の動機となり、庶民はやはり難かしい理論よりも御主デウスの絶対的な権力、即ち奇蹟による超自然的能力の有難さが入信の動機になるからです。

この奇蹟については、理性を曇らさぬようにと閣下の強い御注意もありましたが、私はここでも、御主の無辺なる御配慮を報告せざるを得ないのです。

一般に病気の治癒などは、神父の超自然的能力を妄信する精神的な暗示力で、奇蹟的な治癒をみることもありましょうが、次の事実のように、私の理念で解決できないものは、奇蹟としか報告できません。

すでに神父等の報告で御承知かと思いますが、丁度教堂で説教中、従僕アントアンが、娘の死に放心した父親を伴ってきて神父の祈りを求めました。

私はこの時、あっと思い、大衆の面前で難題をもちだしたうすのろの従僕を睨みつけたことです。いかな神父とて、見も知らぬ死者の蘇生などという超自然的な奇蹟をどうして行い得ましょう。

ザビエル神父は、常々イエスの言葉をひいて超自然的な奇蹟をいましめられています。

パリサイ人がイエスに、

「あなたがもしメシヤであるならば天よりの徴《しるし》を示せ」と迫った時の「何故、今の世は徴を求めるのであるか。私は言う、あなた方が要求するような徴は、今の世には断じて与えられないのだ。昔、予言者ヨナが、三日三晩の間、魚の腹中にいたと言うが、そういった超自然的な奇蹟は、少くとも今では、絶対に与えられないのだ」と拒まれたことを説かれます。

無論、神父の言葉通り、奇蹟は神の御名において顕わされるもので、神の御子はそれを受けるものであって行うものではなく、また行わんとしても為し得るものではありません。

私が、どうなることかと息をつめていると、ザビエル神父は、こともなげにフェルナンデスをうながして跪き、神の慈愛を求められるではありませんか。

それのみか、「あなたの娘さんは、すでに蘇生しているだろうから、早く帰ってみられるがよい」と告げられたのです。

これには、私も驚きました。当の父親は驚きが昂じて怒りに変り仏僧たちが娘の枕元で祈禱しても効果がなかったのに、こんな遠くで祈って生返るとでもいうのか、まやかしの伴天連《ばてれん》奴《め》と悪態をついて出ていきました。

ところが、更に驚いたことには、娘が生返ったと父親が狂喜して戻ってきたのです。その上、件《くだん》の娘が、悪鬼に地獄へ落されようとするところを、夢の中にあなた方二人（神父とフェルナンデス）が現れて救ってくれたと言うではありませんか。

この偉大な奇蹟による民衆の感激が如何なるものであったか、閣下も察して下さい。

といって、私自身、感激ばかりもしていられませんから、気をとりなおして奇蹟の周辺を捜ってみました。

父親の家は鹿児島城外の郷土という特殊な家柄で、何分離れているので当時の布教地域外に在り、神父たちが訪れたことも、また彼等が説教を聴きにきたこともない、全く隔絶した関係にあったのです。

これは他人の証言を求めるまでもなく、私自身、船中の奇蹟以来神父に興味を深め、常に行動を共にしているのですから明らかな事実です。

父親は娘の死に動転し、仏僧等を招んで盛大な祈禱をしたが効力なく、藁を摑む思いで、噂にきく神父の霊験にすがってきたわけです。こうして、奇蹟を追求すればそれだけ奇蹟の偉大さが光ってきます。

閣下、全く大した神父なんです。私はシャッポを脱ぎました。

これらの奇蹟によって信徒は増大し、洋々たる前途を思わせましたが、神は私等の安易さを戒められてか、一つの困難を齎《もた》らされました。

閣下、奇蹟を体験するとつい、神父たちみたいな言葉使いになります。これも報告の真実、一つのニュアンスとして御了承下さい。

困難というのは、ポルトガル船が敵対する松浦領平戸島へ行ったことが、鹿児島領主の気嫌をすっかりそこねてしまったのです。

大守は、ザビエル神父がポルトガル船に大した権力を持っているので、神父さえ止めておけば船が陸続と鹿児島港に入ると思い込んでいたのですから、怒るのも無理からぬことでしょう。連絡の食い違いといえ、これは私の大失敗でした。

このため、虎の威を借りる仏僧共の排斥運動が激しくなったので、やむなく平戸に移り、都へ上ることになりました。

もっとも、日本の皇帝に拝謁する大目的のため長くは滞在できぬ土地なので私に未練はありませんでしたが、一番貧乏籤を引いたのは日本人のパウロでしょう。

ザビエル神父は、荒野に残された信徒を守るのだと、随行を願うパウロをたって止め、多数教法の書物を残されたことですが、どんなにパウロが心細かったことか、私にはよく判ります。

神父は奇蹟を信じる者の強さで、パウロは神の遣わされた奇蹟の信徒だから、いかなる苦難にも耐えぬくことと信じて疑わなかった様子でしたが、どうして唯一人で異教徒の攻撃に耐え得ましょう。全く、無茶な注文というべきものでした。

このため、パウロが海賊船に投じたことは、始めに私が述べましたよう、パウロの性格から推して、閣下にも御理解願えることと思います。

さて、平戸への途中、新納《にいろ》殿の市来城へ寄り、頼もしい武士たちの入信を得、中でも高徳の老武士に貴身杖を与えて様々な病気を治すことなど二、三の奇蹟も示されましたが、これは欧州にもよくみる例なので省略いたします。

平戸に着いた時は、先に使いをやっていたので、ポルトガル商船からは祝砲を発し、幔幕をめぐらして大した歓迎でした。

平戸の住民は、みすぼらしい神父たちが王者のように迎えられたのを見て仰天したようです。

後の豊後の例もあるように、我等の演出が大成功したことを思えば、こうした閣下の御命令をポルトガル船に徹底さすことが肝要な事となりましょう。

松浦領主の耶蘇教に示した好意も、身辺から僧侶をはなさないことから推して、本心からのものではないと判っていましたが、ともかく交易や兵器の力で布教の許可を得ることが先決問題なので、家臣の武士に石火矢の秘法を授け、教会の戦闘で抜群の功績をおさめて、尚武の領主を喜こばせました。

閣下、ここなのです。日本人がいかに道理に聡い民族でも、現世の栄光を否定し死後の栄光のみを讃美する伝道一辺倒で早急な成功は希めません。

やはり各人好むところに従って、領主には兵器を、商人には富を、貧者には救済を、病人には医療を約束して信仰に導くことが必要ですし、土宰の意向としても、この趣旨を伝道師や商人に徹底させるべきです。

心強いことに、神は我々の意図を愛《め》で、奇蹟を与えて励まされました。これもザビエル師のような偉大な神父あってこそ許されるものかもしれませんが、ここに平戸で示された印象深い不思議をお知らせします。

すでに神父の報道によって明らかなことと思いますが、高浜城の高楼に生じた宝珠の消失事件。まるで密室同然の高楼で消失したものが、同時刻、海をへだてた七里余の平戸城下で発見されたこと自体、人智を超絶した不思議ですが、更にこれを予言したザビエル神父の異能力もまた偉大なものと言わねばなりません。

いかに千里の眼を誇っても、今ここで紛失したものが海の向うの平戸に在るなど馬鹿も休みにしろと、領主や僧侶たちは失笑気味でしたが、後にその事実を知らされた時の唖然とした顔付といったら全く傑作なものでした。

神は、尊大な領主や仏僧等を跪まずかせるために、このような悪戯をなされたのでしょうか。

このように、神父等の献身と神の奇蹟によって異教徒征服は着々と成果を上げ、鹿児島に倍増する信徒を得たせいか、神父は勇躍東上の決意を新たにし、トルレス神父に後事を託して平戸を発ちました。

途中、博多などの大きな町を通りましたが、さして報告するほどの事はありません。

さすがに西国一の都と称せられるだけあって、フィレンツェを偲ばせる華やかさと活気に満ちた町です。大守が文芸を愛するせいか遊芸なども盛んなものでしたが、一見遊惰な雰囲気が神父のお気に召さなかったようです。

もともとザビエル神父は、異教の地日本を清冽な神の国にするのだという希望に燃えています。

神父にとって、聖教の教理に離反するものは総べて許されざる罪悪で、教理や戒律への絶対服従を民衆に求められるのです。

例えば、妻以外の女を求めてはならない。蓄妾など論外のことで、もしこれを冒せば永劫の罰を受けようぞと宣告されます。

しかし、ヨーロッパの諸侯や民衆でさえ、こう厳しくやられては辟易しましょう。

いま、ザビエル神父は、ままならぬ欧州の風習に失望して、理想の布教地を日本に求められたのかもしれません。

このため、日本の悪習を非難する神父の論旨は急で論舌は鋭く、例の烈々たる敢闘精神で町角に立って仏僧の詐術をあばき、男色《ソドム》の悪習を激しく攻めたてられたのです。

このソドムの悪習は、神父によれば「天性に反した悪習」でも、日本人にとっては内に秘めた微妙な美徳かもしれません。

これは、僧房や武士の戦陣生活といった特殊な環境の中で生れたもので、文学作品中にこの風習を讃美するものも少なくないのです。ともかく、こうした風習ですから、一方的に弾劾されてはとまどってしまいます。こう住民の心理を無視した短兵急な説教では、教理の理解より反撥をかったのは当然なことだったのです。

山口の住民は襤褸《ぼろ》をまとった貧僧が何を言うことかと嘲笑し、天笠の馬鹿坊主が通っておじゃると、悪童共が後をおって囃《はや》したてる有様で散々な結果になりました。

城内の講述中でも、教理を説いてからソドムの悪習を声を高めて非難されるものだから、大守は顔を赤らめ不興な表情を露骨に示して席を立ってしまったのです。

ザビエル神父は、己の罪を恥じていたたまれなかったのだと割切ったものですが、実際は、尊厳を維持すべき君主が、家臣の前で辱かしめられていたたまれなかったのです。

ソドムの悪習が武士社会にゆきわたっていることを考えれば、当然美童を侍らせている大守にその習慣があるくらいは察知すべきことで、いくら己れの信念といえ、時と場所をわきまえず非難したことは、神父の大きな失策というべきです。

神はまた、神父のそのような一途さを愛せられるかもしれませんが、私にはその単調さが気になります。

日本人は繊細な情感を重じる民族ですから、このように耶蘇会の公式ですべてを割切る無神経さで成功は望めません。結局は、聖教をふりかざした独り相撲に終るものでしょうし、神父の説くところは余りに厳しすぎるのです。

例えば、一夫一妻の個条も、あまり表立てれば、領主たちの入信は希み薄となります。彼等は単に好色というだけでなく、家系維持の必要から内妾を持つことが許され、また彼等の家門にたいする執着の強さを思えば、この制度を拒むことは、領主の入信を拒むことになりかねません。

後の話になりますが、ある領主が私に、一夫一妻の個条をはずしてくれれば入信してもよい、と笑いながら言ったことがあります。

これは単なる冗談ではなく、彼等の本心を告白しているものとわかれば、日本の仏僧の常用する方便を活用してもいいのではないかと考えるのですが、耶蘇会の神父たちは真面目すぎて希むべくもありません。やんぬるかなです。

神父は、大守の不興を買ったからとて、ザビエル城の王子様です。その後も委細構わず、異教徒退治をつづけられました。

一方、南蛮の異説を聞くのも一興だと、神父を招くもの好きな貴族も少なからずいましたが、神父は臆せず襤《らん》布《い》できらびやかな貴族に対し、彼等の悪習を叱咤し、相手が少しでも尊大な態度を示せば、これを上まわる王者の威厳を以って対し、その驕慢を挫く勢は獅子吼の大声を偲ばせるほど敢然たるものでした。

ザビエル神父は、驕慢な貴族を心服させるためには、あくまで大胆不敵に振舞うべきだと、自らもそれを行い私たちにも要求されるものですから、おとなしいフェルナンデスは相手の怒りを誘って今にも白刃を見舞われるのではないかと、戦戦兢兢として気の休まる時もなかったようでした。

一と月後に、喜劇的な伝道を打切って都へ上りました。折から極寒の季節に入る最悪の時期で、未知の難路に加え、衣服、食糧など何一つ充分な物はなく、路辺の民家は我々の貧しい身形《みなり》を怪しんで投宿をこばみ、やむなくあばら屋を見付けて風雨を凌ぐなど散々な旅をつづけました。

或る時は、吹雪の中で道に迷い、騎馬の貴人に遇うと、その行李を担って随行することを乞い、許されてその荷を受けると、デウス、デウスと三遍ずつ御主の御名を讃え、棘の切傷も意とせず馬の歩速に合わせて道を急がれるさまは、まさに十字架を担ったキリストにも比すべき尊い姿でした。

この間、私に最もこたえたことは、神父が日本人の誤解を招くのを避け、頑として肉類を断たれたことでした。

私は、秘かに干肉を携帯して活力を得ていましたが、神父が乏しい穀物と野菜だけでこの難業を克服されたのには驚きの他はありません。これこそ奇蹟と呼ぶにふさわしいものではないでしょうか。

こうして堺に着いた時は、さすがの神父も傷と大熱のために倒れましたが、これも神の思召しによって平癒すると、衰弱の身を厭わず、直ちに出発を命じられたのです。

しかし、神は、このような苦業を何で強いられたのでしょうか。やっとの思いで達した都が、夢破れた廃墟に他ならず、人心は疲弊し、家は焼け落ちて見る影もなかったのです。将軍は都を落ち、皇帝は名のみの形骸に過ぎぬものながら、なお昔日の夢を追って誇りだけは高く、我々の貧しさを軽んじて謁見を拒む始末でした。

ならばと、辻に立って神を説こうにも、民衆は瓦石を投げて妨害し、神仏を侮どるのかと怒って話になりません。

これには、さすがの神父も弱って、僅か十一日の滞在で堺に引き返しましたが、それでも幻滅の都を去りがたいものか、遠ざかる河舟から都の空を何度も何度も振りかえり、ダビドの作なるあのイスラエル・ド・エジープトの歌を詠誦して再会を誓っていられる様子には、私も胸がつまり、フェルナンデスなどは、溢れる涙を押さえるのに懸命の様子でした。

さて、都にも上り、一応日本の事情がわかったので、一旦平戸に戻って布教を立直すことにして、同じように困難な旅を経て平戸に下りました。

この再征にあたっては、先ず神父の粗衣を改めるのには苦心しました。何としても、襤褸の御大将では工合が悪いのです。

ところが、神父の信念は固く、貧約は神の好まれるところだと、耶蘇会の信条や十二使徒の例をあげ、頑として頷かれないのです。

これには我々も弱りましたが、かといって退くわけにはいきません。トルレス神父やポルトガル人共々、日本人が外形によって判断すること、これまでの失敗のすべては襤褸にたいする誤解より生じたこと、都でも正装の礼を以って刺を通じたのなら、無下に皇帝の門を閉ざされることもなかったことなどを理を通して説きたてるとザビエル神父も、さすがに事実を認めざるを得なくて渋々と承諾されました。

閣下、この効力は絶対です。それに、彼等が見たこともない欧州の珍らしい品々の影響もあって、大内殿は、まるで神のようだと美装した神父を讃え、即座に寺を与え、聖教保護の条令を公布するなど、まったく面映ゆいほどの歓迎ぶりでした。

その後のことは、すでに神父等の報道に詳しいことと思いますが、このように聖教がふろったのは、神父等の奮闘、感激すべきフェルナンデスの忍徳があったとしても、やはりこれを裏付け推進させたのは奇蹟でした。

またまた奇蹟に熱くなってと、閣下のお叱りを受けそうですが、何としても道理を超絶した神秘は、奇蹟とし か報告できないのです。今更、ザビエル神父が聖水や福音の護符によって癒やされた病者の数を繰返えすつもりはありませんが、次の二、三の事例を認められれば、閣下にも私が奇蹟とせざるを得ない理由を察していただけると思います。

或る時、ザビエル神父が、信徒の中によこしまな者がいることを諭して聖水を与えたところ、中の一人が胸を押えて苦しみだしたのです。驚くべきことに、この者が盗人で、涙ながらに重ねてきた罪の許しを求めるではありませんか。

勿説、神父は信徒の中に盗人が交っていることを悟っても、この者がそうだと看破したわけではなく、一様に与えた聖水が盗人にだけ奇効を示したのは、神罰とし か考えようがないのです。

また、仏僧にそのかされた不逞の輩が、十字架を盗んで桶を作り、これみよがしに洗った足が一夜にして腫れ上るなど、新たな信徒を随喜させる奇蹟がつづきました。

無論、神父がそのような破落戸《ならずもの》を関知する筈はなく、足の苦痛にたまらず許しを請うてきた本人から、遍《あまね》き神の力を知ったわけですから、神父の感激も大変なものでした。

聖教の隆盛につれて、仏僧の反撃も激しくなりました。次第に布施も絶えて山門が荒《さ》びれる一方だとなれば、これも当然のことでしょう。

こうして、彼等は先ず論争をいどんできます。日本人は道理に慧《さと》い民族ですから、これで神父等を屈服させ、一気に面目を挽回せんものと掛ってくるのです。

が、御用心。これこそ神父等の待ち望むところです。一般に論争は、大守や貴族、または大衆の面前で行われるものですから、聖教の論理を宣揚し、仏教の詐術を暴露する願ってもない機会となります。

勿論、神父たちには、いかなる論争を交えても敗れない確信があります。

耶蘇教自体、論理の哲学体系に裏付けられ、回教徒はじめ異教の僧と論争し、かつこれを撃破した長い歴史があり、由って来たる教理問答も確立しています。この上、神父たちは、実戦の経験とその訓練を経ているのです。

これが理論的論争の経験も論理的体系もなく、神秘主義的な感情に支えられた仏教がどう力んだところで叶うわけはありません。

これは、訓練された鉄甲兵団と烏合の蛮人との戦に比すべきものではないでしょうか。

実際、哲学的思索に慣れた少数の禅宗の僧侶以外は、いたずらに感情的な反撥を繰返すだけで、我等が教義を批判し、論駁することは出来なかったのです。

また、西欧と東洋の次元の異った基盤で独自の観念体系をきずき、それを最も正しいと信じている者同志が、どう争っても具体的な勝負の決着はつかず、結局物別れになるより他はない点も考えねばなりません。

この点、観念上の争いは、科学の論争のように客観的な証拠がないので、相手を徹底的に屈服させることが出来ない弱みもあります。

これを思えば、神父たちが仏僧の沈黙をもって、聖教の大勝利に終ったと報告していることも、額面通りには受け取れません。

というのは、神父たちの説くところが仏僧等の理解に余り、また何時までも平行線を辿る論争の無意味さに無常を感じて黙り込んだということも考えられるからです。

こうして、宗論の具体的な勝負は、現実の実際問題で決せられることになります。

といって、これもまた神父たちの望むところで、仏僧等には痛し痒しの問題なのですから世話はありません。

仏僧等がザビエル神父の貧約を嘲《あざけ》り、日本の金銀を求めて来たのだと喧伝しても、神父がここで大内殿に示したよう、莫大な黄金を辞退して伝道の認可のみを求め、かつ自らの財宝を抛《なげう》って貧民の救済にあてれば、これが逆効果となって民衆の尊敬を煽り、かえって布施を求めるに汲々たる仏僧の詐術が暴露されることになるのです。

この点、神父たちは選り抜きの宣教師だから、身辺に何一つ疚《やま》しいところはありません。土地に根を下した一般の僧侶と、遠来の神父の生活態度の比較では問題になりません。戦わずして勝負はついているようなものです。

こうして、神父たちが仏僧を非難し、五戒を明示しているにかかわらず、彼等が社会的な権勢を求め、豪奢淫逸の生活に溺れ、領民の生活に何等寄与することがない点を指摘すると、領民は僧侶の生活を知っているのですから、深く頷ずいて我等の門を敲《たた》くことになるのです。

一般庶民に対しては、仏教の教理に対する論理的批判でなく、わかりやすい具体的事実の指摘が効果的であります。

こうして、純粋な教理上の論争も駄目、生活態度の神聖さも較べものにならぬとなれば、次には政治工作で耶蘇教の排撃を目論みます。

といって、鹿児島の場合と違い、平戸や山口、また次の豊後の場合のように、領主が耶蘇教に好意を寄せるか、また交易の必要上から伝道を許せば、政治工作の鋒先《ほこさき》も向けようがなくなります。

最後に彼等は、幼稚な中傷戦術に転換せざるを得なくなりますが、この単純な誹謗が存外保守階級の排他的な神秘思想をあおりたてるものですから馬鹿には出来ません。

仏僧等は、異国人の異能力を信じる風潮に付込んで、宣教師は悪魔だと断定し、耶蘇教の妖術によって人肉を喰い、血をすすり、草木を枯らし、戦乱をひきおこして国々を破滅させるものだと強調します。

また、我々の異った風俗や習慣を指摘して、これが日本の伝統を破壊し、風俗をみだし、社会を壊滅におとしいれるものだと非難するのです。たとい、これが単純なものといっても、それだけ人民の無智や不安に拠っているのですから油断はなりません。

山口における仏僧の抵抗もこうした経過をたどりましたが、中には中傷だけではあきたらず、直接ザビエル神父の命を狙う過激な僧侶もいたのです。

この危惧あって、油断なく神父の身辺を警戒していましたが、敵は遂に我々が他地区へ布教中の隙を衝いて使いをよこしたのです。

従僕ローペは、かねて言含められていたことであり、夜中のことだから断わったほうがよいと進言しました。しかし、神父はキリストの偉大な戦士です。敵の誘いに怯《ひる》んで背を向ける真似は出来ません。

神父が何と止めてもきかれないので、やむなくローペは爆薬を秘めて従いました。

こうして、ザビエル神父は、黒衣の僧服の他何一つ身につけず、悠然と魔の山門をくぐられたのです。そこで彼等は、不思議な霊能をもつ神父の逃亡を惧れてか、寺内の更に奥まった離室に通しました。

ローペは、何時になく物々しい気配を感じて離室の椽《えん》に待機していましたが、周囲に武装の僧兵が隠れていることを覚り、すわと室に飛込んだところ、すでに神父の姿はなかったのです。

ローペは、神父の異能を信じてはいたものの、あまりの不思議さに二、三度首を振ったことでした。神父が室を出るとすれば、他には格子のついた小窓があるきりで、彼の前を脱ける他はありません。

たといそれが出来たとしても、周囲を見張っている僧兵の目を、また神父の異能力を惧れて要所の警戒を怠たらぬ僧侶の目をかすめて広大な寺院から脱出することは到底不可能なことです。

ローペは、神の思召しによる奇蹟が示されたことを知ると、従僕ながら凛とした勇気が湧き、椽へ出て聞こえよがしに神父の名を呼び上げました。

僧兵共は、何事かと色を変えて室へなだれ込みました。ところが、神父の姿はない。といって、神父が室から一歩も外に出ぬことを確かめたことなので何と解釈しようもなく、神父は天狗の化身かと慄えてしまったのです。

ローペが唖然となった僧侶たちの中を脱けて寺院へ戻ると、神父はすでに教堂に在って、「御苦労だったな」とにっこりほほ笑まれて床に入られたと言います。

翌朝、私たちが神父の起床を待ちかねて昨夜の栄光を讃えると、神の御心に在って私の知らぬことだと首を振られましたが、今更どう恍けたところでこの事実は打消せません。

余りに不思議な事件なので、ローペだけでなく、その途中神父の挨拶をうけた信徒や当の仏寺の真言僧等にも訊ねてみましたが、疑う余地もなくて調べればそれだけ証人は増えるばかりでした。

全く、消失が鮮やかなものだけに、仏僧に与えた恐怖は大きく、信徒の感激は高いものでした。

閣下も、御主デウスが神父にかわって、仏僧の策謀をお砕きになったことを否定なさらないでしょう。このように限りない御主の慈愛を一身にあつめる神父は、また偉大な伝道者と言わねばなりません。

ザビエル神父は、こうした日本布教の間、当地の文化が支那に由来し、また日本人が支那を模範としているのを知ると、この源《みなもと》を征服するのが先決問題ではないかと考えられるようになりました。もし、支那が教化されれば、日本人は自ずと仏教をすて、耶蘇教へ流れてくるのが道理だと判断されたのです。

しかし、支那は日本に数十倍する広漠たる大陸です。人心は安定せず政情乱れ、かつ外国の侵入を嫌悪して鎖国を実施している危険な国です。

たとい入国を許されたとしても、ザビエル神父の独力で為しうる業ではありません。ゴア在中の神父を総動員したところで同じことでしょう。また、日本でさえ遠来の軍隊を派遣するのに手に余るものを、茫漠たる支那では手のつけようもありません。

私は、勇邁な神父のこととはいえ、支那征服の決意にはあきれました。正気の沙汰とも思えないのです。私は無謀な計画を諫め、不可能な事実を一々指摘しましたが、そこはザビエル城の王子です。神がそうお命じになるのだからと、一旦定めた決意を覆すことは出来ませんでした。

ところが悪いことに、といって神父にとっては神の思召しによって、豊後に入港したポルトガル船の知らせがとどき、次いで印度より帰来を求める書状と共に、大守大友公の丁重な招状が届けられたのです。

ザビエル神父は、すべては神の思召しによって好都合に運ぶのだと、莞爾たるものでした。全く、宗教家とは幸福な種族です。幸運があれば神の慈愛だと喜び、困難がくれば神の試練だと耐え、何一つ不足するものはないのですから世話はありません。

さて、豊後行が定まると、すでに府中上空に十字星が輝き、神父を待ち望む民衆の熱意を高めているという知らせも入り、支那征服の決意を煽《あお》ることにもなりました。

相変らず神父は、聖なる貧約を信条として旅立たれるので、平戸と同じくガーマ船長に使いをやり、神父歓迎の演出に万全を期しましたが、これが逆効果となって、またまた神父の衣服を改めさせるのに苦心せねばなりませんでした。

礼砲、音楽、幔幕、儀杖隊などポルトガル人総動員して王者の凱旋を迎える盛大さでした。その上、迎えの若い貴族にも祝砲の礼を尽くしたのですっかり感激して、身なりは貧しくともポルトガル人がこんなに大騒ぎして迎えるのだから大した神父に違いない、実際そうだからこそ、こんなに身を窶《やつ》しても平然としているのではないか、恐れ入ったものだと感心してしまったのです。

ザビエル神父はこれを聞いて喜ぶまいことか、それみろ、聖なる貧約の栄光がここに顕わされたのではないかと襤褸を誇示し、そのままの衣服で大友公にも面接するのだときかれないのです。

これには全く弱ってしまいました。平戸の場合と同じ貧約問答を繰返し、正装するのが日本の大守に対する礼儀だから初対面の一日だけでもと、嫌がる神父をやっとの思いで承諾させました。

この上は、思いきり派手にやることにし、重だったポルトガル人に欧州の煌《きら》びやかな衣装を与え、肩より帯状の金鎖をたらし、頭に極楽鳥の羽飾を戴せ、同じく盛装した従僕を随行させました。

神父は、祝砲や鼓笛隊の勇壮な合奏の中を、重厚な黒羅紗の法衣の上に、緑天鵝絨《ビロード》の冠帽と金総の付いた袈裟を装って静々と進まれたのです。

神父のすぐ後には、見映のよい五人のポルトガル人が従いました。

それぞれに、華麗な涼傘《りゃんさん》を持ち、白綸子の袋に入れた経典を携え緋綸子の布で包んだマリヤの肖像をかかげ、金檳榔の付いたベンカラ産の竹杖を曳き、美麗な黒天鵝絨の靴を捧げ持っているのです。

まさに大司教オン・パレードの観あって、路頭に蝟集《いしゅう》した領民も讃嘆を惜しまず、見事な行列に見とれたものでした。

その上、肥前殿の指揮する五百の護衛隊に迎えられて、これまでにない尊敬と厚遇をうけ、布教中は更に、著名な禅僧等の入信もあって、聖教の威信は日々に高まりました。

こうなれば、仏寺の荒廃は免れません。仏僧等は大評議の結果、日本随一の名僧を押立て、神父に論争を挑んできました。

この僧は、豊後の著名な学林で三十年間教鞭を執り、学識の深さを喧伝されていた恐るべき人物で、大友公でさえ相手にせぬほうがよいと止められたものです。といって、ザビエル城の王子が背を向ける筈はありません。相手が強敵であれば、それだけ闘志の湧くのが道理です。

実際問題としても、相手が忍室和尚のような老練な人物なら手に余ることでしょうが、こう、正面切って論争を挑む相手は御しやすいのです。

論争は、御承知のように聖教の勝利に帰した結果、赫怒した僧侶は、悉く山門を閉じて、ポルトガル人を放逐しない間は神仏の供養を禁ずと、偶像崇拝の住民に宣告したのです。何といえ、千有余年民衆の妄心に焼きこまれた仏教の力が、いかに大きなものか閣下もお察しのことと思います。

この時、暴徒は、我々を今にも押し潰さんばかりの勢いで騒ぎたてました。

ガーマ船長は、身辺に危険を覚えて船に退避し、ザビエル神父にも同伴を請いましたが、新しい信徒を見捨てることは出来ない、殉教は希むところだと、頑としてきかれません。といって、我々が神父を見捨て、イスカリオテのユダになるのは御免です。

やむなく船長と協議した結果、乾坤一擲、神父の霊能に身命を賭けて、府中に止まることを決意しました。

閣下からは、私の任務上、無駄死を強く戒められていますが、ここでも好んで危地に入ったのではありません。日本人の信徒を走らせて大守の救援を待つ一方、これまでの経験から、必ずザビエル神父にもたらされる奇蹟によって危機を脱し得ると思っていたのです。それほど神父の奇蹟は鮮やかなものでしたし、また実際、ここでも驚嘆すべき不思議が顕わされたのです。

ここで、ポルトガル人たちも、我々の意気に感じて運命を共にしようと叫び、再び船より府中の教堂に移りました。このため、暴徒は、鐘を鳴らして騒ぎたてましたが、神父は動ずる色もなく我々に黙禱を命じられました。

この時です。祈りを口ずさみながら外に出た神父の後を追った過激な僧侶が、三人同時に斬り掛ったのですが、神父の発する燦然たる霊光に視力を奪われ、刀は折れ、その手が一夜にして爛《ただ》れるという奇蹟が起ったのです。

　この噂さがまた、奇蹟的な速さで一夜にして府中に伝播し、暴徒の心胆を凍らせました。

　ザビエル神父は、例によって、神が代って行われたもので、自分の憶えるところではないと恍けておられますが、神父を見送ったポルトガル人に確かめるまでもなく、当の被害者が実証しているのですから、打消しようはありません。

　閣下、これらの奇蹟を、何と報告したらよいのでしょうか。古代は知らず、現在の欧州では絶えて行われなかった奇蹟です。

　神はやはり、神父の申されるよう、この異教の地にそれだけの必要を感じて、数々の奇蹟を顕わされるのでしょうか。勿論、奇蹟の信徒に与える感動、邪宗徒に齎《もたら》す恐懼は甚大なものがありますが、ここに最も深い感動を受けたのは、他ならぬ神父自身です。

　このため、ザビエル神父は、支那征服というとてつもない雄志に憑《と》りつかれてしまいましたが、私まで支那へ渡るわけには参りません。神父は、ガーマ船長に託して一旦印度へ送り、私は豊後に止まって日本全体の情報をまとめ、分析した結果を改めて閣下のもとへ送りたいと思います。

　我等の主が、顕栄にして尊敬すべき閣下の御身を守り、繁栄を加え給わんことを祈ります。

一五五一年十月七日　豊後より
ポルトガル王室の忠実なる僕
メンデス・ピント

第四章

一五五三年三月十四日　アントアン・ローペがゴアより、耶蘇会総長イグナシヨ・デ・ロヨラに贈りし書翰。

尊師よ、私はこの度の日本征途ほど、御配慮の深さに感じたことはございません。

尊師が「聖師に祈請することこそ、耶蘇教の一大要旨である」と邪な新教との区別を明らかにされたのは、真に当を得たものでございました。

たしかに、聖号は神異や奇蹟を以てその聖徳を示し、確乎たる証左を得た後にこそ与えらるべきものでしょう。何故なら、奇蹟を廃すれば聖師顕われず、聖師顕われざれば新教等と変るところはなく、聖なる礼拝祈請がすたれるからです。

当世の新教徒のように、世界の道理を形体に属して霊魂に属せず、人知によって御主の神力を測り、奇蹟を人間の錯誤眩惑として信じようとしない精神で、頑冥な異教徒をどうして改宗できましょうか。

私は、この征途により、いっそう尊師の指示と意図を確信しました。即ち、奇蹟こそ頑冥の輩を暁《さと》らしめるもので、奇蹟を廃すれば異教地の伝道はおろか、耶蘇教の存立さえ危ぶまれるということでございます。

真の勇者エクトルが現れなかったならば、これにつづく偽の勇者エクトルも現れなかったように、真の奇蹟なければ偽の奇蹟いでず、偽の奇蹟によってまた真の奇蹟が導かれる耶蘇会の栄光が、この日本征途によって証明されたのです。

私はこの信念によって数々の奇蹟を顕わしましたが、これは私の力によるものでなく、ひとえに神の思召しに導かれるもので、またザビエル聖師のように、秀れた資質、徳性、学識、忍耐、勇気の何一つ欠けることなき人物であってこそ、はじめて顕わし得るものでした。これを思えば、ザビエル聖師を東洋に導かれた神の御配慮、並びに尊師の決断のほどには感服の他はございません。

さて、日本西教のことども、聖師や他の神父からの通信によってお察しのよう、私は出航の真際から影の行動を余儀なくされました。実際、私としたことが、聖師が支那海賊船によってまで日本渡航を急がれたのには驚いてしまいましたが、神父たちは聖師に従《つ》いて平然たるものでした。

思うに、東印度において顕わされた数々の奇蹟により、聖師が御主の加護、異教徒征服の自信を強められたばかりでなく、神父たちもまた、このように偉大な僧のもとにいれば、如何なる事態になろうと、神の許される以上の危険はないのだと信じきっていたのです。私も、この事実に意を強めました。

これこそ、作られた奇蹟によって、真の奇蹟ともいえる偉大な信仰が導かれたのではないでしょうか。何故なら、異教徒にのぞむ前に先ず、聖師や神父自体が奇蹟に感化されることが肝要だからです。

この度の征途は、かのサンタ・フェのパウロの印象からして、日本人がこれまでの野蛮国中随一の秀れた民族で、かなり高度な知識や文化を持つことを知りましたが、欧州に開花した文芸復興《ルネサンス》の文化や古来伝承する法術、またアラビヤ、印度等において習得した婆羅門の法術などによって、日本の異教徒も充分教化し得る自信でのぞみました。

それで私は、先ずこの航海によって新たな手法を試そうと思い、アヴァンなる海賊船長の性行、習慣などを観察し、これでよしと思った時、マラッカ司令官パウロ・デ・シルヴァ閣下に願って出航の許可を得たのです。

案の条、船長は近海をぐずついて様々な妨害を加えてきましたが、噂に聞く奇蹟の僧の霊能を恐れてか小手先の悪計に出ず、とりたてて申すほどのものはありません。

こうするうちに暴風至り、船長の女が波にさらわれるに及んで、無知な船長が海神の怒りを惧れる余り、横虐の挙に出ることを予知して、船尾に祀った邪神の供酒に、ジプシーの予言者の用うるヨハンナの秘薬を入れておきました。

これも、彼等が非常の行動に際し、先ず邪神に祈り、供酒を酌み交わして気勢をあげる習慣を知っていたからです。

このような場合、衆人は私を愚鈍な従僕とのみ思い、眼中にないほど無視するので、動きまわるのに不自由はしません。

これと同時に、例の予言星、黄燐の十字架をマストの上方に掲げ、紐をもって出没自在の操作をした上で、腹話術を用い襲いかかった船長等に、聖なる星の出現を告げました。

あとは、薬物の効力によって船長を威服させ、無事鹿児島の港へ達しました。

鹿児島において示した小さな奇蹟、病者の治癒等は、御承知のもので省略致しますが、信徒に偉大な感銘を与え、聖教の栄光を高めた死者蘇生の奇蹟が、後に思わざる失敗を招いたことを告白しなければなりません。

私は、伝道が進むほどに、目覚しい奇蹟を顕わす必要を感じ、伝道地区外の適当な異教徒を物色するようパウロに頼みました。これが、聖師の報道による名家の娘です。

私は、パウロのお知らせで、夜陰娘の病室に忍び、燐光による凝視法で聖師の暗示を与え、薬によって仮死の状態に導きました。

父親は大いに驚き、仏僧などを招いて盛大な祈禱を行いましたが蘇生する道理はありません。こうして悲嘆にくれた父親が、最後に聖師の力にすがった時、その家へ走り聖師の命だからと、蘇生薬を入れた聖水を注入したのです。

尊師も御承知のように、ザビエル聖師も暗示力の強いお方なので、すでに前夜の予言星から、ちかいうちに奇蹟が顕わされることを確信しておられたのです。

このため、聖師は、ためらうことなくフェルナンデスと共に御主の慈悲を求められたのでした。この成功は申すまでもありませんが、後にパウロが海賊の群れに投じて殺されたと聞いた時、私には、神父やイルマンたちの考えとは別に思い当る節もあったのです。

パウロは、私の不注意で異教徒の様子を探らせたばかりに、蘇生の奇蹟を疑い、信仰に迷いを生じたのではないでしょうか。私には、これが仏僧の圧迫から信仰を棄てる遠因となり、海賊に投じたのではないかと思えてならないのです。私自身、大いに反省すべきことでした。

平戸においては、鹿児島の経験から、領民だけでなく、領主にも聖教の威信を知らしめる必要を感じて、高浜の城の奇蹟を行ったものでした。

丁度、平戸滞在中のポルトガル人が飼っていた伝書使の鳩を借りて聖師に随行したのです。この折、宝珠の贈呈がなされることは、武士たちの噂から判っていたので、鳩を使う機会を狙っていたものでした。

こうした場合、日本の広間にある屛風というものは、衆人の視線を断つのに好便なものです。この時、宝珠を運んだ鳩は、待ちうけていたポルトガル人の巣箱に戻り、早速打合わせた平戸城下の水門に移されたのです。

このポルトガル人は信用のおける商人で、また私たちの間では奇蹟ではなく、傲慢な人守をやりこめる悪戯ということにしているので、聖師の尊厳を損う惧れはありません。

山口においては、聖師の日本の悪習や僧侶に対する攻撃が急なあまり、徒らに反撥を買って奇蹟を行える状態ではなく、また念願の京都においても失望せざるを得ない惨状なので、私は唯、聖師の健康を保持することに終始しました。

聖師といえば、数々の奇蹟によって御主にたいする信頼をいっそう深め、御自身の体をかまわれないので、少々弱ってしまいました。食物も、日本人の誤解はさけたほうがよいと、肉を遠ざけわずかな穀物と野菜しか摂られないので、肉体の衰弱は避けられません。

もし、強壮食品の用意がなく、巧く料理にまぜてすすめることができなかったら、とても旅行中の健康は保てなかったことでしょう。このように、私にとって苦心せねばならぬのは、奇蹟の聖師に及ぼす影響力になります。

例えば、海賊船の場合のように、御主の神力を信じて危険に突入される聖師の行動は阻止し得ないからであります。

このため、私は、次回の山口と豊後伝道中、聖師に代行する奇蹟を余儀なくされたのでございます。

次の山口伝道が大内公の厚遇を得て、大いに聖教の威光を震揚し得たことは御承知の通りですが、それだけに僧侶の反撥もまた激しいものでした。

この折、我々は片目のロレンソと呼ぶ琵琶法師の入信を得ました。珍妙な風貌の小男ですが、豊富な知識と秀れた知力を持つ頼もしい人物なので、真言派の僧侶より危険な招待を受けた時、処理の手段を話し合い、密かに入信した真言の仏僧を使う工夫を付けたのでございます。

密かにと申すのは、トルレス神父の考えから、僧侶の唯ならぬ気配を案じて、危険を速やかに知り得るようにと、そのまま僧侶の群に止めていたものでした。

その折、かの僧侶良休が、僧侶の恐るべき機策を知らせていたので、早速良休を聖師に仕立てて薄暮の山道を同道しました。

責務上、変装術には習熟していますから、同体軀の良休を聖師に変えるのは容易なものでした。誰でも頭から聖師だと思い込み、加えて薄暮の中、頭巾をつけた黒いアビトの僧服をまとい、異邦の従僕をしたがえているのですから、疑うものはありません。

また、奥まった離れに通されていることも判っていましたから、彼等が踏み込むまでの間を捉えて、良休は素早く変装をとき、黒衣をその下に着ていた仏僧の衣の内に隠しました。

一体に、僧衣というものは、ゆったりと作られているので、変身には便利です。こうして、私は、良休の合図で室に入り、大声で聖師の行方を求めました。

良休は、泡を食って飛込んだ仏僧等を、衝立の影でやりすごしてから、いかにも彼等のあとから入ったもののように、聖師は何処だと騒ぎ立てて、聖師消失の奇蹟を完成したのです。

真言派の僧侶だとて聖師の異能力を惧れびくびくもので計画したことですからこの衝撃の大きさは今更説明するまでもありません。

この他、山口で示した奇蹟の中で盗賊を改悟させたものは、数日来の盗難事件から盗人の見当は付いていたので、同じ聖水だといっても、その者の器にだけ微薬を入れたものでした。

十字架の件は惧れを知らぬ破落戸《ならずもの》の噂をきいて夜陰その者の家に忍び十字架を踏んだ足に劇薬を塗って以後のみせしめにしました。

なお、これらのことは、先に東印度地方で異教徒を畏伏させたものに変らず、とりたてて報告するようなものではありませんが、やはり奇蹟中最大の難事は、聖師の奇蹟に対する信頼の強さでございました。

次の豊後においても、逆上した異教徒の渦中から逃れようとはなさらないので、いかに聖師を護り抜くかに腐心させられたことです。

イルマン・ピントやガーマ船長たちは、大守の援助を待つ他はないと信徒を走らせましたが、私はそれだけではあきたらず、周囲の状勢を見極めた上で、夜中聖師に変装して外へ出ました。

例によって、すぐ脱け落る黒衣の下に、ポルトガル人より借りた青燐の甲冑を付け、劇薬の噴霧器を携えて僧徒の襲撃を誘ったものでした。刀は、劇薬の霧で目がくらんだ隙に踏み折れば造作もないことです。

この後、信徒の口からこの噂を流布させましたが、大守の救援によって仏徒が鎮まる他はなかったことも、奇蹟の効果をあげる幸運な要因となりました。

ザビエル聖師は、このような奇蹟が顕わされたことによっても、日本布教が御主の御心にかなった故だと信じ、印度へ戻られてからも、ゴアの司教やマラッカ要塞司令ドン・アルヴァロ閣下の強力な反対にもかかわらず、支那伝道の決意を改められなかったのでございます。とはいえ、聖師の死去を何と報告したものでしょうか。

このため、再び日本征途以上の艱難や危険を経て川上島に渡航し、支那商人に貴重な香料を贈って広東への案内を求められた折、時に一五五二年十二月二日、「ダヴィドの子ゼズス我を憫み給え。デウスの御母、天の后、我を記憶したまえ」と祈りながら、御主の御憫《おんあわれみ》により、広東の港とは異った、もっと安全な港に行き着かれたのでございます。

聖師は、御主の奇蹟を信ずる余り、病状が進んでもお身体を労《いた》わろうともなさらず、また我々の助力を拒んで島の山小屋にこもられたのですが、今にして思えば、聖師を死に至らしめたものは、その地の炎症熱ではなく、私の働いた奇蹟によるものではなかったかと吾身の至らなさを嘆かずにはいられません。

御主デウスは、聖師がこの上多くの苦難を嘗めねばならぬことを憫み、ながい労苦に終末を与え、栄光の冠をもって報いられたのでしょうか。上川島のポルトガル人たちは、聖師の死を痛み、悲嘆に暮れるばかりでしたが、私には、涙の乾かぬうちに果さねばならぬ最後の務めが残っていました。

聖師の死はあくまで神聖なものであり、奇蹟の僧の威霊にかけても、常人のように埋没してはならないのです。

ポルトガル人たちは、聖師の遺骨を印度へ持ちかえることが出来るように、正装の聖師の上に多量の石灰をかけて葬りましたが、私は、これだけでは尊師も御満足なさらない旨を察して、死体の保持に秘術の限りをつくしました。

このため、三ヶ月後再び聖師を掘り起した時も、遺体が腐蝕していなかったばかりでなく、肉体も衣服も極めてよく保存されて生ける聖師を見るようであり、一面に芳《かぐ》わしい香さえ漂っていたのです。

一同は感激して遺体を棺に納め、マラッカから更に三ヶ月後ゴアの聖パウロ学院に移しましたが、この時、私が関知せぬ奇蹟が顕わされたのです。先ず、遺体がマラッカに着いた時、それまで流行していた伝染病がぱったりと止み、ゴアへ遺体を移す時も、その船には少なからぬ利益がもたらされました。

実に不訶思議なことながら、聖人の遺体に嘆願すると、帆も舵も吹き折った暴風が治まり、浅瀬に乗り上った船が危地を脱したのです。

このためでしょうか、ゴア市民は遺体の到着に歓喜し、埠頭まで列をなして迎えてから数日仕事を休み、盛大な儀式を行ったほどでした。それだけに、聖パウロ学院を訪れる信徒の数はおびただしく、神父《パードレ》やイルマンたちは、一刻も遺体の側を離れることが出来なかったのです。

これも、信徒が聖師の遺体が病気を治し、禍を避ける霊験あらたかなることを信じ、少しでも目を離すと遺体の衣服や髪爪ばかりでなく、中には片腕を狙う者までいる始末ですから油断はなりません。

このため、神父たちの休憩が奪われるのは勿論、私も遺物を所持している者を求め、その霊験の程を保証しなければなりませんでした。

これは、私にとっても意想外のもので、聖師は死後もなお、奇蹟でもって私を奔走させられるのです。全く、聖師こそ、名実通り最大の奇蹟師ではなかったのでしょうか。東西奔走して踊らされていたのは私のほうではなかったかと、今更に聖師の偉大さを感ずるのでございます。

ザビエル聖師ほど、奇蹟を任し得る偉大なパードレは容易に望めません。今、パードレ・バルタザール・ガーゴに従って再び日本へ渡ることになりましたが、尊師の指示を受けるまでは、奇蹟も普遍の段階に止めておこうと存じます。

御主の御恵により、尊師に長寿と充分の恩寵を与え給わんことを祈ります。

一五五三年三月十四日　ゴアより

耶蘇会の無能なる奇蹟師

アントアン・ローペ

偽眼《にせめ》のマドンナ

大富豪倉持雄造の館は、警察や関係者の熱気でふくれあがった。美しい一人娘の有香が誘拐されて、莫大な身代金を要求されたのである。

「わかった。金はいくらでも出す。有香は元気なのだろうな。電話でいい。声を聞かせてくれ」

雄造は、受話器に懇願した。

「兄貴、娘の声を聞かせろというちょるぞ」

おしゃべり伝次は肩をすくめて、倶利加羅の勇作にかわった。

「倉持のおっさんよお、娘さんは電話のない山小屋に隠してるんで出すわけにはいかんが、一分でカラーになるポラロイド・カメラをもってるんでね、元気な写真を送ってやるよ」

「よろしく頼む。有香の写真を身代金引きかえの手形にしよう」

雄造の答えで電話がきれると、伝次は、心配そうに首を伸ばした。

「驚き山のホトトギスだ。兄貴、どうやって娘の写真をとるんだよ」

富豪の娘は、美しい死体となって床の上に長々と伸びている。車に引きずりこんだとき、わめきあばれて手がつけられないので、勇作がおとなしくしろと首を締めすぎて、息まで止めてしまったのだ。

「麻里を仲間に入れる」

「恐れ入谷の鬼子母神。兄貴、世の中には不思議なこともあるもんだなあ。この娘は、見れば見るほど麻里にそっくりだ。そのうえ、マリに娘の服を着せてニッコリ笑わせれば、おやじどころか、お釈迦さまでも気がつくめえ」

「馬鹿野郎、誘拐された娘が笑うか。しおたれたところを写すんだ。そうすれば、娘いとしさで身代金も値上げできる」

早速、隠れ家に麻里を呼ぶことにした。ズベ公にはもったいないくらいの美しい娘で、ならず者の間では、〝偽眼《にせめ》のマドンナ〟とよばれていた。片目を失って偽眼を入れていたからだが、本物そっくりの精巧なもので、事情を知らない者から看破される惧れはない。

ひだ飾りもあでやかなロングスカートを風にはためかせ、颯爽とやってきた麻里は、話をきくと美しい唇に皮肉な笑いを浮かべた。

「そお、写真をとるだけなの」

「気に入らねえか。一枚パチリとやるだけで、百万円もはずもうというんだぞ」

かみつかんばかりの勇作に、麻里は、小さく首をふった。

「金をもらっても、娘の死体はどうなるのよ」

「後はオサラバ。死体は川にでも流すさ」

「へーえ、それで大丈夫なの。人質を殺した許せない誘拐魔として、警察は全力をあげて捜査するわ。捕まれば、直ちに電気椅子よ」

「兄貴い、大丈夫かよお。弱り名古屋は城でもてても、おれたちゃおだぶつ……」

伝次は、ふるえあがり、

「死んだ娘を生きかえらせるかってんだ。あとは野となれ山となれだあな」

勇作も顎をしゃくって焼糞に叫んだ。

「そんな調子だから大悪党になれないのよ。双生児みたいにこんなに似ている人とめぐりあえるチャンスを生かさなきゃあ、罰があたるわ。わたしが有香になってもいいのよ」

麻里は、けろりといった。

「有香のことは何も知らんくせに、ばれたらどうするんだ」

「誘拐のショックで記憶を失ったことにすればいいでしょう。無事にもどったわたしを、みんな有香と思いこんでいるから、かわいそうだと同情しても、怪しむことはないわ。そのうちに倉持家の様子も、有香のことも少しずつわかって、わたしも少しずつ本物の有香になっていく……」

「待っていたのの天神さま、さすがはマドンナのあねごだ」

伝次は、惚れ惚れと麻里を眺めたが、

「なるほど、いい度胸だが、宝ものを独り占めにしようたって、そうは問屋がおろさぬぞ」

「独り占めって何よ……」

「ズベ公が一夜にして大富豪の一人娘になるなんて、それこそ夢みてえなシンデレラ姫の玉の輿じゃないか。それだけじゃねえぞ、両親が死ねば、大いなる遺産はそっくり麻里のものになる。そんなうまい話を独り占めにされてたまるかってえんだ。遺産の半分はいただくぜ。不承知なら、ニセ娘とバラすまでよ。おれゃあ気短かで、両親が死ぬまでのんびり待てねえんだから、早く仏にしてやってもいいんだぜ」

「案外、頭がいいのね」

麻里は軽くうなずくと、身代金の取引きが終ってから、狼の牙を逃れた小兎のように、よろよろと倉持家の門前に現われて、麻里一代の演技に移った。

まず、館内警備のガード・マンに発見され、雄造夫妻が驚舞してかけつけたとき、

「ああ、パパ……ママ……」

と麻里は叫んで、ゆらりと倒れ気を失ってしまった。

こわれやすい人形のように、麻里はそっと有香の寝室に運ばれ、医者はおごそかにいった。

「お嬢さんには、誘拐のショックが強すぎたのです。できるだけそっとそおっといたわって、静かにしてあげることです」

「おお有香、かわいそうに、さぞかし怖かったろうな。二度とこんな目に会わせないよ」

雄造夫妻は、胸を押えてうなずきあうと、館内の使用人に医者の注意を守るように厳しく申し渡した。

「あら、ここはどこ……」

翌朝、目覚めた麻里は、不安そうにまわりを眺めた。

「ここは、お嬢さまの部屋ですよ」

夜中、付きそっていたらしい、初老の女性が心配そうに声を掛けた。

「あなたは、だあれ……」

「有香お嬢さま、ばあやをお忘れですか。おお神さま、お嬢さまをお助けください」

「ああ……ばあや、頭がかすんで何も思い出せないの」

「おお痛わしや、おかわいそうに、あまり怖しい目にあわれたから、ショックで度忘れなされたのですよ。無理なさってはいけません。そのうちにきっと思い出されます。」

「お願いばあや、わたしを助けて……」

麻里は、世にも可憐な声で頭を下げた。

「お嬢さま、ばあやにまかせて下さい」

ばあやは、あのわがまま娘がこんなにしおらしくなってと、痛ましさとよりすがられた感動で目頭が熱くなった。

麻里は、日に日に有香らしくなっていった。少々ちぐはぐなところが出てきても、あんな目に会ったのだから無理もない、とみんなの同情を深めるだけであった。

雄造夫妻も、やんちゃな娘がこんなにおとなしくなってと、いとしさはいやますばかりで、以前のような屈託ない娘の笑顔を見たいものだという願いも高まるばかりだった。

「母さん、有香も年頃だ。そろそろ婿さんを見付けてやらねばな」

「ほんと、とびっきりいいお婿さんを探してあげましょうよ」

やさしい両親は、なにごとも娘のためにと深くうなずきあった。金に糸目をかけず選ばれた花婿候補は、光源氏と鞍馬天狗をあわせたような凛凛しい美男子である。

雄造は、山荘で、傷ついた娘をいたわって、さり気なく紹介した。

「若林良彦君、住友造船の技師だ。大学では馬術の名選手だったんだよ。乗馬をコーチしてもらいなさい」

麻里は、青年と顔を合わせたとたん、目の中で太陽が輝やいたようにぼおっとなった。

じゃじゃ馬の麻里が馬上頼りなげな風情を示すと、麻里がつきあっているならず者たちにはない優雅さでそっと馬をリードする青年の知性とやさしさにすっかりいかれてしまった。

青年も、ブルジョアのブス嬢のコーチかと、気の進まぬまま招ばれたものだが、マドンナ小町の美しさに心臓の中で太陽が燃え上ったようにカーッとなった。

麻里には、もう深窓の令嬢のつつましさが身についていたが、根がはねっかえりのズベ公なので、恋の手管には事欠かぬ。

夏の高知で二人は、天にも上る気持で男女の機体をぴたりとドッキングさせ、はるかな銀河をさまよう宇宙船になった。

「有香さん、人間の幸せってどこにあるのかわからないものだなあ。ぼくには有香さんがすべてだ、何もいらない」

良彦は、草原の中で麻里の肉体にうっとりとなり、

「麻里、いいえ有香もよ。良彦さんはわたしの命、もうはなさない」

麻里は、青年のたくましい胸に顔を伏せ、甘い言葉に酔った。

「倉持社長は、財界の鬼将軍とよばれておっかなかったが、娘にはほんとにやさしい、いい父親なんだなあ」

「ほんとに、すばらしい父さまだわ、良彦さんってすてきな恋人を連れてきたんだもの、感謝しきれないくらいよ」

麻里は、心からそう思っていた。世に恋ほど強く不思議なものはなく、よからぬ心を抱いて有香の身代りになったものだが、もう金や物などどうでもよくなった。

それどころか、夢見る恋人をえた上になお欲をだせば、幸せすぎて天罰をうけると不条理な畏れにふるえたとき、ハッと恐しい予感に身をすくませた。

自分が恋に酔っている間に、短気な勇作がじりじりになって、遺産ほしさに雄造夫妻を殺《や》りかねないと思うと、良彦との恋に賭けて、もうじっとしてはいれなかった。

麻里は、ジャガーを飛ばして港町の勇作をさがしだすと、

「あんたたちとは手を切るわ。やさしい両親を殺そうだなんて、悪い話は聞かなかったことにするから、あんたたちも忘れて頂戴!!」

と、鋭い言葉を真向から斬り下げた。

「へーえ、そいつは桑名の焼はまぐりだ。独りいい子になって、倉持の財産を独り占めにしようってのかい」

勇作は、肩をゆすった。

「あんたたちがどう思おうと勝手だけど、わるの世界につくづく愛想がつきたのよ。もう、悪事に荷担はできない。それでも倉持の両親を殺すつもりなら、わたしは自首するわ。そうなれば、ニセ嬢ということがばれて遺産はもらえないし、あんたたちは殺人犯人として、警察に追いまくられるだけの話よ」

「わかった、わかったよ。麻里がそれほど思い込んでるのなら、何もいわん、頭が冷えてから、また話し合おうじゃないか」

「ともかく、殺しは駄目よ。わかったわね」

「麻里が不承知なら、わかるもくそもないじゃねえかよ」

勇作は、キツネに肉をうばわれたカラスのように情けない顔で応え、勝ちほこったシャムネコのように、麻里が爪をおさめて帰ってから、伝次にあたり散らした。

「あのチャッカリ屋のズベ公がよ、金も命もいらないと、そんなにしおらしくなるなんて信じられん。おい、

伝次、なにをぼけえと突っ立っとるんだ。麻里に何が起ったのか調べてこい」

「はいはい、心得太るべ、ござるの尻は真赤でござる。けんのん様へ月参り」

「ばっきゃ野郎、ふうてんの寅もいいかげんにしろ」

「おっと合点承知之助、お逃げのかば焼泥鰌《どじょう》汁とくらあ」

伝次は、首をすくめて退散すると、四日目に戻ってきて、頭の上でくるっとまわした手をパァッと開いた。

「兄貴、麻里はてんでいかれて手がつけられませんぜ」

「何にいかれたんだ」

「絵に描いたような色男、苦み走ってね、腕っぷしも強そうないい男。そのうえ頭のきれる造船技師でね、あのジャジャ馬麻里がクラゲみたいにメロメロにとろけっちまって、男に抱かれていれば、ダイヤも金もなんでもあげるって顔ですぜ」

「畜生め、男嫌いの麻里だなんてよう、かっこつけて肘鉄食らわせやがったくせに、だから女《スケ》なんて信用できねえんだ。倉持家の財産はおれたちに渡さず、ごっそり色男に入れあげようって魂胆だぞ」

勇作は、振られた恨みも重なってカンカンになった。

「こいつはトンビに油揚げ、おやおやどうしよう南瓜の胡麻汁ときた」

「他人事みてえにしゃれてる場合じゃねえぞ。お前の分けまえもパアになるのがわからねえのか」

「はまりの天神、兄貴、どうすりゃあいいんで……」

「邪魔者は消す。麻里はな、ちょっとでもケチがついたら、買ったばかりの服でも二度とは着ない性分だ。色男を消されちゃあ、ケチのついた暮しから一日でも早くおさらばしたくなる。そうなりゃあ、頭も冷えて、もと通りおれたちと組んで、倉持家の遺産を狙うしかない」

勇作は悪党の決断を下し、別荘地へとんで、浮き浮きと逢引きにでかける良彦の車を、人気のない湖畔の道で止めた。

「ぼくに用かい」

怪しみもしない良彦の鳩尾《みぞおち》に殺しのプロの早業で一発入れ、つづいて唐手チョップで脳天をしびれさせ、気を失った体をハンドルにもたせて、車のスピードをあげて湖にとび込ませた。

青く透明な湖なので、沈んだ車は一時間後には発見され、優雅な避暑地は大騒ぎになった。

駆けつけた人たちの中で、良彦を確認した倉持夫妻と麻里は、「あっ！」と絶句して立ちすくんだ。

スピードをあげたまま、ハンドルをきりそこねて湖に突っ込んだのでしょう、と説明する警官の声も悄然となった麻里には遠い声になっていた。

もう、死の理由などどうでもよかった。命にもかえがたい良彦が死んだ事実だけがすべてであった。

悲しみは胸に満ち、涙は目に溢れ、泣くことを知らなかった麻里に、これまでたまっていた涙が、いちじにせきをきってぽろぽろととめどなくこぼれていった。湖の夕陽にきらめく美しい涙であった。

愛娘の嘆きを痛ましい思いで見守っていた倉持雄造は、麻里の涙が片目だけから流れ、もう一つの目はうるみもせず輝やいたままであることに気付いた。そして、おやっと宙に浮いた視線は、すぐ厳しいものに変った。

「有香、お前はだれだ……」

卑弥呼の裔

一

「新月がこわい」

東京の夜空にめずらしく鮮明な姿をみせた新月を見上げる香鳥の言葉に、門真清人は、気象精神病学の触角で一種不条理な惧《おそ》れを感じた。

香鳥の郷里は、宮崎県西臼杵郡神籠《かろう》の雲津である。日向高千穂を主峰として大小十八個の火山群を擁する霧島山系は、寿永四年、壇の浦に破れた平家の残党平佐中将清経等の落ちてきた椎葉村などで知られるが、雲津はさらに奥まった秘境中の秘境となる古代の里である。

吾孫《あびこ》香鳥から、雲津の里人は磐井《いわい》の子孫だときいたとき、清人は蘇った埴輪人間と邂逅《かいこう》したように呆然となったものであった。

磐井は、日本史でも霧につつまれた古代の五二八年、朝鮮任那《みまな》問題に反撥して大和に決戦をいどんだ九州の豪族なのだ。

清人は、新興勢力の大和征服王朝と本家の九州王朝との主導権争いだと解釈している。

輻湊《ふくそう》する推論はともかく、磐井の反乱は「日本書紀」の継体天皇二十一年にでている。

終局は、「廿一年十一月甲寅甲子、大将軍物部大連《もののべのおおむらじ》麁鹿火《あらかい》親《みずか》ら賊師磐井と筑紫の御井郡《みいのこおり》に交戦《あいたたか》う。旗鼓あいのぞみ、埃塵《ちり》あいつげり。機《はかりこと》を両陣の間にさだめて、万死の地を避けず。遂に磐井を斬りて、果して壃《きょう》を定む」とあり、大和が磐井を倒したというのだが、書紀自体が六七二年壬申の乱の後に大和朝確立のために書かれ、磐井の反乱で日本国民の反感をつのらせ、反乱直後六年にわたる内乱によって倒された大伴氏一族によって編纂されたものだから、真実はいまだ謎につつまれている。

肝心の磐井の生死は、地元の「筑後国風土記」逸文（釈日本書紀）に、

「雄大迹《おおおど》（継体）天皇の世に、筑紫君磐井、豪強《つよ》くして虐預《あら》く、皇風《おもむげ》にしたがわず、生けりしとき、預《か》ねてこ

の墓を造りき。

にわかにして官軍《みいくさ》おこりて襲《う》たんとするほどに、勢の勝つまじきを知りて、独り豊前の国の上膳《かみつみけ》の県《あがた》に遁《のが》れ、南の山の峻《さか》しき嶺の曲に終りき。ここに官軍、追い尋ねてあとを失い、士《いくさびと》の怒《いかり》やまず、石人の手を撃ち折り、石馬の頭を打ち堕《おと》しきという。古老伝えていう。上妻《かみつやめ》の県に多く篤《あつ》き疾《やまい》あるは、けだしこれによるか」

とあり、香鳥も、磐井は「書紀」にあるように斬り倒されたのではなく、「風土記」に伝えられるように、難を逃れて消息を断ったというのである。

この戦は、敵味方の旗や太鼓がなり響き、戦塵は両軍をおおい、戦略は両陣の間に交錯し、どちらも決死の大奮戦を行った、と書紀でも表現しているように、両王朝最後の雌雄は仲々決しなかった。

そこで大和の勇将物部麁鹿火大連《あらかいおおむらじ》と筑紫君磐井は休戦条約をむすんだが、大和の謀将大伴金村《かねむら》大連の詐略で奇襲をうけ、高千穂の奥地に逃れたのである。

風土記に、「上妻の県、県の南二里に、筑紫君磐井の墓墳《はか》あり。

高さ七丈、周り六丈、墓田は南北各六十丈、東西各四十丈、石人石盾各六十枚、こもごも陳《つらな》りて行《つら》をなし、四《よ》周《も》にめぐれり」という磐井が生前、大和王朝をしのぐ心意気で造っていた石人石馬の壮大な墓墳の地に逃れたとみせたのは、逃亡の戦略であった。

旧来の敵地であった球磨《くま》から高千穂への経路は一種の盲点である。上妻へ追撃してきた大伴軍団は、磐井の姿のないのを知って憤激のあまり、墳墓の石像を破壊し住民を殺傷した。

「上妻の県に多く篤き疾……」というのは、この時の大伴軍の暴逆を記録するものであろう。

門真清人は、古代への興味で、邪馬台国九州説をとっていた。

「魏志倭人伝」にいう女王国の女王卑弥呼が魏に初めて朝献した二三九年（景初二年）が、磐井の乱より三百年足らず前のことで、そう遠い時代ではない。

そこで九州王朝の磐井が邪馬台国の継承者であれば、磐井の子孫という香鳥は、卑弥呼の子孫だといえるのではないか……と思ったとき、清人は、夢幻にひとしい推論がにわかに現実味をおびて息づきはじめたことに、あっと叫んだ。

「香鳥さん、雲津の里に磐井の伝説はのこってないのかい」清人がたずねると、

「はい、遠い昔から語りつがれていることが……」と香鳥は、夢みるような眼眸で応えたものであった。

「高千穂の神籠という名は、古代日本の王は、神の直系で神にひとしいものであった。その王が隠れ籠った地を尊んで、いつとなく神籠とよばれるようになったのです。古代九州を研究している高校の先生は、磐井が高千穂にのがれたのは、その祖先である天孫降臨発祥の地の神々の加護を求めるものではなかったかといっています。その時代は、神への祈りの気持が強く、雲津の名も、神々の降りたもう地という意味をもつのではないかといわれています」

「日本の六世紀は謎の時代だからなあ」

遺跡にしろ遺物にしろ、古代の落人の里で証拠を求めようというのは、木によりて魚を求めるようなものではないか、と清人が思いを霞ませたとき、

「ほねかみ石に花あげろ
あまたもろ人石の人
わらべおきなも石の人……」

風が啾《な》くように、香鳥は小さく口ずさんだ。

「その唄は……」

「神籠の童唄《わらべうた》です。雲津の古い墓のあとには、石人石馬らしい風化した石像がのこっているんです」

「それで唄の意味は……」

尋ねる言葉にも力がこもった。

「ほねかみ石とは、磐井の乱で亡くなった人を弔った墓石ではないのでしょうか。この戦で多くの九州人が命を落としています。兵士ばかりでなく、大伴軍によって老人も童子もみさかいなく殺された哀しみが、死者の冥福を祈って花をあげようという童唄になって伝えられたのでしょう」

「すばらしいね。香鳥さんが磐井の子孫なら、当然邪馬台国の卑弥呼の子孫だといえるんだよ。吾孫の姓は、磐井の先祖が吾《わ》が子孫といういとしみをこめて付けたのかもしれないし、あびこはひみこ（卑弥呼）につながるものかもしれないね。卑弥呼の素姓については諸説入りみだれているけど、中でも東洋史の白鳥庫吉博士は熊襲《くまそ》ないし隼人の女酋長説、星野恒博士は土蜘蛛の田油津媛《たぶらつひめ》の先代にあてている。また、松本清張は、ヒミコがヒミカ（日向）を意味する地名によるものではないかというが、これらの説でも神籠と同一地帯の祖先になるんだよ」

「ほんとにそうだったら、すてきだわ」

「そうにちがいないさ。卑弥呼は日本のクレオパトラだからね。その裔たる香鳥さんも負けぬくらい美しい」と清人もついうれしくなって、柄にもなく軽口をたたいたものであった。

このような二人の間に交わされていた古代伝承の前提があったから、清人は、新月がこわいという香鳥の言葉に不条理な影を感じたのである。

「ドライな現代娘《こ》が、やけにオセンチなことをいうんだなあ」

清人があえて反問すると、

「事実だからこわい。それもこの事実が古い血によるものではないかと思うと……」

いっそう不安なのだと、香鳥の瞳は訴えていた。

雲津には、新月に悪霊がさわぐ、という言い伝えがあり、春秋の新月前夜には、悪霊を鎮める神事を、雲津の総本家格の吾孫家で行う仕来りになっているのだという。

昔から、神籠一帯の不幸な事件のほとんどが、新月と満月の夜に起っていた。昭和初期、この伝説を重視した地元の関係者の調査によっても、この地方での多くの事件が新月か満月の夜に集中していることが証明された。

日常のもめごともこの時期の夜に多く、この時期のトラブルは、酔っぱらいの行為が大目に見られるように、雲津では新月の夜だからと許容される習慣なのだという。

「有りうることだろう。高千穂の神籠だけではない。外国でも、新月や満月の夜には悪鬼が跳梁するとおそれられている。吸血鬼のドラキュラやフランケンシュタインが出没するのもこの夜だし、九州の古代人もこの夜の危険性を本能的に知っていたのだよ」

「ドラキュラやフランケンシュタインと一緒にされては困ります」

「いや、それが事実なんでね、物理的にも証明できるよ」

卑弥呼のロマンチックな伝承からはなれて、清人は、科学者の目で応えた。

「新月の悪霊を証明できるのですか」

「幽霊の正体みたり枯尾花かもしれないが、カナダのクイーンズ大学医学部の科学者たちが所管の郡で起った交通事故を分析したところ、死亡者がでた大事故の八一パーセント、またより軽い事故の七三パーセントが、いずれも気圧の下がり始めたときに起っていることがわかった。さらに、これに先立つ三年間の交通事故を調べてみたところ、そのような気象条件のもとでは、同じように高い比率で事故が発生していることも判った」

「門真先生は、新月と気象と関係があるとおっしゃるのですか」

「さすがわが教室の才媛だね。君の勘の良さは、まさに卑弥呼ゆずりだよ」

「卑弥呼……」

「倭人伝に、『其の国、本来男子を以って王と為し、住《とど》まること七、八十年。倭国乱れ、相攻伐すること歴年、乃ち共に一女子を立てて王と為す。名づけて卑弥呼と曰《い》う。鬼道に事《つか》え、能《よ》く衆を惑す……』という有名な章がある。鬼道とは、シャーマニズムだ。卑弥呼は神霊と自在に交る巫術《ふじゅつ》に長じた女性だったろうが、邪馬台国の危機を救い、倭国連合諸国の王と一般民衆から絶大な支持を得たのは、秀れた霊能者というだけでなく、神にちかい絶世の美女だったからこそ女王として崇敬され、僕が香鳥さんに支配されているように、邪馬台国を支配することが出来たんだよ」

清人にとって、これは幻想だけではなかった。シャーマンの資格として、卑弥呼が鋭くゆたかな感受性をもち、切れ長のきらめく眼眸の美女だったとは科学的にも想定できるのだが、そう思うほどに卑弥呼のイメージと重なる香鳥の美しさに酔ってもいたのだ。

「先生……」

卑弥呼にかこつけた告白に、香鳥は一瞬言葉をつまらせ、その切れ長の眼眸を光らせて怒った声になった。

「この大学でも、人工気候室《クリマトロン》とよぶ新しい実験室ができたが、ここでは気温や温度だけでなく、大気中の電気や気圧まで自在に変えて人工の気象条件を作りだせるようになっているんだよ。ここで〝嵐の前の気象条件〟を人工的に作り出し、関節炎の患者三十二人を十二時間にわたって調べてみたところ、はとんどの患者は、気象条件が変わり始めて数時間もすると、病状がひどく悪化したと訴えた。昔からのことわざなどでいわれているように『骨の痛み具合で天気を予報することができる』と実験担当の矢川教授はいっている」

「気象条件に人間の精神もかかわってくるのですか」

香鳥は、切りこむようにたずねた。

「この度の学界で、マイアミ大学の精神科医アーノルド・リーバー博士の調査班の研究が発表されたが、その中に君のテーマに合う面白い事実が明らかにされているんだ」

「先生……」

香鳥は、じれったそうに先をうながした。

「この調査班が、フロリダ州デード郡で一九五六年から七三年にかけて発生した殺人事件およそ二千件を対象に殺人の行われた時間を分析したところ、意外な事実が明らかになったんだ。すなわち、新月と満月のときに殺人事件の発生率がピークに達していた。これに驚いたリーバー博士たちは、念のためオハイオ州カイホーガ郡で起った二千三十三件の殺人事件についても同じ分析を試みたところ、やはり殺人事件は新月か満月の直後に多発し、しかも残虐な殺人や猟奇的な殺人がふえていることが明らかになった」

「先生、新月がこわいのは、殺人という事実ではなく、そうしたことを起しかねない私の中に流れている雲津の血なんです」

「わかっているよ。古い伝承が生きていれば、それだけ血にたいする惧れも強いだろう。だが、それは血や伝統ではなく、私の専門の気象精神病学の問題なんだ。気にすることはない」

「なぜ……」

救いを求めるように、香鳥は切なげな表情でいった。

「気象精神病学は、君も知っているように新たに開拓された学問なんだが、この分野にたずさわる学者たちは、現在、気温、嵐、風、大気中の電気、耳の位相などが、人間の精神状態や行動や健康にどのような影響をおよぼしているかを調べている。君が惧れているように、昔から、狂気は月と関連があるのではないかと考えられてきたが、気象精神病学者たちの研究も、それが事実であるらしいことを示唆しているんだ。イギリスの著名な天文学者サー・バーナード・ラベルも『事実であることが証明できそうだ』と語っている。精神状態の安定したふつうの人間なら、新月のために狂暴になるなどということはないが、それでも不安や神経の高ぶりや混乱をおぼえたり、いつになく変った気分に陥ることはありうることだよ。雲津の場合は、新月についての気象条件に新月には悪霊がさわぐという心理条件が加わって、いっそう可能性を強めているのだと思う」

「なぜ新月にそんなことが起るのですか」

「月は地球の干満に大きな影響を及ぼしている。だから、人間も当然月の影響をうけているのではないか、とリーバー博士は言っている。人間の体は、要するに地球の表面の小さな〝複製〟といっても差支えないものなのだ。つまり、われわれの肉体には、地表の成分と同じものが同じ程度に含まれている。八〇パーセントが水分で、残る二〇パーセントが有機および無機の物質なのだから ね、人間の細胞質も月の変化によって影響をうけると考えておかしくないわけだよ」

「月の条件は、だれにでも同じなのですか」

「いや、同じではない。リーバー博士は月の影響を『生物学的潮流』と名づけ、月の潮流によって人間の気分や精力、忍耐力、判断力などが影響をうけているのではないだろうかと考えている。情緒が不安定な人や神経が非常に細かい人にあっては、この潮流の変化によって行動が理性を欠いたり、狂暴になったりすることもありうるというわけなんだ。満月のときに精神病院の病棟がふだんよりも騒がしくなったり、収容される患者の数がふえたりすることがよくあるが、これもリーバー博士の説を裏付けるものと考えられるかもしれない。月が地球にもっとも近づく前の日に、自殺が増加するという研究報告もあり、いろんな場合が考えられるが、いずれ本格的に研究されることになるだろう」

「はい」

香鳥は、新月を見上げていた眼を清人にもどしてこっくりとうなずき、あとは二人だけの月夜になった。

二

門真清人が新月の話を忘れかけたころ、夏休みで帰郷していた香鳥より、新月への兢々と惧れに満ちた便りがとどいた。

「先生は嗤《わら》われるかもしれませんが、雲津の八峡《やかい》の瀬に悪童《あくど》の呪いを封じたという石が動きました。動かしたのは上生《うぶ》武彦さんらしいのです。それ以来、この瀬で青くゆらぐ悪童の鬼火を見たという里人は二、三にとどまりません。雲津には不穏な異変がつづいています。私は吾孫家の娘として、新月に瀬の悪童を鎮める神事を行わねばなりません。武彦さんは、自分の嫁になれば悪童を除けるといいつのって迫ってきます。このままでは治まりそうもなく、何かが怖いのです。先生の学説で解かれるものなら、雲津の闇を払って下さい。お待ちします」

香鳥の不安にゆらいだ文体で、清人はすぐ東京を発った。恋人の危機に臨む騎士を気負ったわけでも、気象精神病学のデータを求める気持でもなく、この機に香鳥の両親から婚約の了承をえようと、いわば平凡な思いで、手紙にひそむ香鳥の願望を読みとった気でいた。

東京からジェット機で福岡、福岡からローカル線のプロペラ機にのりかえ九州を横断して延岡、延岡から高千穂への山峡の道をバスにゆられていると、いかにも卑弥呼伝承の秘境へいくのだというはるばるとした思いになった。

終点でバスを降りると、麦藁帽の男がジープのそばから声をかけた。

「門真先生、吾孫家の使いでお迎えにきました。雲津分校の教師で葉原《はんばら》です」

清人も初対面の挨拶を交して、香鳥はと訊くと、葉原は渋柿のような笑いをうかべて、ジープの中のテープレコーダに指を伸ばした。

「先生ごめんなさい。神事の定めで物忌《ものいみ》の七日間は人に会えません。三日後にお目にかかります。あとは、葉原先生におきき下さい」

小さな匣《はこ》から不意に香鳥の声がとびだしてきた感じであった。鬼道をよくした卑弥呼の伝統で、現代の卑弥呼は科学を自在にして人を驚かすものだな、と清人は軽く肩をすくめ、

「こういう神事は、よく行われるのですか」

ジープの助手席でたずねた。

「吾孫家は、熊本のダム建設反対で雷名をとどろかせた蜂の巣城主の室原家のように、神籠一帯の大山林地主ですが、古代神道の宗家でもあるので、事が起れば宗家の娘が祭主となる義務のようなものもあるのです」

「古代神道……」

「一般の神道とちがって、神籠独自の風習を守っているからそうよんでいるわけです。九州では、明治まで幕府の弾圧にかかわらず隠れキリシタンが信仰を守っていて、その中心となったのがバテレンなきあと聖水の儀式を司る神父役の水役だったように、吾孫家も古代神道の中核だったのではないかと思います。隠れキリシタンの習俗は、現在でも長崎の平戸島近在に生きているように、雲津でもこの信仰が守られてきたのでしょう」

「隠れキリシタンと対比されるのは、この地にもそんな事情があったからですか」

「文献もない古代の事件ですが、敗戦によって身をひそめねばならなくなった磐井一族には、弾圧下のキリシタンと同じ厳しい条件があったのではなかですか」

「神事の由来はききましたが、磐井から邪馬台国、卑弥呼の系譜はどうお考えですか」

清人は、歴史というより、卑弥呼の裔へのロマンチックな期待をもらしたわけだが、

「実にそのとおりでしょう。文献とはべつに、伝説や風習は謎を探る鍵となるものですから、もっと重視さるべきだと思っていますが、私に断言できるのは、雲津に邪馬台国と卑弥呼の謎を実証する証拠があるからです」

意外に葉原は、強い口調で応えた。

「石人石馬ですか……」

「いや……」

と首をふって葉原は、渓谷と同じく流れるようなトーンで話しつづけた。

「『魏志倭人伝』に『魏使に丹《に》を贈る』という有名な一節があり、邪馬台国の特産物として、さらに『真珠、青玉を出し、その山に丹あり』と述べています。邪馬台国にきた魏使は、この国で丹を出産し、すでに実用化しているのに驚いて生々と記録しているのです。古来、中国には不老の仙薬が東海のかなたの蓬萊《ほうらい》にあると伝え、そのために秦の始皇帝は、山東の人、徐福に命じてさがしに行かせたといいますが、この不老不死の仙薬を求めようとするのは神仙思想によるもので、この思想は、神丹とか仙丹というものなしには成立せず、この思想で行う錬丹術と錬金術を行うために必要とするのが『丹』なのですから、魏使は邪馬台国の丹に眼をみはったのですよ」

中古のジープは、南国の強い陽差の高千穂山道から、青い嵐気が肌にしむ緑蔭の峡道に入り、カタカタと光と影を織ってゆっくり上っている。丸木組みの橋を渡ると、渓谷の急湍は激しさをくわえ、屹立する百様千態の奇岩や、湍水をとばして岩にくだける急流から一変して緩く澱んで蒼々とした淵や、絶壁から碧湍に落下する長瀑など多様な風景の中で葉原の話をきいていると、タイムマシンで現代から一気に古代へ運びこまれたような幻妙な気分になった。

「それで丹というのは……」

「自然水銀ですよ」

葉原は高らかに応えた。

「自然水銀……」

「ええ、邪馬台国が魏志倭人伝の中で重視されたのは、ここで自然水銀丹を産出し、貿易の特産物として海外にだしていたからです」

「すると、自然水銀と雲津がかかわってくるのですか」

「かかわるどころか、雲津こそ自然水銀の日本で唯一、

永久不変の産地なんです」

葉原の言葉が強まると、ジープの速度はいっそうゆるくなった。

「日向風土記の神籠記に、雲来村の特産物に石上神木蓮子玉の記録がのこっています。ながい間この玉が何の玉であるか、謎として知った者はいませんでしたが、貴重な古記録の雲来を中心とし、謎の玉にあたる玉を現地に求めて詳細に調査研究した結果、石上神木蓮子玉が自然水銀玉であることがわかりました。倭人伝の邪馬台国に『真珠、青玉を出し、その山に丹あり』という、その山の丹が雲津の自然水銀なんですよ。しかもね門真先生、自然水銀という特殊鉱物鉱床は、動植物のような移動性もなく、環境に支配され変化することもない鉱床で、わが雲津の一地点にのみ不動の存在を示しているのです。

科学的にいえば、神籠地帯は第三紀層で、地質の構成は水成岩ですが、広域な第三紀層の中でも、僅かな雲津の八峡水系上流の山から、自然水銀は、限定された特殊鉱物の自然に微粒となって産出するのです。日本国内ではこの地以外にありません。文献学上からみた、日向風土記、魏志倭人伝の邪馬台国の丹（自然水銀）としてだけでなく、鉱物学、鉱床学という見地からみても国宝的な価値あるものとなっています。昭和四十八年の秋には、通産省福岡鉱山監督局から現地調査が行われました。昭和五十年度には、さらに本格的な調査が行われるときいていますが、自然水銀の鉱床は考古学よりもっと古い地質構成時代からのもので、人間との出会いが何時ごろ始まったかは不明です。ともかく門真先生、雲津の丹が、日本古代史の謎である邪馬台国解決の鍵だとは思いませんか」

葉原は、峡谷の樹海を脱けて見晴しのよい峠にくると、車をとめてうまそうに煙草をくゆらした。

「恐れ入り谷の鬼子母神ですね。魏志倭人伝という文献資料にのみ目を奪われて、現地を忘れていました。古墳や銅鏡ならともかく、丹によって実証できるとは……」

思いもよらぬことと清人は頭を下げたが、古代伝承が蘇って実感を深めるほどに、香鳥の惧れは、想像以上に根深いのではないかと深い雲津の山々を眺めた。

「先生、丹は邪馬台国を実証するだけでなく、卑弥呼の謎を解く鍵でもあるとですよ」

葉原の自然水銀熱は、止るところを知らぬもののようであった。

「卑弥呼も……」

清人も期待をふくらませて応えた。

「さっき、先生がふれた銅鏡。これは、魏から邪馬台に贈られたものですが、日本では祭器や霊器として尊重され、とくに三種神器の一つになっています。では、何故それほどまでに重んじられていたのか。当時の魏鏡には、その裏面に神仙的な玄妙不訶思議な紋様があり、また不老不死の文字が彫ってあったとしても、それは何等の威力を示したり霊力を発揮するようなものではなく、一塊の銅鏡にすぎません。霊力のない死鏡にひとしい魏鏡を、卑弥呼が生鏡に変化させたればこそ、三種神器になりえたのです」

「死鏡と生鏡……」

「独得の錬金術を心得た卑弥呼が、丹という自然水銀を復活の玉として作用させ、おごそかに呪文をとなえれば、死鏡は忽ちにして生鏡となり、煌々《こうこう》と月を映して霊力を発揮しえたでしょう。また、卑弥呼の呪文が銅鏡に唱えられている時の流れの中で、低下する夜の冷気によって、鏡面に数条の条こんをひいて生じた水玉を、卑弥呼は、鹿の骨を焼いてそのひび割れで行う占術のように、霊光の鏡による占術に活用したでしょう。これは古代の民衆にとっては神秘そのものの驚異で、魏使の目に映った卑弥呼の鬼道とはこうしたものだったと思えます。今より四百年まえのバテレンでさえ、彼らがそれと意識しないのに、日本人には不訶思議な魔力をもったものとして畏敬されたのだから、古代の民にどう映ったか想像に余るものがあります。だからこそ卑弥呼は戦乱の邪馬台国を統一し、民衆を支配しえたのではなかですか」

「驚きました。丹は、邪馬台国や卑弥呼にとって活力の源だったわけですね」

「そのとおりです」

「では、自然水銀を産する雲津は、邪馬台国にとっては、何処よりも大事な土地だったのでしょう」

「いうまでもなかことでしょう。雲津の大宮姫神社の祭神は玉依姫《たまよりひめ》です。生玉、生きている水銀玉の名とされる玉依姫は、生玉依姫、すなわち自然水銀の神とし祀っている雲津は、邪馬台国の聖地であり、卑弥呼や壱与《いよ》の系譜もここに求められるのではないでしょうか。この要点をぬかして、歴史学者や考古学者は、鏡の発掘によって漢鏡だとか魏鏡だとか、或はその紋様などで時代や種別、出土地や出土品の数量によって畿内大和説と九州説で論争をくりかえしています。しかしこれは、すでに霊力を失って死鏡となったただの金属、銅をめぐった争にすぎません。霊力のある鏡は生鏡です。生鏡は、銅鏡と生きている玉、自然水銀を用いた錬丹と錬金と呪術によって誕生するものです。日本古代史の原点となる邪馬台国の鍵は、この錬丹、錬金術に求めねばならんと思います。八坂瓊勾玉《やさかにのまがたま》がどんな玉であるかは誰も知りませんが、文字をたどって『やさか。に。まがう。たま』から類推すると、やさか＝やさしさ、美しさ。に＝（丹）自然水銀。まがう＝変化する、変わる。たま＝玉のいわれで自然水銀の勾玉をさすことは明らかです」

三

清人は、葉原の熱弁で、吾孫家へ着くまえに糺《ただ》しておきたいことを思いついた。

「自然水銀を産する雲津が邪馬台国の聖地だったたということになれば、磐井がここに逃れたのも当然ですね」

「注意したいのは、戦後の厳しい追求の目を逃れおおせたことです。この山が、邪馬台国の聖地であったのと同時に秘所であった。古代神秘の源《もと》である自然水銀は、秘中の秘として、卑弥呼の限られた子孫にだけ伝えられたのではなかでしょうか。雲津の場所も経路も民衆には知らされていなかったから、磐井は巧妙な逃走作戦と秘密の経路によって、大伴金村の軍勢の目をくらますことができたとでしょう」

「その通りだとすると、雲津の自然水銀の山は、禁山の伝説が今もあるんではないですか」

「古老は、この一帯が崩れやすい古成層の阿蘇溶岩から成り、また蝮やさきそうなどの毒草が繁茂している危険な山として入ることを禁じた先祖の戒めが、自然に宗教的な戒禁になったのだと伝えていますが、真実は自然水銀を隠す目的だったと思います。自然水銀を表にださず、一見常識的な理由を禁山にもってきたのは、それだけ卑弥呼たちに自然水銀が重要視されていたものと思えますね」

「同感です。香島さんの便りにあった悪童《あくど》の石も、たんなる民俗伝承でなく、卑弥呼と自然水銀にかかわるものではないのですか」

「私も、悪童の石は、見逃せない物証だと注意していました。石については、先年、鹿児島大学の中嶋教授から面白い話をききました。先生は、古琉球の政教二重主権を調べて、『倭人伝』の卑弥呼の記述の信憑性をたしかめに沖縄を訪ねられたのです。古琉球の政治宗教形態と女王国のそれとに共通性があるなら、邪馬台国も同じ文化圏に属しているだろうし、三世紀の時点から見ても、古琉球にちかい九州説に可能性があるという新しい視点です」

「石について、何かわかったのですか」

「ええ、石が信仰、神そのものなんです。琉球の村落には、かならず御嶽（うたき）とよぶ聖林があります。これは、日本の神社の原初的形態である神籬（ひもろぎ）の形式を伝えるもので、村落はまずこの御嶽に発祥し、これを中心として構成され、またこの御嶽の信仰にもとづいて村の一切の社会的活動が行われてきました。この御嶽には、村人の保護者であり支配者である神が住むのであって、村落の存立は御嶽の神と、それと血縁的関係をもつ村人との相互的関係の下に成立しているというのが、実に大宮姫神社を中心とした雲津の形と共通しているとです。中嶋先生が訪ねられた斎場御嶽は、知念村にあります。第一尚王統の出身地と深い関係があったため琉球国最高の尊崇を受けるようになったところですが、別に荘厳な神殿が建てられているわけではなく、巌石の前に小さな石の香炉が置いてあるだけなんです。問題は、御嶽の頂上ちかくの大きな巌石のそば立っている所か、老樹の茂ったその所に神が降臨すると信じられていることです。この石とは、信仰の対象としての立て石であって、神ここに在りとその所在を示すものなんですよ」

「すると、悪童の石も、古代信仰の対象であったと……」

「私は、この石が雲津の宝丹、自然水銀を外敵から守るための守護神ではなかったかと思っています。卑弥呼も巫女として、自然水銀守護を立石に念じたことでしょう。動かさるべからずの石という掟が、時をへて悪童を封じる石という民話的なものに変ったのでしょうが、本質的な意味は変ってないと思います」

「古代伝承からは、悪童の石が動いたからといって、悪霊がおどりでて災をおよぼすことは考えられないわけでしょうね」

「いくら卑弥呼の伝説に熱を上げたからといって、それとこれとは混同できません。悪童のたたりなんてナンセンスですよ」

葉原は、誤解されては困るとでもいうように、強い口調で応えた。

「しかし、家畜が死んだり、鬼火がでたり、とかく不可解な現象が起っているのでしょう」

「家畜なんて偶然ですよ。鬼火なんてものも、迷信深い村人の錯覚です」

「ともかく、悪童の石が動いた結果に村人が惧れを感じたから、吾孫家の娘として香鳥さんが神事をすることになったのでしょうが、そのことで葉原さん、お気付きのことはありませんか」

「気掛りなことがなかでもありません。卑弥呼の伝承にかかわることですが……」

葉原は、ふっと視線を宙にうかした。

「卑弥呼とは……どういうことで……」

「中嶋先生のお話ですが、琉球で御嶽に発祥した村落には、必ず根所と呼ばれる家があります。この家は、その村落の開拓者として、創建者の名誉を永久に与えられるばかりでなく、その村の支配的地位まで所有します。こうして根所は、おのずと御嶽の神のもつすべての権力を代行する機関となり、神の託宣を授ける者と、その神託によって村落を治めるものとが生じました。前者は根神《にーがん》とよばれて根所の女子があたり、後者は根人《にーちゅ》とよばれて、根所の兄弟、すなわち根所の戸主があたりました。この妹、あるいは姉の神託によって兄あるいは弟が治めるという政教二重主権の存在は、当然『魏志倭人伝』の卑弥呼の存在を思いおこすでしょう。女王となった卑弥呼は『鬼道に事え、能く衆を惑わ』しましたが、『年已《すで》に長大なるも夫婿無く、男弟有り、佐《たす》けて国を治む』を解くのに有力な手掛りになるはずです」

「琉球の古式と同じものが、雲津でも行われているというのですか」

「そうなんですよ。琉球―邪馬台―雲津をたどれば、倭人伝の卑弥呼が『王と為りしより以来、見る有る者少く、婢千人を以って自ら侍せしむ』というのも、雲津の神事の間、巫女の娘が根人にあたる補佐役以外のだれにもあえない、という形で残っているのだと思えます」

「吾孫家は、琉球の根所にあたる支配的な家系なのですね」

「そのとおりです」

「その家系の娘が巫女役を勤めることはわかりますが、根人にあたる補佐役の男にはだれがなるのですか。香鳥さんに妹はいるが男の兄弟はいませんね」

「そのあたりが違います。始めから違っていたのか、古代からの長い歳月の間に違うようになったのか、そのあたりの訳はわかりませんが、兄弟がいなければ、神事の補佐役は雲津でもっとも秀れた若者から選ばれます」

「どうやって選ぶのですか」

「条件はありませんが、限られた地域の中ですから、秀れた若者は自ずとわかるものですが、重要なのは、その若者が婿になるということなんです」

「えっ！」

清人は、突然目の壁を立てられたように声をのんだ。

このことを香島から聞かず、手紙にも書いてはなかったが、香島はその惧れで清人の来訪を求めたのではなかったのか。

雲津の伝統的な風習は、近代女性であるはずの香島にも拒否しえない力をもっていることが現地で実感できることだけに、清人は、旅人の気やすさから一転して、身の引き締る戦意を覚えた。

「雲津では、悪魔を鎮める神事が婿えらびの儀式にもなるわけですか」

「まあ、そうなりますね」

葉原はあっさりうなずき、清人は、古代史に熱中するばかりで、現実の痛みにうとい相手がいらだたしかった。


「秀れた若者は自ずとわかるといっても、実際には、だれが若者を選ぶのですか」

「主導権は吾孫家にあり、父親から若者の父親に、神事の守役にどうかともちだされるようですね。古墳をみると『血統の神聖化による特権』が大きな意味をもっていますが、雲津ではこれが神事に託されているのかもしれません。この古墳などで、敏達天皇は死後、母の陵に合葬され、聖徳太子も母陵に合葬されています。もし、母陵というのが特権としてあったならば、これと同じように雲津の神事も、母系家族の残存と見られぬこともないようですね」

「母系家族はともかく、現実にはどうなのですか」

「秀れた若者を選ぶというのは、吾孫家というより、卑弥呼からの支配的権力維持の手段が受けつがれてきたというのが現実でしょう」

「いや、婿とされる若者が、現実にきまったかということです」

「はい、一の守役から二、三の守役まできまっています」

「一と二と三の守役……」

「九州でも、とくに鹿児島からこの地域の小学校では、一番喧嘩に強い児童が喧嘩一を誇称して、そのクラスなり学年を支配しています。面白いことに、その順位も、喧嘩二、喧嘩三までで、その下はない。守役も、一、二、三という伝統的数字と無関係ではありませんが、古代では、戦いや守役をめぐる争いなどで消滅する若者が多かったので、そこまで配慮されたとではなかでしょうか」

「守役の順位はともかく、香鳥さんは、その結婚を承知しているのですか」

「承知するもしまいも、これは雲津でのきまりなんですから」

「そんなミイラのようなきまりが……」

「先生、私の話でまず理解していただきたいのは、雲津では、古代伝承のしきたりがミイラとならず生きているということです。日本一般の村落でも、各々独自の村のタテマエをもっています。そして何等かの事で、公の政治のタテマエと村のタテマエがぶつかるとき、ためらわず村のタテマエが選ばれ重んじられます。まして雲津の場合、神代よりの信仰に基づくものですからね、いかに香鳥さんとて破るわけにはいかんでしょう」

「そんな馬鹿な」

清人が憤然と眉をあげたとき、

「あっ！」

と葉原は口をあけた。

「どうしました……」

「いかんですばい。卑弥呼の話に熱中して、大事かことば忘れもした」

葉原は、強い訛《なまり》で頭をたたいた。

「大事かこと……」

清人もひきこまれて顎をあげた。

「一の守役というのが、八峡の瀬の悪童の石を動かしたという上生武彦ですたい。ばってん、悪業《わるさ》の張本人に神事の守役は許されんと、村の寄合で二の守役の祖母井《うばがい》邦雄がやることになったとですが悪童の石を動かした憶えはなか。濡れ衣ばきせられて守役をゆずるわけにはいかん、というとです」

「しかし、現状否認の確証がないかぎり、村の寄合で決定したことを、くつがえすわけにはいかんのでしょう」

「村の長老たちも、どう武彦をなだめてもきかんので弱っとるのですよ。邦雄があくまで守役をやるというなら、刺し違えてでも止めてみせると興奮しとります。いや、錯乱というのかもしれませんが、気持はわかります。

香鳥さんは日向一の美人だし、吾孫家の莫大な山林をひきつぐ婿になるっとですけんね」

「理由はとかく、そんな状態で神事は行えないでしょう」

「というて、新月まであと二日、時は待ってはくれまっせん」

「わかりました。その事情はよく心得ておきます」

清人は、しっかりと頷いた。香鳥の古代伝承に根ざす葛藤への惧れが痛いほどにわかり、まだその正体は確とはわからなかったが、香鳥を黒い舌に巻きこもうとしている竜にむかわねばならぬ清人の立場も、はっきりした感じであった。

四

雲津は、御祖《みおや》峠を境とした樹海の中の小さな盆地であった。八峡《やかい》の瀬が一条の白線となって盆地の中央を流れ、雪どけの春は夢幻の桃源境を思わせる花樹が、この季節には濃い緑の蔭を連らねていた。

石橋を渡った北の山辺に亭々たる狭野杉を背にした吾孫屋敷があった。清人は、神々の籠る伝承の秘境だけに、構えも埴輪にある切妻造りの高床建築を想像していた。雲津へ至る葉原の話も古代の色彩を深めるもので、そうした期待をふくらませていたが、屋敷は豪族の館のように堂々たる構えであった。

「門真先生、この家はね……」

葉原は、清人の視線をたどって話しかけた。

「平安時代の寝殿造りなんですよ。屋根に千木をおいたところが、古代神籠の名残りなんでしょうが、時代はへだてても落人《おちゅうど》同志のふれあいがあったのでしょうね」

「落人とは……」

「寿永四年、壇の浦に敗れて霧島山中に落のびてきたという平左中将清経等の平家残党です。それが山奥深く、神籠一帯の宗像海人族の卑弥呼の子孫と交り、卑弥呼族は新しい中世文化を学び、寝殿造りをとりいれたとではなかでしょうか」

「なるほど、考えられることですね」

清人は、吾孫家の主人に迎えられて内部《なか》へ通されてからも、古風な造りにひきつけられた。欅《けやき》材を使用したがっちりした造りで、母屋の前には廂《ひさし》の間という広い板縁がつき、各部屋に畳はなく、必要に応じて敷物が用いられるので、柱間の寸法も自由に区切ってあったが、敷物にカラフルな絨毯を用いてあるのが、現代との奇妙なコントラストを物語っていた。

部屋はゴザと呼ばれる神の間、デユの客間、ツボネの寝室、ウチネの居間等にわかれていて、ゴザの新月の神事を迎えるために飾られた古代神道の神棚が、何やら神々しい印象を深めていた。

父母の友重と佐代の長い挨拶をうけている間に、囲炉裏の大ぶりな薪が燃えたって原始的な炎が大きくゆらいだ。

普段、夏の炉は使わないのだが、神事のあいだは樫を干した神木の火を絶やさないのだという。また神事の精進《しょうじん》なのでと気の毒そうにだされた夕餉《ゆうげ》の膳には、山毛欅《ぶな》、山芋、独活《うど》、ぜんまい、椎茸、味噌豆腐、木の実や豆などの山家料理が清人にはありがたかった。

ほっほっと匂う山茶の香りに、山渓の神小屋にこもっている白装束の香鳥を偲びながら、清人は本題に入った。

「古来、動かなかった悪童の石がどうして動いたのですか……いや、上生武彦さんがどうして動かしたのですか」

「大雨の瀬水でも動かなかった大石が、どげんして動いたかはわかりまっせん。ばってん、動いたとは事実です。落雷と雨のはげしかった夜でしたが、悪童の石ば動かしてみすっとわめいて瀬へ下った武彦を見た者は何人もおります。翌朝、石がごろんと腹ばみせとりました。そいから、牛や山羊が死んだり、鬼火がでたり、みんなわしの目でたしかめた事実です。村の者は、悪童のたたりじゃとおそれ、雲津全体がおかしゅうなってきました」

友重の話は、炎の中で実感を深めた。

「私の分野でいえば、鬼火は幻覚か錯覚だといえます。錯覚は正常人でもしばしば体験するもので、ことに今回のように崇りといった迷信などから生ずる期待、不安、恐怖の感情が存在すると、対象の知覚はその感情によって変化しがちなのです。よくいわれる枯尾花と幽霊の関係なのですが、これも螢の光か何かをそう受けとったのではありませんか。一種のパレイドリアでしょうね」

言っている清人自身が、論理はとかく、現実的にしっくりしない感じであったが、

「幻覚ならよかとですがね」

と友重や葉原たちは、雲津の伝承はそんな説明ですませるほどに底浅いものではないといいたげな表情をくす

ぶらせていた。

「上生武彦は、やっていないといっているそうですが……」

「信用できまっせん。こんごろは妙なことば口走るようになり、酔うた時んことは、何んも覚えとらんとですけんね」

友重は、見込ちがいの贋金をつかまされた商人のように渋い顔になった。

「このごろおかしくなったというと、一の守役に選ばれた青年ですから、まえはよかったのでしょうね」

「そりゃあ、よか若もんでした」

「いつごろから、おかしくなったのですか」

「そうですなあ、一年ほど前から……」

友重の視線をうけて、葉原がつづけた。

「雲津の人たちは、武彦が悪童の霊にとりつかれたのじゃろうというとりますよ」

「悪童とは何ですか」

「わるい河童ということです。九州には河童伝説が多く、火野葦平の『河童』や清水昆の河童絵など、九州の作家はよくこれをとりあげていますね。南九州ではガッパ、ガラッパ、ガアタロウとよんでいます。ここでも河童は、肛門から臓腑をひきだすとか、水中にひきずりこんで精血を吸うとか伝えているとで、家畜もそれで殺《や》られたとじゃなかかというんですよ」

「ナンセンスとしか思えませんが……」

「しかし、おかしなことがあるとです。二、三カ月前から、武彦が猿をひどくこわがるようになった。猿の話をしてもいやな顔をするし、本物の猿はおろか、猿の面をみただけでも逃げだそうとするのですよ」

「それがごく最近だとなると、何かあったのですか」

「そりゃあわかりまっせんが、河童は猿をひどうこわがる。猿を見ると力を落し、ときには死ぬこともあると伝えられていますが、武彦に河童の悪霊がのりうつったというのと一致するとは思われませんか」

「なるほど……」

ここまでもつれれば、推理もナンセンスにちかい。清人は、翌朝現場を見てからのことにしようと、葉原たちの話に異論をはさまなかった。

八峡の瀬は、高千穂峡に合流するせせらぎで、雨がないかぎり木洩陽にきらめく水は、浅瀬の砂利にたわむれて軽やかに流れていく。

悪童の石は、牛ほどの岩石で、渓流の小石の中ではきわだって大きく、いかにも忽然といった感じで浅瀬にころがっていた。

「古代人が、この石を呪い封じの重しに見たてた気持はわかりますね。その日は雷雨だったそうですが、雷は落ちたのですか」

清人は、浅瀬の水中に入って、石をなでた。

「雷は雲津の名物ですからね。いつも大きな奴が二、三は落ちてきます」

葉原が応えた。

「それで石が腹を見せたというのは……」

清人は石を仔細に眺め、葉原が示した石の肌をハンカチで何度か丁寧にぬぐった。

「門真先生、石がどうかしたとですか」

「どうしたのか、石に聞きたいのでね」

清人が薄黒く汚れたハンカチをポケットにいれたとき、中年の農婦があたふたと瀬へおりてきた。

「木次さん、どぎゃんしたと」

農婦の異常な表情に、葉原がたずねた。

「どぎゃんもこぎゃんも、邦雄どんがおかしかとです。青か顔で私の家へ来て、胸が痛かと苦しそうに息ぎらして倒れてしもうて、大事かときに診療所の先生は延岡へ行って留守じゃけん、どげんしたもんかと屋敷へいくと、東京のお客さんがお医者ときいたものですけん」

駈けてきたのだと農婦はいった。

「医者でも、私は精神科ですよ」

「ばってん、お医者にちがいはなか。いま、邦雄どんを診れるとは先生だけですけん」

「行きましょう」

清人は、葉原がおやっと思うほど力強く彼の肩をたたいて歩きだした。農婦の言葉に一理あるというより、第二の守役の異変には、ことわられても立合ってみたかった。

農婦の家は、香鳥が籠っている大宮姫神社のそばにあって、神事の場合は中継所となっていた。祖母井《うばがい》邦雄は客間に寝かされ、枕元に坐っている白衣の青年が目礼して、沈んだ目差をむけた。

「二の守役の酒匂《さかわ》正久ですよ。邦雄が倒れたんで、急きょ守役をついだのでしょう」

会釈する清人に、葉原はささやいた。

「いとこの武彦がおかしゅうなってしもうても、邦雄さんがやってくれるから安心していましたが、こげなことになるとは……先生、よろしゅう診て下さい」

初対面であったが、正久は清人の来訪を聞いていたものらしい、座をずらして深々と頭を下げた。

邦雄は、喘鳴《ぜいめい》し苦しそうに目を閉じている。額に手をあてて清人は厳しい顔になった。

「いかん、熱が高い。ただの風邪じゃなく、胸マク炎か肺炎のおそれがある」

「そげんひどかとですか」

「ともかく抗生物質をうっておきましょう。熱は下がるかもしれんが、場合にそなえて酸素吸入器は用意しておきたい。診療所にあるでしょうね」

「はい、すぐとりよせましょう」

正久が立上り、清人が病人の手当てをしている間に、村人たちが集ってためらいがちな視線を伸ばしてきた。

「先生、邦雄はただの病気じゃなかそうですが」

吾孫友重が代表して錆びた声で訊ねた。悪童の呪いではないかというのであろう。村人の不安をそそるように、ゲッキュー、ゲゲッギユーギユーと夜鳥の声が鋭く闇をさいた。

「神事にかかわる心配ではありません。私は医者として、ただの風邪ではないといったまでですよ」

清人は、さらりとした笑顔をむけた。もし、この病が悪童の呪であれば、巫女香鳥の祈りは通ぜず、卑弥呼の正統たる吾孫家の威信にかかわることが、もう清人にもわかっていた。

だが、邦雄の症状は好転しなかった。解熱剤を用いても熱は下がらず、翌日延岡からもどった雲津の竹中医師も、首をひねっておだやかな丸顔をくもらせた。

X線を用いたところ、さらに奇妙な疑問が生れた。レントゲン写真で、胸マクが破れ、肺は正常時の六分の五ほどに縮む結核の症状を示し、胸水がたまっていることもわかった。

「結核でしたか……」

清人がうなずくと、

「そぎゃんはずはなか」

竹中医師は首をふった。雲津では都市との交通も多くなったので結核対策を怠らず、定期にツベルクリン検査をつづけて初期感染の発見に努めているが、検査は先月やったばかりで、邦雄はきれいな陰性であった。一と月足らずで陽転したところで、こんな急変をするものではないというのだ。

たしかに、病人の胸水を採取して調べてみても、結核菌は発見できなかった。

「妙なもんですなあ、こげん病気にでおうたことは初めてです」

「竹中先生まで、悪童の呪を気にしているのではないでしょうね」

ゆらいだ老医師の顔をのぞき、

「そぎゃん馬鹿なことは思いませんが……」

「私たちは医学者として行動するだけでしょうが、鹿児島医大に同輩の越智教授がいますから、患者の血液をとどけて調べてもらいましょう。それに祖母井の御両親が看病したいといっていますから、もう実家へ帰してもいいのじゃないですか」

と、なお自信のなさそうな村医の了解を求めた。

「あとは、血清の結果待ちとしますか」

老医師もこっくりとうなずき、清人たちが奇病発生に気をとられていた三日間に、新月の神事は終っていた。

五

清人は、深山の夜の底で香鳥は何に祈り、闇を裂いて輝きでた新月に何を願ったのだろうかと、月光の中の恋人を偲んだものだが、束の間の幻想も、白昼の事件に破られた。

香鳥の神籠も一日を残すだけになった日の午後、「自動車が谷へ落ちた」と村人が血相をかえて吾孫屋敷へとびこんできた。

診療所から雲津村鹿折《ししおり》在の祖母井家まで、三キロの山道を香鳥より一日早く後祓えを終えた酒匂正久が自分の車で送った。守役の事故は守役が処置する習であった。

鹿折まで山越の急坂を下りかけたとき、ブレーキがきかなかった。あっと思ったときには車はスピードをまし、懸命のハンドル操作もおよばず、車は曲り角を折りきれずに道をとびだして崖岩に激突したのだ。

事故後ほどなく営林署員に発見されたが、祖母井邦雄は衝突の反動で頸骨を折って即死。正久は、その瞬間、両腕で身をかばったらしく、ハンドルにうつぶしたまま意識を失っていた。

「邦雄がもし元気じゃったら、死ぬこともなかったろうに、病気で体力が弱りはてていたんで抵抗できなかったんじゃ」

竹中医師は暗澹となったが、雲津の村人は、もう呪いというより、悪童を現実に垣間見た恐怖で、不穏な気配を示しはじめていた。

事故の翌日、清人は神事を終えた香鳥に会ったが、異常な雰囲気の中では、ロマンチックな邂逅というわけにはいかなかった。

香鳥は、紺絣の着物姿で、昏々と眠りつづける正久の容態を見守っている清人のそばに、すっと鋭く膝を正した。

「香鳥……」

清人は、待ちわびた声をあげたが、香鳥は青ざめた顔に光る眼眸をむけたままであった。

「香鳥……」

ふたたび声をかけた清人に、香鳥は小さく叫ぶようにいった。

「先生、私を雲津から連れだして下さい」

こんどは、清人がだまる番であった。こんな形で告白をうけるとは思ってもいなかった。

「東京で新月がこわいといったのは、雲津の古代からの血の流れ、遺伝的なものへの惧れでした。それがこんな事件になるなんて……この恐しさから、私と村を救えるのは先生だけ、私にはそれがよくわかるのです」

香鳥の時代的な言葉が自然に思えるほど、奥山で神事を終えた不可思議な霊感が彼女のまわりを包んでいた。

不条理な理由はともかく、切れ長な眼を妖しいまでにきらめかせた卑弥呼の裔に一筋に求められていることを清人が酔った気持でうけとめたとき、駐在の足立巡査部長が顔をだして低い声でたずねた。

「酒匂さんは、まだおきれませんか」

「幸い、ひどい傷も異常もないようですから、意識がもどれば心配ないと思います」

それがどうしたのかという清人の表情に、

「鑑識の結論ですが、自動車のブレーキは、役に立たないように細工されとりました」

「故意にだれかがやったと……」

「この段階ではだれと断定はできませんが、雲津のものは理由なしに、上生武彦がやったのだ。なんもかんも、悪童の石を動かしたからじゃと、他所《よそ》もんの私にはわからない恐怖と怒りに駆り立てられております。ほうっておくと、武彦は村人のリンチで殺されかねません。邦雄を殺してやると武彦がわめいていたのを、何人も聞いとるのですからね」

「いま、武彦はどうしていますか」

「困ったことに、猟銃をもちだして姿をくらましています。村人には、武彦を探すなときつくいっておきましたが、武彦に近づき猟銃をとりあげられるのは酒匂さんですから、早く起きてほしかとですよ」

「武彦はそれほど酒匂さんを信頼しているのですか」

「上生家と酒匂家は本家と分家の間柄で、一人息子の武彦は正久さんと兄弟同然に過してきましたからね。おかしな素振りをみせだしてからも、正久さんにはおとなしかったそうですよ」

「なるほど」

清人がうなずいたとき、事態はひとところに止まってはいれぬほど急転していた。

同時に、鹿児島医大から電話があり、

「君がとどけた血液はな、結核なんかじゃなく、肺吸虫寄生だ」

と越智教授の明確な答えが受話器にひびいた。

「肺吸虫だって……」

「レントゲン写真ではおれも結核だと思ったほどだが、肺臓ジストマなど寄生虫疾患を手がけている水谷医長が、寄生虫によるものではないかといいだしてね、血液を分析したところ、白血球の中に好酸球が正常値の十―二十倍も発見されたんだ。医長はさらにモルモット血清の乾燥補体やヒツジの血球をその血清に混ぜ合せた。さらに、サワガニに寄生していた宮崎肺吸虫の幼虫をすりつぶした抗原を血清に反応させたところ、血清が溶解したのさ。君のほうで当人の体を調べてみろ、体内から肺吸虫の成虫や幼虫が発見できるだろう。神籠は奥山の渓流地帯だから、生のサワガニを食ったんじゃないのか」

「ありがとう。病原がわかれば治療できる」

「あっ、それにな、いっしょにとどけられた男のハンカチ、念のため検査室にまわしたが、君の推察どおりの結果だったよ」

「なるほど、それ以外には考えられないからね」

予想が当って、清人は異国ではじめて同国人に出遇った思いだったが、肺吸虫に竹中医師は腕を組んだ。

「わからんですなあ。よその人は、当然ここのサワガニを食って肺吸虫にやられたと考えるでしょう。現に、雲津では生のサワガニを食べ、シオカラにしたりで常用している酒飲みも多い。じゃが、ここのサワガニには寄生虫はおらんのですよ。私の三十年来の診察でも、こやつにやられた者も、それらしい症状を示した者にもであわんのです」

「しかし、肺吸虫は事実です」

「たぶん邦雄は、よその土地で食ったサワガニにやられたとでしょう。でも死人に口なし。訊ねようはなかですな」

「まったくね……」

老医師のいうことに相違はなかったが、清人が考えつめたのは、肺吸虫の謎が悪童の石事件に関わるものか、関わりないものかということであった。もし関わるものとなれば、肺吸虫の入った時点とその経路が鍵となるのだが確かめる道はないのであろうか。

「香鳥さん、これからは雲津の巫女としてでなく、大学の研究室の助手として手伝ってくれないか」

清人が一つの行動へ踏みきると、

「はい、先生」

香鳥は、彼の真意をさっして、はっきりした眼眸で応えた。

「では、事実からはじめよう。雲津のテレビチャンネルは」

「NHKの第一と第二、それに南日本テレビの三つだけです」

「新聞は、この地区になにが入っていますか」

「多いのは南日本新聞、ついで西日本新聞、それに朝日、毎日、読売といったところです」

「どの家に、どの新聞が入っているかということはわかりますか」

「はい、雑貨の藤井店でまとめて配達していますから、すぐにわかります」

「こんどは厄介な作業だけど、この五紙の一年間の記事を調べてもらいたいけど、いい伝《つて》はありませんか」

「高千穂町の図書館に、新聞は保存してありますから、司書をやっている同窓生にたのめます。記録の虫ですからよろこんでやりますわ」

「では、宮崎肺吸虫の記事がでているかどうか、でていたらその新聞名と記事の内容、日付を教えてもらいたい。早いほうがいいんだ」

「記事になるほど、珍らしい病気なんですか」

「人体に寄生する現象は珍らしい。宮崎肺吸虫自体も、昭和四十一年、鳥取大でイタチや野ネズミなどの野生動物に寄生しているのが発見された比較的新しいものだ。幼虫は直径〇・五ミリ前後の扁平な円形でね、サワガニの血管内に寄生し、サワガニを食べた動物の腸壁を食い破り、胸マク部分に入りこみ、胸痛や発熱して胸マク炎を起すのだが、症状が結核と非常に似ているため、専門医でも誤診するくらいの厄介な病気だ。私も専門外とはいえ、人体に寄生すると確認できたのは、祖母井邦雄君がはじめてだよ」

「先生、邦雄さんの病気は、百パーセント自然科学の問題なんですね」

「香鳥君までそんなことをいっては困るなあ。間違いなく百パーセント私の領分だよ」

「はい」

雲津の伝承にかかわりないと、ほっとしたような香鳥の表情に誘われて、清人も苦笑した。

六

悪童の石から肺吸虫、自動車事故につづく経過でクールな確信をもちはじめた清人と反対に、村人は恐怖にかられた野牛群のように、暴走しそうな気配をみせていた。

ようやく意識のもどった正久も、雲津住人の触角で村人の気配を知ったようで、

「このままでは武彦が危い。村の人が殺らなければ、武彦が猟銃で村人を殺るかもしれません。なんとしても、最悪の事態は防がねばならんとです」

と、ふらりとゆらぐ体をおこした。

「お前の気持はわかるが、まだ病人じゃ。武彦のことはおれたちにまかせて、ゆっくり休んでいろ」

竹中医師は首をふったが、その夜正久は、

「武彦をほうってはおけません。お許し下さい」と書置いて診療所を脱けだしていた。

「困ったことになった。正久だとて、狂うた武彦を押えるわけにはいかんじゃろう」

老医師は、正久の自動車に細工するほど見境のつかなくなった武彦なら、兄弟同然の正久だって撃ちかねないと惧れた。

「香鳥さん、正久は武彦の居場所を知って、森へ入ったんじゃないか」

清人は、香鳥にも、その場所の察しはつくのではないか、と訊ねた。

「神殿の守役小屋かもしれません」

卑弥呼の霊感で捉えたかのように、香鳥はすらりと応えた。

「守役小屋……」

「神事の間、巫女の私に、古式によった干米、稗、山

菜などで食事をととのえる所です」

「すると武彦は……」

「はい、小屋にはそんな食べ物が常備されていますから、同じ守役の正久さんは、武彦さんが腹がすけば小屋にくると推して待つつもりではないでしょうか」

「なるほど、そうとわかれば黙っているわけにはいかんな。様子を見ていようか」

清人は、よそ者の気軽さで踏み込んだものだが、あとになって思えば信じられないほど無謀な行動でもあった。

香鳥の案内で村道を下って渓谷の経路をとった。道はなくて渓流の浅瀬を飛石づたいに進み、山へあがってからも原生林の薄暗い小径は、山羊歯や茨がからみあうけもの道に等しいものであった。

「大宮姫神社には、昔からの定めで道はないんです」

「奇妙な定めだが、これは邪馬台国の卑弥呼が丹、すなわち自然水銀の産山を秘密にした名残だろうね。だから古代の雲津人も丹の守護神である大宮姫神社を他国のものにふれさせまいとしたことが、道を作らないという形として残っているのではないのか」

「そうかもしれません。でも、まむしが多いから足元にご注意ください。それに、どこに武彦さんがひそんでいるかもわかりませんから」

この事件では、クールになることだといった清人のお株を奪うように、香鳥が古代幻想から彼をひきもどした。

あとにして思えば、香鳥の不条理な予感が危機を悟ったのかもしれないが、このとき古沼のように澱んだ原生林の暗がりから銃声が轟き、あっとよろめいた清人の前に香鳥が立って叫んだ。

「門真先生よ、射つなら私を射って！」

二度、銃声はひびかず、森はもとの静けさにかえり、清人の胸を焼く激痛は、そのまま目眩《めくる》めく感動にかわって躰をうずかせた。

「先生……」

香鳥の張りつめた目が泣かんばかりにうるんだ。

「弾は肩だ。幸い急所をはずれている。心配ないんだよ」

清人は、右の手を香鳥の躰にまわし、自ずと重なった唇から熱いものが交流した。傷の痛みは消え、そのまま二人だけの流れに身をゆだねたかったが、銃声を聞きつけた村人の声に、傷の血が吹きだした感じになった。

森へ駈け集った村人は、よその先生を射つなんて、武彦は狂ってしまったんだと、恐ろしそうにささやきあって、清人を診療所へ運んだ。

「弾をぬけば、傷は自然に治ります。そいどん、武彦をほうっておけばどんな犠牲者がでるかわからんですなあ」

磊落《らいらく》な老医師も沈痛な声を落したが、もどってきた正久も、蒼ざめて苦しそうに肩で息をしたまま、

「ご無事でよかった……」

と、ベッドの清人のまえで絶句した。

「正久さんはどこに……」

香鳥が訊ねた。

「武彦がよく猪射ちにいっていた御荷鉾《みかぶ》山の小屋にかくれているのではないかと思うたとですが、おった気配はないのでもどりかけたところに遠い銃声がきこえたので……それより先生がどうして……」

「私《うち》は、武彦さんが守役小屋にゆくかもしれないし、正久さんもそこへ行ったのかもしれないと思って、先生と様子をうかがいに近よったところを射たれたのです」

「たしかに、御荷鉾の小屋でなければ、守役小屋だ」

「正久、もう病人のでる幕じゃなか。足立巡査が県警の応援を求めて非常線をはり、山狩りの準備をすすめとる。あとは警察にまかしとけばよかか」

竹中医師がいった。

「そう聞けば、なお黙ってはおれません。これ以上犠牲者をださんためにも、県警が出動する前に武彦に会わねばなりません」

「正久さん、行くのなら私も一緒に」

「いや、香鳥さんはいかん」

「どうして……」

「香鳥さんが一緒じゃったから、武彦は先生を射ったとじゃなかですか」

正久は切なげな眼で首をふり、老医師は賛成するでも反対するでもなく、清人も見舞の葉原も、腕を組んだままであった。

正久の気迫に押されて見送るほかはなかった。

正久が守役小屋へ向ったあと県警の本隊が到着して本格的な警戒網が完了したころ、正久はもどってきて指揮官の伊万里警部に面会を求めた。

「警部さん、警官を神殿にちかづけんで下さい。猟銃をもっとりますから、これ以上武彦を昂奮させては危険です」

「武彦は、その神殿にいるのですか」

「はい、神殿の籠部屋にいます」

「逃亡のおそれはないのですか」

「ありません」

「ほう、それをあんたが保証するとですか」

指揮権を犯されたように、いくぶん不機嫌になった伊万里警部は皮肉な口調になった。

「警部さんにはわかりにくかことですが、武彦は雲津の男です。悪童の呪にかかったと、気も狂わんばかりに籠部屋に入ってしもうたので、出るはずはありません」

「なぜ、出るはずはなかとですか」

「神殿の籠部屋には、悪童の呪は立入れんと信じているからです。この部屋にいるかぎり、姫神の加護で呪はとけ身は清められる。武彦は今、神事の業に入っているつもりです。だから他人がちかづくと、悪童の化身だと怒って発砲しかねんとです」

「他人とは……あんたは別だというとですか」

「武彦とは兄弟同然の間柄です。それに、私も同じ神事の守役ですから」

「ばかな、そんなわけのわからんことを取りあげるわけにはいかん」

「警部さん、信じろというのが無理な話かもしれませんが、正久の話は事実です。雲津には、古代からの掟があって、それが固く守られ信じられてもいます。この事件の寸前、雲津では悪童の呪を消すために神事が行われ、古式の定めにより香鳥さんが巫女となって籠ったところがその籠部屋です。神事の間、守役以外のだれも神殿にちかづけません。守役一人が巫女の古式の食事その他の用を果します。いま、武彦は狂っている。悪童の呪への恐怖にしろ、神への行によって呪を調伏するつもりにしろ、守役以外の人間が近づいては、一切の霊験が消えると思い込んでいるのでしょうから、正久の意見はきいてもらいたいのですよ」

葉原が熱心に口をそえた。

「足立部長はどうなんだ」

伊万里警部が顎をまわすと、

「雲津の担当官としていえば、葉原先生の意見に賛成です」

足立巡査部長は、ためらいなく応えた。

「よしわかった。これ以上、神殿へはちかづかず、囲りを固めて上生武彦を逃さないようにする。酒匂さんは、ご苦労でも武彦の銃をとりあげてもらいたい」

「お気持はわかりますが、武彦が自発的に渡さないかぎり、取上げることはできません」

無理な要求だという正久に、

「今、近づける者は、自分一人だというたんじゃなかとですか」

それなら、強制的に取上げる機会はあるはずだと警部は応えた。

「武彦に近づけるというても、そばに寄ることはできんのです。神殿の籠部屋は、三方が月窓だけある板壁で、前面の頑丈な格子戸は武彦が内から横木をはめこんで守役の私でも中には入れんとです。また、それが神事の定めなのですが」

「その現状とやらを確認したかもんですなあ」

伊万里警部が、一方的な証言を丸呑みするわけにもいかんと首をかしげたとき、

「私が見てきます。武彦さんは、私の守役ですから射ちません」

香鳥が申し出た。そのきっぱりした言葉に、清人は、恋するものの弱みかもしれなかったが、あの古代、戦乱の邪馬台国を統一した卑弥呼の血を見る思いであった。

七

「よかです。確認したことは、もれなく報告して下さい」

伊万里警部は、香鳥の強い眼眸に大きくうなずき、香鳥と正久がふたたび神殿にちかづいたとき、「香鳥さん……」と森の社から、悲鳴に近い武彦の叫びが走ってきた。

「武彦さん、救けにきたわ、もう大丈夫よ」

そう応えたのは、卑弥呼の勘のようなものかもしれない。香鳥が牝鹿のように小道を走って籠部屋のまえに立ったとき、武彦は救いを求めて格子を抱かんばかりに香鳥を迎えた。

正常な武彦から想像できないほど、眼は異様にひきつり顔はゆがみやつれていた。

「なんにも心配しないで出ていらっしゃい」

香鳥は、卑弥呼の威厳とやさしさでよびかけた。

「いやだ。いまでたら村人と警官に殺される」

「どうして、武彦さんは、悪童の石を動かしたのでは

ないでしょう。正直にいってちょうだい」

「おれは知らん。悪童の石も動かさん」

「正久さんの自動車《くるま》のブレーキをこわしたのは……そのために邦雄さんは死に、正久さんも命を落すとこだったのよ」

「おれは知らん、なんも知らん」

「門真先生を射たなかったというの」

香鳥には、恋人を射たれた怒りがよみがえったのか、厳しい声で駄目を押した。

「知らん、おれは知らん」

「でも、そこに銃を持ってるじゃないの」

「おれじゃなか。射ったのは悪童だ」

武彦の声はひきつって裂けた。

「香鳥さん、武彦は錯乱しとるんじゃけん、これ以上、追求せんほうがよかじゃなかですか」

正久がそっと口をよせた。

「武彦さん、あなたを信じます。正しいと思うのなら出ていらっしゃい。あなたは私が守ります。私を信じて……」

香鳥の深い声に、やさしい響が戻った。

「香鳥さん、ありがとう。ばってんおれは、行を誓って籠部屋に入ったかぎりは、七日間はでるわけにはいかん。村のためにも、おれのためにも、悪童の呪を鎮めてから出なければならん。香鳥さんが守ってくれるとなら、行事の間、籠部屋にだれも近づけんでくれ。神事の定めが破られれば、おれは死ななければならん」

武彦の悲しげな表情は、雲間にのぞく青空のように、一瞬の正気を思わせるものがあった。

「わかったわ、武彦さん。私は大呂姫の巫女よ、だれも近よせません。安心してお祈りなさい」

香鳥の言葉に、武彦はこっくりうなずいて籠部屋の中央にすわりこみ、一応落着いた様子を見せたので、香鳥と正久は報告にもどった。

「二人とも現場をはなれて、この隙に武彦が逃亡したらどうするのですか」

警官を走らせようとする伊万里警部に、

「籠部屋の戸の表に、私たちが桟を入れてきましたから、出る気遣いはありません」

香鳥がことわって経過を話すと、警部は、武装警官数人を残して非常線をといた。武彦は、いわば密室に閉じこめられているのだから、それだけで充分だと判断したのである。

「武彦は、自分が巫女の役を勤めて、巫女に守役をやらせる矛盾に気づかないのかなあ。それこそ雲津の古式を破るものではないのか」

「武彦さんは、悪童の呪から逃れたい一心で、他のことは念頭にないのです」

と応える香鳥に、

「ともかく武彦が籠部屋から出てきたら、私にまかせてくれないか。これからは、どうやら私の領分らしい」

と清人は頼んだ。もはや精神病理学の問題で、これ以上雲津の伝承にかまっておれないと、科学者の確信を深めていたのだが、最後の期待は空しいものになった。

八

武彦が籠部屋に入ってから二日目までは穏やかにすぎたが、三日目から武彦は落着かずそわそわと部屋をまわりはじめた。

この報告を香鳥からうけても、清人は、精神に異常をきたしているのだから、行動が少々異常になっても怪しむことはないさ、必要以上に悪童の伝説にからませては判断も誤る、と応えたものであった。

四日目、五日目と異常度は高まっていた。精神と肉体の苦痛が相乗して悪童の幻覚を見るらしく、奇怪な譫言《うわごと》まで発するようになり、清人も、この様子では強制収容して治療にあたらなければならないと、高千穂町の精神病院と連絡して準備をすすめていたが、七日目の朝、武彦は動かなくなっていた。

「先生、武彦さんが……」

声をふるわせた香鳥の知らせで、伊万里警部と雲津のメンバーは籠部屋へ走った。

「竹中先生だけ、中に入って下さい」

警部はまず、現場の確保を指示した。

薄暗い籠部屋に入った医師は、ポケットライトを死体にあててから、おやっと先の輪をまわして、あっ！　と叫んだ。

死体から這いだしたノミの群れが、ザワザワと医師に群がってきたのだ。

「志免《しめ》さん、噴霧器だ。みんなここからはなれろ……」

弾じかれたように飛びさがって保健婦をよんだ医師の異常さに、全員、悪童の呪から逃れるもののように森の中へとびだした。

「どうしたんですか」

警部の声に、

「ノミの大群だ」

医師はどなり返し、黒々と両脚にびっしり群がっているノミを、手ではたき落すというより、上部からズズーとそぎ落した。他所目には狂い踊るような動作に、医師まで狂ったのじゃないかと、村人は不安な眼差を交していた。

保健婦が息をきらして消毒器をもってくると、竹中医師は一群れのノミを小瓶の中に入れてから、自分の躰、シャツ、死体から部屋中を噴霧して、

「香鳥さんと正久にもノミが移っとるかもしれん。よく消毒しろ」

と、器具を保健婦にわたした。

「先生、どういうことですか」

消毒がすんで、警部たちが籠部屋のまえにもどると、

「武彦は、ノミに殺られたんじゃ」

部屋にたちこめる消毒薬臭の中で、医師はやっと落着いた声にもどった。

「まさか、ノミに食い殺されたわけではないでしょう」

伊万里警部の問に、

「おかしな事の連続だが、こんどもまさかが事実になったようだ。ともかく、死者より生者が大事。結論は急がねばならん」

老医師は、警部たちを煙に巻いてそそくさと診療所へかえり、すぐに雲津の村人はじめ滞在中の全員に、舞い舞い病のワクチン接種を指示して、「武彦の死亡原因は、舞い舞い病である」という結論をだした。

「先生、聞きなれない病気ですね」

清人は、医者の立場で訊ねた。

「神籠地区の奇病です」

「風土病ですか」

「左様、野ねずみのウイルス性疾患で、神籠山系の健康な野ねずみは免疫性をもっていますが、体力の弱いねずみがやられます。罹患したねずみは、運動中枢神経の興奮による嚥下筋と呼吸筋の痙攣のために呼吸困難を起し、ついには呼吸麻痺で死亡する厄介な病です。死期がちかづいた野ねずみは、くるくると狂ったようにまわりだすので舞い舞い病と名付けられたので、潜伏期が二日から十日と短いのも厄介な問題ですが、幸いワクチン予防接種によってほとんど予防と治療もできるので、戦後ワクチンができてから舞い舞い病の犠牲者はほとんどで

なくなったとですがね……」

「人間には、どうやってうつるのですか」

こんどは、葉原が口をはさんだ。

「武彦の場合のように、ノミを媒体とする例もありますね」

「でも、ノミの大群とはおだやかじゃないですね。村人は、これも悪童のたたりだとこわがっとりますよ」

「武彦が潜伏したのは、御荷鉾の狩小屋か上神梅《かみかんばい》の山林労務者の飯場でしょうな。この飯場は、二カ月前までは、五十人ちかくのむさい男どもが寝起きしとったんじゃから、ノミにとっても絶好の繁殖場だったろう。そして労務者が去り、主を失って腹を空かしたノミが逃げこんだ武彦にたかったんじゃなかかと思う。その中に舞い舞い病のウイルスをもったノミがいた。すでに武彦は錯乱した病人じゃったから、ノミにまで気をまわすゆとりはなかったんじゃろう」

「それにしても、ノミの数が多すぎはしませんか」

「たしかに、納得できる数じゃなかかな」

ここに至って老医師も、首をかしげた。

「納得できないといえばね」

清人は、それから香鳥と二人だけになったとき、ふくらんできた疑惑をもらした。

「先生、どういうことですか」

「悪童騒動以来の二人の犠牲者が、そろって宮崎肺吸虫と舞い舞い病という奇病にやられていることだ。私たちが、肺吸虫に気付かなければ、結核性疾患と誤認して死亡し、医学もおよばぬ悪童の呪に殺されたことになったかもしれない。また武彦の場合も、死体の発見がおくれてノミが離れてしまっていれば、狂い死ということになって、舞い舞い病だとわからずじまいだったかもしれない。だれもはいれない籠部屋の事件だから、不可解な密室事件ともなりかねなかったんだよ。たしかにその七日間、武彦に接したのは香鳥だけだったんだろう」

「はい、正久さんは診療所にもどしましたから、私だけになりますが、先生……」

香鳥は、不安な眼眸を伸ばしてきた。

「どうしたの」

「悪童の呪が私のまわりぞ渦巻いているのがわかるのです。第一の守役、第二の守役が死んで、残るは第三の守役だけです。先生、正久さんは無事なのですか」

「いや、無事にはすまないだろう」

清人は、めずらしく独断的な調子でいったが、あとは視線を宙に浮かせて黙りこみ、翌日、香鳥から肺吸虫の記事の報告をうけたとき、清人は、眼の壁をとりはらったように明快な調子にもどった。

「その記事に、肺吸虫のデータはそろっているんだね」

「はい、南日本新聞の四月二十五日付のもので、記事は司書の友人がコピーして届けてくれました」

「ありがとう、助かったよ」

清人には、そのコピーが待望の実験データに等しいものであった。

記事は、「生のサワガニ食用は危険」「結核？　実は肺吸虫寄生」という見出しから、肺炎や胸マク炎と診断され、横浜市内二カ所の病院に入院した患者十八人が、実は静岡産のサワガニを生で食べ、サワガニに寄生している「宮崎肺吸虫」に肺や胸マクを侵されていることがわかった。九人は駆虫剤の投与などで退院、残りの一人も近く退院予定だが、宮崎肺吸虫はこれまでイタチや野ネズミから発見されただけで、人体への寄生がわかったのは珍らしい。

――という記事につづき、肺吸虫の実態、医学的症状、治療法などがレントゲン写真付でくわしく報道されていたが、医者の清人には蛇足にすぎなかった。問題は、「連絡を受けた横浜・中保健所で調べたところ、B料亭のサワガニは、静岡県大井川水系でとれたものを、東京・築地の中央卸売市場を通じて、同料亭が買入れたことがわかったため『生で客に出さないよう』同料亭に指導した」という出産地の記事である。

「香鳥さん、私が欲しかったのはこの記事なんだ。雲津の渓流のサワガニに肺吸虫はいない。竹中先生の証言もあり、念のためここのサワガニをとって調べてみたが、肺吸虫はいない。肺吸虫自体珍らしい病気だから、専門家でないと知らない。しかしその専門家でさえ、肺吸虫が現時点でどこのサワガニに寄生しているかはわからないだろう。だから問題なのは、邦雄君がどこのサワガニにやられたかというより、犯人はどこで肺吸虫寄生のサワガニの存在を知ったかということなんだ。

珍らしいから一般の本にはのっていない。まして肺吸虫寄生のサワガニの生息地を明らかにした本をさがそうというのは無理な相談だ。だが、珍らしいから、肺吸虫寄生の被害者がでれば新聞の記事になるかもしれない。情報源としての普遍的な流通路は新聞だから、もし記事になっていれば、その新聞をとっている人は見たにちがいないことは、十分予測できることだ。そこで犯人は、肺吸虫寄生サワガニの生産地へいってサワガニを求め、邦雄君に食べさせたとなれば、事件の筋道は生きてくる」

「先生、医者でなくても、そのサワガニに肺吸虫が寄生しているとわかるのですか」

「簡単さ、肺吸虫の幼虫は、扁平な円形の直径〇・五ミリ前後の大きさで、サワガニの血管内に寄生しているものだからね、問題の産地のサワガニの中味をグラスにつぶして顕微鏡で見れば、びっくりするほど大きく見えるさ。そこで状況の確認だが、雲津でこの新聞をとっている家をきいてくれ。次に、四月末から七月末までの三カ月間、雲津をでて外泊した人、とくに南日本新聞をとっている人の不在をたしかめたい。できることなら、何処へ行ったかまで知りたいのだが」

「せまい土地のことですから、雲津をるすにした人はわかると思います。けど、何処へ行ったかまでは、本人にたしかめないと……」

「いや、本人に聞くことはない。というより、本人に知られては不味いから、わかるところまででいいんだ」

「はい、先生」

うなずいた香鳥の澄んだ目に、すでに結果を予見している卑弥呼の裔の血を感じた。

九

清人が一連の調査から一つの結論を示したとき、警部は面白くもないといった不機嫌な表情をかくさなかった。

「犯人が上生武彦でなく他の者というのではね……」

「ナンセンスだというのですか」

「門真先生、考えてもみんですか。この春以来の奇行で武彦がおかしいとは、少からずの村人が気付いている。そして武彦が動かしてやるとわめいて出ていった夜、事実悪童の石は動いている。正久の自動車に細工して邦雄を殺し、正久もまきぞえにした。森で先生が撃たれたのは、香鳥さんを奪い去ろうとする憎い奴と思ったからでしょう。だから、前をかばった香鳥さんは撃てなかった。しかも武彦は、その鉄砲をもって籠部屋にたてこもり、舞い舞い病で自滅した、と考えるのが一番自然じゃなかとですか」

王手をかけた駒をピシリと打下す調子で、警部はたたみかけてきた。

「私も無理のない筋だとは思ったのですが……」

「いいですか先生、かりに百歩ゆずって、犯人が武彦でないとなれば、証拠はどうなっとですか。本事件唯一の物的証拠である猟銃をもっていたのは武彦なんですよ。他に証拠は何一つないじゃないですか。これじゃあ逮捕状ひとつ請求できませんよ」

「なるほど、完全犯罪だとおっしゃるのですね」

「犯人が武彦でなければの話です」

伊万里警部は、ぶすりと応えて石のように黙りこんだ。

それから三日後、清人は、東京にもどってから正久に手紙をだした。事件について、正久にたずねたいことと鑑定してもらいたいものがある。当分、重要な共同研究中で実験室をはなれられないから東京まで香鳥と共に御足労ねがいたい。同封の為替は旅費として使用いただきたい、という文面であった。

少々強引な誘いであったが、事件の完璧さと正久の性格的な自信から、上京するという判断であった。それに、香鳥の誘いも加わればこばむことはできないであろう。清人は、事件の成否を正久の上京に賭けた。

こうして酒匂正久が香鳥と共に大学を訪ねたとき、清人は正久を研究室に案内して、机をはさんで対面した。

「酒匂さん、ここは雲津の人たちが大宮姫の神殿を大事にするよう、私にとっては神聖な場所です」

清人の言葉に、正久がいかにもとうなずいてみせると、

「これから私は、雲津の事件の真実を話します。よく聞いていただきたいが、途中で口をはさまず、あなたの結論は、私の話が終ってから出して下さい。約束していただけますね」

清人は、実験の対象に語りかけるような無機質な声になった。

「わかりました」

正久も、無表情な声で応えた。

「私は、気象心理学者としてこの事件を解いて驚いたのですが、犯人は野におくのが惜しいほどの心理学者です。まず、事件もまたここからスタートしたということです。新月や満月になると不祥事が多くなる。しかも残虐な殺人や猟奇的な殺人がふえるのは世界各地にみられる一般的な傾向で、これが月を原点とする気象の影響によることが学界でも解明されつつあります。この点、雲津では、卑弥呼以来の特殊な古代伝承と、深山の限られた盆地と、他郷との交流が少ない遺伝的な要素が重なって、新月時の異常がとくに強かった。そしてあなたが気付いたよう

に、新月の異常には大きな個人差があり、もっとも強くあらわれるのが上生武彦さんで、これが事件の原点となった」

言葉の流れで犯人をあなたにかえて清人はちょっと間をおいたが、正久は先をうながすようにゆっくりうなずいた。

「いわば世界的な心理ブームで、自己達成の暗示という言葉が最近よく聞かれるようになった。さきの全米テニス選手権大会のとき、予想どおり優勝したアーサー・アッシュが、ここぞというときに、どうしてそんなにつごうよくサービスエースが決められるかという質問をうけた。それに対してアッシュは、『みんなに期待されているからだ、というのがおもな理由だと思う。以前にもうまくやったから、今度もやるにちがいない。自己達成をさせる暗示のようなものです』と答えている。このことは、政治、経済、スポーツ、外交などさまざまな分野で神秘的な力を発揮しているが、もちろん日常生活の中にも働いている。つまり、ある予言をすると、たとえばこの事件で利用されたように、それを実現させるための条件が作り出される。私が学んだハーバード大学の心理学者ロバート・ローゼンタール教授は、『重要なのは、ある人が他の人の行動について予言すると、どういうわけか、それが現実となる傾向があるという点だ。伝わることを意図していない場合でも、こちらの期待が相手に伝わって、実際の行動を左右してしまうことがある』と言っているが、こうした心理操作で武彦さんを思うがままにあやつったあなたには、よく解っている筈ですね。また、私の分野で『後催眠現象』というものがある。無意識の世界を人間が持っている、と初めて説いたのは、精神分析の開祖フロイトです。これは、相手に催眠術をかけることによって、簡単に立証できますが、正久さんはどうですか。よければあなたの無意識の世界をいくらでもひきだしてみせますよ」

「先生は、私に催眠術をかけるために東京へよんだとですか。素人の私に玄人の先生が術をかけるなんて卑怯じゃなかですか」

正久は、表情をこわばらせた。

「卑怯とはどういうこと……私があなたに催眠術をかけて、事件の真相を探りだそうとたくらんでいると思っているのですか」

清人は、相手の神経を逆撫でするような冷静な調子でいった。

「先生の話しぶりをみていると、そうとしか思えませんね。といって、事件では、私も犠牲者の一人ですから、何といわれてもかまいませんよ」

正久も、その手にはのらないぞとばかりに、高まった声を押えた。

「実験台になるのがいやでしたら、フィルムで見せましょう」

「何のために、私は心理学の講義をききに東京まできたわけではありませんよ」

「まあいいからご覧なさい。事件に関係あることですから……」

清人はゆったりと応えた。ともかくも、実験室での時間かせぎが問題なのだ。清人がスイッチを入れると、実験室の中は暗くなり、十六ミリの映像が壁面に浮かび上がった。

画面では、白衣の清人が中年の男に催眠術をかけ、深く深く導いてから声をかけた。

「では、これから手を二つ、たたきます。三回目で、あなたはパッと目が覚めて、もとどおりになります。いいですね」

男はうなずき、

「もとどおりになってのち、私がハンカチをだすと、それを合図に、あなたは窓をあけに行きます。わかりましたね」

というと、男は、再びコックリした。

「ひとーつ……ふたーつ」

と手をたたき、タイミングをはかって、

「三つ！」

と、声を大きく、音も大きくパンとたたく。

男は催眠状態から覚める。しばらく雑談する。やがて、こちらはさりげなくハンカチを取出す。急に相手はそわそわしはじめる。と、すーとイスから立ち上って、窓をあけにいく。

「あ、わざわざあけなくてもいいですよ」

と呼びとめても、あけてしまう。

「なぜ、あけたんですか」

と質問しても、催眠中に「その理由は、おぼえていない」と暗示をかけておくと、

「なぜって……なんとなく、あけたくなったんですよ」

とか何とかいって、ちゃんとした返答ができないのである。

「酒匂さん、おわかりでしょう」

清人は、フィルムをとめて、室のライトをいれた。
「これと同じような実験は、いくらでもできます。W・R・ウェルズという心理学者は、覚醒後、壁にかけてある上着のポケットから一ドル紙幣をとらせるという犯罪行為すれすれの行為までやらせているが、こんな風に催眠状態中に与えた暗示が、覚醒後に実現し、暗示どおりに実行する現象を〝後催眠現象〟というのです。そして、このことは、無意識の世界が存在すること、さらに、無意識界が意識界の行動を支配する場合があることを証明しているんですよ。

では、一ドル抜きとりでなく、銀行ギャングや殺人なども実行させうるか。暗示内容が被験者の良心にいちじるしく反したり、自我をひどく傷つけるものであると効果は現われないが、その反対はどうなのか……。雲津の事件では精神異常を起すいろんな要素がからみあっている。まず、古代伝承からくる悪童の呪にたいする恐怖、精神病理上の遺伝因子、それらのものが新月がちかづくにつれて加速度をましていく。

気象と精神異常の関係は新月だけじゃない。日本の例では、〝上州の空っ風〟といい、西欧では〝魔女の風〟とよぶフェーン現象は、ヨーロッパではフェーン病とよばれる一種の奇病を起す。フェーン病の典型的な症状は、気分が落着かずいらいらすることである。患者は、一様に欲求不満や憂うつを訴え、集中力がなくなる。オーストリア、ドイツ、スイスでは抗フェーン薬が売られているほどです。それらの気象因子に他の要素が加われば、武彦さんのように異常度は加速度的に高まっていく。だから、カリフォルニア開拓初期のころには、フェーン現象が発生している間に起った痴情に基づく犯罪は、情状酌量されたものだというが、雲津での新月における武彦さんの場合と全く同じものだ。同じといえば、さっきのフィルムでの施術者の私は、雲津では他ならぬあなた、正久さんであり、そのいうがままになった暗示の被術者こそ武彦さんにほかならず、あなたは、この事件で武彦さんを、手馴れた操り人形のように自由に動かすことができたわけだ」

普段の清人を知っている者には異常に思えるほど、自信に満ちた大時代的な調子で、ピシッと言葉を止めた。

その瞬間、正久は、はっと眼をあげたが、どうしたものか強気の構えをくずさなかったものが、清人の眼差にはじかれたもののように、視線を力なく宙におよがせた。
「そんなわけだから、事件の経過を云々するのは蛇足かもしれんが、一応説明しておこう」

相手の変化にあわせて、清人の口調は、冷厳な検事の宣告にかわった。

「君は、操り人形となった武彦に酒を飲ませた上で、悪童の石を動かせるかと挑発的な暗示を与えた。そこで武彦が悪童の石を動かすのだとわめいて渓谷に下った夜中、君は悪童の石をダイナマイト爆発の反動で動かした。水の流れといっても上流の浅瀬だ、ダイナマイトにビニール導火線と雷管に簡単な防水加工をほどこすだけで爆発する。加えて君は、神籠山地特有の雷雨の夜を狙っていたんで、爆発音も落雷の音にまぎらすこともできたのだろう。君は、ころがした大石の腹面をよくよく拭っておくべきだったんだな。村人は、不気味な石に近寄らないという油断もあったのかもしれんが、あの岩にはまだ硝煙の反応がのこっていたんだよ。悪童の石が動いたということは、その呪が雲津中をおおったというような伝統的な恐怖を村人にあたえ、君はその証明に雲津の家畜に毒草を食わせて殺すなど不可解な事故を続発させ、迷信深い村人の非難を武彦に集中させた。

そして予定通り、雲津の仕来りによって悪童鎮めの神事が行われることになったとき、当然守役になるはずの武彦ははずされ、第二の守役の邦雄の役目になった。だが目的は、第三の守役たる君が香鳥を助けて神事を果し、香鳥と結婚することだから、邦雄に消えてもらわねばならない。そのため君は、悪童の呪による不可解な病いを利用した。

すでに、南日本新聞の記事で奇妙な宮崎肺吸虫の生息地を知っていたので、当地にでむいて、肺吸虫寄生のサワガニを入手し、邦雄に食べさせていた。雲津でも生のサワガニを食べる習慣があるのでさりげなく与えることができた。ところが邦雄は発病したが、私という予定外の登場人物によって計画に手を加えねばならなくなったので、武彦の仕業にみせかけて自動車に細工して邦雄を殺した。衝突のショックで体の弱った邦雄が頸骨を折った事故にみせかけ、君自身も犠牲者の一人として失神し傷を負って偽装した。

これで武彦に対する村人の怒りが高まることを予想して、武彦と打合せていた秘密の場所に身をかくすことをすすめていた。武彦は君を信頼し、また異状な精神状態で暗示にかけられていたので、君のいうがままに行動した。

このとき、失神していたと思っていた君の枕元で、香鳥が私に雲津から連れだしてくれといったのは、大へんまずいことだった。君は予定外のライバルに気付いて私を消すことにきめ、武彦を探すとみせかけて、同じように武彦を探しにでかけた私を、隠していた武彦の猟銃で撃った。そこで身をもって防いだ香鳥を撃たなかったのは、結婚の目的を破ることだし、武彦の仕業にしても不自然感が強くなるので、そこまではやれなかった。

そののち武彦とあった君は、籠部屋に入っていれば無事だから、自分が指示するまで絶対にあけるな。護身用にもっておけば心強いだろうと武彦の猟銃を本人に渡して、最後の舞台作りを完了した。武彦が籠部屋にはいったとき、舞い舞い病のウイルスをもった大量のノミを容器から部屋へ放ち、うえたノミが群がったが、狂気的な昂奮状にある武彦は、その異様さまでには気がまわらなかったのだ。

ノミは、労務者の去った山の飯場で容易に採集できる。空になった飯場へ数日でかければ、うえたノミが群となり、ザワザワとタタミに音たてんばかりの勢で新入りの人間にむらがってくることは、伝染病の学界でも実証ずみのことだから、わけなく採れたはずだ。

そのノミに、かねて捕えておいた舞い舞い病の野ねず

みを与えて奇病媒体のノミを作っていたのだ。こうして事件の犯人である武彦は、呪による奇病に自滅して事件は落着。

これで目的どおり、あこがれの香鳥と結婚でき、吾孫家の厖大な山林資産をうけつぐことができればいうことはなかった。

たとえそれが出来なくても、武彦を新月異変による悪童の呪で消せば、上生家の山林を管理することができる以上の動機で君はチャンスを狙っていたのだ。

ところで正久君、私がなぜ事件を警察にゆだねず、君をわざわざ東京によんで話したかわかるかね」

清人は、検察官の立場で一気に論告してから、おだやかに話を閉じた。正久は、はじめの張りつめた緊張感から、とまどうような表情をくすぶらせていたが、清人の問いかけにハッとしたような弱気な眼差を伏せた。

「解れといっても無理かもしれないが、香鳥がね、あのとき撃たなかった君の心を憐れんで、みすみす警察の手で押えられるのなら、私から事件を解明して、自ら罪を認めるよう話してくれないかと頼まれたからだ。私の話でわかったと思うが、一旦手品の種がわれれば、人が警察という国家権力に勝てはしないんだ。そうした

ほうが罪も軽くてすむんだが……」

「わかりました。もしやと覚悟はしていたのですが……」

「それがいい。君を追って、九州から伊万里警部が上京しているんだが、ここへよぼうか。遠からず会わなければならない相手だから、早ければ早いほうがいい」

「すみません」

　正久は、すっかり自信を失った様子で頭を下げた。伊万里警部は、同じ実験室で正久に会い、供述書をとってから、シャッポを脱いだ顔で清人に頭を下げた。

「参った。いやあ、参りました。何分物的証拠がない難事件でしてね、どうやって白状させるかと、そればかり考えつめているところに、あっけなく幕ときた。これほど素直に白状するとは、夢にも思いませんでしたが、先生、いったい正久になにを話したのですか」

「正久との問答の経過はテープにとってありますから、あとで聞かれればよいでしょう。要は、伝説や迷信、気象条件などの要素を駆使した心理魔術師の素人《アマチュア》と玄人《プロ》の差ですよ」

「まったく、先生みたいな大魔術師にかかっては、われわれ捜査の玄人《プロ》も形なしですなあ」

　ともかく、犯人を自白させて大満足の伊万里警部は、屈託なく膝をたたいたが、警部たちがかえってから香鳥は、悪戯っぽい顔でクスリと笑った。

「先生、捜査の鬼も、エレクトロニクス装置には気付かなかったようですね」

「大魔術の種だからね、これを明かすわけにはいかないよ」

「私も、陰イオンの用途は知っていましたが……」

「まったく、反対の陽イオンをこんな風に活用できるとは思ってもいなかったが、陽イオン自体は、気象心理学の当初からの研究課題なんだ」

「新月の気象に関係することですか」

「そうだ。月だけでなく、さっき正久に話したフェーン現象のような〝不吉な風〟などもある。これをイスラエルでは〝シラブ〟とよんでいるが、シラブは砂漠から吹きよせる熱風でね、イスラエルの医師たちによれば、この熱風はセロトニンの分泌を過度にうながす作用があるという。セロトニンは、脳の機能を正常に保つうえで欠かすことのできない化学物質だが、これが多くなりすぎると、気が滅入ってしまうものなんだ」

「陽イオンと同じ作用をするわけですね」

「そのとおりでね、ここから気象精神病学上の興味をそそるものに『大気中の電気』がわかってきた。われわれのまわりの大気中には、電気を帯びた原子《イオン》が無数に存在している。イオンには、マイナスの電気を帯びた陰イオンと、プラスの電気を帯びた陽イオンがある。陰イオンには、われわれの気分をそう快にする作用があり、逆に陽イオンには精神を無気力にさせる作用がある。ふだんは陰イオンと陽イオンの数はつり合っているのだが、ときには、たとえばある種の風が吹いたり、嵐が接近したりした場合に陽イオンが多くなることがある。

そうなると人々は気が滅入ったり、ものごとに気乗りがしなくなったり、無感動になったりするといわれる。だから、この原理によって、病院によっては、エレクトロニクス装置を使って陰イオンを満たした部屋に、外科手術をうけた患者を入れるところもあるのだよ」

「陰イオンで患者は陽気になって、回復が早くなるわけですね」

「そんなわけだが、人間の健康との関係についてはもっと研究を進めないと、はっきりしたことはいえないんだ。人間の体は、非常に複雑で微妙なつり合いのうえに成り立っているのだから、環境の変化によって感情や思考が変わると考えても、決しておかしくはない。この方面の研究を進めれば、大いに活用の範囲は広くなると思う。たとえば、肉体や精神の病気をなおし、交通事故や労災事故の発生を減らすうえでも役に立つだろう。場合によっては、人間の気質を変えることさえできるようになるかもしれないんだよ。

この実験の一例がいまの正久の自白だ。正久は、この事件で完全犯罪の自信をもっていたろうが、人間だからね、自信がゆらげばそれだけ弱さも深くなる。捜査の進行についての不安、解明された奇病についての不安、気象の精神病理学と武彦の異常さが解明されていく不安など、いろんな不安が重なっていたことと思う。そこへ上京の催促だ。香鳥と共にという断りきれない事情があったにしろ、意気揚々と上京したわけでもないだろう。

私から事件を徹底的に解明されて自信がぐらついたところに、エレクトロニクス装置で実験室に充満した陽イオンによって精神は無気力になり、自信はくずれ、胸中を圧迫する真実を吐きだして楽になりたいという弱気な逃げの心理に支配されて、一切を告白した。

これではからずも、陰イオンと逆の作用をする陽イオンの心理実験が成功したことにもなったわけだ」

「先生、その上、正久さんにすすめた紅茶にセロトニンはまじってなかったのでしょうね」

香鳥が卑弥呼の勘で首をかしげると、

「いや、セロトニンはね、危険だから簡単には使えないよ」

「でも、それを使えば、陽イオンの効果を強めることができるのでしょう」

「そのとおりだが、こっちがうっかり飲みすぎると気が滅入るばかりか、性的無関心から性的不能になって、香鳥君にプロポーズもできなくなる……」

と清人は応え、

「あらっ！」

と香鳥が顔を赤らめて室をとびだしたとき、

「しまった！」

と陰イオンにいれかえていたエレクトロニクスのスイッチにあわてて手を伸ばした。

黄金の鵜

1

高山栄三郎は、長身の堂々たる風貌で美髯をたくわえた顔には一種の風格もあり、絵に描いたような易者のタイプであった。

ところが、栄三郎には肝心なものが欠けていた。流行らなかったのである。霊玉仙占術の看板をだしても、街頭へ進出しても、人々は胡散くさそうに横目で眺めて通りすぎるだけであった。

長髪に紋付袴の風采が堂に入っているので、うっかり易《み》てもらおうものなら、見料をがっぽりとられると心配したのかもしれなかったが、とかく理由が何であれ、門前に蜘蛛の巣を張るように流行らないことには変りなかった。

栄三郎は、まえに黄金の鵜になった夢を見たことがある。その鵜は夕陽に金色の羽をきらめかせて水にもぐっては、黄金の魚をくわえて浮かび上った。水中には黄金の魚が無尽蔵にいて、とってもとっても尽きることはなく、栄三郎は、いつか自分は黄金の鵜となって、押しかける客をさばいて黄金の山を築くであろうと思っていた。

思うというより、霊玉仙占術にあらわれた信念にちかいものだったので、いくら流行らなくても、悠然と美髯をしごいて平気だったが、妻子にとってはたまったものではなかった。

いくら黄金の鵜になるといばったところで、肝心の魚をとってこないことには、くしゃみもでないではないかと、細君の道子はぼやきどおしであった。

「まあ待て、あせるな」

栄三郎は、美髯をなでていったが、

「待て待てって、いったい何時まで待てばいいのよ。とっておきの山林を切り売りする暮しなんてもうたくさん。先細りにジリ貧になることくらい、易者のあなたにわからないの」

と道子がヒステリィを起すのも無理はなかった。ところが、待て待てと逃げてばかりいた栄三郎が、ある日きっぱりと宣言したのである。

「妻よ、その日が近い」

「その日って、何よ」

「私の霊玉仙占術にあらわれた日だ。その時になって、驚くんじゃないぞ。」

「へーえ、私たちの暮しに驚くなんてことがあるんですの。ほんとにあるんだったら、腰を抜かすほど驚いてみたいわ」

道子は、栄三郎の言葉を鼻の先ではじきとばしたが、実際その日がきた時、腰を抜かす間もあらばこそ、驚きのあまりあわあわと声もでないほどへたりこんでしまった。

2

この日、可愛い一人娘の芙美子が夕方になっても帰らなかった。栄三郎と道子が、どこで遊んでいるのだろうかと心配な顔を見合わせたとき、電話のベルが不吉な音をひびかせた。

「娘はあずかっている。あす次の電話があるまで、五百万円用意しておけ、警察《サツ》に知らせると娘の命はないぞ」

と、その声はドスを効かせ、道子は青くなってへなへなと腰を崩した。

「あなた、その日というのは、こんなんですの」

道子は、口惜しさのあまり、腰を抜かしたまま栄三郎をにらみつけた。

「うろたえるな、仙占術に不吉な卦はでなかった。芙美は無事に戻る」

栄三郎は、穏やかに応えた。道子があとにして思えば、風采だけでなく精神も本物であったのか、と惚れなおしたいくらいの落書きぶりであった。

こうして栄三郎は、自らの信念によって警察に知らせ、

「私の卦に不吉はあらわれません。不必要に騒ぎ立てないで下さい」

と、張切った刑事たちをたしなめるほどであった。これには刑事たちもきょとんとし、

「占の親父もかわっているが、犯人もかわってますなあ。富豪の娘を誘拐するならまだしも、こんな貧乏易者に五百万用意できると思ってるんですかね」

と、首をすくめたが、

「山林を売ればそれくらいは出来るといっている。間に合わなければ、知人からかき集めてでも作るというから、出来るには出来るのだろうよ。だがわれわれは、金が犯人に渡るまえに捕える方針だから、金は問題ないんだ」

と、さすがに指揮官の警部は、栄三郎に負けないくらい落着いて、テキパキと指示を与えた。そして翌朝、

「五百万円入りのカバンをもって、父親一人で午後六時、大鳥公園の泉水の前に立て。無事に金の受け渡しがすんでから娘を返す」

という電話があった。

「あなた、一人で行って下さいね。警察にたのんで犯人を怒らせないで下さいね」

と、おろおろなった道子に、栄三郎はわかっている心配するなとうなずいたが、警部には、警察を信じて警察にまかせます、犯人の要求によって私がどう動けばよいか、万全の措置をとった上で指示して下さい、と頭を下げた。

「事情がどうであれ、犯人逮捕には万全を尽くします」

警部は、いつもの口ぐせで形式的に応えたものの、栄三郎のいさぎよさに感動して、犯人逮捕作戦には気合が入った。

犯人が金を受けとりにバイクで来ようと、ダンプカーでこようと、はたまた空からヘリコプターでこようと、いかなる場合でも一気に犯人を押し包める体制をとってから、栄三郎は、新聞を切ったニセ札のカバンを持って大鳥公園へでかけた。

指定の時間に泉水のまえに立つと、意表を衝いてコカ・コーラの立看板の影から、赤いヘルメットのバイクが飛出してきて栄三郎のカバンをひったくった。

あっ、と叫ぶ間もない一瞬のことであったが、警察の対応も負けぬくらいに早かった。

そのまま一直線につっ走ろうとするバイクの進行方向にスルスルとバリケードが伸び、あわてて進路をかえたバイクは、勢い余ってコンクリート壁に衝突してひっくりかえり、はねとばされた赤ヘルの男は悶絶したように動かなくなった。

「おい、娘はどうした、どこにいるんだ」

警部が犯人を抱き起して、ピタピタとほほをたたいたとき、

「十時に時限爆弾が爆発する。娘もいっしょに死ぬ」

と、犯人はうつろな眼をあけていったきり。がっくりと首をたれた。

「おい、目を覚ますんだ、おい！」

警部は、懸命に体をゆすったが、犯人は完全に気を失っていた。

「駄目ですな。この分じゃ明日まで意識はもどらないでしょう」

犯人を診た警察医は暗い表情で首をふった。

3

「何たることだ。時限爆弾が爆発するまであと三時間二十分だ。娘の命がかかっている。いや、場合によっては、爆発の巻ぞえを食って死傷する市民の犠牲も計り知れぬ危険がある。警察の総力をあげ、娘の隠匿場所を捜査せよ。いいか、時間がないんだぞ。ねずみの穴までもぐりこむんだ」

もはや、一誘拐事件でなく、全市民の安否にかかる重大事件に発展し、警部の報告をうけた本部長は羅刹の形相で大動員令を下した。マスコミも総力をあげて協力体制をとった。突然、テレビの娯楽番組が中継し、

「臨時ニュース、重大なニュースを申し上げます」とにこやかな笑みを絶やさぬアナウンサーが、張りつめた真剣な顔で、娘と犯人の写真を示して芙美子ちゃん誘拐事件をつげ、何でもいい、芙美子ちゃんについてどんな小さな情報でもいいから知らせて下さい。これには、あなた自身の命もかかっているのです、と訴えた。

こうした爆発事件といえば、多くの市民を死傷させた三菱重工ビル爆発事件など一連の記憶も新しいのである。市中は、蜂の巣に火をつけたような騒ぎになり、全市民も、芙美子ちゃんはどこだと民間大捜査を開始した。

この燃えさかる熱気の中で、道子だけは氷湖のように青ざめ「芙美が死ねば、私も死にます」と思いつめた表情でいった。

「私を信じてくれ」と栄三郎は部屋にこもって懸命に仙占術をつづけていたが、一時間のちに出てくると、神の宣告をつげるおごそかな調子で警部にいった。

「方位は東北東、字名《あざな》は弓にかかわる場所はありませんか」

「そりゃあ、どういうことですか」

「私の卦にでた芙美の居場所です」

「ああた、占いで探せというとですか」

呆然となった警部に、

「父親として、易者の私にできるすべては易です。死力を尽くした占いに間違いはない。また、言争う時間もないでしょう。この方位の弓を探して下さい」

「わかりました」栄三郎の気迫に押されて立上った警部は、三十分後にもどって、

「東北東の方角に、それらしい場所がありました。今は、桜木、山ノ田、春日など五つの町内にわかれていますが、住宅地域になって市に編入されるまえは、大字弓張といっていた農村地帯だったんですよ」

と期待をこめていった。

「昔の地名だとなると、卦の場所は過去につながってくる」

栄三郎は、ふたたび部屋にこもってから、

「仙占の卦には、その地域の弓張の名につらなる霊とでました。弓の名のつく神社とか祠を探して下さい。きっと娘は隠されています。時間がありません。お願いします」

栄三郎は、きっぱりと言った。警部は、その易を全面的に信用したわけではなかったが、捜査に行詰った今、聞き流すことはできなかった。さっそく東部方面の捜査隊に指令すると、タイムリミット寸前に朗報がとどいた。

「警部、土地で弓張さまとよんでいる小さな祠でしばられた芙美子ちゃんを発見しました。時限爆弾も安全に処理しました」

捜査隊の張切った報告で本部はわあっと歓声にわきたち、新聞は「芙美子ちゃん、父の涙の占いで発見」とセンセーショナルな見出しで報道し、テレビのスクリーンは、栄三郎父娘でにぎわい、父として死力を尽くした占いに間違いはない、という栄三郎の言葉は、泣かせるぜと市民の感動をさそい、札束をかかえて押しかける易の客は、家にあふれ道に列をなして、時の英雄となった仙占術の威名は全国に轟いた。

4

数ヶ月後、貧しい家は輝く大邸宅となり、

「どうだ、私が黄金の鵜になる日はちかいといったが、その通りだったろう」

有卦《うけ》に入った栄三郎が笑えば、道子も、すてきなあな

た、とうっとりして彼の胸に顔をうめた。

実際、栄三郎はしてやったりと笑いが止まらなかった。

事件の数日前、奇妙な男がやってきて、

「ねえ、流行らない易者さんよ。おれが一人娘を誘拐してやるから、占いで解決して天下の大易者になりなさいよ。そうなりゃあ、金はガポガポ入ってくるから、儲けの二割をもらえれば、おれは御の字だ」

と、おかしな相談をもちかけたのである。

男は、こうしてそしてあやって、大鳥公園の泉水のまえに金をうけとりに行く。当然、警官が張り込んでいるだろうから、ふりきって逃げる拍子に壁にぶつかり、時限爆弾の肝心なことだけ告げて失神し、そのあとはあんたの易で解決するって寸法よ。失神する前に睡眠薬を飲んでおくから、一旦眼を閉じたら半日やそこらで起きないから大丈夫などといい、栄三郎は半信半疑で聞いているうちに、満更でもない気になっていた。

かくて栄三郎は、犯人となった奇妙な男と誘拐事件をでっち上げて、雷名とどろく大易者となったのである。

「それにしても、何と間抜けた男だろう。誘拐犯人として刑務所へたたきこまれれば、長いこと出てこれない。たとえ出てきて、分け前をせびっても、何の証拠があるでなし、私が知らんとつっぱればそれまでじゃないか」

儲けは全部一人占め、まったく易者はこたえられない、と栄三郎は悦に入っていたとき、一人の紳士の訪問をうけた。

「何を占って進ぜるかな」

新しいカモがきた、と栄三郎がもったいぶって髯をなでると、

「いいえ、集金にきたのですよ」

と、紳士たちはにこやかに頭を下げた。

「集金……あなたたちに支払う憶えはありませんね」

にべもない栄三郎に、

「あなたは、芝岡という男と誘拐事件を計画して大易者となった。いいえ、芝岡と相談している写真や録音は私どもの手でとっていますから弁解は無用ですよ。芝岡は私どもの会社の社員でしてね、任務を完了した芝岡は刑務所から解放し、あなたは芝岡との約束の他に、利益の五十パーセントは毎月支払っていただきますよ。それであなたは利益の三十パーセントは残り、閑古鳥がないていた貧乏時代にくらべれば悪い話じゃない。もし、支払をおこたれば、誘拐事件の真相を公表します。そうなれば、元の木阿弥どころか、社会をたぶらかした許せな

いペテン師として葬りさられますよ」

紳士は、穏やかに話した。

「会社というと、いったい……」

茫然となった栄三郎に、紳士はにっこりと一枚の名刺を渡した。

「私どもは、鵜飼株式会社の役員です。鵜匠が魚とりのうまい鵜を育てるように、私どもは様々なプロゼクトによって、金儲けの成功者をつくって利益を還元しているのです。難事件を見事解決して一躍有名になった名探偵、難病をいやした名医、大強盗事件を防いでひくてあまたとなった警備会社などみんな会社の契約者なんですよ。あなたも流行らない易者だったが、大易者になる風采だけはととのっていたので、白羽の矢を立てたのです。やはり会社の目は正しかった。あなたも黄金の魚をくわえてくる黄金の鵜になったのですよ」

天童奇蹟

一

麗しい花樹の園に戯れる天女の白い腕や嫋《たお》やかな雪の肌が蟬羽《せんう》の絹を透かして夢幻の蠱惑をたたえ、青磁に花泉の甘露を酌む母娘の上には白い翼をひろげた可愛い天使が舞って、信者たちの敬虔な吐息を誘っていた。

何かこの世と思われぬあでやかな壁画の舞台で演じられた聖瑪利亜《さんたまりや》の秘義が終ると、黒衣の僧が現われて驚嘆すべき数々の神異を示した。

「ぐろふりやいねきせりす　ぜす・きりしと　かずかずのきどくをあらわし玉ふて信徳《ひいてす》の御業をしめし給え

あーめん」

南蛮僧が十字をきって祈禱《おらしよ》を唱える間に、信者の白布でおおわれた小匣の桑の実は青い芽をだし、さらに僧が天に祈ると、芽は花いっぱいの小さな桑の実になっていた。

鎌首をもたげて今にも襲いかからんとする毒蛇も、頭に十字架《くるす》の護符を置かれると、天神《あんじよ》の霊魂《あにま》にうたれて身動きもできなくなった。

その南蛮僧が再び信徒に求めた小石を天に捧げると、不思議やその小石は聖堂《えけれじや》を埋める観衆の眼の間で聖なるパンにかわっているのだ。

今や黒衣の僧の祈りは厳かな大の声であり、顕わされる数々の奇蹟は迷える異教徒の霊魂を救うために示される神の尊い証跡《あかし》に他ならなかった。

聖堂《えけれじや》の総ての人々、善良なる信徒も、隙あらば非嘆の口実を見付けようと豺狼《さいろう》のように目を光らせていた釈僧も、栄福《ぐろふりや》を授ける者の歓びと畏れをまじえた熱い眼眸で南蛮僧の所作を見詰め、奇蹟が示される度に、「おお……」と口を開いて驚倒し、十字をさって祈禱《おらしよ》を唱えた。

「きりえれんぞ　きりすてれんぞ　きりすてあうでのびす　きりすてじやうでのびす」

奇蹟にうたれ、聖なる祈りが高まり、打鳴らされるアンジェラスの妙音が天上から響きわたったとき、信徒たちは泉のように湧き上る昂奮をおさえかねて立ち上り、うやうやしく祭壇の前にぬかずいた。

四方に黄金七彩の瓔珞《ようらく》を垂れた天蓋の下には、これと対照的に古さびた寝棺がすえられていた。

相当な風雪、土中にあったものをたった今掘りだしたもののように、黒ずんだ木肌には土の匂が残り、その生々しい感じがいっそう信徒の期待を煽った。

棺の中には、長崎渡航以来数々の奇蹟を顕し、多くの病人を癒し、迷える釈徒に真神の教えを説いて信徒の崇拝と畏敬をあつめた聖・ポール師の遺体が安置してあるのだ。

さすがに不世出の神父《ぱあてれ》らしく、その旬日前に己の死を予言し、その言葉通り嘆き哀しむ信徒に見守られて寂滅したものであった。

「邪《よこし》まなる釈僧に満ちた異教の地で、神の教えを拡めるのは至難の業であります。私たちは更に異教に迷う神の子を救う義務があります。それゆえに私は神の新たな言葉を受けるため、十日の後日輪の太陽が没して環状の光に変るとき、天に召されることでありましょう。ために信徒よ、私の棺をトードス・オス・サントスの岡に埋め、一と月の間異教徒より私の棺を守れ。されば、一と月の後東南の夜空に天使の星が輝きその山の端から十字架《くるす》の火が昇るとき、神の言葉を捧げて戻ってこよう。信徒らよ、いたずらに私の死を嘆かずひたすらに神に祈って私の復活を待て」

聖・ポールは、最後に凛と声を高めて己の再来を宣告したのだが、いざ敬愛する神父に身罷《みまか》られてみると、太陽が輪になった天変の奇特より、慈父に先立たれた哀しみが先立って、信者たちは泣く泣く聖・ポールの遺体を棺に移し、自らの手でその蓋をしっかり打ちつけ、祭壇に祀って別れの祈りを捧げてから、諸々の信徒の肩に担い、トードス・オス・サントスの岡の土中深く埋めたのである。

信徒たちは、ぱあてれの予言を信じるというより、慕いやまぬ慈父の再来を願う切なさから、日夜信仰厚き屈強の若者たちが聖墓を護り、異教の釈徒等を一歩だに近づけるものではなかった。

そして待ちかねた一と月後、信徒はトードス・オス・サントスの岡に集って、東南の夜空に天使の星がひときわ輝を増し、その山の端から青く鮮やかな十字架《くるす》の火が昇るのを見たとき、天帝の神の子たる歓喜に狂舞し、一斉に「あれるうや」を唱え、夜明けを待ちかねて聖・ポールの棺を掘り起し、教会の祭壇へ運んだ。

信徒たちは、ぱあてれの復活を待って誰一人去りやらず、その間教堂の舞台でモーゼやキリストの様々な奇蹟が演じられたあと、神父たちの称するささやかな神異がセント・ポールの弟子なる伴天連によって示され、善良な信徒を仰天させてあとにつづく復活の儀への感興を盛りたてていたのである。

そして再来を告げる鐘が鳴り渡り、教堂の信徒のみならず、海辺の漁師や野中の農夫たちも馳け集って祈禱の声が教堂に溢れた時、棺の前にぬかずいていた伴天連の中から黒衣のいるまんが立上って「どなたか四人、舞台へ上って棺の蓋を取って下さらぬか」と敬虔な祈りで信徒を見度した。

信徒は、神異を懼《おそ》れる異教徒のように、お互い顔を見合せ首をすくめて譲り合った。奇蹟に手をかけるのが恐しいのだ。

実際に、これまでの仏陀の宗旨は、神の栄光《ぐろふりや》を讃えるものではなく、ただ神祟《しんすい》を懼れて供物を備え、これを崇拝して妖魔の怒気を鎮めることに汲々たるものであった。邪しまなる釈僧も鬼神を表に押出し、愚昧な信者の恐怖を煽って布施の多寡を競わせていたのではないか。

もしも、棺に手をかけて祟りが吾が身に及べばどうなるのかと、信徒の尻込も無理はなかった。

おじけついた信徒の気配に、若いいるまんが十字をきって壮重な声でいった。

「みなさん、神父は信徒のために神に召され、神の声を信徒に伝えるために再び帰ってくるのです。ここで神のぐろふりやを授くる者はあなたたち信徒であり、それでこそ限りなき神の御心にかなうものであります」

信徒の長老たちの話合で選ばれた四人の若者が舞台にのぼり、ぱあてれの祝福をうけてから、ひどく緊張した顔で棺の蓋をこじ開けはじめた。

一瞬、天地が立止った静寂の中で、棺の蓋のきしむ音が異様に大きくなり、信徒は息を呑みロザリオを握りしめて神に祈った。

やがて蓋が開かれると、長髯のぱあてれが敬虔な祈りを捧げて、セント・ポールの顔にかけられた白布をとり、恭しく眠れる聖者の顔に聖水をかけた。

見よ！　聖者の閉ざされた目蓋《まぶた》が開き、胸の上に組みあわされた腕が伸び、太陽の如くしずしずと起ち上るではないか。

燦然ときらめく金の十字架を天高くかかげ、棺からすっくと起き上った聖者の姿に、信徒は一斉に跪いて歓喜の祈りを唱えた。

「おらてふらて　でうすぱあてるぐろふりや　たうみんす　おびすくん」

祈れ、兄弟等よ、天主聖父の栄光を、今や御主はわれらと共におわすものぞ、と感涙にむせんで見上げる聖者の顔は、髭は伸びて幾分面やつれしていたが、それだけに神々しいまでに輝き、湖のような青い瞳は深い慈愛に溢れていた。

「みなさん、神の国は近づきました。今こそ、悔い改めて福音を信ずる時です。今私は、神より賜わった言葉を伝えます。みなさん、私たちはここに神の国を実現するのです。ここにあなたたちの為さねばならぬことは、ただ神を信じ、信じてこの賜物をうけいれることなのです」

今、ここに復活の奇蹟が実現されたのだ。十字をきって神の栄福を伝えるセント・ポールの声は、神の声となって高い天井にこだまして信徒の胸の奥底まで響き渡った。

二

復活の奇蹟は大成功であった。ぱあてれ・ぽーるの名は今や神の領域にまで押上げられ、奇蹟を眼のあたりにした信徒は、得意げに神の栄光を津々浦々に伝えた。

有難いぱあてれ自らの手で洗礼を受けんものと、各地から新たな信者が続々とトードス・オス・サントス寺院へ押掛けてきた。

こうして巡察視ワリニヤー師が印度から渡来して九州宣教師会議を召集した時、ポールは胸を張って復活演出の成果を告げた。

そこで副管長コエリヨがその伝導方針に首をかしげると、ポールは昂然と己の信念を披露したのである。

「われらが教祖、耶蘇キリストは、何を似て神の教えを伝えたのでしょうか。敬虔なユダヤ精神が失われ、神は忘れられ、ただ富と権力と享楽のみが支配する乱れきったあの時代、奇蹟を顕わさなくて千万の頑民を改宗せしめえたものでしょうか。キリストは、汝等たとえ我言うところを信ぜざるも我為す所を信ぜよ。我が顕わすところの奇蹟こそ神の使いたる証拠なり、とおおせられて福音を伝えられたのではありませんか。

しかるに今の日本こそ、往時のユダヤ国に匹敵するものであります。戦さつづきで国土は疲弊し、異教に毒され、況《いわん》や風俗異なり言語不通の国において、わずか数人の宣教師で福音を伝えようというのです。あなたは、われらの人力だけで、異教を固執する人民を心服せしめ、傲慢な諸侯や狡智貪欲な釈徒をして、学び難く行い難い教法を信じさせよ、というのですか」

あわてて十字をきるぱあてれ達を一睨してポールはつづけた。

「それ冥頑の徒をして聖教を信ぜしむるには、神変不可思議のことなかるべからずとは、我耶蘇会の説くところではありませんか。かような異国の中で、聖教を奉じて信仰を固めるには、釈僧の欺瞞や異神への畏れや異君の威圧にも断固耐えぬかねばならない。ここで信心を固める証拠は特に二つあるのみです。一は、事の明白なるものにして、一つは、神の告諭です。目に映る万物は明白でも、心の悟りは明白とはいえません。人間の心の弱さを思えば、人為を超絶した奇蹟なくして、どうして神の言葉を確信させ、堅忍不抜の信仰を固めることができましょうか。いわんやこの異教の地でわれらが教法を拡めるには、神変不可思議の奇蹟なくてはかなわぬことであります」

ポールの熱弁は、居並ぶぱあてれ達を感動させたが、コエリヨは静かに首を振って立上った。

「唯今、ポール神父は、キリスト当初のユダヤ時代になぞらえて話されましたが、これは千数百余年前の未開時代における理《ことわり》であります。しかもわが主イエスは、そのような時代においても決して超自然的な奇蹟を重要視されなかったし、また行わなかったのです。この事は、パリサイ人がイエスに、『あなたがもしメシヤであるならば、天よりの徴《しるし》を示せ』と迫った時、『何故、今の代は徴を求めるのであろうか。私は云う、あなた方の要求されるような徴は、今の世には断じて与えられないのだ。昔、予言者ヨナが、三日三晩の間、魚の腹の中に居たと云うが、そういった超自然的な奇蹟は、少くとも今日では絶対に与えられないのだ』といって拒まれたことでも判ることではありませんか。イエスの神性は、そのようなことによって証明される必要はないのです。イエスは、自ら奇蹟を顕すことも出来ました。しかし『主の名によって神異を行いましたと云うものがあっても、真の神の御意を行うものでなければ、それは神に関係なきものだ』とも、明白に宣伝されていることではありませんか。況んや、往時のユダヤ国と異り、われらが遭遇したルネッサンス期に見えるように、人智開けて道理を窮め、神変の不思議も人間の錯誤だと解釈するような今の時代に、人為の奇蹟を為して伝導するというのは危険なことではないでしょうか。もし、これが偽りの奇蹟であることを見破られたらどうなりますか。奇蹟によって信仰をかちえたものは、また奇蹟によって躓くものではないでしょうか」

諄諄と説き進む副管長コエリヨの言葉に、他のぱあてれたちは揺らいだ眼差を伏せてしまった。

しかし、ポールは違った。ドン・キホーテのように信ずる者の強さで敢然と立上ったのである。

「コエリヨ師は、時代の推移を説かれるが、ここはヨーロッパではない。わが大陸においてこそルネッサンスを迎え、その果にマルチン・ルーテルの如き聖教をゆがめる者までできましたが、日本はまだ文化の段階には遠く、いわばユダヤ当時の状況に等しいものではありませんか。人智においてもまた然りであります」

「いや、それこそわれら欧州人の思いあがった誤解です」コエリヨは、すぐポールの言葉を捉えて反駁した。

「みなさんは、学林《コレジョ》や修業所《セミナリヨ》に学ぶ九州の少年たちがいかに秀れた素質を示しているかよく承知のはずです。かの少年たちは礼儀正しく、かつ学問にも甚だ熱心で、全く期待以上の成果をあげています。才智と記憶においても、かれらは大いに欧州の少年に勝り、しかもわれらが文字はかれらが見たことのないものであるに拘わらず、僅か数カ月で読み書きに習熟し、かれらが欧州のセミナリヨにおいて養成する少年よりも優れている事は否認しがたい事実です。

先に前副管長カブラル師が日本人を司祭《パードレ》に叙品する件で反対した理由は何だったのでしょうか。かのカブラル師でさえ、日本人の才能は秀れているが自尊心が強く、外国人蔑視の観念を有するが故に、その学問知識がわれらと同等になれば、われら外国宣教師を凌駕する懸念があると強硬に反対したのではありませんか。

決して日本人を愚民視して詐術をろうしてはならない。それが福音を伝えるための善意から発したものでも、もし見破られた時にどのような反動がくるか、わたしはこれが恐ろしいのです」

副管長の言葉に他の神父たちは一斉に頷いたが、今度はポールがその言葉を捉えて反駁した。

「今、コエリヨ師の説かれたセミナリヨの少年たちこそ、われらが奇蹟によって目覚め選ばれた信徒ではありませんか。かれらが異教の迷いから覚めきれぬ時ならとにかく、われらの手によって真の神へ導かれたればこそ、生来の素質をいやが上にも高めうるのです。この事実こそ、われらが祈りを聞かれ給うた神の奇蹟だと信ずるものです。かつて稀世の聖人と讃われたオーギュスタン聖師の示された奇蹟においても、世人は偽作の奇蹟ありと言います。わたくしもまた、これ無しとは言いませんが、これあればこそ真の奇蹟が証明されるものではありませんか。

オーギュスタン聖師曰く、真の奇蹟なければ偽りの奇蹟なし、真のエルトル（古代の勇士）在らざれば、偽のエクトル出ざる如しと」

ポールは信ずる者の強さで、堂々の論陣を張り、胸を張ってさらに声を高めた。

「ここで大事なのは、聖師に祈請することこそわが宗教の一大要旨で、新教と異なる所以だと言うのです。されば聖号を得ざる者に祈請せず、聖号は神の奇蹟を以てその聖徳を示し、確乎たる証左を得たる後に非ざれば与えられないのです。

故に、奇蹟を廃すれば聖師顕われず、聖師顕われざれば礼拝祈請はすたれ、これ故に奇蹟を否定するのは、異教の宗徒を改正せしむるの道に非ずして、わが宗教を否定することにもなりかねません。

誰が数々の奇蹟を顕わしたフランシスコ・ザビエル聖師を、誰が数多の蘇生人と多年同居せしと云うイレネー聖師を狂人としましょうや。

奇蹟は冥頑の徒を暁《さと》らしむためにあり、わが教会のために尽くす者の聖徳を表明するために奇蹟を顕わせば、世の人もまたこれを真の教会なり、この教えに帰せざれば救いを受くることは出来ぬと認めることは論を待たぬところでありましょう。

しかるに、コエリヨ師の説かれる如く、神は上世においてしばしば奇蹟を顕わしても、今日聖教を奉ずる者多き時に顕わされることが稀であるとは、われわれもよく認むるところでありますが、みなさん、かかるが故にとこの困難なる状況の中で手をつかねていいものでありましょうか。かかる時にこそ、われわれは神の御心をうけて奇蹟を顕し、より多くの信者をわが教会に迎えるべきことではないでしょうか。異教徒の子弟を御教に導き、奇蹟の上達を得さしめたように、われらが奇蹟によって真の奇蹟を求むるべきではないでしょうか。

しからば、同じ日本人でもわが聖教に帰せざる者は如何というに、いまだ驚くべき未開の状態に低迷しております。鉄砲には南蛮の摩訶なる秘術と仰天し、遠眼鏡を怪しみ、天文学に驚き、理々明白なわが医学においては不訶思議なるばてれんの魔術と畏れかつ慕い、福音を伝えるわれらが行為のすべてを、吉利支丹でうすの魔法、幻惑のばてれん尊者と呼びなすものではありませんか。

改めて考えるまでもなく、現にわれらは、こうした人心の未知なる虚に入って伝導を進めているのです。

遠からず、わが耶蘇教と競うフランシスコ派をはじめ、ドミンコ会、アゴスチの会の伝導師の渡来の噂もあります。

加えて、変転するこの国の現状において悠長なる伝導は許されません。われわれは今、心して聖教のうちで最も真なる耶蘇会の教えを拡め、大名領主の意向によっても如何ともしがたいだけの確乎不抜の地盤を礎《きず》く時なのだと信ずるものです」

烈々たるポールの気魄にうたれて会議堂の中はしーんとなった。副管長コエリヨでさえ、微妙な違和感にとらえられながらも頷かざるを得なかったのである。

三

耶蘇会の伝導は、ポール神父の信念によって、見事な成果をおさめていった。美しい長崎の丘々には、トードス・オス・サントス教会につづいて、サンタ・マリア、サン・ジョアン・バプチスタの教会が建ち、長崎のすべてが吉利支丹の町になった。

つづいてサンタ・クララ教会、ミゼリ・コルディアの教会、ロザリヨ、サン・アウグスチノ、サン・フランシスコの教会がつづき、教会に併設されたコレジヨやセミナリオなどでは、神の祝福をうけた少年たちが勉強にいそしみ、その中で選ばれた四人の少年は遠くエウロパまで、ローマ教皇の祝福をうけ、日本伝導の成果を伝えるために旅立った。

今や、長崎の丘は、アンジェラスの鐘が妙なる神の栄光を響き渡らせ、教堂は讃美歌の歌声に満ち、町で遊ぶ子供たちからも、たえず吉利支丹の歌が聞かれるようになった。

こうした頃、長崎に渡航した南蛮外科の名医ルイス・アルメイダが奇蹟の気運をあおった。瀕死の重病人が見事蘇生し、長年寝たっきりの足なえが立上って、信者たちを狂喜させたのである。

アルメイダは、科学者としての信念から外科手術を公開して、何等妖しきものではないことを証明したが、信者たちには日本の現状とはあまりに隔絶した南蛮医術の妙技が、摩訶不思議なる神業としか思えなかった。

今だチャンスだとポール神父は、信徒の驚きを捉えて、すべては神の御心のままにと謎めいた微笑をくゆらしつづけた。

こうして細い入江の長崎に南蛮船が通い、その度に人々は、やらやら目出度や、南蛮船が着きまらした。サンタ・クララのきんきら船が来たと躍りあがった。

南蛮船は神の福音だけではなく、現世の福音を伝え、大名には石火矢、大筒、富者商人には妖娟《あえやか》な南蛮更紗、匂い濃き珍陀の酒を、貧者には救いを、病人には医療をもたらして伝道の万全を期した。

長崎の領主大村純忠《ドン・バルトロメオ》などは、すっかりぱあてれ達の力に感激して、吉利支丹の紋章をつけて得意になっていた。

両方の肩下に白く地球儀を抜出し、その真中に美しい緑字で記されたJESVS《ジエスズ》の名からは名号を記した十字架が聳え立ち、地球儀のまわりの余白には耶蘇会の印である三つの爪が美しく配置されるといった凝りようであった。

また肩花の背には、一層精巧な刺繍図案でJESVSの名が記され、首のまわりには何時も数珠と美しい金の十字架を下げていた。

その果にドン・バルトロメオ公は、ぱあてれの秘蹟を讃えて、大村領長崎を耶蘇会に寄進してしまったのである。

この純忠の英断は、ぱあてれ達にとっても奇蹟的な前代未聞の珍事であった。内実は、強敵に囲まれた小藩がスペイン勢によって天与の良港を護る苦肉の策かもしれなかったが、ポール神父は純忠の信仰を讃え、善良な信徒には偉大な神の御業を誇示して得意だった。

こうして、ぱあてれポールの威名は益々神秘さを深め、その一挙一動まで聖者の風格を高めていた。ポールが何時ものように教堂の祭壇で小さな奇蹟を顕わし、天上から鳩を呼んで神の声を伝えていたとき、赤銅色に潮焼けた若者が立上った。

「もう説教は沢山だ。えみを返してくれ。えみを何処へやったんだ」

若者は叫んで信者たちを押わけ、祭壇の前に膝まずいた。

「伊佐よ、フランチェスカのことなら心配せずとよい。有馬のセミナリオで神の教えを学んでいる」

ポールは、いきりたった伊佐へ深い眼眸を注いだ。

「神の教えなどどうでもよい。早くえみを返してくれ」

伊佐は首をふった。

「伊佐よ、それほどフランチェスカが恋しいのなら、なぜ真の信者となって迎えに来ぬのじゃ。神の掟を破って異教徒と妻《め》あわすことは、断じて許されぬのじゃ」

ポールは、優しく悟した。

「おれが信者になれば、えみを返してくれるのか」

「云うまでもないこと、真の信者になれば神の祝福をうけて立派な夫婦《めおと》になれよう」

「では、その聖杯の水をかけてくれ。今みんなの前で吉利支丹になってみせる。アーメン、アーメンじゃ」

伊佐は立上って教堂の信者を見返してから、ポールの前に頭をつきだした。

「伊佐よ、信仰とは形式ではない。そんな浮薄な心で神の門は開けぬ。今日明日というのではない。心して信仰の証左《あかし》が示された時に、真の信者として洗礼をさずけよう」

ポールは、信者たちを眼の内にいれて厳そかに十字をきった。

「その証左《あかし》は、どうして立てたらいいんだ」

「御教えを奉じて神に祈れば、自ずと判ってくることじゃ」

「そんな悠長なことは云っておれん。一刻でも早くえみに会いたいんだ。今すぐ入信の道を教えてくれ」

伊佐は、じれったそうにポールを見上げた。

「わたしが教えるまでもなく、神の道はこの聖書の中に記してある。お前が神に祈り、この御教えをわがものと為した時にこそ、入信の証左が立てられたというもの」

ポールは、十字架に捧げた聖書を身を折って伊佐の手に渡した。信者たちは、今ここに頑迷な異教徒を改宗させる聖なる劇《ドラマ》が生れているのだと、しいんと固唾を呑んで二人の応酬を見守っていた。

「そんなことを言うとったら、何時のことかわからぬ。ぱあてれ、今説教したきりしとのように、おれがあの水の上を歩いてみせたら、真の吉利支丹と認めてくれるか」

伊佐は気短かに、教会の丘のふもとを流れる川を指した。

「伊佐よ、奇蹟は神の御名の下に顕わされるもの。神の御子はそれをうけて、行うものではない。また、行わんとして為しうるものではない。神はそのような難事を信者に求められるのではない。ただ神の御教えに従う心を求められるのじゃ」

ポール神父は、この愚かな若者が恋人を想う余りに血迷ったのではないかと、こみ上げる笑いを押殺して厳かな声でいった。

「いや出来る。ぱあてれに為《や》れることが、おれに為れぬわけはない」

頭にきた若者は、昂然と顔を上げて言返した。

「おお……」

信者たちは、異教徒の分際で何と不敬なことをいう愚《し》れ者かと、呆れた眼眸を伊佐に集めた。

「伊佐よ、みだりに神の名を騙るものではない」

「騙りはせぬ。ぱあてれもおれも同じ人間には変りはない。奇蹟を顕すのがえらい吉利支丹なら、おれだっていくらでもやってみせる」

「黙りなさい。神の御業がわからぬのか」

「ばかんこと、何が神の御業だ」

「されば、この神の杖をうけてみよ」

こうなると、信者の手前、無礼な異教徒を許すわけにはいかない。ポールは、今こそとっておきの奇蹟を示す機《とき》だと、立てかけていた長い杖を、伊佐の面前にさっと投げ落した。

見よ！　杖は恐しき蛇に変じ、鎌首をもたげ真赤な舌をちらつかせて伊佐に向っていくではないか。

伊佐は、青くなって飛びすさった。信徒も愕然として十字をきり、一斉に禱文《おらしよ》を唱えた。

「きりえれいそん、きりしてれいそん、はあてるて、せれりでうす、みせれれなうです」

ポールは、奇蹟の効果をみとってから、おもむろに祭壇を降り、伊佐と睨みあっている蛇の頭をつかんだ。

驚くべきことに、蛇はまたもとの杖にもどった。さすがに向う見ずな若者も、目を大きく見開いたきり、油汗を流してものも言えなかった。

ポールが無造作に杖を祭壇にたてかけると、信徒たちは嘆声をあげて聖なるぱあてれを振仰いだ。

「天に在《まし》ます我らの父よ。我らに負債《おいめ》あるものを我らの免《ゆる》すごとく、我らの負債をもゆるし給え。我らを嘗試《こころみ》に遇わせず、悪より救い出し給え、アーメン」

ポール神父は厳かに神へゆるしを請うてから、慈愛に満ちた眼眸で伊佐と信徒たちを眺めた。

さあ、今から再び聖師の説教が始まるのだ。信徒は奇蹟のあとだけに、ポールの言葉にいっそう期待の瞳を輝かせるのだった。

四

伊佐は、蛇に変じた神杖《しんじょう》の奇蹟に遇ってから、一度も教会に現れなかった。信徒たちは、伊佐が自らの愚さを辱《は》じて入信の道を求めているのだと思っていた。

こうして、奇蹟は更に喧伝され、セント・ポールの威名は赫赫《かっかく》たるものであった。

そして幾日かたち、三日三晩の豪雨が明け、透明な川も水嵩を増した濁流に変じて教会の丘の裾をどうどうと流れていたとき、信者の百姓が泡を吹いて教堂へ駈け込んできた。

「えらいことです。伊佐が川を歩いて渡るから、神父《ぱあてれ》さまを呼んでくれと、川辺で待っとります……」

「それはいけません。わたしもすぐ降ります。早まったことをしないように止めておいて下さい」

ポール神父が黄金の十字架を手にして百姓のあとを追うと、川辺には百姓たちが集ってがやがや騒いでいた。ポールが近づくと、伊佐は神妙に一礼して云った。

「神父さま、入信の証左《あかし》を立てます。この川を歩いて渡れば、えみと夫婦になれるんですね」

「伊佐よ、無理をせずともよい。命をすてそれほどの心で神に祈れば立派なものじゃ。入信の証左は立った。わたしが認める」

ポールは、跪いた伊佐の頭に十字架をおいた。命を捨てて入信の証を立てようという信者を救うのだ。いかに奇蹟に頼ろうと、こうした感動の場面は求めて得られるものではないのだと、ポール自身劇中の演技に陶酔してしまった。

「いいえ、お言葉をいいことにひるんだとあっては、わたしの男が立ちません。神父さま、いかなる場合でも、神を欺くことはできないのでしょう」

伊佐は首を振って、羊のように従順な声で応えた。そこには野性をむきだした若者の面影はなかった。ポールは、信仰すればこうまで人が変わるものかと、ぐっと胸に熱いものを覚えた。

「そうだよ。神を欺いてはいけない」

ポールは、優しく応えた。

「なればわたしは、この川を渡ります。神にそう誓ったのです。命にかけても、神との約束は守らねばなりません。神がわたしを免《ゆる》されたのであれば、神はわたしに力を与えられましょう」

「おお、神よ……」

ポールは、この若者は、神杖の印象が強烈すぎて狂ってしまったのであろうか……困ったことを言いだす奴だと思った。といって、今更神への誓いを破れとも言えない。

この間にも、噂は拡まって川辺へ集る信者の数はふえ、ここにまた聖ポールの有難い奇蹟が顕わされるのではないかと、息を呑み眸子《ひとみ》を燃やしてポールを見詰めているのだ。

迂闊なことはできない。もし、伊佐が濁流に呑まれ命を失うことにでもなれば、大事の時に何の力も示し得なかった聖師の威名を汚すだけではないか。といって、何の準備もなしに、何の力を示し得よう。


ポールは、このいかれた若者が、選りに選って雨後の危険な川を渡ろうなどと言いおって……とうらめしげに濁った川を見下していた。

「では、神父さま」

伊佐は、引き止めようとする信者の手を振りきって川に向った。

「いや、待て」

ポールもあわてて伊佐を押しとどめた。こうなれば仕様がない。

奇蹟は絶対に神父以外に顕わすことが出来ないのだと、みせしめのために伊佐を溺れさせてもよいではないか。その後で、奇蹟はみだりに行われるものではないと説教すれば、また一層の効果もあろう。

ポールは素早く決断すると、百姓たちに命じて、下流の土橋に漁網で急造の堰を作らせてから、されば神の御心のままにと伊佐の肩を叩いた。

伊佐は敬虔な信者らしく、上衣を脱ぐと十字をきって水際に立った。ポールは手を上げて土橋の百姓たちに合図し、伊佐を救い上げる万全の体制をとった。

「ぐろりや・ぱとりー・えっふぃりお、ぜす・きりしと、さんた・まりあ主の御名において伊佐の命を守りたまえ」

ポールの祈りの中で、伊佐は注意深く右足で波だつ川面を踏んだ。信者たちは、次の瞬間、伊佐の悲鳴を聞くことかと息を殺した。

「おー」

信徒ならずポールまでが天を仰いで驚嘆の叫びを上げた。伊佐が水上にすっくと立っているのではないか。伊佐は沈まなかった。あまつさえ、しずしずと水上を歩いていくのだ。

濁流は伊佐の足の跡をおおっても、決してそれより上を濡らすことはなかった。伊佐は、呆然となった信徒の注視の中で向う岸に着くと、くるりとポールのほうに振返って、我身の無事を神に祈った。

信じるも何も、真の奇蹟がここに顕わされたのだ。ポールは、川をへだてて夢中で伊佐の礼拝に応えたが、驚きの余り絶句して言葉もなかった。

「ぐろふりやいねきせりす、ぐろふりやいねきせりす」

と感激した二、三の信徒は、天上の栄福をたたえ、奇特にあやかろうと伊佐につづいて川の上に踏み入れたが、水に沈み悲鳴をあげて濁流に押流され、全身濡鼠の哀れさで土橋の百姓たちに引き上げられる始末だった。

伊佐は、再び水上を歩いて戻ろうとしたが、心の乱れを恥じるように首を振って土橋をまわり、ポールの前に跪ずいたとき、一群の信徒の中から、美しい娘が白絹を脱ぎすてて駈け寄ってきた。

「伊佐……」

娘は、感激の余り人目もはばからず若者の腕を抱いて、朱唇をあえがせた。

「えみ、どうしてここへ……」

伊佐は驚いて、娘の肩をゆすった。

「神杖のおさとしがあってから、ポール神父さまが、トードス・オス・ナントスのセミナリヨに呼び返されたのです。あなたが入信されたとき、すぐにでも会えるようにと、神父さまはあなたとの約束を守って……」

「ぱあてれさま、これで文句なくえみと夫婦になれるのですね」

伊佐は、娘の手を執り目を輝かして立上った。そして深々と下がった恋人たちの頭上には、初夏の太陽が天の栄光をつたえて雲間から燦燦と降りそそいだ。

「そうです。神がこの二人の仲を結ばれたのです」

ポール神父は、真の奇蹟に遭遇した昂奮がさめず、言葉を端折ったまま大きくうなずいて伊佐や信徒の祈りに応えた。

何ということだ。私の示した偽の奇蹟から、頑迷な異教徒によって真の奇蹟が導かれようとは。いや、それだからこそ、信仰の威力で奇蹟が示されたのではないか。無限なる神の御業……。

考えるほどに、ポールは感激してぽおっとなったが、伝導師の本能から、このまたとない機に真の奇蹟の感動を盛り上げなければと、黄金の十字架を高々とかかげた。十字架に燦然と光は砕け、黒衣の僧はいっそう神々しい姿になった。

「ECCE《えきせ》、HOMO《おふも》（見よ、人よ）」

ポールはのぼせあがっていたので、思わずラテン語を口走しったが、ポールを囲んだ信者たちも、訳はわからぬながら、

「えきせ、おふも」

と有難そうに斉唱して、次の言葉を待った。

「みなさん、今ここに顕わされたものこそ、無辺なる大御心を示す真の天童奇蹟なるものですぞ。これまでわたしらが伝導に従事した苦心の数々がここに美事な開花をみたのです。見よ、人よ」

ポールは、己の言葉に昂奮して、傍らの伊佐を指した。

「神は今ここに在り、真の奇蹟を顕して、神の国の証左を立てられたのであります。これが何故、偉大な真の奇蹟であるのか。ここにみなさんと神の栄福をわかち、神の御業をたたえるために、われらがことどもを明かしましょう。心してお聴き下さい」

ポールの言葉に、信徒も上気した顔をあげた。

「みなさん、わたしはかのオーギュスタン聖師の教えに従い、作られた奇蹟から真の奇蹟をひきだすために、数々の苦心をつづけて異教の地の信仰を導いてきました。それが神の御心にかない、絶えてなかった真の奇蹟が神の御名の下に顕わされたのです。

何故、これを真の奇蹟というか、これまでわたしが行ってきた不思議の数々は、すべてわたしの演出によるものだったからです。たとえば、かの復活の如きは、棺が祭壇に祀られている間に、特別仕掛の箱の底から脱けだして別の重しを入れ、また土から掘り出されて祭壇で祈られる間に、前のように棺の底から入れ代って復活の儀を再現したのです。また先に示した神杖の蛇は、モーゼがエジプト王ファラオに示したものと同じ原理によるものでした。杖の蛇は、わたしがアフリカより持ってきたナジェ・ハジエなる蛇で、その首根の神経を押えると完

全に麻痺して木の如く硬直し、地面に投げればその衝撃で元の姿にかえる不思議な習性をもつ蛇なのです。そしてかの花木の種は……」

感動したポール神父は、愚《つ》かれたもののように唖然となった信者たちへ、大小の奇蹟の種を明かしつづけた。

まさしく瓢箪から駒、ポール自身にも予期せぬ椿事であった。異教の土民を心服させるために、アラビアの魔法をバラモンの妖術を極めてきたが、伊佐の奇蹟は予期以上の成果ではないか。

この驚異は、巡察師ワリニヤーニ師からローマ法皇に報告され、奇蹟を導くポールの名声は全ヨーロッパに轟き、やがて大司教に叙される基《もとい》となろう。

「みなさん、かかるが故に、これを真の奇蹟といわずして何としましょうぞ」

ポールが陶酔して声を高めた時、伊佐は狂ったように、

「ハッハハ……何を寝ぼけやがるんだ、いんちき伴天連奴、おれがやったのも奇妙頂礼《きみょうちょうらい》どらが如来なんて有難い奇蹟なんかじゃねえんだよ」

伊佐がそれまでの神妙な仮面をかなぐりすてて腕を上げると、川辺の繁みに隠れていた仲間の若者たちが立上って高々と綱をかかげた。

「見よ人よか、何が天童奇蹟か、糞っ食らえだ。おれは蛇の杖でいっぱい食わされてからはな、有難山の神父さまを騙していいものかと随分考えたもんだ。もし、本当の天罰が下ったらどうしようかと悩みもしたが、えみが恋しく何としてでも奇蹟を示さなければと思った。だから、雨が降るのを待って川を渡ったんだ。こうして川が濁らなくっちゃあな、両岸に張った綱が見透かされてしまう。おれが渡ってしまうと、あれに隠れていた仲間が仕掛けをきって綱を沈めたんだ。いんちき伴天連とは露知らず、神罰が当りはせんかとびくびくもんで綱渡りをしたもんよ。それがどうだい、呆れ蛙の頬かむりじゃないか。約束どおり、えみはもらう。すぴりとさんち、でうすさんたちりのと、ななさでうす　えりをわれに妻とらせ給え、アーメンじゃ」

伊佐はさっと十字をきると、茫然となったえみの手を摑んで丘を上った。

「フランチェスカ……」

ポール神父は、哀しげに振返った娘に手を差し伸ばしたが言葉にはならなかった。

欧州人の思い上りから土民を愚弄視したら、必ず反動がくると戒めた副管長コエリヨの言葉がポールを打ちの

めした。

「みなさん、かような時こそ神へ祈るのです」

ポールは、自らをはげますように跪ずいて十字架を捧げた。

「きりして　あうて　なふす　きりして　えそうて　なふす　はあてるてせりデウス　我らを憐み給え」

信徒も彼につづいて禱文《おらしょ》を唱えたが、その声も次第に力なく沈み、ポールの祈りだけが哀しげに高まっていった。

薔薇色の賭

1

新進画家の五十嵐正造は、トサカをとられたシャモのように目茶目茶に怒っていた。武部市に帰り、故郷に錦を飾る形で個展を開こうとしたところ、ヌード主体の画展は罷り成らぬと、風俗矯正取締りという野暮な市条例をつきつけられたのだ。頭にきたのも当然なのである。

「諦めるんだな。武部市は尚武の伝統に生きる城下町だ。その上、武部市長が松平定信みたいな堅物だからね、手におえないんだ」

作家の左右田良平が首をすくめた。

「松平定信……」

「幕末にね、寛政の改革をやったコチコチの大老さ。自分の性格的特性である禁教主義が社会に行われれば、風儀は改まり理想的な世直しができると思い込んでいたんだな」

「武部市長みたいに始末がわるかったのかい」

「国家規模でやったんだからね、定信の風俗矯正政策は徹底していた。まず奢侈禁止令を下して、華美な織物・衣類・道具、玩具、菓子、料理の製造・販売を禁じた。贅沢な衣服・髪飾りなどをつけている男女は、見つけ次第、町奉行所に連行して取調べた。私娼は全国的に禁止し、数千人の逮捕者は、そのほとんどを京の島原と江戸の吉原に収容した。銭湯の男女混浴も禁止。女芸者、湯女《ゆな》、宿の飯盛女なども取締られ、小唄、浄瑠璃の女師匠が男の弟子をとることも禁止。もちろん賭博その他賭ごとも何でも禁止、禁止できびしく取締ったんだよ」

「なるほど、武部市長によく似たもんだね。この時代に、長髪もミニスカートも禁止、バー、スナックの深夜営業も禁止。ストリップもヌード撮影も何でもビシビシ取締られては息苦しくってやりきれない。野暮天大老のときもそうだったのだろう」

彫刻の老大家が口を入れた。

「当然でしょう。お互い生身の人間だから、何処かは息抜きするところがなくっちゃあ、やっていけない。この時も、いやな世の中にあったというのが、庶民の実感でした。ねえ古閑先生、我慢ならんのはこれだけじゃないんですよ」

「定信にかい、武部市長にかい」

「両方ですよ」

「ほうどんな……」左右田の見幕に、彫刻家と画家はあごを伸ばした。

「定信は、私たちの先達を槍玉にあげたんですよ。滝沢馬琴が弟子入りした山東京伝という当時第一の流行作家に狙いをつけて、――風致を言う淫靡の作、と断定してですね、京伝は五十日の手錠。作品は絶版、出版書店の主人は財産の半分を没収という弾圧を加えたのです。温順な京伝は、もう洒落本を書く気はしなくなったといったそうです。言論の自由を妨げる者は許せませんね」

「なるほど、武部市長によく似たもんだね」

彫刻家と画家は、こっくり頷き合った。武部市長が、〈郷土出身の作家ながら、左右田君の作品はポルノ小説だからね〉と、首をふって彼の出版記念会をボイコットしたことを思い出したのである。

2

「よおしおれはやるぞ。こんどはこっちから、弾圧市長に一矢をむくいてやる」

五十嵐がひとつうなずいてウイスキーをグイとあおると、

「おいおい、何をやるつもりだ。泣く子と地頭には勝てっこないんだ。あの市長には、さわらぬほうが無難だよ」

古閑有人は、年長者らしく穏やかにたしなめた。

「だから、一発やる必要があるんですよ。わが街のどまん中に、4メートル大のチャーミングな女性の裸像が立てられたら、市長はどんな顔をするでしょうね」

五十嵐が肩をすくめると、

「こりゃあ愉快だ。そうなれば、わが街は傑作なヌード都市に生れかわるだろうし、あのわからず屋も粋な市長にならざるをえないだろう。各社の記者諸君も、天の警告だと痛烈な記事を書くよ」

左右田も、グラスをあげた。

「君たちは若い。頭を冷やせよ。第一、そんなふざけた掲載物を市が許可するはずはないじゃないか。かりに無許可でやったとしても、掲載の途中でひきずり下されるだろう。出来ることじゃあない。反対に、頭にきた画家の暴挙だと、五十嵐君が物笑いの種になるだけだよ」

老大家は、無茶は止せと首をふった。

「いや、先生は老人だから、冒険は考えられないんじゃないですか。しかしわれわれは、彫刻にしろ小説にしろ絵にしろ、常に新しい創作に賭けねばならないんですよ」

「年齢の差だけで、人を老人あつかいにするのはいかんなあ。若さというのは、精神の活力にあるのだぞ」

老大家が負けずに反駁すると、

「だからぼくは、ヌード像に賭けたいんですよ。若さとは、冒険精神にあるのですから、先生が不可能とおっしゃっても、ぼくはチャレンジします」五十嵐も白い歯をみせた。

「じゃあ、わしも君の冒険に賭けよう」

「ヌード像を街のまん中に掲げて、見事に目的を果したら、ぼくの勝ですね」

「無論、そうだ」

「その時は、男女抱擁の歓喜像を彫って下さいよ」

「ああ、わしが負けたらね」

「それも、先生の名を恥ずかしめない、一メートル大の傑作の裸像をですよ」

「言うにはおよぶさ」

負けるはずはない、と思い込んでいる老大家は、気軽にうなずいてみせた。

3

数日後、市の観光課に、中心街の正面ゲイトに、特産の武部紬を着た娘の像を立てて、市を訪れる観光客に歓迎の意を表わしたい、という申し出があった。

「有難いですね。市長も観光産業を重視していますから、市民の協力には悦ぶことでしょう。それほど大きなものだと手がかかるでしょう。掲示するときにはお手伝いしましょうか」

観光課の係長がにっこりうなずくと、

「そうしていただければ有難いですね」

眼鏡をかけた髭面の中年男もうれしそうに応えた。

こうして、市の中央に高々と立った紬娘はたちまち評判になって、

「紬娘は天女のごと美しかなあ」

「こぼれるごたる口元ば見とると、魂までとろけるごたるばい」と、市民はあごを上げっぱなしにして美しい笑顔に見惚れ、

「市長、紬娘は見事にできていますなあ。観光客も、わが市にこんな美人がいるなら泊らにゃ損々といった調子で、隣りの温泉町へ素通りする客が少なくなったそうですよ」

と、市長室によばれた商工部長も張切ってほめたたえ、

「あの絵は傑作だ。単なる看板にすぎんと思っていたが、この分ではわが市のよき名物にもなりかねんぞ。きちんとした着物姿は、当今の風儀を正すことにもなろう。寄贈した市民を表彰せずばなるまい」

と、市長も上機嫌でうなずいた。

そして古閑有人も、責めるのにはやぶさかではない態度を示しながら、

「たしかにあの絵は、五十嵐君の傑作だ。惚れ惚れする女の魅力があって、看板にしておくのがもったいないようなものだがね、賭となれば話は別だ。約束は、ヌード像を堂々と掲示するということだからね、着物を着ていたんじゃあ、君の負けだ」

と、ピシリと駄目を押した。

「御老体は、お年に似合わず気は早いのですねえ。ぼくは、賭が終ったとは言ってませんよ。台風一過ということがありますから、あと一週間ほど待って下さい」

若い画家は、悪戯っぽい顔でクスリと笑った。

4

夏も中場すぎると、九州は台風シーズンになって、毎年大小の台風に見舞われる。五十嵐が予告しなくても、気象台から毎日台風情報はでていることなのだが、果して一週間目に武部市を襲った七号台風は、夜どおし二百ミリの豪雨をたたきつけて、明け方には日本海方面へ通りぬけた。

まさしく台風一過で、そのあと晴れわたった夏空をバックに、陽を浴びてまぶしい妖精のような裸像が現われ、すんなり立上って魅惑の微笑を投げていた。

正面ゲイト上の美しい紬娘が、野暮な着物を脱ぎすて

た一糸まとわぬ姿を見せていたのである。

最初に発見した市民は、夢ではないのかと何度か目をこすったあと、「ああ、ほんとに天女が舞い降りてきた……」と、他人に知らせる間も惜しんで木偶《でく》のようにつっ立ったままヌード像に見とれていた。

こうして全市の男どもは、紬娘のヌードを見たとたん茫然たる木偶と化し、役所も病院も商店も、全市の機能が停止せんばかりの状態となって、

「ああ、わたしの魅力も、あの看板一つに及ばないの、クヤシイイ……」と、全市の女性の柳眉を逆立て、男性対女性の触発の危機さえもはらんできた。

武部市長も人の子、ヌード像の魅力にポーッとなってしばし木偶になっていたが、さすがに誰よりも早くわれに返えると、そそくさに市長室にもどって観光課長を怒なりつけた。

「なんたる醜態、なんたるざまだ。けしからぬヌード像をすぐに撤回せよ」

「はい、われわれも鋭意努力中でありますが、市の男どもがスクラム組んで妨がいし、このままヌード像をかかげておけば、武部市どころか日本の名物になって、全世界から観光客が押しかけ、当市大発展の女神にさえなるのではないか、というのであります」

「馬鹿をいえ、あのヌードを放置すると、夫や恋人を奪われた当市の女性がヒステリイをおこして暴動にもなりかねんのだぞ。一体、あのけしからぬ像を立てたのは、誰だ！」

「はい、一市民の申し込みによりまして……」

「その一市民とは、どこのどやつなんだ。猥せつ物展示罪できびしく処断しろ」

「それがそのう、書類の住所に該当者はいません。受付けた職員も、観光行政に協力的な申し込みなので好意的に受付け、チェックすることもなかったのですが、その市民はこれを予知して、デタラメな住居を記入したものと思います」

「何たる怠慢、職員はたるんどるぞ。それに、予知とはどういうことだ」

「はい、この変事についてただちに調査したところ、普通の塗料で描いたヌード像の上に、石けん液を入れた水溶性の塗料で紬娘を描いたもので、それが昨夜来の豪雨でとけ流されたわけで、はじめっから知能的な悪戯を企らんでいたものと思えます」

「悪戯ではない、犯罪じゃ。わしに対する不敵な挑戦

じゃ。いや、面当てだ、何たる侮辱じゃ」平然と他人を侮べつする市長も、自分がやられたとなると、熊のように猛然と憤怒の河を渡った。

5

麗わしのヌード騒ぎは、暇をもてあましていた市政記者の餌食となって、各社の紙面をにぎわわせた。

曰く、「落書は古来、権力に対する市民の鬱屈の解放手段であった。幕末の有名な〝日本を茶にしてきたか蒸気船（正喜撰）、たった四はいでよるも寝さされん〟の落首にあるような文芸的テクニックで時事を諷刺し、寸鉄人を刺すエスプリで権力を罵倒してきたが、紬娘のヌードも、四角四面な息ぐるしいまでの市政に対する自由市民の痛烈な落書である」

曰く、「現在、NHKの大河ドラマ、平将門の時代、笑うことがただちに勝利であり、笑われることが直ちに恥辱と敗北を意味したが、紬娘のヌード化こそ、武部市政を笑いとばした市民の勝利に他ならない」

曰く、「武部市のヌード像こそ、映像文化時代のまさに現代落書の傑作である」

こうして紬娘のヌードは、窮屈な市政に対する日頃の鬱憤を晴らして、市民も記者も喝采を惜しまなかった。

「いゃあお見事。ヌードのトリックといい、出来映えといい、シャッポを脱いだよ」

と、古閑有人も晴れやかに笑って深々と頭を下げ、

「では、男女抱擁の裸像を彫っていただけるんですね。賭の条件通り、一メートル大の傑作をですよ」

五十嵐が気をよくして念を押すと、

「いいともさ、一週間後の正午、わしのアトリへへ来たまえ。約束通り一世一代の傑作を差し上げよう。新聞記者を連れてきてもいいけど、アトリエ内での撮影はごめんだよ」

と、こっくりうなずいた。

そして、一週間後、世紀のニュースを提供するよと、正午きっかり五十嵐は記者をつれてアトリエを訪ねた。

「今、出来上ったところだ」

そこで古閑がにこやかに迎えてカーテンを開き、きっと彫刻の白布を払ったとき、

「あっ！」

と、五十嵐たちは絶句して反射的に眼を細めた。陽を

浴びて燦然と輝く白銀の裸像がまぶしかったのだ。

「見事な歓喜像だ」

「さすがに古賀先生、世紀の傑作ですね」

「それにしても惜しい」

「うーん、実に惜しい……」

と、記者たちの賞讃がやがて惜別の声にかわったとき、

「どうかね五十嵐君、この像は進呈するが持って帰るかね」

と、古閑有人は声を掛けた。

「ええ、有がたく頂戴して、記者諸君とこの裸像のオンザロックで残念会をやりますよ」

五十嵐は、陽の中で少しずつ形を消していく氷の裸像を口惜しそうににらみつけた。

幻の怪人二十面相

鬼署長

東堂剛蔵署長は、警察官からスパルタカスの異名を奉られ、ギャングたちにはキング・ゴジラの名で恐れられていた。

この二つの綽名は、署員を徹底的なスパルタ方式で鍛えあげ、街に巣食うならず者には、キング・コングとゴジラが合体したかのような恐慌的取締りを断行した歴史を意味していた。

したがって、署内の刑事は一騎当千の強者《つわもの》となって犯罪者を総なめにし、ならず者は、こんなおっかない街にはおれないと風を食らって遁走した。

肩で風をきるいなせなチンピラも、やむなくこの街に行かねばならないときには、虎のまえを横切るネズミのようにびくびくのしどおしで、命が三年ちぢまったとぼやくのが常であった。

東堂署長の威令は、ならず者だけでなく、署内の住民にもしみ渡っていた。

署内は、西部の商店街と東部の高級住宅地区にわかれていて、とくに東部族は高級車やスポーツ車を乗りまわして交通事故がたえず、署員も取締りには手を焼いていたものであった。

ところが、東堂署長の時代になると、ビシビシと骨が鳴るほどの取締りを開始し、政治家の名前をふりかざしていた東部の傲慢なドライバーも、カメの如くにそろりそろりと運転せざるをえなくなった。

癇癪を起して信号を軽くみたり、ちょっとでもスピードを上げようものなら、過去の交通違反のデーターを上積みされて、過大な罰金と運転禁止を宣告されかねないので、腹の虫を押えこむほかはなかったのである。

かくして、東堂署管内は、事件も事故も起らぬ平和な街となり、東堂署は、法と秩序の守り神アンタッチャブルの威名を高めるばかりであった。

それだけに、この管内で宝石盗難事件が起ったときには、肝心の刑事まで、夢ではないのかと目をこする始末だった。

「あんたは寝惚けたんじゃなかでしょうね。ここで盗みをやるなんて、虎のヒゲをひっこ抜くような危険なことですぞ。そんな馬鹿な盗人がいるなんて信じられませんなあ」

「冗談じゃない。現にこの私が、居間の窓から煙の如くにかき消えた黒い影を見たので、もしやと宝石函《ばこ》をひらいたところ、エメラルドがないのです。刑事の安月給じゃあ一年かかっても買えない宝石ですからね、しっかり捜査して下さいよ」

と、肥満した重役氏は鼻を鳴らしたが、

「へーえ、エメラルド一個だけを失敬してね、黒い影だとか煙の如くに消えたとか、怪盗映画の夢でも見ているのじゃないですか」

と、刑事たちは肩をすくめるばかりであった。

月光の怪人

東堂署の鬼刑事たちは、第一の宝石盗難事件を一笑にふしたものの、第二、第三と事件がつづいたときには、笑いはそのまま憤怒の相となって爆発した。

けしからぬことに、なにを血迷って鬼の管内を荒しまわるのか正気の沙汰とは思えぬ。馬鹿でなければ狂人《クレイジイ》ではないのか。

刑事たちは、怪事件を認めながら、まだ白昼夢を見つづけているような思いだったが、その手並みはクレイジイにしては鮮やかすぎた。

東部の住宅地区は豪壮な邸宅ばかりで、広い屋敷の何処に宝石函をしまった部屋があるのか、捜し当てるだけでも容易でないのに、怪盗は、マタタビにすいよせられる猫族のように、すんなりその部屋にしのびこみ、しかも秘密の棚に隠してある宝石函をストレイトにひきだして、あまた数ある宝石の中から、もっとも高価な宝石を一個だけ盗っているのだ。鬼の目の中で決死の冒険を敢行しながら、なぜすべてを盗っていかないのか。どう考えても不可解なことではあった。

しかも、しかもである。怪盗は、風の如く来たりて風の如くに去り、証拠は何一つ残さないのである。

「盗難つづきで用心しているんですがね、一日中隠し金庫のある部屋にいるというわけにはいきません。キッチンで夜食をとっているとき、二階に怪しい気配がするのでかけつけてみると、宝石を盗った影が窓から消えるところでした」

と、最初の重役氏と同じように、B氏もC氏も同じように証言するばかりで、さっぱり要を得なかった。

違っているといえば、「窓から煙のように消えた」「いや、黒いカラスのように夜空に飛び去った」「いやいや、森のムササビのようにふわりと宙にとんで闇の中に消えていった」というあやふやな証言ばかりで、刑事たちの脳細胞を混乱させた。

その間、ただ一つの例外として、雪男みたいな馬鹿でかい足跡が残っていた。二件の現場に同じ足跡が残っていることからみて、怪盗のものに違いはないのだが、巨大な足跡から類推すれば雲をつかんばかりの大男となり、そのような大男がどうしてマシラのような軽快な行動がとれるか。

各被害者の証言のように、その大男が窓からとびだしたとなれば、ふわりと宙に浮くどころか、象のように地響きをたてて墜落するばかりではないかと、鍛えぬかれたモサ刑事を悩ませ、事件の不可解さを深めるばかりであった。

それどころか、第五、第六とつづくに及んで、驚くべき証言がもたらされた。

「私は見たんです。窓ぎわに立ってくるりと振り返った怪盗の顔を。それがなんと、黒マント姿の怪人二十面相そっくりなんですよ。惚れ惚れするイキなスタイルでした。二十面相は、あっと驚いた私に優雅に会釈して、ふわりと闇の中へ消えたのです」

第六の被害者は興奮して声を高めたが、

「あなたは昭和一ケタ生れですね」

刑事は、渋い顔でぶすりと訊ねた。

「そうです」

「だったら、少年倶楽部の江戸川乱歩の少年探偵団や怪人二十面相の小説に熱中したことでしょう。今ではテレビでもやってますがね、不届な盗賊にあこがれる余りに錯覚したんですよ」

「とんでもない。私は、ほんとうに怪人二十面相を見たんですよ」

「まあまあ、頭を冷やして下さいよ」

刑事たちは、これじゃあお手上げだといわんばかりに大きく肩をすくめた。リアルな刑事が、イキなスタイルの黒マントだの、ふわりと闇へ消えたのというたわごとを信ずるわけにはいかなかったのだが、第七の被害者となった売れっ子のカメラマンから怪人二十面相の写真を示されたときには、アフリカの砂漠で雪男に出遇ったブッシュメンのように茫然となってしまった。

「予感ですよ。そろそろぼくの家も狙われそうな気がしましたからね。夜になるとカメラを抱いて宝石のある室にひそんでいたのですよ。三日目の夜、二十面相はやってきました。そこで相手がこっちを向いたときシャッターをきったのですが、カンのいいヤツですよね、このかすかな音でサッと窓から消えてしまいました」

「捕えようともせず、みすみす逃してしまったのですか」

刑事が憮然として肩を上げると、

「なにをいうのですか。カメラマンの生命は、対象を唯一のシャッターチャンスで撮らえることです。素晴しい作品でしょう」

そこには、証言通りのイキな黒マント姿の二十面相が颯爽と映っているのだ。果して、写真は大傑作との世評を高め、かまびすしい世評は、そのまま東堂署への轟然たる非難となった。

鬼の目の涙

怪人二十面相事件は、当然のことながら餓狼の如きマスコミの好餌となり、連日社会面の主役となった。事件について、社会時評家は、アウトローの体制に対する挑戦であると述べた。すなわち、アンタッチャブルの名を高めた東堂署に対する盗賊の挑戦である。

日本の剣豪にしろ、西部のガンマンにしろ、その名声が高まれば高まるほど、これを倒さんとする挑戦者が現われる。運よく名人に勝てば、一躍社会の脚光を浴びて名を挙げることができるからである。

また、東堂署に押えつけられてグウの音も出ぬ盗賊の意地もあろう。さればこそ、東堂署管内だけで、しかも衆目をひく怪人二十面相の姿で、二十面相顔負けの鮮やかな事件を連続させ、はたまた宝石函の中から一個だけ持ち去っていくという、一見矛盾した犯行を誇示しているのである。

　まさしく、この連続盗難事件こそ、怪人二十面相が名探偵明智小五郎こと東堂剛蔵にたたきつけた挑戦状である。われわれは現代の名勝負を大いなる興味をもって見守っている。

　東部住宅地以外の市民も、社会時評家と同じ気持で高見の見物と洒落こんでいたが、住宅地の住民は被害者同盟を組織して猛然と反撃した。

　外部の市民は、本事件を面白がって見ているようだが、われわれ被害者はたまったものではないのである。

　事件の本質が、怪盗と東堂署の勝負ということであれば、その舞台にされた東部地区住民こそ悲劇の生贄《いけにえ》なのではないか。この全責任は、管内の治安を誇示せんばかりに、か弱い市民を弾圧し、非情な法を強制しつづけ、しかも目前で跳梁する二十面相の影さえ踏めぬ無能な東堂署長と部下の刑事《バカデカ》たちにある。

　この上、怪盗の跳梁を許し、失われた宝石がかえらぬとき、われわれは東堂署に対し損害賠償を求めるであろう。

　こうして、怪人二十面相事件はてんやわんやの騒ぎとなったが、哀れをとどめたのは東堂署であった。東堂署長と刑事たちは、吉良上野介を討ちもらした四十七士のように悲壮な顔になってしまった。

　東堂署の名誉にかけて、スパルタカスの意地にかけて、八百よろずの神アラーにかけて、かけられるものすべてにかけた必死の捜査もいたずらに空をきるだけであった。

　連日の捜査会議も、連夜の張り込みも効はなく、神出鬼没の怪人二十面相に翻弄されつづけた。

　こうして事件の最終夜、「二十面相だ！」という叫び声でF家の庭園に踏み込んだ刑事たちは、亭々たる槐樹《えんじゅ》の中から夜空にこだまする怪人の声を聞いた。

「明智君、いやさ東堂君、シャッポを脱いだらどうかね。もう勝負は終ったんだよ。ハッハハハ……」

　刑事たちは、怪人め、とうとう尻尾をだしやがったぞ、と槐樹のまわりに十重二十重の捜査網をしき、十基のサーチライトを放射したが、怪人の姿は消えていた。

　槐樹から飛びたつ影もなかったので、どうしたことだとハシゴ車を出動させて樹の中を調べたとき、枝の間でタイムスイッチ付きのテープレコーダーを発見した。

　たしかに勝負は終ったのである。東堂署は敗れたのだ。

　テープの声を聞く東堂署長の日からキラリと光るものが

こぼれた。

天網恢恢

怪人二十面相事件は、迷宮入りかの如くに見えた。そして、東堂署の威令も地に墜ちたかの如くに見えた。

こうなると世の中は現金なもので、鬼の管内にもチンピラやコソ泥が出没するようになったが、世の中は何が幸いするものかわからぬものである。

たまたま捕えたコソ泥を調べていた刑事が、盗品の真珠の首飾りに目を光らせた。怪人二十面相に盗られたと、B家から届け出のあった首飾りにそっくりだったからである。

「B家から盗ってきたんですよ。裏口からこっそりしのびこむと、応接室のテーブルの上のハンドバッグの中にこいつがあったんで、ちょっくら失敬してきたんでさあ」

コソ泥は、首をすくめていった。

怪人に盗られた首飾りが、どうしてB家にあったのか……念のために、首飾りを購入した宝石店にみせると、B夫人に売った真珠だということが証明された。

早速、捜査会議が開かれ、刑事たちは勇躍して行動を開始し、東部住宅地の道路を閉鎖して、出入りする自家用車をとめた。

「この地区に麻薬が運び込まれているという情報がありました。念のために調査します」

と、有無をいわさず車のトランクをあけて調べていくうちに、G氏の車のトランクの中から、黒マントに黒マスクなど怪人二十面相の七つ道具が発見された。

「どうして、これがあなたの自動車にあるのですか」

刑事に問いつめられたG氏は、色蒼ざめて絶句したが、そのかわりに東堂署のデカ長が、興奮した記者たちに上機嫌で説明した。

「泥棒を捕えてみればわが子なり、といいますが、怪人二十面相の真犯人は、東部住宅地で宝石盗難届をだした全被害者だったのです。

かれらは、交通違反を重ねる悪質なドライバーなんですが、あろうことか取締りをやる東堂署を逆恨みして、今回の怪人二十面相事件を企み、われらをやりこめようとしたのです。かれらは、A家からB家、C、D、E、Fとバトンタッチ方式で宝石盗難の被害者となりました。

幻の怪人二十面相も、話だけに止めておけばよかったのに、事の成功に気をよくして、ついには二十面相の衣裳まで作り、写真まで撮って世間を大いに騒がせたわけでありますが、過ぎたるは及ばざることでありました。

こうなれば、バトンタッチも電話だけではすまず、次の被害者に二十面相の衣裳を渡さなければならない。といって東部地区内でやるのは危険だから、東堂署管外で車で落ち合い、この受け渡しをやるだろうと推察して、東部地区の車の一斉捜査をやったわけです。天網恢恢疎にしてもらさずとは、まさしくこのことでしょうな、ハッハハハ……」

解題

横井　司

1

『幻影城』一九七八（昭和五三）年四月号は、前年の暮れに急逝した新羽精之の追悼特集を組んでいる。実質上のデビュー作である「進化論の問題」を再録したほか、大内茂男、中島河太郎、二上洋一《ふたがみひろかず》の三者による追悼エッセイが掲載された。その際、大内茂男は「ブラックユーモアの旗手」において新羽の作風を「無類に残酷なブラックユーモアを多分に独りよがりな読みづらい文体で展開する、異色の作家」と考えていたといい、その作品を、ぺてん師ものの系列と残酷ものの系列とに分けている。そして、ぺてん師ものの系列と、「火の鳥」（六二）のような本格もののテイストとをミックスしたのが、切支丹ものの「日本西教記」（七二）であるという作家論を展開している。ここで描かれた見取り図は、新羽の作品を鳥瞰するのに有効な視点を打ち出しているが、「青いなめくじ」（六二）や「時代おくれの町」（六八）などのような力作を掬い損ねることにもなったことは否めない。

同じ号に追悼エッセイ「鎮西の防人」を寄せた中島河太郎は、一九六六年の夏に病床の母親を見舞った際、佐世保で新羽と会う機会を得たことを回想している。その時に聞いた話なのかどうかは曖昧だが、次に引く箇所などは、新羽の自らの作風に対する認識を示していて興味深い。

新羽さんは自分の得意とする、または意欲ある作風として、本格、ユーモア、コミック、幻想、時代、ショートショートを挙げている。本格物は必ずしも得意ではなかったと思うが、ブラック・ユーモア的な作品やサスペンス小説のほうが得手であった。

一九六六年といえば、すでに『宝石』は廃刊していたが（六四年一〇月号で終刊）、新羽があげた「自分の得意とする、または意欲ある作風」とは、「進化論の問題」（六二）で宝石賞を受賞して以来の、三年間の『宝石』時代に書いたすべての作品を網羅したものだ。その意味では、どのような作風でもこなせるという自負のあらわれであると同時に、どのような注文にも対応できるという、一種の売り込み意識のあらわれでもあったかもしれない。六八年に発表した「動物四重奏《アニマル・クアルテット》」などは、そうした「自分の得意とする、または意欲ある作風」の展覧会のような印象も受ける掌編集である。

こうした新羽に対して中島河太郎は当時においても、「本格物は必ずしも得意ではなかったと思う」と言い、「ブラック・ユーモア的な作品やサスペンス小説のほうが得手」のように思うと応えたものだろうか。二人が会って以後、いわゆる本格ものは書かれなくなっていく。先にも書いたとおり、大内茂男は「日本西教記」を、本格テイストとぺてん師ものとをミックスした切支丹ものと位置づけており、伝説を奇蹟に置き換え、現象に合理的な説明を与えるという意味では、「炎の犬」（五八）や「火の鳥」と同工の本格ものというふうに考えたのかもしれないが、名探偵的なキャラクターが存在しないことから、むしろ「タコとカステラ」（六二）に始まる時代ものの系譜、特に「罠」（六四）との類似点に注目した方がいいだろう。平戸で酒を飲んでいた男が、目が覚めてみると長崎にいたというのは、男にとってみれば不可解な奇蹟以外のなにものでもないからだ。

「日本西教記」が本格かどうかはともかく、新羽精之という作家のありようを象徴する重要な作品であることは間違いないだろう。作家論的な視点からは、「日本西教記」は、新羽の調べて書くという資質がよく現われていること、ローカリズムという特色をよく示していること、という意味で重要な作品だ。調べて書くというのは、しばしば新聞記事から題材を見つけてくるジャーナリスティックな資質とも関係している。ルイス・フロイス Luís Fróis（一五三二～九七、葡）の『日本史』*Historia de Iapam* などを参考にしたと思しい創作法についても、すでに『長崎犯科帳』を基に「穴」（六四）という創作をものする試みがあったことを思い出させる。そしてまた旧制中学時代に芥川龍之介や横光利一に親しんだという読書体験（「推理小説のふるさと」）も、切支丹ものや古代史ものなど、歴史をベースとした作品に向かわせたのかもしれない。その意味では新羽の「新生面」（大内茂男）を示しているだけでなく、新羽ミステリの集大成ともいえる作品でもあった。

ただ、今日の眼からは、「日本西教記」に同時代の思潮の痕跡が残っているという点にも注目されるのである。一九六八年から始まる、桃源社の大衆文学リヴァイヴァル・ムーヴメント、いわゆる〈大ロマンの復活〉によって、江戸川乱歩や横溝正史はもちろん、小栗虫太郎、夢野久作、久生十蘭といった、中井英夫のいわゆる〈黒い水脈《みお》〉の作家たちが復活し、七〇年になると「推理小説というギリギリの課題をリアリズムの世界で長く追求していると、時には昔の探偵小説、ロマンの世界も恋しくなる」と高木彬光が『黄金の鍵』（光文社カッパ・ノベルズ版）の「著者のことば」に記すというような事態が起きている。当時は日本国有鉄道が個人旅行客の増大を見越して「ディスカバー・ジャパン」というキャンペーンを展開しており、それはやがてローカリズムの再発見と古代史への関心を沸き起こし、邦光史郎の古代史ものや高木彬光の『邪馬台国の秘密』（七三）といった作品を生み出すに至る。「日本西教記」はまさにそういう時代の中で書かれたのであり、そういう時代の思潮を集約したかのような性格を示したテクストなのである。

かつて「火の鳥」を「進化論の問題」と共に宝石賞に投じた際、「南の島の風習や方言が出ていて地方色があるのが特長だけれども、『火の鳥』の迷信を利用した犯罪というのはありふれていて一向面白くない」（江戸川乱歩）、「こういう物語はずいぶん今まであったね。南方エキゾティズムと情熱と犯罪」（水谷準）という風に評されたわけだが、その十年後に、さんざん消費された物語が装いも新たに甦り、消費されるようになるとは、当時の選考委員には想像もつかなかったに違いない。「日本西教記」を書いてから四年の雌伏を余儀なくされ、七五年になって「卑弥呼の裔」という、「炎の犬」や「火の鳥」と同工の物語を書いたのは、時代がそういう物語を要求していて、ありふれているとか、今までにもあったとかいうふうには受け取らなくなっていたからだろう。

「卑弥呼の裔」には、御丁寧にも邪馬台国論争まで盛り込まれていて、時代思潮の痕跡を呆れるくらいによく示している。続いて書き下ろされたのが「天童奇蹟」（七六）という、「日本西教記」以来の切支丹ものであった。こうした再起作におけるテーマの選択が、新羽の自己認識のありようをよく示しているように思われてならない。

「日本西教記」は、ロマン嗜好という同時代の風潮に棹さした力作ながら、活躍の場を広げていくことができなかったがために、突然変異的な孤高の異色ミステリにとどまってしまった。それは新羽の不幸であり、雑誌『幻影城』で再起を図った際に「卑弥呼の裔」や「天童奇蹟」を書き下ろしたのは、自分こそが探偵小説にロマンティシズムを持ち込んだ先駆者であるという自意識によるものだったのではないだろうか。

その新羽が初めて書き下ろした長編が、「これまでの新羽氏の作風からは予想もできなかった卓抜な社会派的発想と巧みな本格的構成」（大内茂男）をもった「社会性を取り入れ、現実に視点を据えた本格探偵小説」（二上洋一「最近の新羽精之の作品について」『幻影城』前掲）と評された『鯨のあとに鯱がくる』（七七）であった。これに付け加えるなら、作品の根底にはローカリズムに由来する発想が横たわっており、地方の視点から見た社会派ミステリとでもいうようなテクストに仕上がっている点だろう。社会部記者の視点ではなく経済部記者の視点から事件を捉えるべきではないかと作中の登場人物が話す場面があるが（第四章）、そこでいわれる経済部記者の視点とは、大企業の進出によって地方経済や地元民がどういう影響をこうむるか、という視点なのである。それがこの作品にユニークさを与えていると同時に、時代の思潮に乗り切れていない、すなわち大衆性を具えていない弱点ともなっている。大内茂男は「これならば新羽氏も十数年来の同人誌作家を脱して、商業ベースに乗った職業作家として立派にやって行けるな」と思ったと書いているが（前掲「ブラックユーモアの旗手」）、調べた素材が地方の視点から生で出ているため、相対化されていないという難点があり、「商業ベースに乗った職業作家」としてやっていけたかどうかは疑わしい。

それに、ローカリズムへの興味に由来するトラベル・ミステリ、旅情ミステリが持てはやされる時代が、すぐそこまできていた。西村京太郎がトラベル・ミステリの第一作『寝台特急《ブルートレイン》殺人事件』を刊行したのが、新羽の亡くなった翌年の一九七八年。旅情ミステリを確立した内田康夫の『遠野殺人事件』が刊行されたのは、その五年後の一九八三年。時代はまさに地方へと眼を向けられようとしていたわけだが、トラベル・ミステリないし旅情ミステリという惹句からも明らかなように、それは中央から見た地方への関心であり、すなわち現実の地方ではなくイメージとしての地方であった。『鯨のあとに鯱がくる』はイメージとしての地方ではなく、現実の地方を描いているが故に、社会派ミステリとしての特徴は備えていても、七〇年代後半から八〇年代前半にかけての時期を起点として受容されていく地方を描いたミステリとは、一線を画すものであった。

もし新羽が病に倒れず、その後も新作を発表していったらなら、トラベル・ミステリや旅情ミステリの流行に棹さしていけたかといえば、それは難しかったのではないだろうか。地方在住の作家にとって、そこは現実に住む土地であり、イメージとしての地方との齟齬を意識せざるを得ないからだ。現実の地方に住みながらイメージとしての地方を意識しようとすれば、すなわちトラベル・ミステリや旅情ミステリの受容者の視点を確保しようとすれば、そうしたジャンルの受容者が地理的な距離をフィルターとして地方を見ていると考えるなら、現実の土地に住む者が自らの住む空間を相対化してイメージとして捉えるには、時間的な距離をフィルターとするしかないだろう。歴史ミステリという選択は、そこから必然的に導かれる。もし新羽が生きていれば、「卑弥呼の裔」や「天童奇蹟」のような系列の長編をものしていたに違いない。そしてそれこそが新羽の作家的地位を確立する代表作となっていただろう。残念ながら、それはかなえられなかったわけだが、「炎の犬」から「日本西教記」を経て「卑弥呼の裔」や「天童奇蹟」に至る新羽作品の系譜は、そんな可能性を夢想させるのである。

2

『幻影城』に「鎮西の防人」を寄せた中島河太郎は、『日本推理作家協会会報』にも「新羽精之氏追悼」の一文を寄せている。「鎮西の防人」と内容はほぼ重なるが、「新羽精之氏追悼」にのみ次のようなエピソードが書かれている。

新羽さんは佐世保生まれで、ずっと同地を離れなかった。（略）佐世保の文化協会の会長に推されたこともあったが、推理小説を語る相手のないことを淋しがっていた。福岡には石沢英太郎、夏樹静子、田中万三記、大貫進氏らがいるので、九州の会をこしらえたいと洩らしておられたが、とうとう実現せずじまいだった。(引用は『推理小説研究』第15号〔一九八〇・五〕に再録されたものから)

田中万三記《まさき》は新羽精之と共に第三回宝石賞を「死にゆくものへの釘」で第一席を受賞してデビュー。石沢英太郎は「つるばあ」で第四回宝石賞(宝石短編賞)を佳作受賞して、大貫進《おおぬきしん》(藤井礼子)は「枕頭の青春」で第一回宝石賞を佳作受賞してデビューしている。夏樹静子以外は、みな前後して宝石賞を受賞しているという縁があるのが興味深い。

このうち、石沢英太郎は「動植物の習性や人間心理の襞を巧みに捉えた短編に卓越した技倆を示した」と評され(引用は、権田萬治・新保博久監修『日本ミステリー事典』〔新潮社、二〇〇〇〕の石沢英太郎の項目による。執筆は新保博久)、歴史ミステリや九州を舞台とする作品が多かったことから、新羽が会っていればお互いに刺戟を与え合い、意気投合したかもしれない。

近年は、野村恒彦の『探偵小説の街 神戸』(エレガントライフ、二〇一三)のように、ローカリズムを背景として探偵小説史を見直す試みもあらわれている。『新羽精之探偵小説選』全二巻が、九州という土地を背景として探偵小説史を再構築するきっかけとなれば幸いである。

『新羽精之探偵小説選』第二巻には、『宝石』終刊後、『推理ストーリー』や『推理界』といった商業誌、『推理小説研究』や『季刊 推理文学』といった非商業誌ないし半商業誌に活躍の場を移した頃の創作と、四年間の沈黙を経て『幻影城』で復活を果たしてから急逝するまでの創作を収めている。紙幅の都合で、連作「十二支によるバラード」(七七)および長編『鯨のあとに鯱がくる』(同)は収録を見送らざるをえなかったが、『宝石』終刊後の新羽の軌跡をたどるのには充分であろう。

以下、本書に収録した各編について解題を付しておく。作品によっては内容に踏み込んでいる場合もあるので、未読の方は注意されたい。

「河豚《ふぐ》の恋」は、『推理ストーリー』一九六五年四月号(五巻四号)に掲載された。

中毒事件を起こしたという疑いを解くべく、河豚のヒレ酒で死んだ漁師の家を訪ねた夏村真人と漁師の妻とのやりとりの場面が、次のように描かれている。

「ああ、事件記者さんですか」
潮焼けた妻女が、いかにも解ったという顔になったので、
「どうも……」
と今度は、真人のほうが恐縮してしまった。見ると、ここにも、テレビだけは不調和な感じでかしこまっていた。

ここでテレビの存在に言及されているのは、当時、NHKで『事件記者』というドラマが放映されていたからである。警視庁詰めの新聞記者を意味する「事件記者」という言葉自体は、原作者の島田一男の創案になるものだったが、番組の人気に伴って一般名詞化したといわれる。なお、一九五八年から始まった放送は、本作品発表の翌年、一九六六年に最終回を迎えた。

「**幻の蝶**」は、『推理ストーリー』一九六六年七月号（六巻七号）に掲載された。

「ロンリーマン」（六二）同様、昆虫の習性をトリックに利用した作品。無数の蝶が、夫殺しを計画した妻に群がる描写は、壮絶かつ幻想的である。また、倒叙もののスタイルを採りながら、犯人と被害者との関係を交錯させ、騙し合いを展開するプロットは、「青いなめくじ」や「幻想の系譜」（六四）を彷彿させ、『宝石』終刊後の力作のひとつといえるだろう。

「**ボンベイ土産**」は、『推理小説研究』第二号（一九六六年七月一五日発行）に掲載された。

『推理小説研究』は日本推理作家協会が発行していた機関誌で、創刊号は一九六五年の一一月に刊行された。当初は中島河太郎が編集人だったが、第四号からは、毎号、協会員が回り持ちで編集を引き受けていた。創刊号から第四号までは創作欄が設けられており、第二号の編集後記において次のように書かれていることから、その意図するところをうかがうことができる。

松本理事長（松本清張―横井註）はまず創作欄を拡張し、推理小説本来の持味を盛った作品の発表を提案され、対外的にも本誌の意図が理解されるよう働きかけを要望された。

「推理小説本来の持味」として、どういうものを考えていたのか、この記述からは分からないが、同じ時期に刊行された『新本格推理小説全集』（読売新聞社）の、中島河太郎の執筆になる松本清張名義の序文「新本格推理小説全集に寄せて」においては、「推理小説本来の興味は、アラン・ポウのジュパンもの以来、『謎』が伝統であった。『知恵の闘い』（木々高太郎）なのである」（引用は一九六六年一二月刊行の鮎川哲也『積木の塔』掲載のものから）と書かれている。中島河太郎の代筆とはいえ、清張の目を通っていただろうし、『推理小説研究』の編集後記が中島の執筆であることを鑑みれば、「謎」の興味と、それに基づく「知恵の闘い」が、「松本理事長」が考えていた（と中島が考えていた）「推理小説本来の持味」と解釈してもいいだろう。

新羽の「ボンベイ土産」は、「謎」の興味とそれに対する「知恵の闘い」を描いた作品ではなく、倒叙もののスタイルを採ってドンデン返しの効果に興味の焦点を絞っており、「幻想の系譜」や、「華やかなる開館」（六七）などと共通するテイストの作品だといえる。そのドンデン返しの面白さ自体は「推理小説本来の持味」に通底するものだろう。ただし、本作品に関しては、インドという土地のエキゾティズムを描くことに筆が割かれているのが特徴で、そうしたロマンティシズムがベースとなっているのは、新羽らしい。

「ロマンス航路」は、『推理界』一九六七年九月号（一巻三号）に掲載された。

本作品について中島河太郎は、『鯨のあとに鯱がくる』（幻影城、七七・一二）の解説「プロフィール・新羽精之」において、「ルパンもどきの怪盗の跳梁におびえる客船内のパニックを描きながら、スマートな意外さで締めくくっている」と述べている。また大内茂男は、前掲「ブラックユーモアの旗手」において、「『海賊船』に次ぐペテン師ものとして面白」いと評している。

旅行会社が乗客を楽しませ、新規顧客やリピーターを確保しようとする話であるから、大内のように「『海賊船』に次ぐペテン師もの」と評してしまっていいものか、やや疑問が残る。乗客に対して最初からイベントであると明かしていれば、現代におけるイベント型ミステリーツアーの企画と変わらないものになるという風に考えれば、旅行会社や企画会社のありようを皮肉った作品として読むことも可能だろう。その意味ではきわめて現代的な作品であり、新羽の時代を先取りするセンスをよく示している。

「華やかなる開館」は、『推理界』一九六七年一二月号(一巻六号)に掲載された。

ドンデン返しの利いた倒叙ものだが、「ボンベイ土産」と同じ材料をオチとして用いている点が、気にならなくもない。

「動物四重奏《アニマル・クヮルテット》」は、『推理ストーリー』一九六八年五月号(八巻六号)に掲載された。

「生きた凶器」という特集のもと、日影丈吉「歩く木」、島久平「はやにえ」とともに掲載された。「海の蜂」、「類人猿」、「駝鳥」、「熱帯魚」の四掌編から構成されており、後の連作「十二支によるバラード」を彷彿させるが、特集の内容に即したものは「海の蜂」くらいだろう。

「海の蜂」の第一章に「漁師たちは、子供のころから、大きな毒イラに刺されたら、死ぬかビッコになると聞かされていた」と書かれているが、ここでいわれている「イラ」とは、九州地方の方言でアンドンクラゲを指す由。

「類人猿」は「進化論の問題」のヴァリエーションともいうべき恐怖譚。

「駝鳥」はトルコ民話に登場する知恵者ナスレッディン・ホジャを名探偵として登場させた異色作。独特な作品世界は、小森健太朗の『ムガール宮の密室』(二〇〇三)などを彷彿させ、その先駆的な小試みとして評価できよう。

「熱帯魚」には海門警部というベテラン警官が登場する。「マドンナの微笑」(六四)に登場する海門《うなと》警部補と同じ姓なので、シリーズ・キャラクターかと思われそうだが、あちらは長崎県警に所属し、こちらは明らかに東京近郊で起きた事件なので、別人と見るべきだろうか。

「時代おくれの町」は、『推理界』一九六八年一二月号(二巻一二号)に掲載された。

目次では「時代遅れの街」という表記になっているが、ここでは本文のタイトルに合わせた。「異色感覚短編特集」の一編として発表されたもので、「海の城という、玄海に面した城跡をかこむ一角」で「城下の伝統をたたえたさわやかさが生きている」町に越してきた青年医師が、人妻に恋をして不倫の関係を持ったことから、恐ろしい結末を迎えるまでを描いた作品である。新羽には、ある感性に対するデフォルメ化を極端に推し進めることによって成り立つ作品の系譜がある。「進化論の問題」や「幻想の系譜」などがその代表的な例だが、「時代おくれの町」の場合は、一個人が観念を肥大化させるのではなく、町の住民全体が観念を肥大化させている空間に一個人が入っていくことからくる怖さが描かれているという点で、右にあげた先行作品とは異なる出来ばえを示している。落語の「一眼国」などから発想を得たのではないかと思わせるが、当たり前だと思っていた日常のピントがズレていることを読み手に感じさせるかさせないかという匙加減からくるサスペンスが効果的で、結末の予想がつきながらも、その不条理感が強烈な印象を残すという点で、〈奇妙な味〉の秀作であるといえよう。

「平等の条件」は、『推理界』一九六九年七月号（三巻七号）に掲載された。

冒頭の短いプロローグにのみ海門警部の名前が出てくるが、警部自身が謎解き役を務める話ではない。

「自由の敵」は、『季刊 推理文学』第二号（一九七〇年四月一日発行）に掲載された。

ショートショート特集のために書かれた一編。

『季刊 推理文学』は推理文学会が編集する機関紙で、創刊号は一九七〇年一月発行。最初は新人物往来社が発行を引き受けていたが、七四年七月発行の第九号からは推理文学会の発行となる。創刊号に掲載された、中島河太郎の執筆になる「『推理文学』発刊に際して」では「推理小説の初心に還って、まず斬新な驚きと、夢を回復しようと、すなわち本格とロマンの旗を高く掲げたい」と宣言されている。

「ニコライ伯父さん」は、『季刊 推理文学』第三号（一九七〇年七月一日発行）に掲載された。

「赤髭帝作戦《バルバローサ》」とは、第二次世界大戦中にドイツ軍によって行なわれたソビエト連邦奇襲作戦の名称。一九四一年六月二十二日に作戦が開始され、作品の舞台となっているレニングラード（現在のサンクトペテルブルク）は同年の九月八日から一九四四年の一月十八日までドイツ軍によって包囲された。

本作品について中島河太郎は、前掲「プロフィール・新羽精之」において、「氏の本領を発揮した恐怖小説である」としながらも、「こういう趣向は舞台設定が変わっているだけで、氏自身にとっても目新しいとはいえない」と述べている。また大内茂男は、前掲「ブラックユーモアの旗手」において、「『進化論の問題』の系列に属する残酷ミステリーだが、ブラックユーモアはだいぶ影をひそめて、一読慄然といった恐怖小説になっている」

と評しつつも、「同人誌掲載に甘えてか、全体を少し長く書き過ぎて引き締めを忘れ、結果として作品効果を減じてしまった憾みは残る」と評している。

「日本西教記」は、『季刊 推理文学』第六号（一九七一年四月一日発行）に《異教徒退治》の副題を付けて掲載された。

本作品について中島河太郎は、前掲「プロフィール・新羽精之」において、「長崎切支丹ゆかりの地に育った著者ならではの力作であった」といい、次のように評している。

異教徒退治の傍題をつけたこの作品は、十六世紀の耶蘇会関係者に贈答された書簡の集成形式をとっている。これにはフロイスの「日本史」をはじめ、イエズス会士の書翰は刊行されているから、それらをなぞったものである。かれらの布教伝道にもっとも効果をあげたのは、かずかずの奇蹟の発現であったろう。著者はそれらをおもむろに述べて、最後にその詐術性を明かすという、思いきった裏返しがおもしろい。

本作品が発表された当時、大内茂男が「推理文学第六号評」（『季刊 推理文学』七六・一〇）で本作品にふれ、「たいへん面白かった。私の知るかぎりでは、これは本邦最初のキリシタン推理小説である」と評している。後年、前掲「ブラックユーモアの旗手」においても、「『火の鳥』以来の本格的作風をぺてん師ものの系列とミックスして仕上げた切支丹ミステリーの力作である」といい、「ここでも同人誌に甘えて書き過ぎをした嫌いはあるが、ユニークな歴史ミステリーとして、新羽氏の新生面に絶大な期待を抱かせた一編であった」と述べている。

大内がいう「書き過ぎをした」点というのは、フランシスコ・ザビエルの手紙（第二章）と、ザビエルが起こした奇蹟を演出したアントアン・ローペの手紙（第四章）との間に、メンデス・ピントの手紙（第三章）を挿入した構成を指すことは、「推理文学第六号評」の以下の記述からも察せられる。

第三章であるが、私は、これはてっきり推理編といった性格のものであろうと予想していたのだが、あにはからんや、第二章の内容をパラフレーズし、そのミステリ性を改めて強調しただけのものであって、単なるインターリュードに終っている。中島河太郎氏は合評会の席上で、この第三章は全く不要であると論評しておられたが、私は、不要とはいわぬまでも、もっとずっと切り詰めて、間奏曲なりの効果を発揮させるように工夫すべきではなかったかと思う。

ここで難じられている第三章、メンデス・ピントの手紙はメンデス・ピントの手紙はマジックでいうところの「改め」に相当すると見るべきではないか。またザビエルの手紙がひたすら布教の過程とそれに対する神の加護を書き綴るのに対して、そうしたザビエルの姿勢を相対化し、同時に日本人論を展開しているのがメンデス・ピントの手紙である。その意味では、ミステリとしては蛇足といえるかもしれないが、新羽が書きたかったテーマはそこだと思われるし、メンデス・ピントの手紙が挿入されることで小説としては奥行きを増したものとなっている点は見逃せない。ザビエルに対して距離を取り、懐疑心を抱きながらも、その奇蹟の発現を信じざるを得なくなるというメンデス・ピントのありようは、後に書かれた「天童奇蹟」におけるポール神父のありようを先取りしていて興味深い。

なお、メンデス・ピントFernão Mendes Pinto（一五〇九？～八三、葡）は実在の人物で、その著書『遍歴記』*Peregrinacao*（一六一四）の中で、キリスト教の布教をアジアにおける植民地主義だと指摘しているというから、ザビエルの布教を相対化するキャラクターとして適役だったといえるだろう。

本作品についてもう一点、興味深いのは、「《異教徒退治》」という副題が添えられていることである。ここでいう「異教徒」とは当然、当時の日本人のことだろう。そこに「退治」と付けられているのは、日本人の中でも特に僧侶が意識されているからだと思われ、ザビエルと日本人僧侶との宗教論争とそこでの論破をふまえて「異教徒退治」と称したのだろう。知的闘争というには素朴すぎる嫌いがないではないが、本作品における宗教論争もまた、作品の興趣を高めているように思われる。

もっとも、大内が「推理文学第六号評」で、「解決編としての第四話が余りに短く、簡潔に書かれすぎている点に」「不満がある」と述べているのは、やはり傾聴すべきかもしれない。

「偽眼《にせめ》のマドンナ」は、『フクニチスポーツ』一九七五年七月三一日付け紙上に掲載された。

ドンデン返しを利かせた倒叙ミステリ。

本作品を含む『フクニチスポーツ』掲載作品は、「フクスポ・ロマネスク」と題した「読み切り小説」欄に掲載されたものである。

なお、作品の末尾には「作者紹介」が掲げられており、そこには「ブラック・ユーモアの世界を描いた『進化論の問題』で昭和三十七年の宝石賞を受賞。推理小説のほかラジオドラマ、童話、（註）歴史小説、動物ものと幅広く手がけている。最近では推理雑誌『幻影城』八月号に『卑弥呼の裔（えい）』を発表。佐世保文化協会専務理事。昭和四年生まれ。本名・荒木精一」と記されている。これによれば「卑弥呼の裔」の方が先に発表されたことになるが、これは、月刊雑誌の慣例として該当号のひと月前に店頭に並ぶからである。したがって収録順序としては本作品より前に「卑弥呼の裔」がおかれるべきだが、ここでは奥付の発行年月日に従った。

「卑弥呼の裔」は、『幻影城』一九七五年八月号（一巻八号）に掲載された。

「偽眼《にせめ》のマドンナ」の解題にも記した通り、「日本西教記」を発表して以来、沈黙を守っていた新羽が四年振りに発表した作品は、本来ならばこちらの作品ということになる。また『フクニチスポーツ』の「作者紹介」には「裔」に「えい」と読み仮名が振られていたが、『幻影城』本誌にはどこにも読み仮名が示されていない。「すえ」とも「ちすじ」とも訓ずる可能性があるので、本書ではあえてルビを振らなかった。

本作品について中島河太郎は、前掲「プロフィール・新羽精之」において、「歴史推理への意欲」が「ほとばしっている」といい、「古代神道から風土病、気象心理学と、著者の伝奇ロマンは豊かな拡がりを見せている」と評している。

沢蟹や蚤を利用した犯罪は、「ロンリーマン」や「幻の蝶」など、昆虫を利用したトリックに創意を見せた新羽らしいが、構成的には、夏木蜻一名義で書かれた「炎の犬」や、「進化論の問題」と同時に投稿された「火の鳥」と同工な本格ものである。

本作品が発表される二年前の七三年には、高木彬光が『邪馬台国の秘密』を上梓しており、翌七四年には、その内容をめぐって高木と松本清張との間で邪馬台国論争が展開されていた。まさに古代史ブーム真っ盛りの頃であり、右に引いた中島の解説で「伝奇ロマン」といわれているのは、同じ時期に半村良が〈伝奇ロマン〉といわれるようになる作品を書いていたことを補助線として、ディスカバー・ジャパン時代を背景とした評言であることを押さえておくべきだろう。

「**黄金の鵜**」は、『フクニチスポーツ』一九七五年一一月二〇日付け紙上に掲載された。

「美容学の問題」（六二）や「素晴しき老年」（六三）の系列に属する奇商ものの奇想小説。

「**天童奇蹟**」は、『幻影城』一九七六年四月号（二巻四号）に掲載された。その後、『甦る「幻影城」Ⅱ』（角川書店、一九九七）に採録されている。

本作品について中島河太郎は、前掲「プロフィール・新羽精之」において、切支丹ものの系列にある作品として、「日本西教記」よりも「かえって手際よく纏められている」と述べている。

布教のためには奇跡を起こすのが最も効果的であると考えるポール神父が、そのために逆に足をすくわれることになるという展開は、単なるペテンの暴露という枠組みを超えて、作品の印象を深いものにしている。

なお、奇蹟の発現に陶酔したポール神父に対して伊佐が冷笑を浴びせかける場面で「おれがやったのも奇妙頂礼どらが如来なんて有難い奇蹟なんかじゃねえんだよ」という台詞が出てくるが、この部分は、アンソロジー『甦る「幻影城」Ⅱ』収録のテキストでは「おれがやったのも帰命頂礼が如来なんて有難い奇蹟なんかじゃねえんだよ」と修正されている。『新明解四字熟語辞典』（三省堂）によれば、「帰命頂礼《きみょうちょうらい》」というのは仏教語で、「帰命」は仏の教えを深く信じ、身命を投げ出して帰依し従う厚い信心のことであり、「頂礼」とは頭を地をつけてする礼のことだという。実は「奇妙頂礼」とはこれをもじったもので、十返舎一九の『東海道中膝栗毛』にも出てくる、「奇妙」という意味の言葉である。「奇妙頂礼どらが如来」となると、長唄や清元の「喜撰」に出てくる歌詞「奇妙頂礼どら如来」に由来するもので、「どら如来」が「どらが如来」と変化した理由は不詳ながら、本書では原文どおりとした。新羽作品にはこうした江戸の芸能に由来する決まり文句が、登場人物のべらんめえ調として頻出する。「偽目のマドンナ」に出てくる「弱り名古屋は城で持つ」というのもその一例だが、これも通例は「尾張名古屋は城で持つ」であるはずで、どうして「尾張」が「弱り」と変化したのかは不詳ながら、本書では原文どおりとしている。

「**薔薇色の賭**」は、『フクニチスポーツ』一九七六年七月二二日付け紙上に掲載された。

新羽には珍しい、芸術家を主人公とした作品だが、大内茂男のいわゆるぺてん師ものの系列にあたる作品といえる。厳格な市長という設定は、次に発表された「幻の怪人二十面相」における署長のキャラクターにも通じるものがあると同時に、「時代おくれの町」をその遠源とする設定でもある。

「幻の怪人二十面相」は、『フクニチスポーツ』一九七七年三月二四日付け紙上に掲載された。

第六の被害者と刑事との間で、次のようなやりとりが交わされている。

「あなたは、昭和一ケタ生れですね」

刑事は、渋い顔でぶすりと訊ねた。

「そうです」

「だったら、少年倶楽部の江戸川乱歩の少年探偵団や怪人二十面相の小説に熱中したことでしょう。今ではテレビでもやってますがね、不届な盗賊にあこがれる余りに錯覚したんですよ」

ここで言及されているテレビドラマは、一九七七年一月七日から七月八日まで二十六回にわたってフジテレビ系列局で放送された大映テレビ制作のドラマ『怪人二十面相』であろう。小林少年を、後にアイドル歌手として頭角を現わす川崎麻世《まよ》が演じ、少年探偵団の女性団員として藤谷美和子が出演していたことでも知られる。主題歌を歌ったのは上条恒彦であったといえば、現在、五十代前後の世代の方には、その楽曲が懐かしく思い出されるのではないだろうか。

（註）『国内戦後ミステリ作家作品目録　極私的・拾遺集』（私家版、二〇一〇）の編者である戸田和光氏の調査によれば、一九五五（昭和三〇）年前後、『フクニチ』紙上に荒木精之名義による非ミステリ作品が何作か掲載されているという。筆名の類似から、これは新羽精之の別名義ではないかという御教示いただいた。その中には童話もあるというから、推理小説のほかに童話を書いていたという「作者紹介」の記述とも符合する。新羽の創作歴を示す情報として補足しておくと共に、御教示いただいた戸田氏に対し、この場を借りて感謝いたします。

[解題] **横井 司**(よこい つかさ)
1962年、石川県金沢市に生まれる。大東文化大学文学部日本文学科卒業。専修大学大学院文学研究科博士後期課程修了。95年、戦前の探偵小説に関する論考で、博士(文学)学位取得。共著に『本格ミステリ・ベスト100』(東京創元社、1997)、『日本ミステリー事典』(新潮社、2000)、『本格ミステリ・フラッシュバック』(東京創元社、2008)、『本格ミステリ・ディケイド300』(原書房、2012)など。現在、専修大学人文科学研究所特別研究員。日本推理作家協会・本格ミステリ作家クラブ会員。

新羽精之氏の著作権継承者と連絡がとれませんでした。ご存じの方はお知らせ下さい。

新羽精之探偵小説選《にわせいしたんていしょうせつせん》Ⅱ 〔論創ミステリ叢書72〕

2014年2月15日 初版第1刷印刷
2014年2月20日 初版第1刷発行

著 者 新羽精之
監 修 横井 司
装 訂 栗原裕孝
発行人 森下紀夫
発行所 論 創 社
〒101-0051 東京都千代田区神田神保町2-23 北井ビル
電話 03-3264-5254 振替口座 00160-1-155266
http://www.ronso.co.jp/

印刷・製本 中央精版印刷

Printed in Japan ISBN978-4-8460-1305-9

論創ミステリ叢書